溺光

雾下松 著

Light

时代出版传媒股份有限公司
安徽文艺出版社

图书在版编目（CIP）数据

溺光 / 雾下菘著. -- 合肥：安徽文艺出版社，2022.10
　ISBN 978-7-5396-7533-6

Ⅰ.①溺… Ⅱ.①雾… Ⅲ.①长篇小说－中国－当代 Ⅳ.① I247.5

中国版本图书馆 CIP 数据核字（2022）第 161617 号

溺光
NI GUANG

出 版 人：姚　巍
责任编辑：王婧婧
装帧设计：小　乔　米　籽
图片绘制：小黑牙

出版发行：安徽文艺出版社　　www.awpub.com
地　　址：合肥市翡翠路 1118 号　　邮政编码：230071
营 销 部：(0551)63533889
印　　制：上海盛通时代印刷有限公司　　(021)37910000

开本：880×1230　1/32　印张：11　字数：371 千字
版次：2022 年 10 月第 1 版
印次：2022 年 10 月第 1 次印刷
定价：45.00 元

（如发现印装质量问题，影响阅读，请与出版社联系调换）
版权所有，侵权必究

恋爱前的虞鸢：

星朝是我弟弟，懂事听话惹人疼。

恋爱后的虞鸢：

说胡话，缠人精，厚脸皮的小甜包。

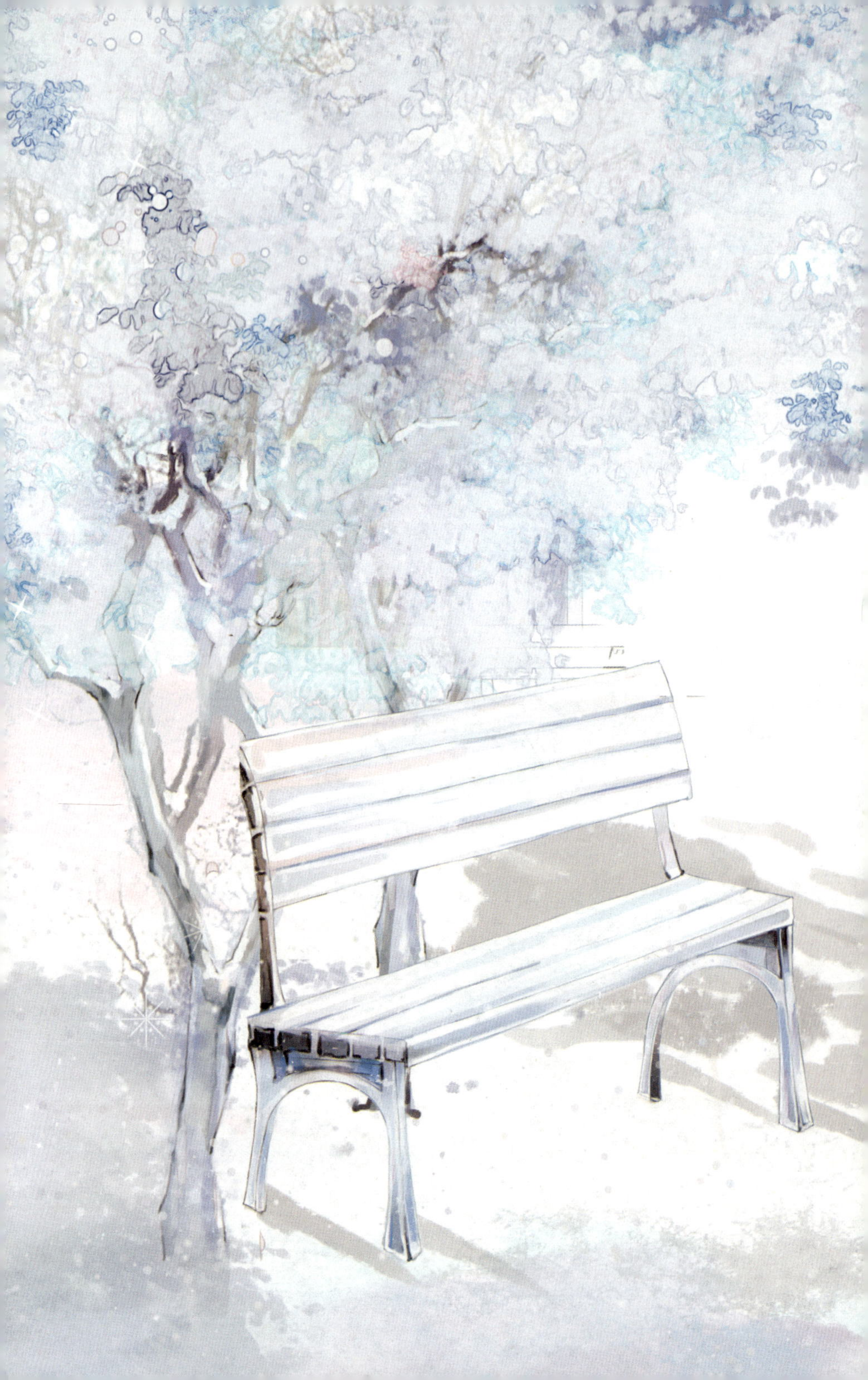

姐姐，我想你了。

星朝？

TA

月亮总会向往太阳

她就是他的

太阳

NiGu:ang

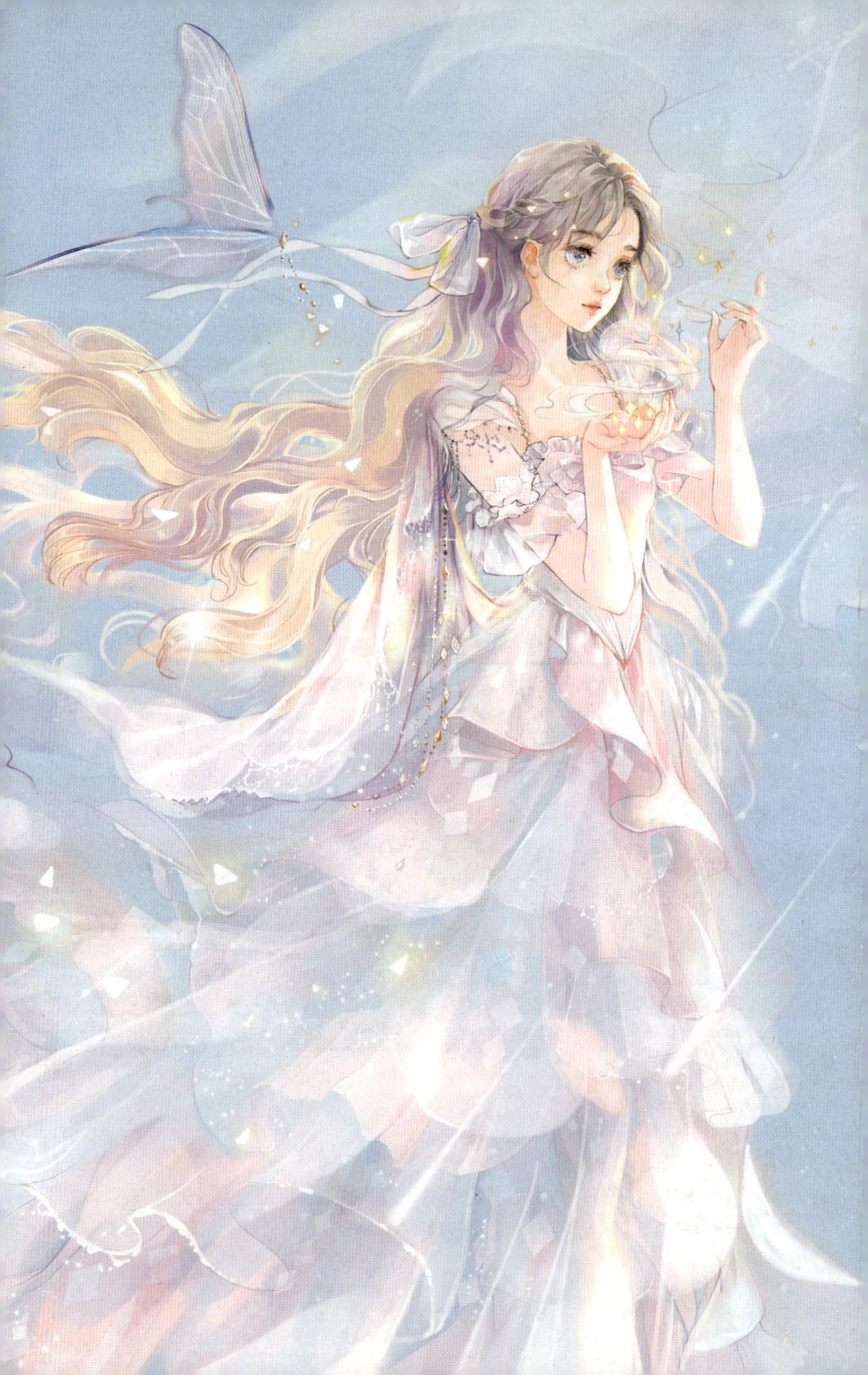

目录

第一章
我就是新生 ································ 001

第二章
从小，就只有你对我好 ················ 025

第三章
她穿着我的衬衫 ························ 046

第四章
我现在下课了，在家等你 ············ 071

第五章
好想揭开他装乖的面具 ··············· 096

第六章
去抢人 ··································· 127

第七章
我就让你这么讨厌？ ·················· 185

第八章
我现在在追你 ·················· 215

第九章
我也能很成熟的 ·················· 242

第十章
因为想去京大见你 ·················· 272

第十一章
我只是个不管用的小孩吗？ ·················· 296

第十二章
我想替你吃苦，替你遮风挡雨 ·················· 318

番外一
每一天都像沉溺在梦里 ·················· 329

番外二
平行世界：他冒雨藏在篱笆后 ·················· 336

第一章

我就是新生

梅雨季节已经过去了,大街小巷都刮着燥热的风。

虞鸢在京大念大三,学校放了暑假。阔别了陵城这么久,她拖着行李箱,看着熟悉的街道,才终于有了回到家的真实感。

虞鸢的父亲虞楚生今年带高三毕业班,还在上课。

虞鸢提前查了本地的天气预报,这陵城实在太热,气温直逼40℃,她不想让沈琴顶着这种大太阳来机场接她,就没提前给家里打电话。

出机场后,虞鸢自己打了个车,直奔家里。

沈琴见到她时,果然惊喜:"你回家怎么不提前和家里说一声?"

沈琴心疼女儿,赶快叫她进门:"脸都晒红了。"

沈琴忙里忙外,给她拿毛巾和凉茶。

"妈,我想先去洗个澡。"虞鸢喝了几口放凉的乌龙茶,舒畅了很多。

洗过澡,虞鸢头发湿湿地从浴室里出来,清丽文静。

沈琴端详着,声音里有掩不住的欢喜之意:"鸢宝,这次在家待多久?"

虞鸢:"这次开学后事情比较多,我准备八月中旬就回学校。"

沈琴:"这么早?你爸今年带毕业班,就八月底有几天假。"

现在七月已经过半了,虞鸢这次在家都待不了一个月。

两人聊着闲话,虞鸢坐在沙发上,目光扫过客厅,客厅里的陈设没怎么变。等她看到客厅里摆着的相框时,擦湿头发的手顿了一顿。

客厅最中间的位置放着一张合影。

她记得以前这儿放的不是这张照片。

照片正中间,穿裙子的小女孩眉清目秀,神态文静,依稀可以看出是虞鸢小时候的模样。她的左侧是还年轻漂亮的沈琴。

而她的右边，是个像奶团子一样的小男孩。他有着软软的包子脸和黑漆漆的眼睛，穿着干净的短裤白袜，比她还矮一些，生得粉雕玉琢，眉目简直精致到了雌雄莫辨的地步。

小男孩牢牢地牵着虞鸢的手，即使对着镜头，他也是一副不怎么高兴的神色。他毫无表情地盯着镜头，似乎很勉强才拍下这张照片。

虞鸢还没来得及移开视线，沈琴便看到了。

沈琴笑了："我前几天大扫除时翻出来的，这是以前我们出去春游时拍的照片，你和星朝那时候都才那么一点点大。"

那时候，谢星朝无论做什么，都一定要站在虞鸢旁边的位置，不然的话，他就会暗暗闹别扭。

他那时候刚来虞家没多久，就已经开始成天黏着她了。

沈琴说："星朝今年高考，那孩子还记得我们，考完还上门过一次，可惜你那时候没在家。几年不见，那孩子变化太大了，我差点都没认出来，他长得比你爸还高了，俊得很。

"星朝爸爸特别客气，请我和你爸吃饭，说是当年多亏了我们对星朝的照顾。我说星朝不难带，又乖又让人省心，他爸每年还给我们那么多寄养费，我们都不好意思了。"

虞鸢垂着眼睫，抿了一口凉茶。

他很乖，很让人省心……

虞鸢纤细的手指在手机屏幕上滑动几下。

谢星朝。她手机里存了他的电话号码，但与他的通信记录是一片空白。

毕竟他已经在她的生活里消失太久了，她只是习惯性地把自己旧手机里的通信信息都转移过来。

小时候，与谢星朝相处的那些情景，虞鸢到现在还记得。

遭遇那场意外后，他忽然就说不出话来了。医生诊断他身体没问题，只是因为精神受到巨大的刺激而产生了心因性失语症。

这病说不好持续多久，没准他第二天就好了，也没准接下来他一辈子都这样了。

谢星朝的妈妈温韵去世得早，他爸爸谢岗又常年在国外，没几天能在家。

当时，他暂时休学在家，每周还需要去医院做三次诊疗。他年龄小，不能说话，兼之脾气喜怒无常，保姆根本照顾不了他，谢岗为之苦恼得抓耳挠腮。

沈琴是温韵在陵城大学的同学兼舍友，两人曾是最要好的闺密。沈琴是陵城医院的护士，虞楚生是高中老师，虞家一家人的性子都是温和而有耐心的。

出于这层关系，沈琴担心好友留下的孩子，曾和丈夫上门探望过好几次。

谢岗当时也是抱着试一试的心态，才拜托虞家暂时照看儿子几天的，不料，这一照看，就是好几年。

虞鸢比谢星朝大了快三岁，那时上四年级，已经有个小姐姐的模样了。她是真的把他当自己的弟弟疼爱，他也从一开始的抵触到后面的依赖，变得越来越黏她了。

平时虞鸢要去上学，就会耐心地告诉他，他也能理解，于是默不作声地在家等她。

等她快回来的时候，他就在家门口等她。熟悉了虞家的环境后，他甚至还会去小区门口等。

他乖乖的，悄无声息，像只眼睛湿漉漉的小狗狗，就等着主人回家。

虞鸢现在还记得，有一次，她放学后去好朋友家写作业，忘了告诉谢星朝，谢星朝在家里等到月上枝头也不见她回来，就不声不响地跑出去找她，沈琴怎么拉他都拉不回。他还摔了一跤，把额头摔出了大片的淤血。他皮肤极白，那块淤血看着便格外吓人，吓得沈琴立马叫虞楚生去接虞鸢回家。

他说不出话，也拒绝和别人沟通。

等虞鸢回来了，"小团子"立马不哭了，只是长睫上还挂着泪珠。他用一只小手默默地攥着她的衣袖，怎么也不松开。

虞鸢当时岁数小，那一刻心软得一塌糊涂，既愧疚又后悔，从此更是对他加倍关心。

再后来，谢家把谢星朝转学到了她的学校，他便每天和她一起上学放学。

虞鸢是独生女，从小却很有亲和力，谢星朝那时喜欢她、依赖她，她自然也就对他好，完全把他当成自家的一分子。

虞鸢放下了手机。

这些都是过去的事了，两人的缘分可能也就止于此了。

他长大了，不再需要她这个姐姐了。

晚上，虞楚生从学校回家，见到虞鸢，也很是惊喜。一家人晚上在外聚餐，虞楚生喝了点小酒，心情很是不错。

"明天你有什么打算？"虞楚生问女儿，"这几天我在学校，走不开。"

虞鸢说："明天我去夺夏家玩。"

虞楚生和沈琴都知道许夺夏。

许夺夏是虞鸢的高中同学，两人是高二分科后才成的同学，虽相识不久，却格外投缘。尤其高三她们成了同桌后，关系更是突飞猛进，只不过高考后，许夺夏留在了本地上大学。

两人虽然不在一处了，但感情依旧很好。

不过这是虞鸢第一次去许夺夏家。高中时，许夺夏图方便，是在学校附近租的房子，后来她们都是约着出去玩的。

许家在一处高档别墅区里，虞鸢按着地址找过去，许夺夏下楼来接她。许夺夏随便趿拉着拖鞋，随意地把头发梳成马尾辫，和高中时的模样相差不大。

"你在北方读了几年书，口音都有变化了啊。"许夺夏带着虞鸢上楼。

虞鸢笑了："我自己一点都听不出来。"

许夺夏打开门，室内开着冷气，格外阴凉。

"我爸妈都上班去了，水果、蛋糕、饮料我都备好了。"许夺夏踢掉拖鞋，"就我们，想干什么干什么。"

她话音刚落，楼上一间卧室的门忽然被扯开，随即里面传来了一声中气十足的少年声音："许夺夏，我那件新买的T恤衫是不是被你拿走了？"

声音的主人是个头发乱成鸡窝的十八岁少年，浑身上下就穿着一条及膝的大裤衩。

虞鸢："……"

几乎是同一瞬间，许遇冬也看到了她。

许遇冬："……"

许夺夏抄起沙发上的一个靠垫扔了过去，怒骂道："收拾好了再出来。"

砰的一声，门被关上，再被打开时，许遇冬已经穿戴整齐了。虞鸢和许夺夏正坐在沙发上聊天，他磨磨蹭蹭地走过去，坐在她们对面。

陵城市第一中学是省级名校，许夺夏的弟弟在那里念书，今年参加了高考。

"学校每年都有一堆优秀毕业生，平均重点本科达线率高达百分之九十二。"许夺夏斜睨着他，"而我们家许遇冬呢，很'荣幸'，就在那百分之八中。"

许遇冬,年方十八,刚脱离学校的控制,就放荡不羁地染了一头黄褐色的头发,原本端正的一张脸,这下越发显得稚嫩。

"鸡毛掸子。"许夺夏对他的新发型就发表了这么几个字的评价。

许遇冬对虞鸢格外热情,她气质娴静,和泼辣的许夺夏简直是两个极端。

"整天只知道打游戏。"许夺夏顺手在许遇冬的背上狠狠拍了一巴掌。

她起身去冰箱,回来后一脚踹在他的背上:"许遇冬,我早上买来放在冰箱里的蛋糕哪儿去了?"

"我今天起迟了,没吃到早饭……"

"你这个家伙,给我吐出来。"许夺夏差点没把他的脑袋按到垃圾桶里去。

"许夺夏,你是不是有暴力倾向?"

虞鸢是独生女,不过,以前谢星朝还在她家时,他们俩的相处模式和许家姐弟的相处模式也有着天壤之别。

她没有这样对待过谢星朝,谢星朝也从来不会和她这样吵架。

难道这就是亲姐弟和没有血缘关系的姐弟之间的区别吗?她有些走神。

意识到"仙女姐姐"还在房间里,许遇冬忙把背上的许夺夏扒拉了下来。

许遇冬放在茶几上的手机屏幕亮了,许遇冬原本不想管,看了一眼名字后,又犹豫了。

许夺夏不耐烦地道:"干什么?"

许遇冬挠挠头:"哥们叫我出去打球。"

他眼睛看着虞鸢,嘴里问许夺夏:"姐,行吗?"

"问我行不行?"许夺夏指着自己说,"我巴不得你永远别回来了!去去去,别在家碍事,小屁孩就该和小屁孩一起玩。"

不远处,马路对面站着几个身影,都是今年高考完、和许遇冬差不多年岁的少年。

许夺夏探着身子,从二楼往外头看。

站在最外侧、单肩背着篮球的少年个子最高,也最醒目。

少年高高瘦瘦的,侧脸看上去很冷。

许遇冬气喘吁吁地跑过去,和少年说着什么,那少年微微转了身子,露出了正脸。

许夺夏看到那张漂亮得有些惊人的脸,怔了一瞬。

从正面看,少年有一双漂亮且温顺的眼,眼角微微下垂,生得唇红齿白,极其精致,气质也很干净,让人无端想起夏天的冰镇薄荷苏打水。

许夺夏一连看了他好几眼,回身嘀咕:"现在的小孩都怎么长的?明明一样大,我弟怎么看着就像发育不良?"

虞鸢正在回沈琴的微信消息,没看外头,闻言问道:"什么?"

"没什么。"许夺夏坐回沙发上,抱着个抱枕说,"哎,鸢鸢,你最近看那个选秀节目了吗?男团选秀的。"

刚见了那个少年,她就想起了自己在追的这个节目,越发觉得神奇。

虞鸢摇头:"没有。"

"你对这种比你小的男生不感兴趣,喜欢成熟的?"许夺夏想起虞鸢以前的那个绯闻对象,心道,那确实和这种漂亮弟弟是截然相反的类型。

虞鸢仔细想想,对于自己喜欢什么样的男生,她完全没有概念。

虞家很开明,从她上大学后就没干涉过她的感情,只叫她自己把握好度。

向她告白的人也不是没有,只能说是她自己似乎从没对任何男生产生过想跟对方恋爱的想法。

许遇冬一行人往球场的方向走去。

"我家来了个'仙女姐姐',她是我姐的同学。"许遇冬炫耀道,"真的,特别漂亮,还有气质。在她面前,我都不敢大声说话。"

"阿朝,我记得你是'姐控'来着?"一个叫路和的男生坏笑道,"理想型是漂亮姐姐。"

谢星朝没说话,把手里的球投了出去,一个漂亮的三分球。

他穿着深红色球服,戴着黑色护腕,这越发显得他皮肤白皙、骨节分明。

路和还在咧嘴笑,篮球撞到篮圈,弹了回来,狠狠地打在了他的脑壳上。

谢星朝懒洋洋地捡起球,还是之前那副面无表情的模样。

看着谢星朝拿回球,路和在一旁的台阶上坐下,抓起毛巾擦了擦汗:"唉,怀念当年的阿朝。阿朝的'人设'啥时候变了啊?"

当年他熟悉的那个混世魔王和现在的谢星朝,简直不是同一个人。

谢星朝的头发变回了黑色,曾经那股子显而易见的叛逆劲,都收敛了起来。

他们是越来越不懂现在的谢星朝在想什么了。

路和记得,有一次自己半夜翻墙去谢家院子,叫谢星朝去玩,谢星朝还在书房,眼皮都没抬:"不去。"

"干吗?"

"卷子没写完。"他没停笔。

路和一脸诧异。

不知道是不是谢星朝吃错药了,自从他十六岁下半年大病了一场后,就性情大变了,别人怎么约他都约不出来了。他不再和路和他们一起玩,成天不知道在忙什么。

他能忙什么?忙学习。谢星朝学习?路和都被自己这想法逗笑了。

路和、许遇冬成绩都不好,以前的谢星朝成绩比他们更差点。

初中毕业后,三人就不在同一个高中了,他们对成绩也都不在意,一起玩时,从来没人谈起过这方面的事。

他们的家境都很好,三人不只有高考这条出路,谢星朝的家世还要远好于其他两人的家世。

所以他们自然也默认,谢星朝和他们一样。

谢星朝也从没提起过自己的高考分数,三个人都像是没考过这个试一样。

路和的家里人给他报了一所名校的"2+2"项目——在国内学两年,在国外学两年,虽然拿的毕业证和统招生拿的不一样,学费也贵得令人震惊,但是毕竟还是名校的名头响亮。

许遇冬觉得这个不错,也说服家人给他报了这个项目,这样他既能在国内再玩两年,又不用再另考英语,简直美滋滋。

他们把这等好事告诉谢星朝,当时的谢星朝垂着眼,说了句"知道了",他们便自动认为谢星朝也报了这个项目,三个人上了大学依旧能做同学。

可能是因为今天被许夺夏无端噎了一把,许遇冬第一次主动问起:"阿朝,你报了什么专业啊?"

谢星朝随口答:"地球物理。"

许遇冬:"啊?啥玩意儿?"

有人没听清:"地理物理?"

路和说:"你傻吧,是地球物理,地理、物理是两门学科。"

说着,路和开始鼓掌:"我们阿朝的梦想是星空和宇宙。"

谢星朝懒得理他。

前段时间，出高考分数后，谢岗欣喜若狂。

谢岗接到了N大、Z大打来的电话。他在教育界的朋友也不少，他很矜持地和朋友们聊了谢星朝的前途和未来。他看好Z大的金融系，想让儿子填报这个专业。

谢星朝根本没理他，只留了京大招生办老师的电话，直截了当地打电话过去问，以他的分数，他有什么专业可以报。

京大的分数线实在太高，按往年算，他的分数也就在踩线边缘徘徊，很是危险。

他之前实在落下了太多课程，努力了这么一段时间，能够踩到京大的边缘线，已经让人觉得不可思议了。

和谢星朝联系的老师挺惊讶的，京大的牌子确实响亮，每年为了去京大而放弃N大、Z大好专业的学生也不是没有，但是像谢星朝这样直截了当想去边缘专业的学生，他还没见过。

这学生也算是高分考生了，对自己的前途这么不负责，甚至都完全懒得了解自己报的到底是什么专业的学生，他还是第一次见。

志愿谢星朝很早就报好了，录取结果到现在还没出来。

能不能被录取他不知道，但在他的志愿表里，除了京大，其他的志愿栏都是空的。

他没给自己留下任何别的可能性。

谢星朝擦去额上的汗水。日头西斜，他收起球，安静地往自家的方向走去。

离开学的日期越来越近，他努力了这么久，都不过是为了可以离她更近。

在这场即将到来的重逢里，他想给她一个最好的自己。

虞鸢从许夺夏家回来，开门时，正好听到沈琴和虞楚生在议论什么。

"那孩子……"沈琴感慨，"这么客气。"

虞楚生的生日快到了，这几年，逢年过节的时候，谢家都会有人专程上门。虞楚生夫妇一直都以为那些是谢岗准备的礼物，直到最近，他们方才知道，原来那都是谢星朝的意思。

虞鸢抿唇看了一眼沙发上的礼物盒子。

谢星朝是在刚升上初二的那年回的自己家，也没有说什么原因。

后续的一系列发展是虞家人意料之外的。

首先是谢星朝的成绩开始变得一塌糊涂。离开虞家后的谢星朝读的是一所私立中学，他在学校任意妄为，但通过谢家的努力应对，最后也相安无事了。

虞鸢那时已经上了高中，已经是亭亭玉立、温婉清秀的少女了。

纵然谢星朝已经离开了虞家，刻意躲着虞鸢，可他的这些消息依旧源源不断地传到了虞鸢的耳朵里。

虞鸢对谢星朝很失望。她不理解他突如其来的变化，不理解他为什么躲着她，更气他的自甘堕落……

以后，他们的生活可能再没有交集了。

知道爸妈刚才应该是在谈论谢星朝，虞鸢没多问，回到了自己的房间，打算再多看几篇论文。

毕竟她假期不长，开学后，大三课程繁重，她的日程表已经被排得满满当当的了。

虞鸢暑假在家的日子过得很平淡，她和高中同学聚了几次，偶尔也会和许夺夏出去玩。

闲下来的时间就过得格外快，她原计划是在家待到八月十五号，这天晚上却收到了导师的邮件，希望她提前返校和同学杨之舒讨论合写论文的事。

沈琴在切西瓜，有些舍不得女儿："还要提前吗？"

虞楚生倒是完全不介意："你今年就得忙保送研究生的事情了吧？在家多待这几天也没意义，不如早点回学校办正事。"

于是事情就这么敲定了。

虞鸢从小独立，以前沈琴还在陵城医院当护士时，有段时间经常要值晚班——虞楚生属于那种不怎么擅长照顾人的男人，因此虞鸢从小就学会了照顾自己，甚至还可以连带着把谢星朝也带得规规矩矩。

八月十号，虞鸢离开了陵城，提前回了学校。

随后一连好几天，她都在埋头写论文，把这件事情解决妥当后虞鸢发现，挂满晚霞的校园里，拉着行李箱返校的人已经越来越多了。

她算了下时间，发现再过几天就要开学了。

申知楠和叶期栩都回了宿舍，叶期栩正在收拾行李，地上摊着不少东西。

申知楠拉着虞鸢说:"鸢宝贝,你五号那天有空吗?"

"有空。"虞鸢想了想自己的日程表,这几天她的时间都很宽松。

"有个好事!"申知楠挥了挥手机,笑嘻嘻地说,"栩栩刚发给我的,我转给你。"

叶期栩在校学生会,消息灵通。她掸着自己床罩上的灰尘说:"我那天要出去约会,去迎接小帅哥们的机会就让给你俩了!"

虞鸢看着手机上收到的消息——是转发的群内消息。

"迎新?"她念了一遍。

"对。"申知楠说,"这是能算志愿时数的,今年要求的志愿时数忽然增加了,算起来我们应该都不够时间了。鸢鸢,你要一起去吗?最多就一个下午。晚上我们回来还可以去悦百堂逛逛,吃点东西。"

这确实花不了多少时间。

迎新是京大的一项传统项目了,每年开学的时候,都会有学生去车站举着京大的牌子迎接新生,这也算是学校给新生的第一波温暖。

虞鸢想想,应了下来。

第二天,京大就出迎新的排班表了。

"我们是下午场的。"申知楠看着发下的通知说,"嘿嘿,我们被分去了京州机场,那儿不堵,比火车站好多了。"

迎新那天,吃完午饭,两人就坐着学校的大巴车去了机场。

这活动不分专业,因而车上各个专业的学生都有,虞鸢熟悉的同学大部分是自己系里的,眼下车上绝大多数的人她不认识。

虞鸢和申知楠坐在一排,申知楠自来熟,很快就和周围的人打成一片。

虞鸢戴着耳机,听着轻音乐。前段时间忙论文太累,她想趁这段在车上的时间醒醒脑子。

"对对对,这是我舍友虞鸢。"申知楠拉了下虞鸢的右手,兴奋地介绍道,"我们都是应用数学专业的,读大三。"

虞鸢取下耳机,看到和申知楠说话的是坐在最后一排的一个她不认识的男生。男生高个子,白净,很清朗。

"盛昀,"男生冲虞鸢一笑,"隔壁统计学院的,也读大三。"

"那我们公选课应该有蛮多重合的啊。"申知楠说,"怪不得,我看你就觉得眼熟，我们是不是一起上过大课？"

盛昀笑了下，看着虞鸢说："前两年是一起上过几门基础课。"

虞鸢思索了下，怎么也回忆不起来。

"那今天认识一下？"盛昀自然而然地说，"加个微信？研究生我想转数学专业，以后我可能还有要向你咨询的事情。"

他说得坦荡温和，虞鸢犹豫了片刻，最后还是同意了。

她话不是很多，大部分时间是申知楠和盛昀在聊。

不久，大巴车到了京州机场。大家下车，去航站楼等候。他们带了京大的条幅来，红色条幅很是显眼。

京大的开学时间就在后天，这两天，抵达京州机场的京大新生数量极多。

虞鸢刚送一批学生去了地铁站，给他们指路，顺带耐心地解答那些千奇百怪的问题。

盛昀给她递过一瓶矿泉水："渴了吧？"

虞鸢的嗓子确实有些冒烟，她接下水，冲他轻轻笑了笑："谢谢。"

天太热，她把头发扎了起来，露出了光洁的额头和修长白皙的后颈。盛昀移开了视线，说："不客气。"

又来了一大批学生，大部分是男生。刚高考完，十七八岁的男生和已经在大学磨砺过几年的学长气质完全不一样，几乎一眼就可以分辨出来。

申知楠飞快地把所有人扫视了一遍。突然，她眼睛一亮，拉了一下虞鸢："小帅哥哦。"

虞鸢顺着她指的方向看过去。

距离有些远，她的视力不如申知楠的视力好，她依稀只能看出那是个高高瘦瘦的少年。少年穿着黑球鞋，拖着银灰色的行李箱，独自一人，周围没有家长陪同，在人群中很是惹眼。

虞鸢没太在意，移开视线，开玩笑说："等下让你去送他。"

申知楠看着那边说："还不知道是不是我们学校的呢。小帅哥看着蛮冷淡的，不好搞。

"真的标致哦。"

人流移动，少年离她们越来越近。

谢星朝看到了虞鸢，在茫茫人海里，他几乎是一眼就看到了她。和孩提时代一般，无论周围隔着多少人，他都能一眼就看到她。

几乎是在见到她的一瞬间，谢星朝沉寂了那么多年的情绪瞬间翻卷而来。

申知楠发现那小帅哥真的可能是来京大报到的，因为他直接就往她们所在的方向来了。身上没有半点新生常有的迷茫和踟蹰，他直接在虞鸢面前停下了脚步。

连轴转了这么几个小时，虞鸢有些累了，她没仔细看眼前的少年，只是态度温和地重复着："同学，我们是京大迎新办……"

他跟虞鸢数年未见，虞鸢的声音依旧清越温柔。她将黑发扎成了一个低低的马尾辫，越发显得柔和美好。神情没有任何异样，她像是在对待一个第一次见面的陌生学弟。

谢星朝设想过无数次他们重逢的场景，想过她会生气，想过她会不理他，也妄想过她根本不介意这些事情，两人依旧可以像以前那样亲密，可他唯独没有想过眼下的这种情况。

盛昀是男生，本能地察觉到这个少年的神情有些不对劲。他往前走了一步，不动声色地把虞鸢往后拦了拦，对她说："累了吧？不如你去休息，我和知楠去送这趟？"

谢星朝的视线在盛昀身上转了一圈，面色已经阴沉了下去。

他眼珠很黑，冷冷地看人，盛昀被那种视线刺到，本能地想移开目光。可盛昀也是有几分傲气的，反应过来后，只皱了皱眉，依旧站在虞鸢身旁。

路和以前说过谢星朝，说他看着冷淡，活得空荡荡的，似乎对万事都无所谓，骨子里的疯劲却比谁都足。他极端护短又善妒，认定了的、在意的东西，其余人休想染指一分一毫。

他们以前半开玩笑，说谁要是被谢星朝惦记上了，那真是倒了八辈子霉。

虞鸢还没回答，谢星朝的神情忽然平静了下来。

下一秒，所有人都呆了——大庭广众之下，虞鸢的腰已经被狠狠揽住，少年松了箱子，不由分说地伸手把她牢牢搂在了自己的怀里，动作极其自然和熟稔。

他已经比虞鸢高了一个头。虞鸢完全没反应过来，刚想挣扎，听到耳畔响起的声音后，就呆住了。

"鸢鸢，你不要我了吗？"这声音很轻，让她觉得既陌生又熟悉。

他看着她，带着几分讨好的意味对她说："我知道我做错了事，你生气是应该的。"

少年俊秀的脸近在咫尺,虞鸢能看到他长而黑的睫毛和一张偏阴柔的漂亮面孔,他唇红齿白,鼻梁笔直。对上他漆黑且干净的眼珠,虞鸢整个人都僵住了。

十八岁的谢星朝,她依稀可以从他脸上看出那些她曾无比熟悉的神态。他们暌违了这几年,他和从前她熟悉的男孩已经可以说是判若两人了。

因为意外与惊讶,她脑子里几乎是一片空白。

"这是怎么了?"已经有同学围了过来,不知道这边出了什么事。

"这是我认识的人。"虞鸢涨红了脸,对同学解释。

有人散开了,也有人越发惊讶。

谢星朝依旧没松手,毫不收敛,也毫不介意这些人的视线。他的情绪显而易见地好了起来。

两人小时候几乎形影不离,他那时极黏她,她也乐意照顾他。

可是现在,他不再是那个软软的"奶团子"了,已经比她高出一头了,她能感觉到十八岁男生手臂的力量和温度。

她心里满是没来由的不自在感与一种说不出的陌生感。

她虽然脑子里还是乱七八糟的,但已经稍微镇定了一点。她拍了拍谢星朝的手:"松手。"

感觉到了她切实的体温,嗅到了她身上的味道,谢星朝半点也不想松手,就想这么一直抱着她。

不过,他习惯了听她的话,也深知进退之道,于是松了手,却一直站在她身边。

申知楠还在那儿发呆。

"这是从小在我家长大的弟弟。"

申知楠依旧是满脑子的问号。

她想,这就是虞鸢那个传说中的弟弟?这看来,他们姐弟的感情不是挺好的吗?而且不是说这个弟弟不学无术吗?他这是考上京大了,还是单纯地来找姐姐玩的?

因着早先留下的印象,申知楠对虞鸢弟弟的感觉说不上太好,至少和面前这个乖巧温顺的美少年差之万里。

周围聚集的新生越来越多,虞鸢稍微理了一下思绪:她今天是过来迎新的,遇到谢星朝纯属意外。她低声对谢星朝说:"我现在不太方便。"

知道他们的关系后,一旁的盛昀神情轻松了不少。他温和地对谢星朝说:"你可以先在旁边等等你姐姐,我们是来接我们学校的新生的。"

谢星朝显然没有想走的意思。

虞鸢对他冷淡可以。两人分离了几年,现在,只要她在他身边,就足以让他保持无上的愉悦心情。

但是,从刚才开始,他就不喜欢盛昀。

"我就是新生。"谢星朝似笑非笑,这话是对盛昀说的。

盛昀一脸诧异。并不是他对谢星朝有什么偏见,只是看这少年的气质,确实不像是能考上京大的。不只是因为那张过分漂亮的脸,他看起来更像是天生就居人之上、养尊处优的小少爷,骨子里就刻着傲慢和冷漠。

谢星朝留意到了盛昀的神情,挑眉问:"学长要看录取通知书?"

盛昀没说话,谢星朝从包里翻出录取通知书扔给了他,薄薄的一页纸上写着:地球物理系,谢星朝。

虞鸢脱口而出:"你是来京大报到的?"

她的脑子更乱了。谢星朝,京大?

以前谢星朝那些零分的试卷、惨不忍睹的作业本和数不清的旷课记录,她都记得清清楚楚。

谢星朝当年回了自己家,虞鸢虽然有些孤单,但是不至于因为这种事情对他生气,他长大和离开是迟早的事情,虞鸢完全可以接受。让她失望的,只是他之后的离经叛道。

谢星朝点头,看着她说:"我一直在赶进度,之前落下太多进度,差一点就来不了了。"

虞鸢说不出话了。

大家都是从高中过来的,她知道这轻飘飘的一句话背后意味着什么。几年里,他能提升那么多成绩,背后所付出的汗水和辛苦是绝对不可能少的。

谢星朝察言观色,虞鸢虽什么都没说,表情却已经透露出了她所想的事。

"学得很累。"他乖巧地说,"不过没事,累了就去冲个凉,还是坚持下来了。"

少年的睫毛又长又浓,曾经的婴儿肥已经无影无踪了,他的面颊变得轮廓分明,个子也长高了很多。

他依旧温顺地看着她,像是在默默地邀功。

这个瞬间，她有些心软，像是又看到了孩提时代那个不会说话、默默地坐在门廊边等着她的孩子。

周围不少人在看着他们，这里不是说话的好地方。

虞鸢习惯了将公事和私事分得清清楚楚，她想和他谈谈，但不是现在。

"你和他们一起回去吧，"她终于说，"别的之后到学校了再说。"

谢星朝把自己的行李扔在了一旁，心情很是愉悦："我想等你。"

眼下已经到了日头偏西的时候，活动也快到尾声了，虞鸢便由他去了。

本来虞鸢是不准备随学校的大巴车一起回去的，申知楠约了她去悦百堂吃饭逛街，等活动结束了，两人就直接过去。

问题是现在多了一个谢星朝，她们的计划一下就被打乱了。

谢星朝寸步不离地跟着虞鸢，愉悦、满足得只差背后摇起尾巴来。

而申知楠已经提前在悦百堂订了位子，眼下要取消已经来不及了。

"弟弟一起来吃呗？"申知楠说，"加个位子就是了，当师姐请你的。"

她是典型的北方人，性格爽利。在迎新活动的收尾阶段，谢星朝留下后就一直在帮虞鸢的忙，毫无勉强之意，又听话又努力，她自然对这温顺帅气的美少年印象很好。

虞鸢却有些犹豫。

谢星朝小时候性格很孤僻，刚来虞家的时候，除了她，他基本拒绝和别人沟通。因为不能说话，他在学校朋友极少，甚至可以说是一个朋友都没有。

他那时还有洁癖，饮食起居都不喜欢和外人一起。

申知楠是她的好朋友，她不想谢星朝让申知楠难堪。

她觉得难办，不知道该怎么启齿，于是就问谢星朝："你去吗？不想去就算了，改天我再去找你。"

她拉过谢星朝，放低音量，没让申知楠听到后面那句话。

不料，少年没有犹豫，一口答应了："我去。"

现在和她相处的时间，他一分一秒都不想放过。

申知楠预订的是一家叫TINY SWEET（小甜甜）的餐厅，在悦百堂四楼。

谢星朝的行李少，于是他直接将行李寄存在了外头，三人在餐厅内落座。

这么多年过去了，虞鸢竟然还记得谢星朝喜欢吃什么。

"他不能吃太辣的,这个换别的吧。"虞鸢把菜单上的一道菜划掉。

点到饮料,申知楠问:"鸡尾酒来一点吗?"

"他喝普通饮料就可以了。"虞鸢说。她忽然反应过来了,习惯性地看向谢星朝。

谢星朝小时候身体不好,有很多食物需要忌口,虞鸢都记得,吃饭时也总会记得关照他。

她忘了现在谢星朝已经十八岁了,不再是那个羸弱失语的小男孩,也不再需要她的呵护和照顾了。

谢星朝并没有反驳。他在替她烫洗餐具,动作熟稔自然,显然毫无异议,甚至有几分享受她的关心。

"你们姐弟感情挺好啊。"上菜的间隙,申知楠说,"你们是表姐弟?"

虞鸢摇摇头说:"我们两家只是相熟。"

谢星朝没反驳,吃饭的速度稍微慢了些。

"不是亲的?"申知楠有些意外,但又觉得在情理之中,"我说呢,你们长得一点都不像。"

"鸢鸢。"谢星朝忽然叫了虞鸢一声,把虞鸢爱喝的玉米奶油浓汤推到了她面前,"你试试这个,很好喝。"

虞鸢当着申知楠的面,不会去驳谢星朝的面子,因此,对他擅自改变对她的称呼这件事,她也就默默忍受了。

小时候,谢星朝一直是叫她姐姐的。黏着她时,或者做错了什么事情时,都会乖乖地叫她姐姐,求她原谅。

不过,不知道从什么时候开始,他就再也不这样叫她了。

那段时间,他极其古怪,几乎是从一个极端变到了另外一个极端。

再然后,他就离开了虞家。

"谢叔叔没来送你?"虞鸢问。

谢星朝考上了京大的事情,她半点都不知情,她父母如果知道了,是一定会告诉她的。这么看来,她甚至怀疑谢岗对此不知情了。

"我爸要再婚了,"谢星朝握着刀叉的手顿了一顿,"没时间理我了。"

他没有什么表情,只是说到谢岗要再婚时,长睫垂下,唇微抿着,脸上罩着淡淡的阴影。

虞鸢完全不知道谢岗要再婚的事情,一时愣住了。

她想换个话题："你怎么报了地球物理专业？"

"分数不够，被调剂的。"谢星朝说，"我的第一志愿是金融学专业。"

金融学专业是京大的招牌专业之一，分数线自然也位于京大金字塔的顶端。

他模样生得漂亮，做出这种委屈难过的表情时，最惹人怜爱。

申知楠觉得虞鸢对他有些冷淡。

这么好看又乖巧的弟弟，妈妈去世了，爸爸要再婚了，也没个人陪同，独自来上大学，还没念到自己理想的专业，确实有些可怜。

"鸢鸢，你多开导开导弟弟呗？"申知楠说。

虞鸢终于说："没必要在本科阶段就选热门专业。

"我们学校的地球物理专业也很好，好好学下来，可以打下很扎实的数理基础，研究生转金融学方向很有优势，只是很难。不过你们专业的课程和我们专业的课程有交叉的地方，你有什么不会的，可以来问我。"

她从来都把学习看得很重，性格温柔细致，对人和善又有耐心，对每个人都如此，一视同仁。

谢星朝安静地看着她。他痴迷于此，曾经却也无比痛恨这一点。

一顿饭吃完，三人回了京大。

"宿舍都分配好了，你找宿管大爷拿钥匙就可以住了。"虞鸢现在对新生入学流程也算是了如指掌了，"明天记得早起去报到。"

谢星朝点头。

虞鸢和申知楠住在青藤园，这一级的地球物理系新生都住在紫竹园，相隔不是很远。

时间有些晚了，虞鸢不打算今天和谢星朝详谈，想等开学这些杂七杂八的事情过去后，再抽个时间，好好和他聊一次。

谢星朝没有进去，而是站在门口，一直等到她纤细的背影消失在林荫道的尽头，再也看不到了，才转身进宿舍。

明天就报到了，大多新生已经提前在新生群里找到了自己宿舍的人，提前拉了个小群。

谢星朝没加新生群，自然也没有加寝室群。

527号宿舍的门半掩着，里面已经到了三个男生。

四个床位，三个已经有人了，只剩最后一个靠窗的空着。

一个瘦瘦高高的男生正在桌子前收拾东西,见到谢星朝进来,他露出个灿烂的笑容,开心地道:"这下我们宿舍的人都到齐了。"

"我叫徐小鸥,从济城来的。"他格外友好,指了指自己的桌子,"都是按学校排的号占位的,你缺什么收拾用的工具,我们这儿都有。"

"哟,我们527号宿舍来了个帅哥。"

床上伸出一个脑袋。郁哲把视频暂停了,一骨碌爬起来,探头往下说:"兄弟,贵姓啊?哪里人?"

"陵城,谢星朝。"谢星朝话不多,脸上没什么表情。

几个人都在打量着他——从他用的那个行李箱,到他身上看似普通的卫衣和球鞋。

唐光远平时对这些东西有点研究,一眼扫过去,就大概明白,这舍友家庭条件应该挺优越。

加上谢星朝身上那股子气质,又长着那么一张脸,想不引人注目都不行。

只是新舍友话极少,显然难以沟通。

于是,大家聊着聊着,就变成了三人的主场。

虽然时间不早了,明天又是开学第一天,但是经过一番收拾后,大家依旧谈兴正浓,没人准备睡觉。

谢星朝刚下楼洗完澡回来,一头黑发还湿淋淋的。

北方的高校大多是公共大澡堂,本科生宿舍极少有独立卫浴,不少从南方过来的学生之前从没见过大澡堂子。

"怎么样,是不是第一次体验大澡堂?大伙都赤诚相对。"唐光远笑嘻嘻地说,"感觉咋样啊,兄弟?"

他笑得有点促狭。

擦头发的手停了下,谢星朝把毛巾扔在了一旁。声音里带着丝浅浅的鼻音,透着股懒洋洋的味道,他就这么看着唐光远,眼里似乎含着笑:"嗯?体验什么?"

被那双漆黑的眼珠这么看着,唐光远很快闭上了嘴。

因为这个稍微有些没分寸的玩笑,宿舍的气氛一时有些尴尬,没人再说话了。最后徐小鸥小声说了句:"好晚了,大家睡吧,明天还要报到呢。"

他们能感觉到,这个新舍友难以接近,阴郁又不好揣测。

谢星朝对这些小事完全无所谓,压根没在意,只是看着依旧没什么内容的手机屏幕，抿了抿唇。

学校晚上十一点半准时熄灯。

谢星朝的心情说不上好。他从小对衣食住行要求高，谢家在京州有房子，谢岗知道他被京大录取后，喜形于色，又给他在京大附近买了一套房子。只是，来了学校后，他发现紫竹园离青藤园那么近，去新房子住的念头顿时淡了很多。

床不是很宽，他个头又高，睡着有些狭窄。

外头淡淡的月光透过窗户照了进来，手机上一条消息也在这时跳了出来——来自鸢鸢。

鸢鸢：缺什么，可以和我说。

心情忽然就明亮了起来，他乖巧地回：嗯，晚安。

回到宿舍后，洗漱完，虞鸢出了宿舍去了走廊。

外头人不多，有坐在楼道间小声背书的女生。虞鸢找了个僻静角落，给沈琴打了个电话。

她纠结了一下，还是把白天遇到谢星朝的事情大致告诉了沈琴。

沈琴惊讶得合不拢嘴。

"我们都不知道这件事，当时星朝报志愿那会儿，你爸和你谢叔叔聊过一次，你谢叔叔说他也不知道星朝报了哪个学校。"沈琴说，"他说那孩子主意大，他早已经管不了了。"

虞鸢微皱着眉，想起了谢星朝说的"我爸要再婚了，没时间理我了"。

"妈，谢叔叔最近还在陵城吗？"她斟酌了一下，并没有直接问。

沈琴说："好像不在，出国了。你爸说他现在一年只有一两个月在国内。"

虞鸢没再问下去了。

谢星朝和谢岗的关系以前一直不太好，在谢星朝叛逆期的那几年，父子俩甚至可以说是势同水火。

如果谢岗真的要再婚了，再想修复他们的父子关系，想必会变得更难吧？

虞鸢心情很复杂。

虽说这些都是他们谢家的事情，她完全没必要多问，但是，她从小操心谢星朝，这不知是不是已经成了刻在她骨子里的习惯……

"鸢宝。"电话那头，沈琴的声音把她的心神拉了回来。

她交代虞鸢:"鸢宝,你在学校还是要看着点星朝,这个年龄的男孩都爱玩,你看着他点,不要让他把路再走歪了。"
虞鸢回过神,"嗯"了声。
挂断电话后,虞鸢稍微整理了下心情。
说实话,她和谢星朝,并没有闹过什么不可调和的矛盾,最多是她单方面的不解和失望。而现在,谢星朝靠自己的本事考到京大来了,她似乎也没有失望的道理了。
虞鸢有些头疼。她的生活一贯简单,人际关系也一向稳定,谢星朝可以说是她这二十一年的生命里出现过的最大的不确定因素。
她现在拿不准到底该用什么态度来对待谢星朝——还像小时候那么亲密?这是绝对不可能的了;但是就这么对他不管不顾,也是不可能的。
他小时候就已经无师自通地学会了在她面前撒娇,也从不吝啬对她撒娇。
她心软,他自然也知道这点。
虞鸢叹了口气。

第二天,新生开始为期两周的军训。
经过令所有同学叫苦连天的训练后,新生正式开学了。
虞鸢也开了学。大三是她专业课密集程度最高的一年,七八门专业课,随机过程、动态优化、偏微分方程……都是些费脑子的课程。
这一年的绩点对学生保送研究生格外重要,虞鸢前两年的综合排名在系里排前三,只要她这学期名次不掉很多,保送研究生就很有把握了。
下午,虞鸢和申知楠两人上完编程课,从机房里回来,申知楠有气无力地问:"今天是不是新生第一天上课?"
虞鸢:"好像是吧。"
申知楠:"你弟咋样了?"
虞鸢从书包里拿出手机一看,头皮轻微地发麻。她的手机上居然有十余个未接来电,电话都是谢星朝打来的。
虞鸢上课时都会把手机静音,今天一整天她实在太忙,所以都没看手机。
"你也太冷淡啦!"申知楠说,"他多乖啊,估计就想让你去看看他。"

京大,新生报到的广场附近,谢星朝单肩背着包,虞鸢依旧没有接电话。

他站在那里很是惹眼，光是来搭讪的女生就已经有三四个了。

手机彻底没电关机了，他冷着脸，把手机揣回兜里，离开了。

京大男女生宿舍是不让异性进去的，每年新生报到的这几天例外。

紫竹园的大门大开着，不少人进进出出。谢星朝没吃晚饭，回宿舍时，心情糟透了。

回到527号宿舍时，他刚进门，眉心就是一跳。

虞鸢回谢星朝电话时，那边却提示手机已关机。她知道谢星朝的寝室在哪儿，左思右想了一会儿，还是决定去看看情况。

她来宿舍是唐光远开的门，唐光远完全没料到外头会是个漂亮姐姐。

谢星朝不在宿舍，虞鸢进门看到一个瘦高的少年，他样子迷迷糊糊的，正光着上身在铺上睡觉。冷不防地看到她，少年惊得差点从床上掉下来。

徐小鸥手忙脚乱地找自己的衣服，谢星朝就是在这时进来的。谢星朝看到这一幕，脸色阴沉了一瞬，等虞鸢看到他时，他又很快把表情掩饰好。

"我手机没电了。"他说，"鸢鸢，你怎么来这儿了？"

虞鸢飞快地小声说了句："我爸妈叫我来看看你。"

她不打算在这儿和他多说什么，只是过来看看他的居住环境和舍友。

"星朝给你们添麻烦了。"虞鸢诚恳地说，"我叫虞鸢，在数学系念大三，就住在你们旁边的青藤园。如果他有什么事情，或者你们有什么需要帮忙的事，都可以来找我，这是我的电话号码……"

"姐姐放心，"唐光远豪情万丈，"那当然没问题。我们大家住在一个寝室，就都是异父异母的兄弟。"

徐小鸥和郁哲也连忙附和。

虞鸢抿着唇笑："谢谢你们，那我就先走啦。"

见到了谢星朝，看他舍友也都不错，她也算是放心了。

虞鸢离开时，宿舍里有一股淡淡的橙味香风，让人心旷神怡。

唐光远刚想说什么，谢星朝就已经沉着脸，带上了门，追着她去了。

京大校园的夜景格外漂亮。

虞鸢听到身后响起熟悉的脚步声，谢星朝修长的影子逐渐靠近。

湖畔种着垂柳，有不少小情侣在附近散步，澄澈的月光洒下，晚风吹过湖面，带着几分水汽。

虞鸢慢下脚步："还有什么事吗？"

"鸢鸢，以后你想找我，可以直接叫我出来。"他沉默了片刻，嘟囔道，"我也不会有什么事情需要麻烦他们……"

这后半句他声音很低，虞鸢捕捉到了他话里的一丝情绪。

想起他离开虞家后的那几年，她垂着眼，轻声说："我知道你现在长大了，不喜欢我管你，以后我也不会再多管的，你可以放心。"

她并没有多少生气的意思，只是淡淡地陈述着。

虞鸢完全没想到的是，谢星朝顿住了脚步，随后竟然不管不顾地从背后一把搂住了她。

"没有，我就喜欢你管我。"他心满意足地搂着她，在她的肩窝里蹭了蹭，低声说。

清爽干净的气息迎面而来，落在虞鸢的耳后，拂动着她的发丝，让她感觉有几分陌生。

虽然是晚上了，但是湖畔的行人一点都不少，有小虫子在路灯下嗡嗡地飞过，这是个舒适静谧中带着燥热的夏夜。

他体温很高，被他这么从背后紧紧搂住，虞鸢只觉得像是被一个火炉罩住了，这和他小时候拥过来时给她的感觉完全不同。

虞鸢又感觉到了与他重逢后和他相处时的那份异样。周围人实在太多了，她顿了半晌，去拉他的手："松开。"

被训了，他有些委屈："鸢鸢。"

虞鸢叹了口气，终于下定决心说："我们谈一谈吧。"

谢星朝还没回答，她忽然听到有人高声叫她的名字："虞鸢！"

她扭头一看，是两个男生。他们是从湖对面走来的，不知道在那儿停了多久了。

因为这边靠近宿舍区，环境又宜人，夏夜有不少学生在这条道路上散步，她碰见熟人也不奇怪。

来者是盛昀和杨之舒。

杨之舒是虞鸢的同班同学，两人是同一个导师。杨之舒很有学术才华，因为两人之前有合写论文的经历，虞鸢和他还算熟悉。

虞鸢倒是不知道杨之舒和盛昀原来是认识的。

盛昀本来是和杨之舒约着去超市买东西，买完准备回宿舍，杨之舒眼尖，看到湖对面的两人时，惊讶地叫了起来："那不是虞鸢吗？我正好要找她呢。旁边那人是谁啊？她男朋友？"

盛昀看清楚了："那是她弟。"

"弟弟？哪有弟弟是这样的啊？

"那是她爸妈朋友家的孩子，他们也没谈恋爱。你不是找她有事？"盛昀说完，冲杨之舒仰起下巴，"现在去找呗。"

虞鸢长得很漂亮，性格内敛低调，从大一到现在，喜欢她的人不少，但是敢去表白的不多。在学院里，她背地里其实有个"冷美人"的绰号。

盛昀和杨之舒从湖对面走了过来，一下把虞鸢的思绪给打断了，她也不好再继续和谢星朝说话，还稍微离他远了一些。

她有些尴尬。

为了掩饰这份尴尬，她随口问："你们原来是认识的吗？"

杨之舒说："我们是高中同学。我正找你有事呢。

"就是我们之前论文的事情。我前几天去找严导了，他说他已经帮我们投了期刊，大概率能成。这几天我又想了个感兴趣的方向，是从之前的论文引申出来的，关于连续体结构拓扑优化方法的。我就想问，你之后还有空和我合作吗？"

"你用微信把详细资料给我发过来。"虞鸢想了想，"我先看一看？"

"好。"

杨之舒把话说完后，看向了一旁的谢星朝："我刚才打扰你们了？"

虞鸢忙说："没有。"

盛昀似是在感慨："感情真好。"

他说："小弟弟，我记得你是地球物理系的吧？提前跟你说一声，你们课程都挺难的。"他的视线轻飘飘地落在谢星朝身上，目光意味深长，"有什么不会的，可以多来问问师兄师姐。"

"多谢学长。"谢星朝笑了，"不过，鸢鸢可以教我。"他眨了眨眼，"毕竟，鸢鸢的成绩比学长的成绩好多了吧？"

盛昀的笑容僵在了脸上。

"星朝！"虞鸢很尴尬，想制止他。

谢星朝看向她，乖巧地说："地球物理既然这么难学，我成绩不行，到时候肯定有很多不会的，得麻烦鸢鸢了。"

杨之舒一阵无语，心想：弟弟，你这不才刚开学第一天，什么都不会你是怎么混到京大来的？

　　盛昀的脸色极为难看。虞鸢冲盛昀连声道歉："对不起，他交际少，不会说话，你别往心里去。"

　　盛昀勉强露出了个笑容："没事。"

　　盛昀两人的背影完全消后失，虞鸢脸上的笑容也消失了，她说："星朝，你也不是小孩了，以后和别人说话要注意分寸。"

　　她当谢星朝是不擅交际，很孩子气，才什么话都直接往外说的。

　　谢星朝乖巧地应声："嗯，下次不会再说了。我确实不会说话。"他垂着长睫，低声说，"没朋友，又当过那么久的哑巴。"

第二章

从小，就只有你对我好

湖畔有家二十四小时营业的咖啡厅。她叹了口气："去里面坐吧，我正好有事想和你谈谈。"

谢星朝跟在她身后。

虞鸢背影纤细，扎着黑发，露出的一截脖颈雪白如玉。

他隐去脸上的笑意，想，不是小孩？在她心里，她真的没继续把他当成小孩吗？

"坐吧。"虞鸢找了一处两人座的位置——靠窗，很不显眼。

冷饮上来后，虞鸢什么也没说。

玻璃杯外头逐渐凝结了细细的水珠，薄荷叶上下浮动着。她拿勺子轻轻戳了戳叶子，垂着眼，清丽的脸上没了平时经常带着的笑容。

谢星朝坐在她对面，半晌后，问："鸢鸢，那两个男生和你很熟吗？"

为什么反过来变成谢星朝盘问她了？

"一般熟。"虞鸢抬眸看着他，尽量温和地道，"你就没什么想说的？关于那几年。"

咖啡厅内很是安静，音乐悠扬，虞鸢安静地等他开口。

"我那几年，过得很混乱。"谢星朝抿了抿唇，"那时我和我爸吵了很多次架，他开始往家里带我不认识的女人，让我叫她们妈。他还叫我回去住，说已经太麻烦你们家了，说我再待下去，你们都会厌烦我，说没人愿意这么照顾一个和自己家毫无关系的有坏脾气的病秧子。"

虞鸢不知道发生过这种事情，她忍不住说："我们没有！"

"我知道，叔叔阿姨都是很好的人。"谢星朝唇角牵起一丝笑，"只是当时我没想通。"

他垂着眼说:"当时我不知道未来在哪里,该去做些什么,活得浑浑噩噩。等我清醒一些后,已经觉得没脸再去见你们了。我现在也弄不清楚我当时到底在想什么。"

他脸色有些苍白,说:"那些人在背地里笑话我。从小到大,我不想老是让你保护我。"

小时候,他忽然失声,总会有不识相的人讥笑他是小哑巴,虞鸢护着他,一向温柔不曾和人红过脸的她,因为这件事情,几次和别人动过怒。

也有人在背地里议论过,说他爸不要这个小哑巴孩子了,就把他扔给别人,自己要再婚,生下新的孩子。

虞鸢沉默了。她想起那晚回到陵城时,在暴雨里见到的陌生的谢星朝。

虽然她从来没有对任何人提起过,但是那一幕曾经是她的心结。午夜梦回时,每每想起,她都会难受。

谢星朝并没有为自己辩解,只说:"鸢鸢,是我错了,那段时间我做错了很多很多事情,走了歪路。"

男生的叛逆期一般比女生的叛逆期来得要迟,虞鸢自己似乎完全没有经历过这个时期。

但是她知道谢星朝和她的情况本来就不一样,他从小没有妈妈,谢岗陪伴他的时间也少得可怜,他小时候还遭遇过那样恐怖的经历。

谢星朝没骗她,没有欺瞒她,把那段经历都告诉了她。

虞鸢舒了口气。

她心软,他小时候每一次小心翼翼地讨好她,她最后都会心软。

"你现在对我失望了吗?"他问,"你能原谅我吗?"

谢星朝的一双眼睛生得尤其好,眼珠漆黑,明亮干净,眼角微微下垂,他这么看人时,显得格外乖巧,十分惹人疼。

她实在也没有那种本事再硬着心肠埋怨他。

虞鸢说:"都过去了,你现在也上大学了,不要再和以前的那些朋友联系了。好好学习,多交些新朋友,性格尽量开朗外向一些。"

她的声音恢复了几分平日的温柔:"再有什么不愉快的事情,你都可以找我说,不要再憋在心里。"

谢星朝眸子一亮:"好。鸢鸢,你不要不理我。"他低声说着,想去握她的手。

虞鸢其实已经对他生不起气来了，也就没躲开，还像小时候安慰他那样，在他的手背上轻轻拍了拍。

虞鸢的手指白皙柔软，指甲上有十个干净的小月牙。

她的手轻轻地在他的手背上拂过，很快便被她收回。

他心尖发酥，心情美好。

虞鸢再问了些别的情况，谢星朝基本是有问必答的。

两人分开了那么多年，还是关键的成长期那几年。两人都已经有了很大的变化，中间的那些空白是不可能一朝就填补完毕的。

两人离开咖啡厅后，外头的月亮已经爬上了柳梢。

谢星朝要送虞鸢回宿舍，虞鸢想说"不用了"，但没拗得过他。

谢星朝忽然说："鸢鸢，你可以把你的课表给我一份吗？"

虞鸢感到很疑惑。她记得，京大的大一新生应该是不能选课的，课程一般是由系统导入的。

他似不在意地道："你不是说我们的课程有交叉吗？我想看一看你们都学些什么，提前预习一下。"

虞鸢一向很欣赏上进勤恳的人，她很快答应下来："回去发给你。你好好学习，不懂的就来问我，课程上、生活上，有什么需要都可以对我说。把你的课表也给我一份吧，这样我来找你也好挑时间，不会打扰你上课。"

"所以鸢鸢，你会经常来找我？"他敏锐地捕捉到了虞鸢话里自己想听的部分，他的眸子亮亮的，声音里的欣喜与愉快之意不加掩饰。

虞鸢移开了视线，慢吞吞地道："有事就找，没事不找。"

小时候谢星朝便经常这么看着她。他生得那么漂亮乖巧，又格外听话，这么看着人时，直叫人心都化了大半。

她怕自己再见到他这副模样后，又会像以前一样对他纵容。

好在他们很快就到她的宿舍楼下了。

虞鸢第二天还有早课。

"我先走了。"与他道别了一声，她没再拖拉，回了自己的宿舍。

舍友都在。

"有情况啊？这么晚回来。"余柠搁下正在玩的手机。

虞鸢把包放下:"找我弟弟聊了聊。"

"你弟?"余柠回想道,"你哪来的弟弟啊?我记得你是独生女啊。"

"是我妈妈朋友的孩子,"虞鸢解释,"他小时候身体不好,在我家住过很长一段时间。"

一旁的申知楠凑过来,眉飞色舞地说:"很帅,可惜你们没见过。他今年十八岁,特别乖,是特别帅气的一个弟弟。"

余柠眼睛一亮:"那我喜欢。鸢鸢,不如你把他的联系方式给我?"

大家笑闹成一团。

虞鸢洗漱完,准备睡觉时,手机屏幕一亮,是谢星朝发来了消息,他和她说晚安。

谢星朝的微信头像是个小狗,小狗长着白毛,看着有几分像萨摩耶犬,可嘴巴和鼻子有点尖,又有点像北极狐。

只是和别的小狗头像不一样,这只小狗有张委屈脸,小嘴巴往下撇着,小脑袋埋在枕头里。

虞鸢盯着他的头像看了半天,仿佛看到了小时候闹别扭的谢星朝。那时候的他总是抿着唇,闷闷地把脑袋埋在枕头里,只趁她不注意时探出头来偷看她,可怜巴巴的,暗暗地等她去哄。

她笑了,回了句"晚安",关了手机。

开学典礼还没办,这几天学生的课表倒是下来了。这天谢星朝回到宿舍,看到宿舍里三个人都在,人手一台电脑,正在对他们刚发下来的课表进行全方位的"研读"。

谢星朝稍微停顿了一秒,面无表情地回了自己座位,显然对他们在做的事情毫无兴趣。

"今天我们的课表下来了,"还是徐小鸥探过身子,对他说,"好多力学和数学的课啊。星朝,你分到哪个老师了?我听说有几个老师给分特严。"

京大大一上学期是没有选修课的,都是学校给安排的课程,所以学生被分配到哪个老师那里,都看运气了。

谢星朝随口答:"嗯。"他的声音里明显透着敷衍之意。

徐小鸥还想说什么,郁哲忽然惨叫:"你们看到附加课程了吗?"

"体育课竟然是太极拳?"

"男生还都要跑三千米?京大是体校吧?我这么拼就考了个体校?"

谢星朝拧开了一瓶冰水,喝了几口。

虞鸢果然把她的课表发了过来。她做事认真细致,除去自己的专业课外,她还把前两年上过的选修课列了详细的清单,说他以后选课时可以参考一下。

郁哲还在惨叫,唐光远了解详情后,也开始和他一起惨叫了,只有徐小鸥一个人还在试图安慰他们。

徐小鸥试图转移话题:"我师兄给我发了个软件,那是他自己做的,可以查到每门课的上课时间、地点。你们有想查的课吗?"

郁哲和唐光远没理他,一旁一直安静的谢星朝突然开口:"我有。"

徐小鸥很意外:"嗯?"

在他的印象里,谢星朝对这些根本不关心。

他忙说:"好的、好的,有课名和老师就行了。"

看完谢星朝发来的那些课后,徐小鸥呆了,犹豫再三后,还是开口问道:"那个,这些课我们能听懂吗?你以前是搞数学竞赛的吗?"

谢星朝发来的都是数学系的专业课,而且看着还不是初级的,徐小鸥只能想出这么一个稍微合理的解释。

谢星朝靠在椅子上,灯光下,他的眉目越发显得好看。他语气没什么波动:"想多学点而已。"

刚开学事情确实不怎么多,虞鸢的家教兼职还没开始做,这学期的学习也逐渐步入正轨,因此她还算忙得过来,每天都过得很充实。

不过,她这几天又多了个事——带谢星朝熟悉校园环境。

虞鸢记得他小时候还算认路,可是现在不知道是不是因为到了一个完全陌生的环境,而且京大校园也确实比较大,他在微信上对她提了几次,说在学校里迷路了。

虞鸢带谢星朝逛了一圈后,有些走累了,谢星朝注意到后,说:"鸢鸢,一起去吃饭?"

虞鸢想了想答应了下来。

谢星朝的手机振了振,他摁掉了,没看手机。

虞鸢问:"有人找你吗?"

谢星朝说:"不,话费账单短信。"

虞茑没多想。

"我晕了,这学校也太大了!阿朝人在哪儿啊?他不是骗我们的吧?其实他现在跑到国外读书去了?"

"我说阿朝怎么可能考得上京大!"

许遇冬染着一头黄毛,在京大校园里显得有几分特立独行。路和开着地图导航,两人在林荫道上四处穿梭,活像两头失控了的野牦牛。

"那是不是阿朝啊?我瞧着像他,他旁边怎么还有个女生?"许遇冬指着不远处林荫道上并肩而行的两人。

"不是吧?你认错了。"路和说,"众所周知,阿朝是出了名地对异性冷淡,不可能和女生一起走,所以那人肯定不是阿朝。"

许遇冬和路和如愿报上了江大的"2+2"项目。江大和京大距离不远,都在一条地铁线上,就隔着三四站路。

最开始知道谢星朝被京大录取后,两人惊讶得眼珠都要掉出来了。

不过在发现京大、江大两个学校相隔这么近后,他俩很快就释然了。

开学没几天,许遇冬就和路和约好,两人晚上要去京大找谢星朝玩。

谢星朝就回了四字:"有事,别来。"

许遇冬和路和商量了下,一致觉得,阿朝能有什么事?他肯定只是口是心非不想让他们来,等见到他们了,肯定会感到惊喜。

只是他们没想到,这人电话不接、短信不回,他们怎么都联系不到他。

虞茑也觉得有些不对。不远处似乎有人一直在看着他们,还在讨论什么。

"没什么。"谢星朝稍微遮了她一下。

路和的手机响了下。

"阿朝回我信息了。"路和激动不已。

"回的什么?"许遇冬问。

"说再看就别怪他不讲情面了!"

许遇冬:"……"

"哦,真是阿朝啊。"许遇冬说,"旁边那女生是谁啊?"

"太远了,没看清。"

谢星朝居然会和一个女生走在一起,而且两人看着关系还不错。他脸上的神情,也是许遇冬他们之前从未见过的。

他们是真的觉得奇怪。

之前,他们讨论各自喜欢的女孩类型时,问到谢星朝,都以为他肯定不会回答了。

谢星朝靠在椅背上,伸着两条长腿,却开口了。

"年龄比我大的。"他说,"温柔,有耐心……"

他心中空茫,看着夜空,似乎在看很远的地方。最后那几个字停留在他的舌尖,他没有说出口。

他有什么办法呢?他心心念念的那个人,永远不会喜欢他。

他只能一直待在她身边,看她一天比一天耀眼,最后嫁给一个陌生的男人;而他,将依旧扮演着一个乖巧的"好弟弟"。

他只是想象一下,就气愤不已。

他不可能让那个场景成真。

许遇冬和路和都知道谢星朝的脾气,收到那条消息后,他俩都老实了,不敢再跟着了。

虞鸢原本一直隐约觉得有人在跟着他们,等过了一段时间,再留意时,发现身后一直跟着他们的人不见了。

她觉得舒坦了不少。虽然京大校园的安保工作做得很好,校园里不至于出现安全问题,但被这种奇怪的人一直跟着,她还是有些不自在。

平时虞鸢自己吃饭都是在一食堂吃的,不过今天是和谢星朝一起,就不打算带他吃一般的食堂。

"去二楼吧?"她说,"我带你去试试那里的滇菜。"

到了食堂后她叫谢星朝点菜,他没点太多,点的几样都是她爱吃的。

虞鸢掰开一双筷子:"不用给我省钱啦。"

这个年龄的男孩,应该都是相当能吃的。

"之前发的工资还没用完呢。"她说,"请你吃顿饭还是够的。"

"鸢鸢,你在做兼职?"谢星朝停了筷子。

"嗯。"虞鸢在尝一块香草排骨,"做家教,帮别人补习数学和物理。"

"女生?"谢星朝问。

虞鸢随口答道:"男生,今年该升高二了,数学、物理都有点跟不上。我主要帮他补数学,偶尔也教物理,他家里人觉得去年我帮他补习的效果不错,今年想叫我继续教他。"

谢星朝沉默了片刻:"你打算去吗?"

虞鸢说:"还在考虑。"

大三的她课业繁重,虽然那个学生的家长说可以减少补课时数,但她现在还没定下来到底去不去。

吃完饭,两人从餐厅里出来,虞鸢以为做家教这事早就过去了,但谢星朝一路沉默着。

"你都没有教过我。"他忽然低声说了句,像是在自言自语。

反应了半天,虞鸢才明白他在闹什么别扭。

她确实从没教过谢星朝学习。就这种鸡毛蒜皮的事情,他还非得比较。

她弯眼笑了笑:"你自己不是也学得很好了?都考到京大来了。"

"鸢鸢。"谢星朝忽然叫她,神态有几分认真。

这似乎是他思考后得出的结论,他说:"你不如来当我的家教吧?"

不等虞鸢回答,他飞快地补充道:"我们系的课程太难了,我好多都不会。我也可以给你开工资的。"

他天生就擅长在她面前撒娇。虞鸢想明白了,觉得又好气又好笑:"你别胡说。"

"我肯定不会。"他还不放弃。

"别闹了。"趁着谢星朝止住了步子,她站在台阶上,借着地势,轻轻揉了揉他的头发。

谢星朝的黑发很细,触感光滑,非常柔顺漂亮。

他果然温顺了,由着她抚摸,显然很是受用。

"我想多和你待在一起。"他轻声说,"你平时太忙了。"

虞鸢忽然又想到了他们的小时候。他那时对她的依赖几乎到了一种病态的程度,好在在他能说话后有了改善,但随后又滑向了另一个极端。

"我不一定去做家教的。"她温和地说,"你有什么不懂的,随时可以来找我。"

他握住了她的手腕:"你不会再教别人了?"

他的眼珠很黑,在星空下被衬得格外漂亮,明亮透彻,似乎一眼就可以让人望见底。

他这话说得古怪,虞鸢只道他依旧有些孩子气,便耐心地解释道:"只是一份兼职而已，说不定什么时候就结束了，你什么时候来找我都可以。"

少年终于"嗯"了一声，垂下眼，不再继续这个话题了。

虞鸢心里松了口气。谢星朝有时候闹起人来，执拗得可怕，就像小时候她没回家的那天晚上一样。不过随着他年岁渐长，这种情况好了很多。

而且好在他在虞鸢面前一向乖顺，即使是闹别扭了，情绪也很容易被安抚好。他从小就是很好哄的孩子。

谢星朝送虞鸢回了宿舍。

谢星朝回紫竹园时，路和、许遇冬已经在路上等着了。接到谢星朝的消息后，他们不敢再跟着了，于是转而来到他宿舍楼下守株待兔。

"回来得这么快？"路和嘀咕。

和他们在一起时，谢星朝脸上一向不怎么显情绪，所以他们也看不出来他到底心情如何。

谢星朝没说话，刷卡进门，路和和许遇冬浑水摸鱼，也随着吃饭回来的学生一起进去了。

"阿朝，出去玩吗？"许遇冬说，"这附近好多好玩的地儿，啥都有。"

他搓了搓手，笑嘻嘻的，这几天他已经把附近这一块都摸透了。

许遇冬本质不坏，就是喜欢吃喝玩乐，什么新鲜刺激的玩意儿都想尝试。

谢星朝是路和的同学，当年许遇冬是通过路和认识他的，可是一直到现在，许遇冬都觉得自己不了解谢星朝。

谢星朝和他们不一样，即使是在三人以前联系得最紧密的那几年，许遇冬都觉得谢星朝跟他们玩只是为了发泄出心底那股压抑得极深的可怕的情绪。

527号宿舍里现在只有徐小鸥一个人，他正在预习力学。

见到许遇冬和路和时，他悄悄把自己的椅子往回挪了点。

谢星朝一笑，随口问："附近有什么好玩的？"

徐小鸥才发现，谢星朝笑起来的时候，眼睛里也是没有什么笑意的。

"那个……星朝，宿舍晚上十一点就关门了。"徐小鸥鼓起勇气说。

谢星朝没在意。他拎起外套，似乎是真的准备和路和他们一起出去。

徐小鸥小声说："虞师姐会担心你的，她在微信里和我提过好几次。"

之前虞鸢和他们说过，要他们帮忙看着谢星朝。

京大对学生其实管得挺松的，但是学生要是真的在外面彻夜不归、惹是生非，少说也得背个处分。

"担心我？"谢星朝似乎笑了笑。

徐小鸥的手抖了下，笔在草稿纸上画出了一道歪曲的线。

他觉得此时的谢星朝很可怕，又说不上来是哪里可怕。他说："嗯，她很关心你……"

"真觉得我是她弟了？"谢星朝神情平静，笑意不达眼底。

谢星朝说："你明明知道，我们根本没有血缘关系。"

他用只有两人能听到的音量，一字一顿地说："我喜欢她，她也喜欢我。"他语调平淡，眼底没有一丝笑意。

"所以，以后我们的事情，"他从椅子上站起来说，"你别掺和。"

徐小鸥不敢相信自己的耳朵，脸一下子涨得通红。

谢星朝毫不在意，拿了衣服直接往外走，什么也不再解释。

最终，谢星朝和许遇冬他们一起出了门。徐小鸥纠结了半天，最后握着手机躺在床上，居然就这么迷迷糊糊地睡着了。

宿舍里安安静静的，只有空调机运行的声音。

谢星朝居然一晚上都没有回来。

第二天早上，徐小鸥迷迷糊糊地起来时，谢星朝正好推门进来。

谢星朝刚洗漱完，额发微微被打湿了，干净清爽，脸上是冷淡的表情，至少看着不像是在外头发生过什么事情。

他收拾了课本和笔记本，居然是一副要去上课的模样。

徐小鸥愣了半晌，这才略微松了口气。

昨天的事情，徐小鸥思来想去，最后还是没有告诉虞鸢，心里却满满的都是负罪感。

徐小鸥想起谢星朝昨晚说的话，虞师姐和他真的在谈恋爱吗？

开学后，虞鸢的心思一直放在课程上，家教那边的事她还没答应下来。

这天一大早，虞鸢去上课。

偏微分方程的课是小班教学，两个班一起才四十个人，教室也不大。这门课的教授是出了名的"点名狂魔"。

申知楠和叶期栩都和她不在一个班，所以她每次来，都是一个人。

她按照惯例在第二排坐了下来。

因为该教授不但喜欢点名，还喜欢临时提问，而且爱抽离自己近的学生提问，所以他的课上，教室前两排的位子平时都空荡荡的，大家都往后挤着坐。

只有虞鸢一个人坐在第二排。

大家也都习惯了。

虞鸢喝完早餐奶，出去扔了个盒子，回来时，意外地看到自己座位旁边摆了一个灰色笔记本。

虞鸢觉得有些奇怪，也没太在意。

上课铃响后，看到出现在身旁座位上的人，虞鸢顿时傻了眼。

"你怎么跑这儿来了？"她顾不上那么多，拉过谢星朝低声问。

这是在上课，不是平常在外头的时候，她可以肆无忌惮地纵容他。

谢星朝眨了眨眼，乖巧地说："来蹭课啊。"

虞鸢："你自己的课怎么办？"

"我这节没课。"谢星朝说，"鸢鸢，你要看课表吗？"

教授已经走上讲台了，教室里瞬间安静了下来。

虞鸢彻底拿他没办法了。

毕竟他想多学点知识，怎么也比闲下来去外头打架滋事要好多了。

教授打开电脑后，显然也是注意到了"队形"有些不对，他的视线从他们两人的脸上扫过，虞鸢浑身紧绷。他显然是觉得有哪里不太一样，具体又没有分辨出来。

教授打开PPT（演示文稿）："先点个名吧，替答的想清楚，被发现了，你自己的平时分就别想要了。"

讲台下噤若寒蝉。

"杨之舒。"

"到。"

"徐鹏远。"

"到。"

…………

"虞鸢。"

"到。"

点名字完成了，教授对数字敏感，把答到的人和花名册上的人数对上了——他有些困惑地再数了一遍教室里的人数。

"怎么多了一个？"

少人还正常，多出一个人就显得诡异了。

虞鸢耳尖微红，坐立不安。谢星朝自己倒是完全不在意，半点没有成为这个"多出来的一个"的不安感。

他能坐到虞鸢身旁的位子，而且这排只有他们两个人，心情格外愉悦。

"同学，"他皱眉问谢星朝，"你叫什么？是我们班的学生吗？走错了就赶紧出去。"

虞鸢心都提了起来。

她还没来得及说什么，一旁的谢星朝就已经站起来了："我是外系的新生，今年没机会选到您的课程，但是早早就听说您的课很有名，所以想提前来学习一下。"

他生了一张漂亮面孔，这么看着别人说话时，温顺诚挚，极容易获得别人的好感。

教授显然很受用。他轻咳了一声，没再叫他出去。

杨之舒也在这个班。本来他在看书，教授问话时，他认出了谢星朝，像见了鬼一样。

"这不是那谁，和虞鸢一起过来的？"杨之舒拉过一旁的同学问。

"啊？虞鸢？"

"是个小师弟，专门过来找虞鸢的。"

"啥？虞鸢带她的小男朋友来上老头的课，这么厉害的？她不怕小男朋友的身心被摧残啊？"

三人成虎，这消息还没传到几个人耳中，意思就已经完全被歪曲了。

"教授，这是课代表的小男朋友，一心向学呢。"有个男生梗着脖子吼了一嗓子，"您就通融一下吧。"

班上一阵哄堂大笑。虞鸢的脸唰的一下红了。

谢星朝握笔的手顿了一下，但他什么都没说。

"交朋友可以啊，不要一起逃课，一起学习多好啊。"教授也乐了，"互相督促嘛。"

他问谢星朝："你是哪个专业的？"

"地球物理。"

"那听我的课也不吃亏。"教授笑着说,"虞同学可是非常优秀的。"

这下虞鸢的脸彻底红到了耳后根,她皮肤雪白,红意就尤为明显。她一脸的羞惭和恼怒。

她平时少有这种失控的时候,谢星朝也是第一次见到。

他喉结滚动,轻声问:"鸢鸢,我去解释一下吧?"

虞鸢摁住了他的手,红着耳朵轻轻摇了摇头。

她现在只希望这件事情赶紧过去,不要再因为她的事情耽搁大家的上课时间了。

谢星朝一向听她的话,点点头,乖巧地不再多说。

三个小时的课程,中间有二十分钟的休息时间。

教授一离开教室,虞鸢的桌子旁就围满了人。

"这是咋回事啊?"

"选择在老头的课堂公开秀恩爱?"

"鸢鸢,你真交男朋友了?"

虞鸢声音微弱,耳尖还有些红,她愠怒地盯着最初那个拱火的男生:"是谁第一个乱说的?这是我在老家认识的弟弟!"

谢星朝正好从外面打水回来,给她把杯子放在了桌上。他听到这句话,只是沉默,没有多加解释。

"鸢鸢,水。"他说。

似是怕她生气了,他依旧站着,没有在她身边坐下。

从虞鸢的角度看,可以看到谢星朝低垂的长睫。谢星朝的眼尾生得略微下垂,这样看着就越发显得他温顺、无辜,像一只惹人怜爱的小狗。

虞鸢低声说了句"谢谢",从他手里接过杯子,是满满一杯温开水。

她最近到了生理期,有痛经的毛病。

这件事情再怎么想,谢星朝也没做错什么,虞鸢不是那种迁怒于人的人,自然也不可能对他生气。

见谢星朝这么温柔细致地照顾人,有女生夸张地"哇"了声,凑过来问:"师弟,这么会照顾人,你有女朋友吗?"

谢星朝头也不回地答:"没有。"

虞鸢确实没听说谢星朝和哪个女生关系很好过，谢星朝从小孤僻，大了后，和他关系近的也都是同龄男生。

"那师弟要找女朋友吗？"有个比较直接的师姐笑嘻嘻地问。

这种帅气温柔的小师弟，谁看了都想捉弄一番。

人越聚越多，不知道这个师姐是开玩笑还是真的想知道答案。

虞鸢长长舒了一口气，喝下热水后，小腹的坠胀感轻了不少。她捧着杯子，不想再对这件事情发表任何看法，只当自己不存在。

其实，她也不知道该如何处理这种状况。

从中学时代开始，她一直是循规蹈矩的乖乖女。谢星朝是她生活里最大的意外，除此之外，她的生活都是无波无澜的。

谢星朝只是笑了一下，看着虞鸢："我都听鸢鸢的。"

他恰到好处地补充了一句："鸢鸢不想让我谈朋友的话，我就不会谈。"

"你这么大了，都上大学了，还这么听虞鸢的话？"

谢星朝没有反驳，丝毫不介意地说："是的。"

他微微垂下眼睫，此时此刻，就是一副温柔乖巧的俊秀少年模样，温润无害。

众人的视线又齐刷刷地转到了虞鸢身上。

话题骤然又被抛了回来，虞鸢欲言又止，不知道该如何开口。

好在就在这时，休息时间结束了，教授回了教室，终于把她从这一困境中解救了出来。

这大概是虞鸢上过的最漫长难挨的一节课了。

谢星朝倒像是什么也没有发生过一般，正常地听课、做笔记，很专注。

下课后，怕留下再被纠缠着问问题，虞鸢收拾好书本，直接快步出了教室。她听到身后有脚步声，谢星朝果然追着过来了。

"我哪里做得不对吗？"他小心翼翼地问，"你讨厌我那么回答？"

"你如果有喜欢的女生，可以去追，"她心平气和地道，"不必问我。"

她疼爱谢星朝，但是不代表她会事事过问，去限制他的自由。

谢星朝眨巴着眼睛问："如果她不喜欢我怎么办？"

"不可能。"虞鸢想都没想，坚定地说，"你放心。"

她是真的觉得不会有人不喜欢他。

谢星朝长得出挑，家世自是不用说，而且他刻意想对一个人好，想讨一个人喜欢时，她觉得是个人都很难抵挡得住，更不用说如果他花心思追求女孩了。

谢星朝只是笑了笑，没再说什么。

"那我以后还可以继续来听课吗？"他又问。

"你如果听着喜欢，当然可以。"虞鸢说。

而且，如果他专心学习，努力上进，她会更加放心。

陵城的那个雨夜，她回去找谢星朝。当时的她躲在废楼的阴影里，看到了一个令她感到无比陌生的谢星朝。他那副从未在她面前展示过的模样，始终是她午夜梦回时的阴影与心结。

一直到现在，她都没有告诉过谢星朝，那天晚上她在。

他走得离她很近，对她说："对了，鸢鸢，我家在附近买了套房子，那房子到现在都一直空着，你什么时候想去住都可以。"

小时候，他们共同生活过很长一段时间，彼此都太熟悉。甚至在盛夏的午后，"小团子"蜷着睡在凉席上时，在睡梦里微微翕动嘴唇，虞鸢就知道他要醒了，会给他备好凉凉的西瓜和要吃的药。

醒来后，他会无声撒娇，要她抱一抱，无比依赖地靠在她的怀里。

她可能天生就会照顾人，明明那时自己也是个小孩，在他面前当姐姐倒是无师自通。

她轻轻笑了笑："有空我去看一看吧。"

他点头，照惯例送她到宿舍楼下，两人才道别。

不知为何，他今天心情似乎格外好。

京大的开学典礼一般都是在正式上课的半个月后举办。

京大的开学典礼素来办得隆重，流程冗长。如果不是为了活动积分，估计一半以上的人会逃掉。

"我们下周举行开学典礼。"徐小鸥看着日程表说。

唐光远说："我爸妈会过来，等结束了我就陪他们在学校逛逛。"

开学典礼和毕业典礼一样重要，毕竟对于普通家庭而言，孩子可以考上京大是一份极大的荣耀，家长只要没有特别重要的事情，就会选择参加。

谢星朝已经完全忘记开学典礼的事情了，他对这种事情毫无兴趣。

宿舍剩下的三人也都已经慢慢了解他了，便没再多问。

开学典礼啊……虞鸢一边收拾好自己的课本一边想,谢星朝应该也会去参加吧?虽然更大的可能是他会逃掉。

"咱学校的开学典礼还是挺有排面的,好多家长都来,"余柠说,"在外头和孩子合影。"

"你弟的家长过来吗?"申知楠问。

虞鸢低着头,神色有几分复杂:"应该……不来吧?"

"我老早就想问了,你弟是一个人来报到的,你还说他以前是借住在你家的,"申知楠说,"那他家里人呢,就不管他了吗?"

虞鸢不知道该怎么和她们解释谢星朝的家庭情况,于是含糊地说:"他父母工作忙。"

虞鸢看了下日程表,那天上午她正好没课,到时候可以去看看。

她虽然不可能完全顶替他父母的位置,但是到底可以让他稍微开心一些。

这天傍晚,下课后,谢星朝在宿舍楼下见到了一个不速之客。他只淡淡看了对方一眼,脚步都没停,准备径直走进去。

"阿朝。"谢岗声音浑厚。他几步赶上去,想拉住谢星朝的手。

谢星朝没让他碰到自己,侧身顿住了脚步,神情漠然地问:"什么事?"

他们早已经约法三章了,谢星朝考上大学后,谢岗不再干涉他的生活。

谢岗一身笔挺的西装没有丝毫褶子,他的眉眼和谢星朝的眉眼有几分相似,只是他更加成熟,被镌刻上了岁月的痕迹。

"我来京州办事,明天会参加你的开学典礼。"谢岗略微有些尴尬,"你小祝阿姨也一起过来了,不如我们一起吃个晚饭,见个面吧?"

"见面?"宛如听到了什么笑话,谢星朝把唇角勾了起来。

"谢家唯一的孩子,不能是个不能说话的废物哑巴。"他慢慢复述了一遍,语带讥讽之意,"这话是她说的,你当年,不是也很赞同这个观点吗?现在,你是想让我去给她表演一下说话?"

谢岗的眉心皱得更紧了。

度过了那段暗无天光的日子,谢星朝被解救出来后,发现自己已经说不出话了。

他住进了医院,医生说他身体没问题,是患上了心因性失语症。

谢家当时没人在意他,所有人都把注意力集中在了那个后加入的女人的肚子上,把精力放在了即将降生的健康、活泼、聪明的弟弟身上。

那时,他的世界里只剩下了一个人——虞鸢。

小虞鸢童音清脆,模仿着老师,不厌其烦地教他说话。

他蜷缩成一团——这是在那暗无天光的、被绑架的一个月里,他所习惯做的动作。他蜷缩在虞鸢的膝盖旁,用大大的黑眼睛盯着她。虞鸢轻轻地给他盖上一条毯子,任由他靠着她的膝盖。

这是他此生放在心尖上的、不能割舍的回忆。

谢岗在夜色里离开了京大校园。

谢家是南城名门,谢岗这一支人丁不是很旺盛。谢岗早年自己离家闯荡,后来在陵城安家落户,创下了自己的一番事业,平时和南城的本家联系不多,但是,也不是完全没有联系。

谢星朝的母亲温韵早逝。小谢岗十岁的祝星禾在某次晚宴上遇到了多金成熟的谢岗,趁着他醉酒,不顾一切地攀上了他。

在保守的谢老爷子眼里,谢岗娶回一个名声不好的年轻女人,就是败坏家风的行为。

再后来,谢星朝出了意外,回家后猝然失声,变成了一个小哑巴。正好也是在这时,祝希禾被查出怀孕了。

谢老爷子没有办法,也不可能叫她不要肚子里的孩子。

在陵城谢家,当时的祝希禾可谓是享受到了众星捧月般的待遇。

可惜最终,因为习惯性流产,她的孩子还是没有保住。

京大开学典礼。

地球物理系人数不多,都集中在一个小方阵里。台上京大校长正在发言。

徐小鸥拿着一个笔记本摊开在膝上,认真地记着。他舔了舔嘴唇,小心翼翼地看了一眼他们系的方阵,前面一个缺口格外显眼——谢星朝没来。

余柠过来打杂,虞鸢借着帮她忙的由头也过来了。

虞鸢低着头,坐在后台,正在给谢星朝发消息:星朝,你来典礼了吗?

那边的人回得很快:鸢鸢,你也来了?

谢星朝居然没有逃?这有些出乎虞鸢的意料。

虞鸢:嗯,我来帮老师做点事。开学典礼结束后,你在原地等我,我来找你。

他回复：好！

之后就是冗长的教师发言、学生代表发言，及各种各样的事情。虞鸢帮余柠打杂，等典礼终于结束了，就往地球物理系的方阵走。她一眼就在人群里见到了谢星朝。

他个子高，模样又出挑，在人群里很是显眼。

九月的天气，不知道是不是因为礼堂太热了，他似乎微微出了点汗，脸上多了点血色，这更加显得他唇红齿白，标致极了。

礼堂外人格外多，有许多家长来了，他们正带着孩子在外面合影。礼堂外的京大扬帆起航板很受欢迎，不少家长选择和孩子在那儿合影，外面很是热闹。

看样子，谢叔叔果然没有过来。虞鸢小心地避开了这件事情。

谢星朝心情似乎不错："鸢鸢今天没事吗，怎么会想到来找我？"

虞鸢自然不会说理由，只是说："来陪你转一转。"

谢星朝笑了笑，状若无意地道："我舍友都陪爸妈去了，只剩下我一个人了。我本来准备去食堂随便吃一点东西就回宿舍的，不过我回去了，宿舍里应该也就我一个人吧？"

他似乎有些落寞，唇微抿着，浓密的长睫在眼睑处落下了一层阴影。

虞鸢看不得他这副模样："那我陪你走走？你不用难过哦，谢叔叔只是工作太忙了，如果有时间的话，肯定会来看你的。"

"我的毕业典礼，他肯定也不会来。"

这有几分孩子气的赌气话，把虞鸢逗笑了，她说："还有这么久呢。"

谢星朝坚持道："他肯定不会。"

虞鸢想了想："那到时候他不来的话，我来陪你参加。"

小时候，他刚来虞家时，雷雨天，他会无声地在屋角蜷成一团。虞鸢找到他时，只感觉他浑身都在轻轻地颤抖。

有过几次经验后，虞鸢就明白了，每次再打雷下雨，她都会提前找到他，陪着他一起度过。

"可是鸢鸢，你那时候都毕业了。"

虞鸢温声道："我应该会留在京州，不在也没关系，现在交通这么发达，想来我很快就可以过来。"

谢星朝的脚步忽然顿住了，虞鸢猝不及防，差点撞上他的背脊。

"鸢鸢，你对我真好。"他忽然说。他垂着眼，让人看不清楚他的眼神。

下一秒，谢星朝把头埋进了她的肩窝，他的呼吸热热的，声音闷闷的："从小，就只有你对我好。"

这种近乎撒娇的亲昵动作，曾经的虞莺很是习惯，可是那时的他只是个还没她高的"小团子"。

虞莺身体僵硬，有几分不自在，原本想挣脱，但在这个氛围下还是犹豫了。她到底还是心软了，就这么由着他抱着了。

谢星朝嗅着她头发和衣领上浅浅的香气，感觉到怀里的人如此娇小，柔弱无骨。

小时候，他们那么亲近，可是很多时候，都只是他依赖她、靠在她身边，或者被她很偶然地抱一抱。

自从他长大、长高后，他们就再也不曾如此亲密。

何况中间他们还分别了那么多年。

谢星朝的呼吸轻轻地打在了虞莺的脖颈上，他看到她雪白的耳尖上有了一丝极浅的红意。

他收紧手臂，不再说话，只把头深深地埋在她的肩窝里，再也不愿意动。

见他撒起娇来没完没了，虞莺悄悄拍了拍他的手臂："我们继续走吧？"

"不，"他闷声说，"再抱一抱。莺莺，你平时都不理我，碰都不愿意让我碰。"

他将这近乎撒娇的控诉，说得半开玩笑半认真，虞莺有几分心虚，小幅度地挣扎却无效后，只能叹息着让他继续这么抱着自己了。

今天情况特殊，她不想让谢星朝难过。

两人在校园里散着步。

"同学，过几天有'百团大战'，到时候我们正式招新，你们有没有兴趣来看看？"因为这里新生多，所以已经有不少社团提前过来招新了。

虞莺接过宣传单，说了声"谢谢"。

京大社团文化丰富，文娱、体育等各种各样的社团都有。她读了几张宣传单，问谢星朝："你有什么想参加的社团吗？"

谢星朝在看她温柔的侧脸，闻言摇了摇头："没有。"

"至少参加一个吧？可以多认识几个朋友。"虞莺劝他，"不要一直一个人，走出去，遇到更多朋友，你就不会过得那么寂寞了。"

"那如果我做到了,鸢鸢有什么奖励吗?"谢星朝眨巴眨巴眼。

"奖励?"虞鸢倒是没想过这个,毕竟谢星朝什么都不缺。

她笑着问:"你想让我送你什么礼物?"

"礼物不用。"他思忖了一下,说,"那鸢鸢陪我回家住几天,好吗?"

他声音软软地说:"那房子空荡荡的,里面只有我一个人。"

之前谢星朝也和她提过这件事,她虽然答应过他有空去看看,但一直到现在都还没去过那儿。

"房子打扫过吗?平时你在那儿是怎么吃饭的?"她问。

少年垂着眼:"没人管我,我住在那儿的时候都吃外卖。"

"以后多回宿舍住吧。"虞鸢叹了口气,"外卖吃多了对身体不好,你还在长身体呢,在学校好歹可以吃食堂。"

"我不太习惯住宿舍。"谢星朝说。

"我和你去看看吧?"虞鸢说。

少年眼睛一亮:"真的?什么时候?"他似乎是怕她反悔。

"现在吧。"虞鸢温和地说,"我今天课少,只有下午第二节有课,应该赶得及。"

到了小区门口后,虞鸢发现小区的周围大学林立,环境静谧优雅。

"密码是一六二三。"谢星朝打开门,毫不避讳地说,"你随时可以来。"

虞鸢应了声。

不过,她一个人是不可能过来的,之后最多在他在时偶尔过来看看情况。

进门后,虞鸢没仔细打量房间,看时间已经有些晚了,于是对谢星朝说:"今天别吃外卖了,我来做饭吧,你家的冰箱里有菜和肉吗?"

问完后,她就意识到自己问了个傻问题。

谢星朝说:"都可以叫人送来的,很快,十分钟内。我好久没吃过鸢鸢做的菜了。"

他的积极性似乎很高,虞鸢也不忍心打击他。

虞鸢正在厨房忙活,这里设备其实很齐全,锅碗瓢盆都是崭新的。她熟悉了一下厨房,问谢星朝:"星朝,点东西了吗?"

"好了,马上到。"

虞鸢做了一顿饭,谢星朝给她打下手,两人配合得很默契。

虽然这都是些家常菜，但是虞鸢厨艺极好。以前，沈琴经常值晚班，虞楚生厨艺又差得不行，煎个鱼都只能煎熟半面。谢星朝那时人小，虽然不说什么，但是吃得一天比一天少，虞鸢也吃不下，只有虞楚生自己吃得津津有味。

于是虞鸢很早就开始练习厨艺。她聪明好学，又喜欢琢磨，厨艺一日千里。开始做菜后，没多久她就超过了虞楚生的厨艺。她最开始做的菜其实也不好吃，但是谢星朝一直都极给她面子。

现在也是如此，他把菜吃得干干净净，每一道菜都说好吃。

之后，他去洗碗，虞鸢帮他整理了一下冰箱。新买的瓜果、蔬菜、鸡蛋、牛奶把空荡荡的冰箱一下塞得满满的，她记得谢星朝爱吃什么，稍微营养搭配了一下，这些东西足够他一个人吃一周了。

"鸢鸢在这里休息一下吧？"等虞鸢把一切都收拾好后，谢星朝见虞鸢有些累了，殷勤地说。

虞鸢点了点头。她下午的课从四点开始，现在她还可以睡一会儿。

"可是客房的床没铺。"他忽然想起什么，说，"只有我的房间了。"

虞鸢当然不会去睡谢星朝的床。谢星朝现在也不小了，她和他相处，自然要注意一些分寸。

"我去帮你铺床。"他看出来了虞鸢的不愿，并没有强求。

虞鸢说："不用啦，我就在沙发上随便睡一觉吧。"

那张沙发既宽敞又柔软，睡下她绰绰有余。

她想省点时间，也不想那么麻烦他。

谢星朝见时间确实不够了，虞鸢的态度又很坚定，也就不再阻挠。

他拿了被子和枕头过来，把沙发靠背给她放下，布置得舒舒服服，把空调也调到适宜的温度。

"我到时候叫你起来。"他乖乖地说。

从上午起床去开学典礼帮忙到现在，虞鸢一直没有停歇，确实累了，几分钟后，她呼吸均匀，已经睡得很熟了。

谢星朝在她身旁蹲下，看着她光洁如瓷的面颊，以及睡着后轻颤的睫毛。

他眸子颜色很深，现在这模样和之前撒娇扮乖的模样截然不同。

他靠得越来越近，几乎只要低头，就可以碰到她的唇。

第三章

她穿着我的衬衫

一觉醒来，虞鸢看到谢星朝正安静地坐在一旁，似乎在玩游戏，一双手修长白皙，完全没有瑕疵。

午后的淡淡阳光从窗外照进来，他逆光坐着，睫毛纤长又浓密，一副安静温顺的模样，半点声音都没有发出。

他察觉到虞鸢醒了，于是扔下手机说："鸢鸢，还可以再睡半个小时。"

虞鸢一向睡眠很浅，这次却睡得很不错。她觉得自己的精力恢复了大半。

"没事，够啦。"她掀开被子，从沙发上直起身子。

少年靠过来了一些，手指轻轻从她的肩上拂过，眸子里似乎有歉意："对不起，我下次会把床收拾好的，不会再让你睡在这儿了。"

虞鸢觉得无所谓，沙发很宽敞，和床也差不多。

"是不是睡得很难受？"他满是歉意地说。

她现在刚醒，脑子还有些发蒙，没有平时那么清醒。谢星朝离她很近，温顺又乖巧，在轻轻地帮她揉着肩。他的手指很凉，力度被他刻意收敛过，力道不大不小，不会弄疼她，只让她觉得舒适。

虞鸢居然没有第一时间把他推开。

直到睡意散去，她才感觉到几分不妥："谢谢。"

谢星朝没有再多做什么，随意地道："鸢鸢和我客气什么？小时候，你不是也经常帮我揉肩吗？还带着我睡觉呢。"

谢星朝小时候很喜欢凑在她身旁午睡，或是枕在她的膝上，或是团在她的膝边。

他们那时都小，童年时代有很多共同的回忆。

虞鸢被回忆感染，轻轻笑了笑，之前的那种不自在感烟消云散了。

"那我先走了。"她说，"记得去报名社团。"

"嗯。"他乖乖地答应。

"报完名和我说哦，不然我不会再来了。"虞鸢想了想，保险起见，还是补充了一句。

这个威胁对他是最有效的。

他可怜巴巴地说："不会的。"

"那我走了，有事打电话找我。"

"睡不着可以打吗？"他有一双泛着无辜神色且漂亮的下垂眼和一张红润的唇，说出这话时，完全不会让人觉得奇怪。

"怎么就长不大呢？"她忍不住笑了，杏眼弯成了两弯月牙。

"鸢鸢就把我当成小孩吧。"他乖巧地说，"和以前一样就好。"

"怎么可能呢？"她叹息着道。

如果把以前的他比喻成可爱的幼犬，那现在的他怎么也是已经长大的狼犬了。

"和以前比，我们有什么区别？"谢星朝宛如不服气一般，语气里还带了几分倔强之意，"我们还是在一起，我没变，鸢鸢也没变。"

到底还是岁数不大，虞鸢心想。她从小宠他，可以无限纵容他的天真，甚至由此心生怜爱，于是也就没再和他辩驳下去。

"我就先走啦。"她说。

谢星朝："我送你。"

"不用，不远。"虞鸢说，"你忙自己的事情吧，多看看书也好。你们的课程难，大一的绩点你一定要跟上，不然，对你之后的影响很大。"

她一贯温和，但是在某些事情上，却不会一味地让步和纵容。

谢星朝没有违拗她的习惯，在她面前从来都是温顺听话的，终于，他还是点了点头。

虞鸢的背影逐渐消失。

开学第三周的时候，京大的社团已经开始招新了。虞鸢一直惦记着这件事情，想看谢星朝是不是真的会报社团。

虞鸢给他发了条消息：星朝，我在小广场这儿等你。

谢星朝：下课后我马上就来！鸢鸢你等我。

他的第二条信息很快接踵而至：鸢鸢，不要站在太阳下晒着，不然你先随便找个地方坐着，我再过去找你？你等我，我会报名的。我报完名之后，你再陪陪我好吗？不要那么快走。

此时的他似乎比平时还要黏人几分，她也不知道发生什么了，明明他们也没多久没见面。

虞鸢的眉目间浮着笑意，她回：我会照顾好自己的，你先好好上课。

京大社团活动五花八门，极其丰富，虞鸢虽然已经经历过一次了，但还是有些被这规模震撼了。

这条道路和小广场都被各大社团占满了。

不如帮谢星朝找个运动型的社团好了，她想。

虞鸢的手机忽然振动了一下。

她放下表格，一看，是谢星朝发来了一条消息：鸢鸢，你在哪儿？

她左右看了看，想去找人，不料一眼便看到了站在树下的谢星朝。

"星朝。"虞鸢走近后，才注意到他的神情似乎有异。

"鸢鸢，"谢星朝似在喃喃自语，"我昨晚做了个噩梦。"

虞鸢明白他神情异样的原因了。

"我很难受。"说完，他竟然轻轻把她拉到了自己的怀里，"我梦到了小时候的一些事情，梦到了我爸爸，还有那些小时候的同学，醒来后好难受。"

"星朝。"

他抱得她有些疼，她稍微挣扎了一下。

"醒来后我就特别想念你。"他闷闷地说，"那几年我很想你，姐姐。"

"姐姐"这个称呼，就这么再次被他猝不及防地叫了出来。

她想起了这辈子第一次听到谢星朝的声音的时候。

虞鸢现在还记得，那时谢星朝依旧在休学中，很依赖她。虞鸢从学校回来后，他经常像只小狗一样跟着她，跑这儿跑那儿，形影不离。

那是一个布满红霞的傍晚，两人坐在阳台上。虞鸢在给他读一个故事，是课本上的故事——《凡卡》。虞鸢心软，学这篇课文的时候差点为凡卡的遭遇掉了眼泪，觉得他太可怜了。

她觉得自己六年级了，已经长大了，是个大女孩了，不好意思在学校里掉眼泪，于是就回来偷偷地把故事读给谢星朝听，边读边跟他说她当时的感受。

她从小就是个小大人，那时谢星朝因为身体不好不能去上学，一直在家，她便把学校里的事情讲给他听。

谢星朝是个很好的听众，不吵不闹，她说什么，他都会认真地听。

"星朝，'传'是个多音字哦，可以读chuán，也可以读zhuàn。"虞鸢说，"和你的名字一样呢，'朝'在你的名字里念zhāo，但还可以读cháo"

晚霞映红了天空，虞鸢穿着蓝白色校服，将袖子微微卷起，扎着干干净净的马尾辫，睫毛卷翘。"小团子"坐在小椅子上，很是依赖地靠在她身边。

"来，和我念。"虞鸢知道他不会说话，只是随口说说，主要是想让他多听几次。

"小团子"乖乖地听着。

忽然，猝不及防，一声有些含糊的童音响起——"姐姐。"

虞鸢愣了，第一反应便是往四周看了看——没人，天台上只有她和谢星朝两个人。"小团子"乖乖地看着她，黑漆漆的大眼睛非常漂亮，一双眸子里映着两个小小的她。

半晌，她才意识到，是他说话了。

那是虞鸢第一次听到他的声音，他因为太久不说话，明显不习惯发声，所以把话说得很含糊，咬字和发音都有些不准。

那一次之后，他又恢复了沉默，直到很久后，才完全恢复正常。

但是那声"姐姐"，她一直记得。

再后来，不知道从什么开始，谢星朝就再也不这样叫她了。

虞鸢也是在谢星朝离开后才发现，他似乎已经很久都没有再叫过她一声"姐姐"了。

此时此刻，面对十八岁的谢星朝，虞鸢几乎以为是自己听错了。

谢星朝并没听话地松手。他眸子漆黑，一眨不眨地看着她。

情况似乎越来越失控，他放在她腰间的手存在感格外强烈，她潜意识里朦朦胧胧地觉得，再这么下去，事情会滑向一个无法控制的方向。

"谢星朝！"虞鸢很少这么叫他的全名。她有些惊慌和恼火。

而这一声犹如晴天霹雳，把谢星朝从某种状态里惊醒了。

"对不起，我有些晕了。"他立马松开了她，面色苍白地道，"再有下次，鸢鸢可以直接打我。"他连声对她道歉。

谢星朝似乎是真的睡得不好，仔细端详，还可以看出他的眼睑下有一圈淡淡的青色，唇色不如以往红润，肤色显得更加苍白。

谢星朝脸色苍白，垂着眼，像个犯了错的孩子。

虞鸢叹气："走吧，一起去看看社团。"

篮球社正在招新，虞鸢和谢星朝路过的时候，发现盛昀作为社长正在招生。

"他们篮球社水平太差，"路过篮球社时，谢星朝说，"我没必要参加。"

他根本没收敛音量。

盛昀本来就在往这边看，听到谢星朝说的话，正在整理表格的手一下停住了，随后他看向他们。他还勉强维持着笑意。

虞鸢很是尴尬。她想起谢星朝之前的异样和他每次面对盛昀时的态度。

他这种情绪虞鸢并不陌生，他从小如此。

他对虞鸢的依赖感极强，小时候，虞鸢只要和别的小孩稍微亲近一些，他就会不高兴。

虞鸢有个堂弟，叫虞竹，和谢星朝一般大，之前暑假时来虞家住过一段时间。谢星朝对他产生了强烈的敌意，这敌意几乎不加掩饰。

他不是会哭闹的小孩，虞鸢陪虞竹在附近转了转，和虞竹说着话，给虞竹分享了几个玩具，回头就看不到谢星朝了。最后虞鸢在墙角找到他时，他委屈巴巴的，抬眼看她时，一双大眼睛剔透漂亮得惊人——里面含着泪水。

虞鸢心疼得不行，和他保证，以后肯定对他最好。

令虞鸢没想到的是，谢星朝小时候对接近她的人有敌意这事，持续到了现在。

她心里有几分说不出的不安感。

"我不喜欢他。"不料，虞鸢还没问，谢星朝就主动说了。

"盛昀？"

"对。"

"装模作样的。"他皱着眉说。修长好看的眉，这么一皱着，便让他显出几分稚气来。

虞鸢悬着的心稍微松下来了一些，她说："装模作样？"

谢星朝皱着眉说："比如，自己明明会做的事情，偏要说不会；事情明明做得很好了，还要说不行；明明不高兴了，脸上还偏要笑。我讨厌这种人。"

原来他不喜欢盛昀是因为这个。

谢星朝性格很率直，爱憎分明，即便是现在，有时候还是会表现出几分天真，会不喜欢为人老练的盛昀也不奇怪。

虞鸢暗叹是自己想多了。她耐心地说："我们去找找别的吧？"

京大的运动型社团非常多，他可以选择的范围极广。

两人边走路边聊天，虞鸢没注意，谢星朝却忽然护在了她的左侧，把她往自己身后一拉。

她完全没有反应过来刚才发生了什么。

谢星朝脸色有些难看。直到他将修长的手指慢慢展开，虞鸢才看清他手里握着的是什么——一个棒球。

"对不起。"不远处，一个小个子男生慌慌张张地跑了过来。

"你们没事吧？"见差点砸到了人，那个叫邵致和的男生脑门上都是汗。

谢星朝面色阴晴不定："你们在这里随便投球？"

邵致和结结巴巴地解释："我们在招新，有个同学非说要掂掂棒球的重量，结果一不小心就把球甩出去了……"

眼看棒球差点就要砸到虞鸢，幸亏她旁边的谢星朝反应足够快。

邵致和知道棒球砸到人是什么后果，真的快吓死了。

"师兄！"邵致和似乎看到了什么人，紧张地喊道，"这儿、这儿。"

后来的男生明显也是跑过来的。他在远处完整地看到了这一幕，于是过来后看向谢星朝说："同学，你的手指还好吧？"

他个子高大，皮肤是健康的小麦色，说话很是爽朗。

其实刚才棒球的球速很慢，明显是外行随便抛的。谢星朝把那球扔了回去，面无表情地说："你们先想清楚要是砸到了人该怎么办吧，你们应该给她道歉。"

"我保证下次再也不会了。"那个高个子男生这才看向虞鸢，"抱歉，吓到你了。"

虞鸢其实没怎么被吓到。她本来没注意到这个球，注意到之后，已经被谢星朝护在身后了。她转而问谢星朝："星朝，你没事吧？"

"没事的。"谢星朝摇了摇头。

"我叫左奥南，是电机系的，大四。"高个子男生说，"不如留个联系方式吧？改天我请你们吃饭，就当赔罪了。"

谢星朝没说话。

左奥南眼光毒辣，左右打量着谢星朝。

谢星朝身形很不错，左奥南能看出来，谢星朝肯定是锻炼过的，而且现在年龄还不大，之后体格肯定会更好。

"同学，你有兴趣来我们社团吗？"左奥南问谢星朝。

"你们社团？"虞鸢有几分惊讶。

"对，棒球社。"左奥南说，"我是京大棒球队的队长，也在棒球社兼职，不过爱好棒球的人特别少，招新招了半天，也没招到几个人。"

京大棒球队人少却精，在国内大学的社团排名里可以稳稳排到前三名。

"星朝，你以前玩过棒球吗？"虞鸢犹豫地问。

她看了下宣传单，觉得这运动看着蛮危险的，怕他受伤。

其实谢星朝现在看起来一点也不瘦弱，是颀长的青年身型，只是他的肤色天生略微苍白而已。

左奥南说："我们正缺人，反正就是随便玩玩，不会打也没事。"

"星朝，你觉得怎么样？"虞鸢问，"要参加吗？"

"那就这个吧。"他温顺地说，"我不会，不过可以试一试。"

左奥南奇怪地看了他一眼，欲言又止。

"千万要记得戴好护具。"虞鸢本来对棒球一无所知，但阅读速度快，把那张宣传单读完后，已经搞明白了一些基础知识。

见谢星朝居然对棒球有兴趣，她很开心。想起了什么，她忙问左奥南："请问，加入你们需要做什么检测吗？"

"对棒球有兴趣就行。"左奥南爽朗地说。

虞鸢这下放心了。

她对左奥南印象格外好，觉得谢星朝加入棒球社，在他的影响下，肯定可以很快融进去，交到新朋友。

谢星朝在外人面前话本来就少，他领了张报名表，填完了个人信息后，便没再说话了。

两人一起离开了广场。

"鸢鸢，"谢星朝顿了下，"你今天有空吗？"

两人的宿舍楼是挨着的，他们按现在的方向走，应该是先到谢星朝所住的宿舍楼下，再到虞鸢所住的宿舍楼下。

"我下午有课，晚上没课。"虞鸢说，"怎么了？"

谢星朝还没说话，迎面走过来一个人——谢星朝的舍友徐小鸥。

见他们并肩走来，徐小鸥神情很不自在，僵硬地和他们打了个招呼。

"我去图书馆自习。"路过时，他还是对谢星朝笑了笑，"郁哲还在，你要是没带钥匙，可以叫他开门。"

谢星朝和他说了两句话，他就走了。

虞鸢记得，她和他说过，谢星朝在宿舍有什么事情的话，他可以联系她。

但他一直没有找过她。

这可以说明，谢星朝在宿舍里应该还算循规蹈矩，和他们处得还不错？

"我们宿舍成员之间关系还可以。"谢星朝说。

虞鸢这下放心了大半。

"鸢鸢，那今晚你去我家吗？"谢星朝垂着眼，"我做噩梦了，觉得很难受，想和你说说话。"

虞鸢犹豫着，没有一口答应下来。

"不行也没事。"少年眼下还呈淡淡的青色，"那我和你一起去上课。"

他的精神看着实在不是太好。

"你先回去，去休息一会儿。"虞鸢没办法，温和地说，"我下课后就来找你，好吗？"

谢星朝的眼睛顿时亮了。

下课后，虞鸢回宿舍放书包。申知楠很少见她这个时间出去，就问她："宝贝，这个时候出去？"

"去星朝家陪陪他。"虞鸢说。

"他家？"

虞鸢点头。

"那你今晚还赶得回来吗？"

"他家离学校不远的，走过去就几分钟。"

"哇，他还是个小少爷啊。"申知楠是本地人，对这里的房价是心知肚明的，"这附近的房价，我倾家荡产也就能买得起半个厕所。"

申知楠感慨道："他怎么这么黏你？就在你面前这么温柔。"

"星朝从小就这样。"虞鸢说。

"真的,我看得心都化了。"申知楠说。

其实,现在的谢星朝,和小时候比也没有太多的变化。

虞鸢收拾好了书本。她担心谢星朝的精神状况,白天那异常的一幕,并不是他用简简单单的一句"做噩梦了"可以解释的。

夕阳西下,虞鸢走在京大校园里,吹着晚风。

路上,虞鸢意外地接到了许夺夏的电话,那边许夺夏的声音活力十足:"鸢,最近过得怎么样?"

"和之前差不多。"虞鸢弯了弯眼,"你怎么忽然想到给我打电话了?"

"我是忽然想到了一件事。我那个傻弟弟许遇冬,也去京州上大学了。"

虞鸢想到了那个鸡窝头少年,忍不住笑了:"那还不错呀。"

"我爸出了一大笔钱,暑假打了他三顿,才出了气。"许夺夏说,"我忽然想起来了,就给你打个电话。反正你也在京州,他如果敢皮痒闹什么事情,你就过去帮我打他一顿。"

虞鸢忽然想起一件事,犹豫了一会儿,还是问:"夏夏,你弟弟……之前有过叛逆期吗?"

"他每天都处在叛逆期。"说完,许夺夏还是正经地答了,"小男生不都那样?我记得最过分的是许遇冬以前简直要上天,在外头交了一帮'朋友',成天在外面玩……"

许夺夏说了一大堆。

天边飘过一朵云,虞鸢的心情也突然放松了下来。

所以,有叛逆期很正常吗?她想。

她白天见到的谢星朝那般异常的模样,虽然持续的时间很短,却足以让她想起很多事情。

谢星朝刚离开虞家时,她完全不想相信流言里的那个人是他,不想相信谢星朝会做出那些事情——直到那天她亲眼看到。

谢星朝不知道她看到了,却也没有避讳她,而是主动提起,也诚恳地跟她解释过原因。

虞鸢也试图说服自己,男孩和女孩不一样,哪个男生长大过程中没和人打过架?

其实,究其根本,她害怕的不是打架,是那个神态令她感到极为陌生、和平时判若两人的谢星朝。

她本能地抗拒再进一步地想下去。

虞鸢告诉自己,谢星朝只是因为处在叛逆期,是她过于敏感,想太多了。

许夺夏也这么说。

虞鸢轻轻呼出了一口气,想到了平时温顺听话的谢星朝,心里的不安感才逐渐散去。

她想,都是陈年旧事了,谁没走过一点歪路呢?

那时候,也没人陪在他身边,没人可以开导他。只要以后他再也不走歪路,顺顺利利地成长就好了。

夕阳西下,谢家大门已经近在眼前。

虞鸢知道密码,谢星朝也说过她随时可以来,但她想了想,并没有擅自开门,而是先给谢星朝发了条消息。

很快,门就被打开了。

"好些了吗?"她看谢星朝似乎是刚睡醒,黑发有些凌乱,神情也恹恹的。

他闷闷地摇头:"睡不好。

"我昨天做了一晚上的噩梦,心情很差。"

他垂着眼,抿唇看向她:"当时脑子都不清楚了。"

"没事。"虞鸢知道他指的是什么,"我知道。"

两人默契地不再提起那件事情。

谢星朝坐在沙发上,黑眸里似有几分迷茫之意。他喃喃地道:"有时候我自己都搞不清楚,自己到底在做什么。

"鸢鸢,我是不是从小就很惹人厌?"

他难过地轻声说:"谁都嫌我麻烦……"

他没有看她,而是茫然地看向了很远的天幕。

夕阳的余晖在他白皙的面孔上镀上了浅浅的红色,一双黑眸被映衬成了琥珀色,比平常看起来更加温柔。他微微下垂眼,无比惹人怜惜。

"没人嫌你麻烦。"虞鸢柔声说,"我家人都很喜欢你,只要你愿意,随时可以回去。"

她的手指轻柔地从他的黑发上拂过。

他慢慢靠了过来,轻轻地"嗯"了一声。

两人有一句没一句地聊着。

其实,只要和她这么相处,他即使什么也不做,心里也会很安宁。这是属于他们之间的、从小的默契。

"今天那个男生,"谢星朝乖巧地说,"人还不错。"

虞鸢很快就意识到他指的是左奥南。

她笑了笑:"是啊。"

谢星朝看着她说:"他后来联系了我……"

"嗯?"见他没有继续往下说,虞鸢问。

"我和他聊了几句,他说之后会和女朋友一起请我们吃饭,当是赔罪。"谢星朝说。

女朋友?虞鸢愣了下。但是她很快又想,像左奥南那种男生,会有女朋友太正常不过了。

"不过我也没什么事情,多亏了你,球也没有打到我。"虞鸢说,"你想去吃吗?"

"我无所谓的。"谢星朝眨眨眼,不在意地说,"那到时候再说?"

"嗯。"

"鸢鸢,我手指有些难受。"他忽然撒娇,"我当时还不觉得,现在回来了,忽然觉得手指有些疼。"

"我从网上订了喷雾剂。"虞鸢的办事效率一贯高,她飞快地上网查了症状,说,"你之后握笔、拿筷子要是不舒服,一定要去医院看。"

喷雾剂送到后,虞鸢给谢星朝喷了药,轻轻地揉着他的指关节。谢星朝悄悄往她这边蹭了蹭,蹭到了她的膝盖旁。

没过多久,他竟然靠在她的膝盖旁,就这么睡着了。

他人高腿长,睡在沙发上显然有些拥挤,却依旧不愿意离开。

他闭上眼时,一张脸几乎挑不出瑕疵,柔软的黑发覆盖在白皙的额上,红润的嘴唇微微抿起,模样很是灵秀端正。

虞鸢看着他安稳的睡颜,心一下变得很软。

她告诉自己,一切都是她想多了,他和从前一样,从来没有变过。

不料,谢星朝这么一睡,居然足足睡了四个小时。

虞鸢自己做事也很投入，等终于把一些琐事办完后，一看时间，傻眼了——已经快晚上十一点了，京大宿舍马上要关门了。

谢星朝此时也醒了："我睡太熟了。"

他显然睡得不错，醒来也是悄无声息的。

"你失眠那么久，能睡着是好事。"虞鸢当然不可能怪他。

上大学这么久，她还是第一次这么晚还没有回学校。估计因为知道她去了哪里，她的舍友居然也没有发消息过来催她。

看着外头黑沉沉的天空，虞鸢真的欲哭无泪。

"对不起。"谢星朝揉了揉眼睛，声音里还带着浓浓的鼻音，他小心翼翼地提议，"可是真的太晚了，鸢鸢，不如，你今晚就留在这里睡？"

虞鸢考虑着，谢星朝也没有催她，安静地等着。

此时，虞鸢的手机响了下，是申知楠在微信群里叫她：宝贝，你今晚不回来了？

虞鸢：现在宿舍楼关门了吗？

余柠：我刚下楼买饮料，看到宿管阿姨已经去睡了。

阿姨睡了，学生再回宿舍就得把阿姨叫醒，然后还得登记，写上学院、学号、姓名、电话号码、晚归时间，还得说明白为什么回来得这么晚。

叶期栩：阿姨这段时间好像心情不太好，我上次出去玩，回来晚了，被她说了半个小时。

叶期栩：不然你干脆别回来了，反正不用查寝。

虞鸢权衡了一下，对谢星朝说："那就麻烦你一晚了。"

谢星朝的眉一下舒展开来："怎么会麻烦？"

"我这儿有洗漱用品，什么都有，鸢鸢，你看还缺什么？"他忙里忙外，给她找来了毛巾、牙刷、水杯等一大堆东西。

"今晚你可以住在这里。"他说，"上次你走后，我就把客房收拾好了，床单、被子都是洗过的。"

虞鸢过去看了一眼，发现房间的配色和小时候她房间的配色很像。

她喜好浅色，尤其是白色，所以这个房间的布置也都是偏白色系的。他明显花了心思，没有把这个房间布置得像一般客房那样刻板与随意。

虽然现在是九月份，但是暑气依旧没有完全退散。

"对了，卧室里有浴室的。"或许是察觉到了她的犹豫，她还没说话，谢星朝就已经开了口。

"这些也都是新的,鸢鸢放心用。"他问,"要我帮忙调花洒位置吗?"

虞鸢稍微舒了口气。和小时候相比,他似乎变得更会照顾人了。

"不用啦。"她轻快地说,语气里带了笑意,"那就明天见?"

现在已经晚上十一点多了。

谢星朝嘟囔了声:"我现在还睡不着。"

虞鸢抿唇笑道:"你白天睡太多啦。"

"没事,鸢鸢,你去睡吧,我再在客厅待一会儿——"谢星朝说,"就随便看看书、玩玩游戏。你有什么事情,随时可以叫我!"

"好。"

他帮她带上了门。

月上枝头。

虞鸢呼出了一口气,进了浴室后,方才把衣服脱下,小心叠好,放在了一旁的凳子上。

想到自己是在谢星朝家的浴室里,她加快了速度,想早点洗完澡睡觉。

虞鸢伸手打开了花洒。

她完全没料到,这个花洒的出水量竟然会这么大,一下把她淋透了。她心里一惊,忙关了水,回头去看被自己搁在一旁凳子上的衣服——裤子还好,就是放在最上头的上衣已经被淋湿了大半,肯定没法穿了。

她咬着唇,想了半天,只能先洗澡。

洗完澡后,她拿毛巾裹着身子,小心翼翼地打开浴室的门进了卧室。

外面静悄悄的,透过门缝,她可以看到走廊上的光线。谢星朝显然还没睡,应该是在客厅里——她并没有听到走动的脚步声。

虞鸢活了二十一年,第一次遇到这么尴尬的情形。

她手指紧紧地捏着浴巾边缘,刚洗好的头发还在往下滴水。

她的手机静悄悄的,偏偏在这种时候,一向缠人的谢星朝保持了沉默,没有给她发任何信息。

身体上的水珠慢慢干了,她感到了一丝凉意。

她左思右想,拿起手机,发了信息过去:星朝,你睡了吗?

他回复得特别快:没有,我还在客厅!

他问：是不是水太热了？

虞鸢：我不小心把衣服打湿了。

她深呼吸了一口，打字问：星朝，你家有烘干机吗？

走廊上传来了一阵脚步声，随后，是谢星朝的声音："鸢鸢？"

虞鸢想到自己现在是这个模样，耳朵难以抑制地发烫，幸亏谢星朝并没有敲门的意思。他的声音隔着门传来："我找了下，好像没有。平时我在家不怎么洗衣服，都是送出去干洗。"

虞鸢："好的。"

她是真的发愁了。没有烘干机，这个房间里也没有洗衣机，她难不成要穿着湿衣服睡觉？她应该是接受不了不穿衣服睡的。

外头又传来了谢星朝的脚步声，他似乎走远了，过了一会儿又回来了，然后满是歉意地说："刚去衣柜找了下，我不怎么喜欢买衣服，这里也没几件你能穿的。鸢鸢，要不然……你拿这个凑合一下？"

虞鸢犹豫了片刻后，轻声说了声"谢谢"。

"好，那我把衣服放在门外了。"他飞快地说。

谢星朝可能是知道自己现在不适合进去，客厅里的灯光很快灭了，随后虞鸢听到了关门声——他回了自己的房间。

虞鸢裹着浴巾，小心翼翼地把门打开了一条缝隙。

门口放着一只小凳子，上面摆着一件衣服，虞鸢伸出一只手，飞快地把衣服拿了过来，展开一看，是一件棉质的纯白色衬衫。虞鸢稍微松了口气。

她舒了口气，拧干头发，套上了这件衬衫。

虞鸢也是在这个时候，才发现现在自己的体形和他的体形差得有多远。

这件衣服穿在她身上，直接盖过了臀部，到了大腿的位置，松松的，她的大半锁骨也露在了外头。她把袖子挽起了一大截，露出了雪白的手肘。她发现自己可以直接把这件衣服当睡衣穿了。幸亏她不用再出去见谢星朝了。

她找到了吹风机，慢慢吹着头发，忽然想到，等下她可以用这个吹风机把自己的衣服吹干。她准备定个明天早上七点的闹钟，可刚拿起手机，手机就传来了低电量的提示音，随后就传来了关机的音乐。

好在她有随身携带充电器的习惯。

虞鸢的头发已经干了大半了，她从包里找出充电器，还没把它插进插座，整个房间就忽然陷入了一片黑暗。

半晌,她才意识到,这里似乎是停电了。

这种高档住宅区也会突然断电吗?她很疑惑。

她把门打开了一条缝,看到外头也是漆黑一片。

虞鸢怕黑,不知道谢星朝在哪个卧室,手机关机了,她也没法联系他。

"星朝?"她试探性地小声叫了声。

外头没有人回应她。

"他是睡着了吗?"虞鸢呆呆地站在门口,自言自语。透过卧室的窗口往外看,她能看到别人家还有亮光,难道只是这个房间的电路坏了?

她记得客厅的灯在什么位置。

虞鸢打开门,想去客厅打开灯试试。

她不熟悉这个房子的构造,刚走出去没几步,脚下就被什么绊了一下。

她差点尖叫出声,身体往前直直地倒下,没撞到地板上,反而撞上了别的东西。

"鸢鸢?"这是谢星朝的声音,他似乎和她同样惊讶。

黑暗里,她看不到谢星朝的脸,只能感觉到他的体温和近在咫尺的呼吸。

两人都穿得少,只隔着一层薄薄的衣服。虞鸢飞快地爬起来,问道:"是不是停电了?"

结果,她刚站起来,就差点被地板上的某个东西再度绊倒,谢星朝拉住了她,说:"嗯,好像是。手机没电了,我正准备出来用座机打物业电话。

"刚刚那个是扫地机器人,鸢鸢,你拉着我。"

虞鸢终于稍微平静了一些,被他拉着走到了客厅。

谢星朝用座机拨通了一个号码。

"我是A103的住户,刚才家里忽然断电了。"

"对不起。"那边是个很年轻的男生,他一开始还有点结巴,"我们这边正准备联系您呢。是局部电路故障,我们已经找人检修了,很快就好。"

谢星朝问:"大概要多久?"

"一个小时之内,肯定可以!"那边的人似乎比他们还激动。

"第一次碰到这种事。"谢星朝已经挂了电话,嘀咕道,"光说大话,鬼知道他们一个小时内能不能修好。"

虞鸢忍不住笑了,紧张感缓解了大半:"应该可以的,我们耐心等吧。"

"那我们在客厅坐坐?"他撒娇说,"我怕黑,鸢鸢陪我。"

其实虞鸢也怕黑,不过谢星朝先说了,还说得那么自然,于是她就笑了,顺水推舟答应了:"好。"

好在没电了,四周什么都看不清楚,她的心理压力就没那么大了。

客厅里的月光朦朦胧胧的。

她一头黑发披散着,发梢散发着淡淡的柑橘味。

她穿着我的衬衫,很是好看,浑身都是我的味道。谢星朝喉结滚动,这个想法对他的刺激实在太大。

每一次接近她时,他都用尽了自己最大的自制力。时候还不到,他不能吓到她,只能一步步来。

他忽然开始嫉妒,嫉妒那件衣服,可以离她那么近。

虞鸢完全不知道他的这些念头。

此刻房间里的一切都朦朦胧胧的,像是雾里看花,他不必再伪装,眼神完全可以不加收敛。

他低垂着眼,脸上平时的稚嫩模样已经完全消失不见了。

眉头慵懒地舒展开,黑眸静静地看着她,他和平日判若两人。

现在时机还不到,他怕吓着她,因此只能在她面前继续伪装。他想,如果他现在和她表白,百分之百会被狠狠地拒绝,她甚至会再也不见他,他承受不了这个后果。

谢星朝似乎很久没说话了,虞鸢叫了声:"星朝。"

"嗯。"他的声音低低地从黑暗里传出。

"鸢鸢今天抱了我。"他忽然说,"我从没抱过别的女生。"

虞鸢:"你以后会遇到自己喜欢的人的。"

她想到自己抱他的那一幕,耳尖红了红。没办法,她只能这么回复他。

谢星朝回得很快:"我不想谈恋爱,不想变成我爸那样的男人。

"我要是变成那样,还不如去死。"

他的语气陡然变重。每次一谈到谢岗,他都会如此。

谢星朝对谢岗有很大的成见,虞鸢是知道的。平心而论,其实她小时候也因为这个问题而困惑过。

她也奇怪地问过她爸妈:"为什么都是父母,谢叔叔从不陪星朝?""为什么谢叔叔回家这么少?""为什么星朝生病了他都不关心?"。

虞楚生和沈琴只是说谢岗工作忙,虞鸢对这个答复也不是那么信服。

谢家那些事情,她也隐约有所耳闻。不过因为考虑到谢星朝的感受,她几乎从不在他面前谈论。

虞鸢不知道该说什么,只是说:"不会的。"

谢星朝向虞鸢靠近了一些,虞鸢轻轻抚了抚他的头发:"别说这种话。"

"我要是死了,鸢鸢,你会难过吗?"他问。

见他越说越离谱,虞鸢简直拿他毫无办法:"胡说什么呢?"

酒吧里。

"紧张死我了。"路和擦了把汗说,"我都准备好了,我如果真的要装到底,就去找老六借衣服。"

"你这是干吗?要去演电工?"

"一边去。"路和一口灌下了半瓶啤酒,"我是在给我老大帮忙。"

"你也够讲义气啊,这都几点了?"

"那当然,那是我老大呢!"他重重地搁下酒瓶,"而且,值得。"

路和认识谢星朝差不多五年了。

谢星朝这人,有人真对他好了,走进他心里了,他会十倍、百倍地回馈别人;有人对他不好了,惹到他了,他记仇报复的程度也让人震惊。

路和当然愿意做第一种人。

第二天早上七点钟,虞鸢被闹钟叫醒了。

她洗漱完,换好了衣服——昨晚她已经顺利地把自己的衣服吹干了。

昨晚果然还是来电了,虽然来得迟了一点。她和谢星朝一直坐在一起,似乎是聊了很久,最后她实在撑不住了,就打起了瞌睡。好在最后还是来电了,她陡然惊醒,之后迷迷糊糊地回了房间,给手机充上电,吹完衣服就睡着了。

她早上九点有课,于是准备提前回宿舍一趟,换衣服,拿课本。

开门后,她发现谢星朝已经起来了。

他正站在餐桌前收拾着什么。

"我叫了早餐外卖。"他看到她,说,"鸢鸢,你不是有课吗?"

他站在餐桌前忙活的画面格外赏心悦目,让人看着心情便很好。

早餐很丰富,他都是照着虞鸢喜欢的口味买的。

虞鸢从小独立,更多的是充当照顾人的角色,很少有被这么照顾的时候。

看虞鸢一直没动筷子,他歪了歪头,问:"不好吃吗?"

"你长大了,会照顾人了。"她轻轻地笑道。

"没有。"他立刻喊出声,撒娇般地说,"我不大,我就是想对你好。"

虞鸢的脸稍微红了一下。

两人在桌边坐下,一起吃饭。

"我正好要出去买点东西。"谢星朝说,"我们可以一起去学校。"

此时正是早上七八点的时候,外头慢慢热闹了起来。晨间空气清新,马路上,上班族行色匆匆,还有不少背着书包去上学的小学生。

两人一起走出家门。

"我以后就想过这种生活。"谢星朝看着不远处的晨曦,声音很轻地说。

虞鸢轻轻握了握他的手。

她也希望如此,希望他可以一辈子都开开心心,平安喜乐。

他马上回握住她的手。

虞鸢看到他那双清澈、漂亮、水汪汪的眼睛,瞬间什么脾气都没有了,由着他回握了好一会儿,才松开手。

两人在学校门口分别了。

京大校门口停着一辆红色轿车。

少年没多看那车一眼,直到车门被推开,车上下来一个女人。

女人妆容精致,只是看到少年,神态顿时有些许狰狞。

谢星朝权当没看见,直接走过。

祝希禾忍无可忍,出声道:"你对长辈就是这个态度?"

少年脚步没停。

"你又和你爸说了什么?"祝希禾几步追了过去,气急败坏地道,"我都跟你爸十年了,你忍心再这么继续耗着我?"

原本她软磨硬泡,对和她领证这件事,谢岗的态度是有所松动的。

可是,从谢岗那天从京大找谢星朝回来后,一切又变了,又回归了原点,甚至比以前还差。

少年懒洋洋地道:"只要我在这个家一天,就不会让你进我家门。"

祝希禾脸色铁青,忽然说:"刚才那个女生是谁?你女朋友?"

见谢星朝的神态,祝希禾忽然笑出声:"你在人家面前装的什么,乖弟弟？就你这种坏种，人家知道了怕不是要拖家带口连夜逃跑……"

谢星朝的底细她再清楚不过了。

谢星朝什么都没说，只是面色阴沉了下去。他开口道："你去说，看她是会信你，还是信我。"

虞鸢回了宿舍，去拿她上午要用到的专业书。

宿舍里静悄悄的。她们宿舍除她之外，基本都是晚睡晚起的类型。

虞鸢把动作放得很轻，轻手轻脚地从书架上拿了课本和笔记本。

旁边的床忽然动了下，申知楠的脑袋从被窝里拱了出来，头发乱糟糟的，她说："宝贝，你回来了。"

叶期栩从床上直起身子，摸索着把灯打开了："鸢鸢，你真一晚上没回来啊？我昨天还打赌说你一定会回来呢。"

"就住在星朝家。"虞鸢说，"他家离学校也不远。"

"嗯，行的。"申知楠顺着梯子往下爬，"他肯定送你回学校了吧，还有买早餐什么的？就真是……好弟弟。"

自从上次虞鸢说过一次后，她们就不再开她和谢星朝的玩笑了。

可是，不知道为何，虞鸢的脑海里忽然闪过昨天晚上她把谢星朝撞倒在地时他近在咫尺的呼吸，以及第二天他站在餐桌前对她笑的模样。

"他交过女朋友吗？"叶期栩来兴趣了，"他喜欢什么样的女生啊？"

虞鸢摇头："没有吧？"

她想到了昨天谢星朝说的不想谈恋爱和不想结婚。

她收拾好了课本，将它们一一在书包里放好，手忽然摸到了一个东西。她拿出来一看，原来是一罐牛奶，还温热着。她握着牛奶，轻轻笑了。

牛奶是谢星朝趁她不注意时塞进去的。他小时候其实就是个细心的孩子，很会体贴人。

白天气温下降得快，昨天的燥热感已经被洗去了。

谢星朝从京大图书馆前路过。

晚上他要去见一次路和，地方他们已经定好了。

他单肩背着包，身形修长，脸上显露出的神情很冷。他一路走过时，有不少女生回头看他，但都在看到他的神情后马上把视线收了回去。

他兜里的手机响了,有人发来了一条短信,这年头还发短信的人不多了。

发短信的人是谢岗。谢岗想要他多回祖宅看看。

少年面无表情地关了手机界面,没有回复谢岗。

他自小在陵城长大,很少回南城——谢家祖祖辈辈都在南城,他不喜欢那里的氛围。

他可能本来该死在他八岁时的那个雨夜里,不过绝境逢生,勉强活下来了而已。

从孩提时代开始,只有在她身边,他才会有被人呵护、被人期待的感觉。

她温柔、认真、向上。

依恋、爱慕……他们之间的感情混杂了太多,她的所有,都让他心驰神往,那是站在谷底和泥泞里的人,对光、对云朵的仰望。

他会努力做得更好一些,想讨她喜欢,揣摩着她的心思,把自己真正的模样都藏起来。

月亮总会向往太阳。

她就是他的太阳。

虞鸢上完课已是晚上了,她和申知楠一起回宿舍。申知楠问:"鸢鸢,晚上采编部的同学约好一起吃饭,要给宋师兄送行,你有空去吗?"

"给宋秋实送行?"

申知楠:"对,他好像已经提前签了南城晚报社,马上要离开京州去那儿实习了。"

大一时,虞鸢和申知楠一起报名参加过学校的采编部。直到后来学业渐忙,两人才淡出了部门。宋秋实当年非常照顾她们,会耐心地手把手教她们怎么采访、怎么写稿、怎么润色语言。

"怪不得。"虞鸢想起来了,"我看到师兄发了朋友圈,说拿到了录取通知书,不过我没想到这么快。"

"我想转考新闻系的研究生。"

申知楠出神地说。

"对了,聚完餐去唱歌。"申知楠回过神,说,"嘿嘿,你好好收拾下。都大三了,咱们积极点,兴许还能抓住大学的尾巴,再谈个恋爱。"

聚餐的地点定在了一家日料馆。

大家情绪都很激动,吃完饭后,没人愿意散场。

"我是不是预言家?"申知楠明显喝高了,抓着虞鸢,含糊不清地说,"我就说了……会……会去唱歌吧!师兄,你待会儿唱个歌给我听,就唱那个……长亭外,古道边……"

虞鸢扶着她,哭笑不得。

"你们还去唱歌吗?"有熟悉的同学问她们。

虞鸢纠结了。申知楠忽然跳了起来,把眼睛瞪得特别大:"去,当然去啊,我今天就是睡在这儿,也得……把这歌唱完。"

虞鸢轻轻拍着她,哄道:"好了好了。"

穿着白衣黑裤的宋秋实在这时走了过来。他五官俊秀,声音清亮:"你们都去?"

看到他,再看看自己怀里申知楠的神情,虞鸢忽然什么都明白了。

"嗯,我也去。"她把申知楠扶稳了。

这个晚上,她得陪着申知楠。

一堆人浩浩荡荡地走在夜晚的大路上,散发着酒气,让人一看便知道是附近的大学生。

虞鸢平时很少来这些场所,只随便唱了两句,主要是一直陪着申知楠。

这里二楼是唱吧,三楼是私人影院,一楼似乎是个清吧,虞鸢坐电梯上来时,略微看了一眼地形。

快晚上十一点时,她接到了叶期栩的电话。当时申知楠正在唱歌,周围的声音实在太大,虞鸢说:"我马上给你回电话。"

她出了包间的门,到了一楼。一楼安静了很多,只有清吧里的吉他声隐隐约约地传来。

"今晚可能要玩通宵了。"虞鸢说。

叶期栩问:"宋秋实在?"

"对。"虞鸢说,"我陪着楠楠。"

"好,你们明天再回来补觉吧……"

和叶期栩聊完,虞鸢在外头徘徊了一阵,不想立刻回去。头被吵得有些昏昏沉沉,衣领上也沾了酒气,虞鸢迎着夜风大口地呼吸了一下。

清吧里,许遇冬和路和一左一右地坐着。

路和还在吹牛："我和你说啊，我那天特别专业，你知道吗？专业电工，专业物业，演技一流，早知道我当时就该去报个戏剧学院。"

许遇冬："你嘚瑟啥呢，欠打吧？"

谢星朝似乎一直在听他们说话。他单手支着头，忽然对他们抬起头，露出一副似笑非笑的模样，不知道在想些什么。

清吧里光线暗淡，谢星朝穿着简单的白衬衫，坐姿随意，漂亮得扎眼。

"我出去透个气。"许遇冬说。

许遇冬能感觉到，谢星朝今天的心情似乎不是特别好。

许遇冬推开门，外头的夜风灌进来，他整个人都舒服了很多。

外头的长椅旁似乎有人，那是个纤细的女孩，轮廓非常清秀。许遇冬凑近了点，借着门里透出的光看清对方后，被吓得一下就酒醒了。

虞鸢站在门口，遇到了一个完全在她意料之外的人。

仔细多看了几眼后，她基本确定了。

"你是许遇冬对吗？"她轻声说，"我叫虞鸢，是你姐姐的同学，我们在你家的时候见过一面。"

许遇冬条件反射地说："对，姐姐好！"

说完他就后悔了。这破嘴巴，他本来还能装不认识她的。

他急出了一身冷汗，忽然想起了里面还坐着的谢星朝。

和虞鸢随意且尴尬地笑着聊了几句后，见虞鸢还没有要离开的意思，他偷偷摸摸地拿起手机，给谢星朝发了条信息：我在门口遇到你姐了！

唱吧包间里声音震耳欲聋，虞鸢之前在里面待久了，太阳穴突突地疼。

夜风吹着很是舒爽，她想在外头再多待一会儿，不料许遇冬居然也一直不回去，就这么呆呆地跟她一起站在门口。她问："遇冬，你是和朋友来这儿玩的吗？"

许夺夏叫虞鸢替她看着点许遇冬，虞鸢留了心，便多问了几句。

"啊，是是是。"许遇冬不自然地扯了下唇。

他被晚风这一吹，脑子稍微清醒了一点，这才觉得大事不妙。谢星朝现在那样子，能给虞鸢看吗？那"人设"不都崩塌完了？

是他脑子缺根弦，发傻了，才会给谢星朝发那条信息。

说实话，看谢星朝之前那个样子，他一时半会儿也不会从清吧里出来。虞鸢应该是从二楼唱吧那里过来的。

那晚见过谢星朝在虞鸢面前的模样后,许遇冬下意识就认为,谢星朝现在的模样是绝对不能让虞鸢看到的。

收到许遇冬发来的消息时,谢星朝没多怀疑。

这里离京大只有两条街的距离,平时经常有各个学校的大学生来。不过,现在已经快晚上十一点了,虞鸢在这个时候出现在这种地方,他不知道是为什么,不知道她是被谁带过来的。

他站起身,去洗手间洗了把脸。

镜子里的他面色苍白,瞳孔漆黑,被冷水这么一淋,酒气散去了不少。

他把自己从上到下打量了一遍,整理好头发,扣好衬衫扣子,放下袖子。

之前那放纵颓靡的模样消失了大半,他看上去温顺乖巧,没有半点攻击性,只是眼尾的红一时半会儿还散不掉。

他给许遇冬发了条消息:在哪儿?

许遇冬:门口。

许遇冬不知道他要干什么。按道理,他收到消息后,保住形象的最好办法就是老老实实地继续藏在清吧里,一直不出来。虞鸢看不到他,这事情就会这么过去。

他这是要自投罗网吗?

虞鸢在外头站了半个多小时,晚风吹得她很舒服,吹久了也有了丝丝凉意。

她准备回二楼时,清吧的门被推开了。

"鸢鸢?"从阴影里走出的人语气惊讶。

借着霓虹灯和微弱的月光,看清楚对方的脸后,虞鸢比他还要惊讶:"星朝,你怎么在这儿?"

虽说他去清吧也不算什么坏行为,但是因为往事,她心里警铃大作。

谢星朝乖巧地说:"我是陪朋友来的。"

"朋友?"

"嗯,他被喜欢的女生甩了。"谢星朝说,"之前他一直以为那个女生也喜欢他,追了她很久,昨天还精心策划了一场告白,结果对方说自己已经有喜欢的人了,根本不喜欢他,只是把他当弟弟看,还说现在看着他,都觉得他很讨厌。"

他低声说着,语速不快,微倚着门,眸子被染上了淡淡的月色,神色晦暗不明。

许遇冬沉默地往后退了几步,想尽量降低自己的存在感。

"所以,我过来陪他喝点酒。"谢星朝说。

他走出了阴影,微微弯起唇,一副乖巧漂亮的模样。

"是吧?"他转头问许遇冬。

许遇冬忙拼命地点头。

清吧门被撞开,走出来一个结实的高个子男生。

男生手里还拿着啤酒瓶子,脸红脖子粗的,一出门就歇斯底里地叫喊:"冬冬,你好狠的心啊,你居然这么抛弃我!"

"不然您先结一下账吧?"清吧里跑出了个服务员,为难地道,"他在这里都哭一晚上了。"

虞鸢的脑子里乱纷纷的,她冷静了一下,把现场这些人的关系理了理——

先是许遇冬和谢星朝。

"你们原来认识吗?"

许遇冬忙点头:"认识的,我和阿朝是初中……嗯,是一个地方。其实也不算是老朋友,我们是考上大学后才熟起来的。"

"嗯。"谢星朝说,"我们都报了京州的学校,暑假经常在一起打球,就认识了。"

"是他失恋了?"虞鸢看着那个抱着垃圾桶的男生问。他吐了起来,那样子要多凄惨有多凄惨。

谢星朝面无表情地道:"早知道我就不和他一起来了。"

"让他们不要喝太多了,很伤胃。"虞鸢犹豫了下,说。

她其实想让谢星朝回学校或者回家,但是,仔细一想,现在他成年了,也不能太过约束他。

"鸢鸢,你也是来这里喝酒的?"谢星朝忽然问。

虞鸢没想到谢星朝居然会追问她的行程,她回答:"不是,我在二楼唱吧,一个和我挺熟的师兄要离校实习了,我们给他饯别。"

"今晚还回去吗?"

"估计不走了,现在学校也关门了。"

"不行。"他想都不想就说,之后他将声音放低,又软软地撒娇道,"你不能在外面待这么晚。"

虞鸢对这样的他最没办法,每当这时候,她就忍不住想揉揉他的头发,几乎会同意他提出的任何要求。

许遇冬老早就脚底抹油回清吧里去了。但他回去得心不甘情不愿,心里还是痒痒的,想躲在门后偷听,结果差点撞上一个人,一看,那人是路和。路和弓着背,不知道在那儿偷听了多久。

"阿朝这个剧本和我们之前说的不一样啊!"路和给许遇冬腾出了位置。

许遇冬心领神会,于是两人一左一右,一起支着耳朵偷听。

"哇,二毛这演技,他也太拼了吧!他是怎么吐出来的?我记得他喝得还没阿朝一半多。"

第四章

我现在下课了，在家等你

虞鸢和谢星朝并肩站着。虞鸢嗅觉很灵，在他身上闻到了酒的味道。

她问："星朝，你喝了多少？"

谢星朝转过脸来："鸢鸢不喜欢我喝酒吗？"

"星朝，你已经成年了，"虞鸢斟酌着说，"喝一些酒，或者来这种地方，只要不经常来，也是没关系的。"

"但是，你不喜欢吧？"谢星朝说。

她不喜欢看到喝得烂醉、沉溺于声色的人，不喜欢放荡、凶狠的人。

他轻轻地笑了："我不会做那些你不喜欢的事情的。"

在这一刻，气氛似乎古怪了起来。虞鸢觉得面前的人格外遥远且陌生。

在淡淡的月色下，她能看到他漆黑的眼、苍白的脸和异常红润的唇。

她其实一直很信任谢星朝。从小到大，因为信任，她不会怀疑他说的任何一句话，直到目前为止，谢星朝也确实没有骗过她一次。

不知不觉间，二楼的门被打开了，下来了一个人，是宋秋实。

宋秋实找到了她，远远叫了声："虞鸢？"

"师兄。"虞鸢回过神。

"你在这里啊，我说你怎么忽然不见了。"宋秋实说，"知楠喝醉了，刚才忽然大叫你的名字，说要找你。"

虞鸢紧张起来，道："我马上回去看看。"

"没事，她已经躺沙发上睡着了。"宋秋实笑了，"外头站久了凉，你也回去吧。"

他站在台阶上，比虞鸢高出很多，说完后，习惯性地伸手拍了拍她的肩。

宋秋实上学晚，比她和申知楠大了差不多三岁。他之前对她们非常照顾，这动作也不算暧昧。

谢星朝站在暗处，宋秋实撞到他的眼神，怔了一瞬。

虞鸢也注意到了。

"师兄，这是我弟弟，谢星朝。"她给宋秋实介绍，"他是今年刚来京大的新生。"

虞鸢兜里的手机忽然又振动起来，屏幕上显示的名字，是申知楠。

"星朝，你等我一下，我进去看看。"她急急忙忙地往唱吧那边跑，"不要乱跑，不要再喝酒。"

"嗯。"谢星朝意外地乖顺。

外头一时间只剩下谢星朝和宋秋实两个人。宋秋实睨了他一眼。夜晚的京州并不热闹，宽敞的马路上已经没了行人和车辆。

"你好。"宋秋实对谢星朝说，"我叫宋秋实。"

"我不是她弟弟，"少年垂着眼，面无表情地道，"是她的青梅竹马。"

宋秋实挑了一下眉毛，饶有兴味地说："哦？"

宋秋实进了包间，看到沙发上已经睡倒了好几个。

虞鸢在照顾申知楠。

申知楠之前抱着虞鸢的腰，大哭了一场。

人太多了，包间里明显睡不下了。

虞鸢打算给她在附近的酒店开个房间，于是便和宋秋实一起扶着她慢慢走出了门外。

谢星朝也随着一起来了。他站在包房门口，显然不怎么愿意走进这个满是酒气和陌生人的房间。

等虞鸢把申知楠在酒店里安顿好后，谢星朝还在酒店楼下等她。虞鸢很是疲惫，他也没说话，就这么乖巧地把她送回了学校。

这一晚虞鸢过得乱七八糟。因为担心申知楠，虞鸢晚上也没睡好，梦里一下是申知楠，一下又是谢星朝。

第二天一大早，她还在洗漱，就接到了谢星朝的电话，他的声音哑哑的。

"你声音怎么了？"虞鸢担心地问。

"可能是昨天吹了点夜风。"谢星朝哑着嗓子说,"好像有些感冒了。"

虞鸢心里很愧疚。她想起昨晚两人一起回家时,谢星朝一定要把外套脱下来给她穿上。

她小声说:"你等我,我今天去你那边一趟,给你带点药。"

谢星朝一下开心起来。此时虞鸢宿舍的门被打开了,申知楠回来了。虞鸢没和他再多说什么,只叫他在家乖乖等着,便匆忙挂了电话。

她打算今晚让他早早睡觉。他年龄小,恢复得快,大概明天就可以好了。

她刚下课,手机就响了,是谢星朝发来了消息。

第一条消息:鸢鸢,你是不是下课了?还来看我吗?

第二条消息:我现在下课了,在家等你。

第三条消息:我感觉好难受,你答应了我的哦。

他又撒娇。

虞鸢似乎可以看到谢星朝的期待之色,以及他清澈透亮的双眼。

她正准备回复,忽然就接到了一个电话,是她的导师严知行打来的。

"虞鸢,晚上七点,逸夫楼304号教室,"严知行说,"李书凡教授的讲座。每个教授可以带两个本科生旁听,我把我这边的名额给了你和杨之舒,你准备一下,不要迟到。"

李书凡教授即将来京大,这事虞鸢是知道的。但她完全没想过自己居然可以去旁听,拥有和那些只在教科书上见过的教授共处一堂的机会。

讲座的时间是晚上七点到九点半。

谢星朝刚发来的消息还在屏幕上闪烁,虞鸢握着手机,陷入了左右为难的境地。

挂了电话后,虞鸢还在犹豫。她现在刚出数学楼,可是……

送菜小哥给她送菜来了,她拿着打包好的菜,回了宿舍楼一趟,先把菜放在了那里。

纠结了半天,她还是打算先过去听讲座。她正准备联系谢星朝,就见杨之舒从远处跑过来了。他气喘吁吁地说:"虞鸢,你在这儿啊。"

"老严叫我出来找你。"他说,"名额是他临时弄到的。快走吧,好多教授都已经到了。"

虞鸢心不在焉地应着。

她想，答应了谢星朝的事情，她肯定也不能完全不顾。讲座结束大概是晚上九点半的样子，十点钟应该是可以到他家的。

杨之舒一副十万火急的样子，虞鸢随着他，往逸夫楼的方向赶去。她匆匆给谢星朝编辑了一条消息：星朝，对不起，学校临时有事，我要先过去一趟。你先吃饭、吃药，不舒服就早一些睡，不用等我。

如果谢星朝不想等她了，想先行休息，她就明天再过去。

虞鸢赶到逸夫楼304号教室时，严知行已经到了，工作人员已经把会场布置好了，每个人的座位前都放了名牌和茶水。

虞鸢居然还看到了自己的名字。她以为临时参加讲座的学生不会有名牌。

严知行见了她，眉头微皱："你今天怎么来得这么迟？我刚才和之舒说你们上次写的那篇论文，都说了半天了，你还没到，我才叫之舒出去找你。"

虞鸢还有些喘："老师，对不起，路上耽搁了一下。"

"待会儿把手机关一下，专心听。"严知行说，"之后我会把你们引荐给李教授。"

虞鸢点点头。

讲座很快开始了，虞鸢听得很专注。

休息的间隙，她看了一眼挂钟，已经晚上八点半了。不知为何，想到谢星朝之前期待满满的模样，她第一次分心了，犹豫着要不要出去给他打个电话。

"虞鸢，过来。"严知行正在和李书凡攀谈，然后就叫她和杨之舒过去了，显然是要把他们介绍给李书凡。

谢星朝下午去上了一节课，上的是三个小时的力学大课。

地球物理专业大部分人上课还是很认真的，他们想努力把绩点刷高，弄个保送研究生或者出国改专业的名额。

在这种时候，谢星朝就显得有些扎眼了。

不点名的课他基本上都缺勤，学院活动也从不见他的人影，不少人觉得他很神秘。

"你这舍友是不是不听课的？"有人偷偷问徐小鸥。

谢星朝坐在最后一排，正在睡觉。

因为感冒，他很难受，力学课也不怎么吸引人，所以他就很想睡了。

徐小鸥偷偷瞥了一眼谢星朝，说："我不知道。"

"2015304011。"教授看着花名册，敲了敲桌子，"谢星朝同学到了吗？起来回答下这个问题。"

谢星朝被点到名了，郁哲有几分幸灾乐祸。

谢星朝的眸色很深，他抬眸，毫无表情地看了一眼讲台上的PPT，问题正在大屏幕上摆着。

一分钟后，他把问题完整地回答上了，声音带着浓浓的鼻音，中间他还低咳了一下。

"答到这里可以了。"教授点头，忍不住问，"谢同学，你是不是得了重感冒？"

谢星朝坐下，哑声说："没事。"

教授随口表扬了他几句："大家要向这位同学看齐，带病还坚持上课。不过不坚持也没关系，我允许学生因病缺勤。"

郁哲有些震惊。刚才那个问题不难，但也不简单，他一直暗地里以为谢星朝家里是有什么门路才把他弄进来的。

他回头偷看谢星朝。

谢星朝已经恢复了睡姿，他短促地轻笑了一声："运气好。我以前物理都考十五分。"

郁哲慌忙回过头，再也不扭头看他了，只觉得如芒在背。

之前初中时，路和就羡慕过谢星朝脑子好使。

要说读书，谢岗持有国外某知名大学的经济学博士学位，温韵当年是医学博士，谢家孩子的学历都不差。

谢星朝自小在学习上从不觉得吃力，记忆力极好，过目不忘，理解起新东西来也格外快。

只是他从不觉得这算什么天赋。他没什么理想，活得极其随性。

上大学后，他经常翘课，但要点名的课他都会去上，毕竟考试分数肯定不能太差。因为虞鸢说过，要他好好学习，以她的认真程度，到了期末的时候，她一定会问他的绩点。

他大概想好了，每门课他考八十分上下就足够了，难一点的课程他还可以把分数考低一些。

考太低了不好，考太高了也没必要，他不想让她觉得他太聪明。

他漫无边际地想，如果他的高等数学挂科了，鸢鸢是会来给他补课，还是会生气呢？

不过，毕竟现在离期末还早，他现在惦记的是，鸢鸢晚上是不是真的会来看他？

一场讲座结束，虞鸢出了逸夫楼。十月的夜风已经带上了凉意，外头黑漆漆的，她回头看到逸夫楼亮着的灯光，心里还惦记着谢星朝的事情。

她急匆匆地回了宿舍，拿上自己之前买的菜，随后往谢家赶去。

电梯门打开，她打开手机一看，发现已经晚上十点半了，手机里有谢星朝的四五个未接来电。

虞鸢不知道要不要回个电话给他。她怕谢星朝已经吃完药睡着了，自己再打电话会把他吵醒。

站在他家门口，虞鸢有些忐忑。

她一贯守诺，之前也看得出来谢星朝对这次见面有多期待，她虽然早发信息通知他了，但毕竟还是爽约了。

她敲了敲门，里面半天没有人回应。

她想谢星朝可能已经睡着了。

虞鸢知道谢星朝家大门的密码，他之前给她说过无数次，说她什么时候来都可以，她自己开门就好。

犹豫了片刻，虞鸢还是输入了密码。

随着嘀的一声轻响，门打开了。

屋子里黑漆漆的。

"星朝？"她试探性地叫了一声。

没人回应。虞鸢把手机的手电筒打开，在客厅里走了几步，看到沙发时，她吓了一大跳。

沙发上有人。谢星朝睡在沙发上，没盖被子，长腿随便伸着。

"谁？"他听到响动，问道。他声音沙哑，带着浓浓的鼻音。

虞鸢惊住了："星朝？"

她以为谢星朝应该是吃完了药，洗完了澡，去卧室睡觉了，而不是像现在这样睡在沙发上，甚至连被子都没有盖好。

"鸢鸢？"谢星朝直起身子，打开了客厅的小灯。昏黄的灯光下，他神情憔悴，眼尾处浮着淡淡的红意，鼻尖也有些红，他显然还很难受。

"对不起。"虞鸢在他身旁坐下，"我因为忽然有个很重要的学术讲座要参加，所以来迟了。你怎么在这里睡觉？"

"我想等你，"他哑着嗓子说，"结果等着等着，就在这里睡着了。"

晚上，他早早回了家，可是她没有出现。

随后，他收到了那条消息，再打电话过去时，她的手机已经关机了。

虞鸢让他不要等，但他并不想睡，所以就一直在客厅里坐着。他可以等，等她办完事。

虞鸢坐在沙发上，坐在他的身旁。见他这模样，她习惯性地就想伸手探一下他的额头。

"我以为你不会来了。"他比虞鸢高出很多，虞鸢还没反应过来，忽然就被他搂住了。

他把脑袋拱到她的肩窝里，撒着娇，虞鸢在他的黑发上轻轻摸了摸。

他虽然刻意收敛了，但还是露出了委屈十足的模样。

不过，这本来也是她的错。

"对不起，是我来迟了，你等下先量个体温，回床上睡。"她柔声说，"吃饭了吗？"

可能是谢星朝得到了她的爱抚和关心，他的神情舒缓了很多，他乖乖地道："吃了一点，我等下去找体温计和药。"

他居然连药都没吃。

"我明天在这儿陪你吧。"虞鸢叹了口气。她本来就有愧在心，现在见谢星朝这副模样，真的是怎么也走不开了。

谢星朝的眼睛一下亮了。两人挨得很近，他可以闻到她发梢淡淡的柑橘香。

见虞鸢没有拒绝他的亲近，而且说要留下，他试探性地靠近，竟然就这样在她的面颊上直接亲了一口。

虞鸢从来没被男生亲过，只感觉他的唇很软。

这不是恋人之间的相处模式，却也和单纯的姐弟之间的相处模式不一样，那一瞬间，虞鸢说不上来他这突如其来的举动到底带着什么意味。

他心满意足地说："鸢鸢，你真好。"

虞鸢脸上的温度骤然升高。她浑身僵硬，想把他推开，可看到他亮晶晶的双眼后，顿时什么话都说不出来了。

不知道是不是因为这段时间他们相处得太多，两个人似乎又回到了孩提时代的关系。她对谢星朝这种亲密行为，似乎也越来越习惯和纵容了。

换作前几个月，他如果做出这种举动，她肯定无法接受。

她在心里告诉自己，谢星朝没多想，只是还当她是亲近的姐姐。

何况，现在他还病着，那是因她而起的病，她今晚还爽约了。如果她现在抗拒，他肯定又会露出那种受伤的神情。

虞鸢根本没法在这种时候拒绝他。

谢星朝就这样抱着她，似乎完全不想松手。

但他已经不是小孩了，虞鸢被他这样亲密地抱着，终于坐不下去了。

"我去给你煮个汤，你去加一件衣服，等一下再睡。"

"再坐一会儿。"难得有和她这么亲密的时候，刚还亲了她一下，谢星朝仍把头埋在她的肩窝处，轻车熟路地撒着娇。

"鸢鸢，那你接下来几天都住在这里好不好？"他说，"你想睡哪个房间都可以。"

虞鸢耐心地说："我等你病好了再走。等下我先去给你熬个姜汤，菜我都带过来了，等会儿你吃了药就去睡。"

"鸢鸢——"他忽然拉长声音叫她，"鸢鸢——"

"怎么了？"

"没什么，就是想叫你。"他的眼睛亮晶晶的。

谢星朝看到她的眼睛时，长睫轻轻扇动了一下。昏黄的灯光下，他微红的眼尾为平时苍白的面颊添上了几分颜色。

"鸢鸢。"他微微仰起脸，从下而上看着她，再度轻轻叫出她的名字，简直像是在暗示着什么。

他那双微微下垂的眼睛，黑得干净，他的气质大部分来自那双眼。

这一刻，虞鸢忽然有些明白，为什么申知楠她们总说他好看了，从异性的角度来看，他确实惹人喜爱。

果然是被她们影响到了，虞鸢心想。就是因为她成天待在宿舍里，被申知楠她们的奇谈怪论给洗脑了，才会有这种奇怪的想法。

谢星朝还只是个不太懂事的小孩。

虞鸢这么想着，把脑海里那些乱七八糟的想法都压了下去。

"星朝,你先去量个体温。"看他在这儿磨蹭得够久了,虞鸢终于忍不住开口提醒。

他只当没听到,直到一连被催促了好几声,才慢吞吞地起身。在虞鸢的监督下,他乖乖去拿体温计量了体温。

几分钟后,谢星朝取出体温计递到她面前:"不高。"

虞鸢看了一眼,38.2摄氏度。怪不得他的眼角和鼻尖都红着,他果然是发烧了。

"这还不高?"虞鸢说,"你买退烧药了吗?"

"嗯。"他点点头,飞快地说,"鸢鸢,我现在一点都不难受,我的身体比以前好多了!"

在这方面,他半点也不想让她觉得他还和小时候一样。

虞鸢叹了口气:"你这样,以后要怎么办呀?"

虞鸢在网上买菜时刻意选了几样熬姜汤的原材料。

虞鸢专注地忙着,突然背后一沉,谢星朝轻手轻脚的,不知道什么时候已经走进了厨房,揽住了她的腰。

他和以前一模一样,生病的时候会变得更加黏人,似是生怕自己病了就会被她抛弃一般。

"好了。"她拍了拍他环在她腰际的手。

谢星朝的这个动作亲昵而不狎昵,可能也是由他做出来,虞鸢才会是这种感觉。她并不会感到抗拒。

姜汤熬了大概十五分钟,虞鸢把姜汤倒进了一个白瓷碗里,顺便把退烧药也找了出来。

谢星朝听她的话,几乎从不会违拗她。

他明显不太习惯姜汤的味道,把姜汤端起来后,像受刑一样一口喝完了。喝完后,他直接被辣出了眼泪。他可怜巴巴地看向她,黑眼睛水汪汪的:"鸢鸢,这个好呛。"

"不喜欢就去漱一下口吧。"虞鸢莞尔一笑。

"没有不喜欢,"他闷闷地说,"就是有一些呛。"

他趴在桌上,似是苦恼地皱着眉。毕竟那姜汤是她做的,她做的任何东西他都是照单全收的。

见他喝完了姜汤,她心情很好。可能是跟他靠得太近,她竟然顺手在他的

079

面颊上轻轻拧了一下——脸颊触感很好。

他眼睛发亮,完全不抗拒,乖顺得不像话。

最后她还是意识到不太妥,不太自然地收回了手。

"待会儿还要吃药,你去漱个口吧。"虞鸢抿唇道,"这个不好喝,谁做的都一样。"

他这才进了洗手间。

虞鸢留在客厅,把桌子稍微收拾了一下。放在茶几上的手机屏幕忽然亮了,那是谢星朝的手机,似乎有人给他打电话。

"星朝,有人找你。"虞鸢说。

"嗯。"他从洗手间里探出头来,嘴里还叼着牙刷,他含含糊糊地道,"鸢鸢,你先帮我接一下?我手机没密码。"

虞鸢看了一眼手机屏幕,发现那电话似乎是他舍友打来的。于是她接通了电话。

听到电话里传来的女孩的声音后,徐小鸥呆了一下。

徐小鸥想到谢星朝以前说过,他和虞师姐现在在交往。

可是现在都已经快晚上十一点了。他们是住在一起了吗?但谢星朝才大一啊!徐小鸥想。

徐小鸥脑子里乱七八糟的。他涨红了脸,但还是说:"那个,我是星朝的同学,想通知他,下周要交的力学试验报告临时改了交稿截止日期——提前了两天,他没加通知群。"

虞鸢谢过了徐小鸥,那边的徐小鸥很快挂了电话,似乎有几分慌乱。

正巧,这时谢星朝从洗手间出来了。

"是谁呀?"他问。

"你同学。你们力学试验报告的交稿截止日期提前了两天。星朝,你写完了吗?"虞鸢担心他现在病着,到时候来不及交作业。

他轻松地说:"我早写完了。"

虞鸢问:"你现在学习怎么样?"

他眨了眨眼,飞快地说:"高等数学我听不懂。"

按理说,他是在高中后半段的一年多时间里,成绩像坐了火箭一样临时赶上来的,虽然最后他擦线进了京大,但底子肯定会比一般同学薄弱一些。

虞鸢想了想,说:"我找个时间帮你讲一讲吧?"

"鸢鸢来我家给我讲吗?"

虞鸢:"去图书馆。"

他一下泄了气,把失望写在了脸上:"哦。"

"不要吗?"

"要!图书馆也可以。"

时间实在太晚了,虞鸢怕他晚上再发高烧,还是在这里住下了。

第二天早上,虞鸢先熬了粥,但是没去叫谢星朝起床。

她琢磨了下中午的菜谱,发现家里没有豆豉,就打算去小区外的便利店买一点,顺便去药店给他买一些止咳药。

虞鸢走到门口,换好鞋,还没开门,谢星朝的卧室门就已经被打开了。

他还穿着睡衣,赤着脚就闯了出来:"鸢鸢,你要回去了?"

虞鸢停下了动作:"你怎么起来了?"

"我都好了,"他着急地说,"不咳嗽了,也不发烧了。你要走吗?"

"我只是想去买点东西。既然你都好了,那算了吧。你要不要再去量一次体温?"她柔声说,"还咳嗽吗?"

"不咳嗽了,也不烧了。不信你来量体温。"

量好体温后,她把温度计接过来一看——他已经降到37.5摄氏度了。

"药果然还是有效的。"虞鸢放下心来,"那我明天就回学校。"

下午,虞鸢又给他熬了一次汤。晚上,谢星朝去买了菜,两人一起做了晚饭。随后,虞鸢安静地在这里看书学习,心里的大石头终于落下了。

最后,谢星朝再量体温,虞鸢发现他的体温已经完全正常了,感冒症状也消失了,他应该是彻底好了。

"我明天就回学校。"虞鸢说。

这是他们早就说好的事情,好在他也没有再撒娇缠着她。

外头雷暴雨没停,似乎还有越下越大的趋势。

谢星朝掩去失落的神情,问她:"那鸢鸢今晚可以多陪我一下吗?"

虞鸢知道他小时候很害怕雷暴雨。

谢星朝被绑架的那一个月的经历,一直到现在,他都没有和任何人提起过,包括虞鸢。她只是从旁人那里听到过一些零星的消息。

所以，她对他的一些异常举动非常包容。

两人坐在沙发上。京州的天气已经开始转凉了，街道上的银杏叶也变得金黄，被风吹得唰唰作响，影子在夜色里摇摆。

"鸢鸢，你什么时候教我高等数学？"

"等下周吧。"虞鸢柔声说，"等你身体好了，就把不懂的问题都收集起来，我一次性给你讲。"

"我傻，只要是稍微难一点的题，我都学不好。"他说，"鸢鸢，你比我聪明多了。"

他似乎有些懊恼，白皙的面颊鼓鼓的，这让她不由得又有点想伸手去捏。

"你都考上京大了，还傻呢？"虞鸢笑。

"那是我努力、拼命学来的。"他用黑漆漆的眼睛看向她，"鸢鸢，假如以后我的孩子和我一样傻，那该怎么办啊？"

虞鸢正在写矩阵笔记，闻言没多想，说："不会的，根据遗传学研究，孩子的智商大部分是遗传自妈妈的，你只要找一个聪明的女孩结婚就可以了。"

谢星朝低垂着眼，什么也没说，唇微微勾了勾。

雷暴雨下了很久很久。

虞鸢一直留在客厅陪他，两人说着话。不知道从什么时候开始，她的话开始变少，后来他说三句，她基本只能回一句，再然后，她的声音就慢慢地越来越小，直到完全消失。

像小鸡啄米一样，她的头慢慢歪了下去。她居然就这么睡着了。

不知过了多久，外头划过一道闪电，照亮了昏暗的客厅。

谢星朝抬手关掉了客厅里的灯，面无表情地站了起来。

他个头很高，双臂修长有力，把她打横抱起来，毫不费力。

虞鸢纤细白皙的小腿从裙下露出，在空中晃晃荡荡的。

或许是察觉到了熟悉的温度和气息，或许是因为过于疲惫，也或许是由于对他太过信任，梦里的虞鸢什么也没说，由他抱着。

"鸢鸢？"他停住脚步，轻轻叫了声。

没人回答他。她睡着了，睡得很熟。

终于，夜色里，他在她的面颊上轻轻吻过，随后，他的唇终于轻轻贴在了她的唇上。

不知道她知道了他的真实面孔后，知道他对她那些难言的想法后，会是什么心情。谢星朝的唇微微挑起,眸底却完全没有笑意。

他永远不会让这种事情发生,只要让她看到她喜欢的模样就可以了。

他会扮演得很完美,扮演成她喜欢的样子。

他希望她能这样和他相处下去,她迟早会看到他的好,一点点喜欢上他。

第二天,虞鸢醒来,发现自己已经睡到了床上。她估计自己昨晚是不知不觉睡着了,被谢星朝抱过来的。

她有些不好意思,觉得自己近来在他面前失态的时候越来越多了。

谢星朝已经起来了,还做好了早餐。一见她出门,他就黏了上来,邀功一样地说:"鸢鸢,我做了早餐,等下送你回学校。"

明媚的清晨,她的心情似乎也一下子亮了起来。

虞鸢每周周一、周二的课最多,被排得密密麻麻的,她基本没有空余的时间。等她忙完了,她才发现,自己好像有两天没和谢星朝联系了。

虞鸢上完课,正好没事。

谢星朝参加了棒球社,她路过京大那块棒球场很多次,不过外头都有防护网围着,她不会打棒球,也不感兴趣,因此基本没有进去过。

她突发奇想,如果她现在去看看,谢星朝陡然看到她,是不是会很高兴。

估计他又会像小狗撒欢一样,飞快地跑过来。

或许是两人之前在一起的时间太多,两天没见,她居然有些想见他了。

虞鸢还没进去,就在门口看到了一个高个子男生,男生正在脱棒球手套。她记性很好,一下就记了起来,他是棒球社的社长,左奥南。

左奥南也看到了她:"我记得你,我们上次不小心拿球砸了你。我说好了要请你们吃饭的。"

虞鸢有几分不好意思。她看向里面,球场太大,她一时也找不到谢星朝,于是就问左奥南:"星朝在吗?"

"在,估计在跑步。"左奥南说,"还有五六分钟就结束了。"

"你在这儿等等?"

"嗯。"虞鸢站着和他随便闲聊了几句。

左奥南性格爽朗,是个自来熟,虞鸢和他聊天,就算才跟他第二次见面,也不会觉得很尴尬。他问:"吃饭的事情,你们商量好了吗?我随时都行。"

虞鸢想起上次谢星朝说过，左奥南要和他女朋友一起请她和谢星朝吃饭。

但是，毕竟现在和他相处得比较多的是谢星朝，那次手受伤的也是谢星朝，于是虞鸢说："我等下问一下星朝。"

"好，他们马上休息了。现在他们还没开始打棒球呢，就是做一些基础练习，比如跑跑圈之类的。不过他大概是这一级里体能最好的了。他综合素质也强，而且有基础，估计很快就可以和我们一起上场比赛了。"

虞鸢很惊讶。她不知道这些。谢星朝虽然说过他的身体比小时候好多了，但从没对她说过他擅长运动。

上次报名时，他还说自己完全不懂棒球。是左奥南在骗她吗？

虞鸢有些迷茫。

不远处，操场上，谢星朝穿着黑色短袖、短裤，因为刚激烈运动过，所以整个人都显得格外修长有力，充满了朝气蓬勃的活力，额前的碎发都被汗水打湿了。

这天阳光很好，白云在蓝天上缓缓飘过。

他从操场上走过，拿了一瓶矿泉水，随意地喝了几口。

"那个女生好漂亮啊，就是在门口和队长说话的那个。"有个男生问，"有人认识吗？"

"不是他女朋友吧？"另一个男生说。

"队长是老光棍了，哪来的女朋友？"

谢星朝随意地擦了把汗，看向那边。

"星朝！"

谢星朝在人群中非常好认，虞鸢几乎是一眼就看到了他。他也看到他们了，于是朝这边跑来，额头上都是汗水。

从跟谢星朝第一次见面起，左奥南就觉得谢星朝性格非常冷淡，话很少，也不合群，可现在，谢星朝神态很正常。

视线随意地从左奥南的脸上扫过，谢星朝似乎没看见他一般。

"鸢鸢，你今天怎么想到来这里看我？"谢星朝擦了一把汗，在离她不远不近的地方停下。

令人意外的是，他没有离虞鸢很近，不像平时，见到了她就恨不得黏过来，总喜欢站在离她最近的位置。

虞鸢这么想着，不自觉地就把想法表现在了脸上。

他注意到了。

"脏。"他不好意思地笑了笑,说。

他刚剧烈运动完,今天还是个晴天,他出了汗,似是很怕她嫌弃。

虞鸢抿唇笑了,从兜里拿出了湿巾,冲他招了招手:"过来。"

他有些愣,不过很快就听话地跑了过去。

"低头。"

谢星朝比她高出一个头。他乖顺地走过来,低下头,由着她轻柔地给他擦去额头上的汗水。

这一切他们都做得格外自然。

"师弟跑得很快。"左奥南说,"前几天的新生运动会怎么不参加?"

左奥南大大咧咧的,他说着,就在谢星朝的肩上捶了一拳,没怎么收敛力道。他俩身高差不多,谢星朝因为岁数不大,身形还有几分少年感,而左奥南因为常年训练,属于高大健壮的类型。

让左奥南意外的是,他这一拳下去,谢星朝并没有什么反应,依旧站在原地,一动不动。

"不错啊!"左奥南笑着说。谢星朝比他想象中结实不少。

谢星朝不喜欢和外人有这么近的肢体接触,不过,在虞鸢面前,他什么也没表现出来。

虞鸢微微笑了笑。她想到之前和左奥南的谈话,说:"我也不知道星朝你跑步这么快!"

"不快。"谢星朝说,"真要正经八百地参加跑步比赛,我肯定拿不到什么名次。鸢鸢,你知道我不喜欢动,这社团也是你要我来参加的。"

这话里就带了点明显的撒娇腔调。

虞鸢这下没话说了。

棒球场上还有不少在训练的队员,基本上是快毕业的学生,新人很少。

邵致和也在。他显然也认出了虞鸢,知道她是上次差点被球砸中的那个漂亮姐姐。

"对了,"谢星朝说,"上次不是说要吃饭吗?"

虞鸢没想到谢星朝会主动提起这件事。

"不如整个社团一起去吧?"谢星朝语气轻快,"趁现在人都还没走,大家一起吃饭,熟悉一下。"

其实这个提议她觉得不错,他会想主动和人交往,她很开心他有这个变化。

但是,饭是左奥南要请的,本来打算就他们几个人一起吃,现在一下加这么多人,是不是不太好?虞鸢转而想。

她有些为难,咬了下唇,偷偷看了一眼左奥南,在心里计算着自己最近的收支情况,不知道请这么多人吃饭还够不够。

左奥南愣了会儿,思索了下,居然觉得也很不错。他喜欢热闹,于是一把搂过邵致和:"小邵,这学期我们还没聚过餐吧,社费是不是还剩不少?"

邵致和是学会计的,社里本来也没几个人,他就当仁不让地成了掌管社费的会计。

"是是是,队长,疼疼疼。"左奥南的力气太大了,邵致和小小的一只,根本受不了左奥南这随便的一搂。

"那行,就这样吧。"左奥南是个爽快人,"小邵,你去通知他们,等下我订位子,就今晚,聚个餐,再加上虞师妹。"

虞鸢没想到他办事这么随性,根本由不得人拒绝,一下子就把时间、地点都安排好了。

谢星朝说:"我现在先去洗澡,可能要迟一点过去。鸢鸢,可以吗?"他是在征求虞鸢的意见。

虞鸢说:"没事,我不急的。那我也回宿舍一趟。到时候饭店里见?"

"我去接你,鸢鸢。"谢星朝说,"我洗澡很快的,一会儿就好。"

她对他很是纵容:"那我等你。"

左奥南和谢星朝都住在紫竹园,不过住在不同的楼层。

两人进了电梯。谢星朝和虞鸢分别后,神态有了微妙的变化,这和左奥南平时对他的印象就完全一致了——话少,冷淡。

左奥南觉得蛮新奇的,便问道:"你们是姐弟?"

上次跟他们见面时,他就很好奇了,因为他们说话做事的亲密程度远超一般的师姐师弟。

谢星朝靠着门,淡淡地道:"我俩不是亲戚关系。我喜欢她。"

左奥南愣住了。他意外的不是谢星朝喜欢虞鸢,意外的是谢星朝居然这么痛快地承认了。

"还有什么想问的？"谢星朝弯了弯薄薄的唇，直直地看向左奥南，"你对这件事很感兴趣？"

他的眼神本该很温润的，这么看着左奥南时，却没几分温度。

"没有没有，随口问问。"

"不要告诉她。"电梯到了，离开之前，谢星朝最后说，"合适的时候，我会自己表白。"

二十分钟后，虞鸢回宿舍放了书，接着便接到了谢星朝的电话。

他果然在楼下等她，高高瘦瘦的，很是惹眼。他已经换了身衣服，穿着深蓝色卫衣和牛仔裤，一头干净柔软的黑发还带着湿气，一副清清爽爽的大男孩模样。

"鸢鸢。"

虞鸢走过去，他自然而然地拉了她的手，说："他们已经先过去了，今晚吃粤菜，我带你过去。"

他的手比她的大了一圈，掌心很是温暖。

现在是傍晚时分，天边夕阳正红，大学校园里随处可见成双成对的情侣，他们俩这样并不显得奇怪。

谢星朝很喜欢以各种各样的方式和她亲近，但是都不会很越界。

她不想表现得过于敏感，便由他拉着自己的手。

"鸢鸢，你的手好小。"像是注意到了什么新奇的事情一样，他忽然说。

虞鸢的耳尖不知为何有些红，她说："其实很正常，普通女生的手可能都只有这么大……"

"是吗？"他说完，又好奇地捏了捏她的手。

她生得纤细，但是手上有些肉，此刻她的手被他捏在手里，小小的一团，非常柔软。

"我第一次牵女生的手。"他幸福地说，"小时候被你牵的不算。"

小时候，他手小，人也矮，就是个软乎乎的"奶团子"，走路的时候有时候还会拉着她的衣角。

不久，他们就到了那家粤菜馆。

这家店的生意显然很是火爆，左奥南订了个包间。谢星朝带着她上楼。

大家都已经到了。

虞鸢刚拉开门,就听到了里头吵吵闹闹的声音,里面已经来了八九个她不认识的人,而且都是男生。

本来说好就几个人吃饭的,左奥南还会带女朋友过来,结果这么一闹,变成了社团聚餐,这里就只有她一个女生,她有几分不自在。

大家给他们留了两个位子,位子是挨在一起的。谢星朝在左侧的位子上坐下,把右边的位子留给了虞鸢,她旁边是邵致和。

"玩把'狼人杀'?"大家点完菜后,一个男生提议道,"这家店生意这么火爆,菜估计还要等一会儿才上得来。"

虞鸢和舍友玩过这个游戏,聚餐时也会经常玩,还算玩得熟练。

左奥南来了兴致:"来来来。"

"星朝,你会玩吗?"虞鸢小声问。

"没玩过。"

也是,他从小性格就很孤僻,这种和朋友聚在一起,人越多越好玩的游戏,他没玩过也正常。她想。

"没事。"有个叫刘读的人说,"在网上看一下规则就行了。"

谢星朝:"嗯。"

谢星朝简单地看了下游戏规则,规则不难,很容易理解。

第一把游戏,虞鸢抽到了女巫的卡。

邵致和是主持人。

"女巫请睁眼。"虞鸢听到邵致和声音,睫毛颤了颤。她悄悄睁开了眼。周围的人果然都闭着眼睛。

"昨晚,有两个人被'杀'了。"邵致和说。

女巫有一瓶救人的药和一瓶毒药,可以选择"杀人"或者"救人"。

这两个被"杀"的人恰好是谢星朝和左奥南,一个是被狼人"杀"的,一个是被大野狼"杀"的。

虞鸢只犹豫了半秒,就指着谢星朝无声地说:"我救他。"

"确定救他?"

她点了点头。

"昨晚,有一个被'杀'的人。""天亮"后,邵致和指着左奥南说,"队长,你'死'得也太快了点,我等下给你报仇。"

左奥南很郁闷。他好不容易抽到了预言家的牌,结果第一晚就被"杀"了,什么都没法说了。

结果,一轮轮下来,人"死"得越来越多,狼被抓住了一只,还剩下一只,大家怎么也抓不出来。

"我投他一票吧。"在第三轮投票里,刘读指着谢星朝说。

另一个男生问:"为啥?"

"看着就挺像的——气质。"

周围爆发出一阵大笑。

谢星朝坐在自己的座位上,安安静静的。他话少,不怎么作声,生得这么干净漂亮,怎么也和狼扯不上边。

另一个叫李锡科的人一把摁住刘读的脑袋说:"那我还看你像狼呢。那我投你一票了。"

谢星朝指着刘读说:"我不是,那我也投你吧。"

虞鸢也跟着笑。她抿了一口荞麦茶,放下杯子,看向谢星朝:"我是女巫,我可以保证,他不是狼人。"

谢星朝自然不可能是狼人。第一晚他就被"杀"了,还是她用药把他救回来的呢。

于是刘读就这么悲惨地被淘汰了。

游戏就这么一轮轮地往下走,一直到最后,大家竟然都没有找出剩下的一个狼人是谁。

最后,场上竟然只剩下了两个人——虞鸢和谢星朝。

虞鸢:"游戏还没结束吗?"

按道理,狼人应该都"死"了啊。她很纳闷。

邵致和宣布:"这把是狼人赢了。"

人都已经"死"光了,按照规则,若只剩下了女巫和狼人,那么就是狼人获胜。

"等等,"谢星朝说,"还没结束吧?"

对着那双冷漠的黑眼睛,邵致和每次和谢星朝说话时压力都很大。他说:"因为就剩你们俩……"

"自杀。"他把自己的牌甩在了桌上,淡淡地说,"按规则,这个是可以的吧?"

邵致和说:"是可以。"

谢星朝翻开了自己的牌——果然是一张狼人牌。

"好的,那这把就算是人这边赢了。"

就一把游戏而已,大家也都没多在意,这时,第一道汤已经上来了,大家都收起了牌,准备喝汤了。

虞鸢的脑子现在有点乱。

"可是,第一晚,他不是被狼人'杀'了吗?"虞鸢问邵致和,"他怎么会是狼人?"

邵致和舔了舔唇,偷偷看了一眼一旁的谢星朝,说:"是他自己'杀'的自己,你又救了他。"

虞鸢:"……"

她因为逻辑能力很不错,所以平时玩"狼人杀"胜率很高,这次她因为从来没怀疑过谢星朝,他说他不是狼人,她就相信了。

"就是游戏而已,"邵致和忙说,"师姐不用太纠结了。"

上的第一道菜是浓汤,谢星朝很自然地给她舀了一碗汤,放在她手边。

"鸢鸢,这个很好喝。"他说。

她拿过勺子,安静地喝了一口汤。

虞鸢想,她是不是根本没有自以为的那么了解他。

谢星朝的侧脸很漂亮,他神态安静,很贴心、很细致,和小时候的他仿佛别无二致,尤其是在她面前时。

可是人长大后又怎么还会和小时候一模一样呢?

大家吃过饭,邵致和去结账。

谢星朝说要上厕所,也随着他去了。

"不是说好了社团聚餐?"看到身后跟着过来结账的谢星朝,邵致和惶恐地问。

因为是队长说的,社费还剩不少,所以他们这一大堆人点菜也没怎么省,而且这馆子里的菜也不便宜。

谢星朝显然没当回事,淡淡地道:"是我说要来吃的。"

他话少,结完账就走了,邵致和愣了几秒,才追过去:"那我……我回去把钱转给你。"

谢星朝没回答，已经打开门进去了。

"付完了？"左奥南说，"那撤咯。"

邵致和点头，不知道怎么对左奥南说，谢星朝摆明了不想让自己现在说。

不久，虞鸢也跟了过来，悄悄对邵致和说："这顿饭花了多少钱？我来付吧，我不是你们社的……"

邵致和："……"

他不明白，为什么一个两个的都抢着出钱？

谢星朝不知道什么时候跟了过来。撞到他的眼神，邵致和把话吞了回去："师姐，真的不用了，你这样，队长是要说我的。怎么可能要你出钱？"

虞鸢好说歹说，但邵致和怎么也不愿意收虞鸢的钱，虞鸢也没办法了。

她脸皮薄，觉得蹭了这顿饭，害他们多花钱，很不好意思，小脸红红的。

走进了京大校园，大家就分道扬镳了。

谢星朝走在她身旁。

虞鸢心里还有事，有些出神，一路无话。

"鸢鸢，我惹你不高兴了吗？"他对人的情绪很敏感，察觉到了虞鸢的不对劲，终于犹豫着开口了。

虞鸢说："星朝，我记得你是不是说过你不会打棒球？"

这点和左奥南说的有着天壤之别。

其实这是很小的事，可能是受今晚玩"狼人杀"的影响，她不知为何就想了起来，而且越想越觉得不是滋味。

他们安静地走着，都沉默着。

"谢岗以前在国外念书时，很喜欢玩棒球。"谢星朝垂着眼，忽然说，"我妈还没去世的时候，他教过我一点。"

虞鸢知道他很不愿意提起谢岗，不愿意说起和谢岗相关的任何事情，更加不愿意拥有谢岗留下的任何痕迹，包括他和谢岗有些相似的长相。

小时候，他甚至和虞鸢说过很多次，说他为什么不是长得更像妈妈，而是更像那个男人。

"所以，这才不想说吗？"

"嗯。"

"我让你去参加社团，是不是很勉强你？"虞鸢轻声问。

夜色已经降临了,晚风稍微有些凉,林荫道上落满了银杏叶子。

不知道什么时候,他离她越来越近,悄悄地拉住了她的手。他手指的温度很高,他就这么一点点地把她的手收入了掌心。

他转头看向她,漆黑的眉睫,红润的嘴唇,神情格外惹人怜爱。

"我现在已经不在意了,因为你想让我去。"他拉着她的手,轻声说,"鸢鸢,以后再多来看看我,好吗?像今天这样。"

他牵着她的力道不会太重,一切都那么恰到好处。

谢星朝送虞鸢回了宿舍。两人的宿舍其实挨得很近,不远处,他们已经可以看到青藤园的影子了。两人离宿舍越来越近,不知不觉中,谢星朝的脚步越来越慢。

虞鸢在出神,没注意到他的变化。

不过,谢星朝即使走得再慢,也还是走到了她的宿舍楼下。

十月的夜风微凉,但因为虞鸢一直被谢星朝牵着,所以她的手心暖洋洋的,一点也不凉。

送她到了宿舍楼下后,谢星朝却没有离开。他没松开她的手,而是问她:"鸢鸢,下次什么时候见面?"

虞鸢没想到他会这么问。

谢星朝像只可怜巴巴的小狗,又露出了那种神情。

"我知道你学习忙。"他补充道。

所以,只要她可以把空余时间匀一点给他就够了。

怕惹她烦,谢星朝并没有说必须什么时候见面,但是,他的神态已经完全出卖了他。

她想到了那天晚上,居然又有点想叫他低头,去捏一捏他的脸颊,揉一揉他的头发了。

虞鸢克制住了自己的这个冲动,她想了下,说:"有空就见。"

谢星朝似乎对这个回答不怎么满意,依旧没松手。虞鸢知道,以他的性格,她不给出一个满意的答复,他怕是会一直这样黏着她不走。

京大女生宿舍楼下,常可以见到一对对的情侣,男生送女生回到宿舍楼,还恋恋不舍地非要再说一会儿话。

谢星朝在人群里格外显眼,下来拿外卖的女生的视线经常会在他身上多停留几秒,然后再落在一旁的虞鸢身上,变得很意味深长。

虞鸢不想被这么误会,耳尖有些发红。

谢星朝却似乎完全没有意识到,依旧毫不避讳地拉着她的手。

"鸢鸢?你在走神。"他握着她的手,稍微用了些力,似乎有些不满,想让把她的注意力全部拉回到他身上。

"对不起,我们刚刚说到哪儿了?"

她想离他远一点,但是又怕惹他难受,毕竟小时候他就喜欢被她牵着。

"高等数学,我学不会。我学得很努力了,但脑子傻,所以还是不会。"他可怜巴巴地说,"我高中数学就很差,以前还考过好多次不及格,鸢鸢,你知道的。"

那是他离开虞家的那段时间发生的事,虞鸢有所耳闻。

他显得很沮丧,一双漂亮的眼睛直直地看着她。

虞鸢想起,她说过要给他补课。

"我给你讲一讲高等数学,从下周开始,等我把手头的中期论文写完。"虞鸢回忆了下自己的时间表,说。

"下周?"谢星朝的眼睛顿时亮了。

虞鸢认真地道:"嗯。"

"好。"

虞鸢还没反应过来,腰肢已经被紧紧搂住了。十月的晚风有些微凉意,谢星朝的怀抱很温暖,那股淡淡的薄荷香味又传了过来。

虞鸢的脸红了:"谢星朝!"

她没想到他力气会那么大,和小时候真的完全不一样了。

他知道她脸皮薄,也不敢把她惹急了,很快把她放开了。

"鸢鸢,改天见。"看得出,他是真的很高兴。

虞鸢心软了。她想让他高兴,从很小的时候就是如此。她连忙进了宿舍,只期望着晚上天黑,没有人看见刚才那一幕。

等她回了宿舍,大家都在。

申知楠边看电视剧边喝奶茶:"哟,又是漂亮弟弟送你回来的?"

虞鸢上大学前完全没谈过恋爱,也完全没考虑过。她拉开自己的凳子坐下后,忽然想起了一个问题。

犹豫了很久，她缓缓打开电脑，看了半天论文，却一个符号都没看进去。

虞鸢咬了咬唇，终于问道："你们说，假设以后我有男朋友了，他会介意星朝吗？"

她想到之前谢星朝说的，想要她先忙学业，不要找男朋友。

虞鸢问他为什么，他说因为他觉得她谈恋爱后会减少很多和他待在一起的时间，也觉得她的男朋友会不喜欢他们在一起。

余柠接话道："你这不是废话？当然介意啊。"

"一个别的男人对你这么好，这么黏你，还比你男朋友年轻，比他长得好，比他有钱，又温柔、俊俏、乖巧。"叶期栩说，"那你男朋友凭什么不介意？不介意就有鬼了。"

"星朝是我弟……"

"你们有血缘关系吗？"叶期栩说，"而且……"

叶期栩的恋爱经验很丰富，谢星朝看虞鸢的眼神，那根本就是男人看女人时深情的眼神，赤裸裸的。他明显也没想掩饰，就是喜欢她喜欢到不行。

虞鸢不开窍，她也不好多说，怕说了起反效果。

果然是这样吗？虞鸢在心里叹了口气。看来谢星朝的担心是有道理的。

不过她也没有喜欢的男生，也没有谈恋爱的想法。

宿舍里恢复了安静，大家都在做自己的事情。

虞鸢打开了网站打算搜题目，不料，网站正好给她推送了一篇文章——《兄妹姐弟相处时也要注意避嫌吗？》。

不知为何，鬼使神差地，她居然就打开了这篇文章。

下面的评论有说需要的，也有说不需要的。

随后，虞鸢看到了一个简短的答案：当你意识到这个问题，开始纠结需不需要避嫌的时候，就证明你们需要避嫌了。

这个回答获得了1.3万个赞。

那个答主的答案虞鸢也不怎么看得下去了，索性关了那个网页，又重新看论文。

在这里坐着，不知道为什么，她就是静不下心来。

虞鸢这几天课多。

她和杨之舒上了同一节课,下课后,杨之舒追着过来了:"那个数学建模大赛你有兴趣吗?"

虞鸢问:"那个不是在寒假举办?"

"提前来预约一下'大神'嘛。"杨之舒说,"参加一下反正没坏处。"

"就我们俩?"

"还有盛昀,他是学统计的,搞编程、搞应用比我们厉害。"杨之舒坦坦荡荡地说。

盛昀……虞鸢还没回答,杨之舒就看了一眼手机,冲夜色里的人叫道:"在这儿呢。"

盛昀果然出现了。他单肩背着包,冲她笑着说:"那就麻烦你了。

"我怕你不答应,特意找之舒叫的你。毕竟现在能找到数学功底那么好的队友太难了。"

虞鸢有几分不好意思。她为人一贯低调,别人夸她,她很害羞。

她其实还没答应,但是盛昀一下把话说满了,她也没法拒绝。

"我是来这边自习的。"盛昀说,"你们刚才在严教授那儿?"

杨之舒说:"对,我被老头子说了一顿,被骂得要死。"

虞鸢这几天课多,下课了还得和杨之舒讨论论文的事情,但是,他们好容易找到了空教室讨论时,盛昀也经常会出现,美其名曰熟悉队友。

虞鸢做事很专注,听盛昀这么说,就当他不存在了。

只是每次讨论完了,盛昀说要送她回宿舍,她基本都婉拒了。

这天盛昀有事,走得很早。

虞鸢和杨之舒讨论了很久,一看时间,居然已经过了晚上十点了。

虞鸢道:"我先回去了。"

杨之舒算入了迷,一张张写满了数字的草稿纸被胡乱地丢在了桌上,他头都没抬,"嗯"了一声。

虞鸢抿唇笑了笑,动作很轻地背起书包,给他带上了教室门。

第五章

好想揭开他装乖的面具

十月底了,晚风越来越凉。

虞鸢一个人背着书包走在校园里,数学楼离她的宿舍楼有一段距离。

这条林荫道上的路灯坏了好几盏,一直到现在都没修好,所以晚上这里就格外阴森。

虞鸢看到那个熟悉的石碑时,凉风刮过,她不由自主地打了个寒战。

传闻里,京大校园内曾经有过墓园。白天路过时虞鸢还不觉得有什么,现在路过……虞鸢咬着唇,把外套裹得更紧了一些。

她自小就是个胆小的姑娘,尤其害怕这些虚无的东西。

风越刮越大,这条路上居然只有她一个人在走。京大校园实在太大了,她前后都看不到人,只能听到呼啸的风和被风吹得呜呜作响的树叶。

树丛里忽然蹿出一道黑影,虞鸢紧绷的神经差点就被这道黑影给吓断了。

原来那是一只黑猫。她惊魂未定,脸色苍白。

这条路似乎走不到头,她加快了速度,脑子一片空白,最后小跑了起来。

脚下突然不知道被什么绊了一下,她摔倒在地。她脸色惨白地摸出手机,打开了灯,手指微颤着照亮了刚才走过的路。

那里有一棵很大的古树,她跑偏了,被树钻出土地的根茎绊倒了。

虞鸢想站起来,但是脚踝和膝盖一阵刺痛,她只能在原地坐下。

远处长长的路似乎看不到尽头,她打开手机,习惯性地打开了宿舍群,想在群里求助。

群里有一列聊天记录。

叶期栩说:今晚我出去玩去了,不用给我留门。

余柠说：我也是！

申知楠问：干什么去？给组织交代清楚！

见没有人理自己，申知楠说：算了，我睡了，再见。

这已经是半个小时前的事了，申知楠这会儿估计已经睡着了。

虞鸢天性温柔腼腆，就算对方是跟她关系好的舍友，她也不太好意思这么麻烦别人。

虞鸢扶着一旁的树干咬着牙站起身来。

肯定破皮出血了。她想。

她有点晕血，不想看伤口，就这么咬着牙一点点往前走。

她的手机在这时响了起来，是谢星朝给她发了消息：鸢鸢，你已经睡了？

她已经好久没回复他的消息了，他怕她又不理他了。按照平时的习惯，在这时，她一般都会回复他的。

虞鸢回复他：已经快到宿舍了，今天迟了点。

那边的人回得很快：你现在还在外面？就你自己？

京大校园最近没那么安全了，之前有个暴露狂在学校骚扰女学生的事情闹得沸沸扬扬。

虞鸢回道：嗯。

谢星朝：你在哪儿？我去接你。

虞鸢的腿还刺痛着，她犹豫了很久。

谢星朝的电话打了进来。

虞鸢没接电话，在微信里回复他：求知路，我……

她觉得自己被树枝绊倒摔伤的事情实在太丢脸了，她真的不太好意思对谢星朝提起。

谢星朝：在那儿等我。

月亮出来了，虞鸢找了把椅子坐着，仰脸看着天上的月亮，有些走神。

谢星朝修长的身影穿过了黑色，他脚步匆匆，在夜色里一点点接近她。

云层移开了，月光洒下来。

谢星朝的脸上第一次没了笑意。

他一眼就看到了她的腿。

"摔了一下，不严重。"虞鸢小声说，有些心虚。

谢星朝没说话，垂着眼在她身旁蹲下，简单地查看了一下她的伤口。

"为什么不找我?"他说。

她也不知道,或许是因为从小她想到的就是要照顾他、呵护他,所以当自己遇到这些事情时,她的第一想法是不愿意麻烦他。

"鸢鸢。"谢星朝轻声说,"你是不是觉得我不值得你依靠?"

"没有。"她断然否定。

但在这一刻,她却不怎么敢看谢星朝那双漂亮清澈的黑眸。

谢星朝没再多说什么。

虞鸢低低惊呼了一声——她整个人已经被他拦腰抱起。

虞鸢只能搂住他的脖子,现在的他抱起她已经毫不费力了。两人的身高差很多,虞鸢能感觉到他手臂的力量。

"星朝,你怎么来得这么快?"她找话说,企图缓解这种奇怪的氛围。

谢星朝:"我骑车来的,车扔在那边了。"

求知路的路面不平,他不方便骑车。

"能上来吗?"到了放单车的地方后,谢星朝问她。

被他轻轻放下后,虞鸢终于舒了口气:"能的。"

"抓紧我。"谢星朝回头,声音顺着风传了过来。

虞鸢稍微抓紧他的衣服下摆。

两人还是隔得很远。

车停下了,谢星朝用一条腿支着地,回头说:"鸢鸢,我很不好吗?"

他想说,她就那么讨厌他,稍微靠近他一些都不愿意吗?

月色下,他的脸上没了笑意。

他垂着眼,轻声问:"鸢鸢,你是不是想找男朋友了?"

这几天,她一直都和那两个男生在一起,连回复他消息的时间都没有。

而且她晚归了,受伤了,都不愿意告诉他,甚至现在,她宁愿自己摔下去,都不愿意离他近一点。

"你需要男朋友做的,他可以给你的,我都可以做,都可以给。"谢星朝直直地看着她。

他平时在她面前总是一副漂亮乖巧的大孩子模样,虞鸢看到那双眼睛,里面有种令她极其陌生的情绪一闪而过。

她被他一连串的话问蒙了。她记得谢星朝确实说过,不愿意让她找男朋友。她当这是种带着孩子气的占有欲。

是她没考虑清楚。

虞鸢终于伸手,环上了他的腰。他的腰刚劲细窄,和女生软绵绵的腰触感完全不同。

"我没有想找男朋友。"她轻声说,"这几天太忙了,谢谢你来接我。"

对谢星朝,她这招百试不爽,他也很好安抚,只需要她的一些亲近,大部分时间,他是乖顺听话的,不会和她闹别扭。

她看不到谢星朝的神情,只听到他闷闷地说:"不用对我说谢谢。"

在他这里,她永远不用说谢谢。

她忽然察觉到路不对,问他:"星朝,这是去哪儿?"

"校医院关门了。"他说,"你的腿必须去包扎,我带你去医院。"

"宿舍要关门了!"

"等下叫个车。"谢星朝补充道,"去我家。"

到医院后,她在医院大厅里等着,谢星朝给她在急诊科挂了号。

脚踝疼得不行,她掀起裤腿,看到伤口后,脸色发白。

她没想到会摔得这么重。

如果不是谢星朝找过来,她真的无法想象,她要怎么走回宿舍。

"鸢鸢。"谢星朝走过来,把虞鸢抱了过去。虞鸢实在不好意思,可是,之前他就抱了她,现在她也不好意思再说什么。

"先打针破伤风吧。"说话者是个四五十岁的男医生。

他拉着虞鸢的脚踝摁了下,虞鸢疼得额头冒汗,差点叫出来。

她这才察觉到谢星朝一直握着她的手。她刚才陡然用力,他修长的手握着她,被她掐着。

"脚踝还好点,"医生说,"主要是膝盖。"

"杜医生!来了两个车祸病人,你赶紧过去看看。"有个护士急匆匆地跑过来喊道。

"马上来!膝盖我包扎了,脚踝你回去上个药就行。"医生说完,又转脸看向谢星朝,匆匆地道,"叫你男朋友帮你弄,膝盖也得换药。"

谢星朝没半点解释的意思,找他问起了别的注意事项。

虞鸢:"……"

现在这个时间点,这个情况,她如果去和医生解释他不是她的男朋友,实在是过于矫情了。

她只能坐在那里，被谢星朝照顾着。

谢星朝打横抱起她，毫不费力。

虞鸢只能搂着他，脸上发烫，好在这个时间医院里人很少。他叫的车已经到了，就停在路边。

回了家，谢星朝把她放在了沙发上，打开了客厅的灯。

虞鸢真的没想过，这么快她又要过来借宿了。

谢星朝忽然就在她身边停下了。

虞鸢雪白纤细的脚踝被他修长的手握住轻轻揉捏着，药膏被化开。虞鸢看着，只觉得很别扭。

她特别不好意思："星朝，我自己来。"

"鸢鸢，你不喜欢，可以直说。"谢星朝抿着红润的唇，抬眸看向她。

那双漂亮的眼睛里什么邪念也没有，只映衬出她的矫情和做作。

虞鸢忽然很是羞愧。

她放松下来，由他这么握着她的脚踝。

他动作很慢，虞鸢能格外清晰地感觉到他微凉的手指在她的伤处滑过，她的耳尖有些发烫。除了爸爸，从来没有异性这么近地触碰过她。

他动作真的很慢，似乎完全没有松开她的意思。

虞鸢想，可能是因为他平时在家的时候没做习惯这些事情，所以动作才这么慢的。男生也难免粗枝大叶一些，并不会想那么多。

可是，这时间实在太长了。

"星朝。"虞鸢实在是害羞了。她耳尖发烫，声音发颤。

谢星朝似乎才回过神，声音有几分沙哑："鸢鸢，我弄疼你了？对不起，我轻一点。"他眨了眨眼，应得乖巧，手却完全没有松开的意思。

"星朝。"她声音细弱，这么叫着他的名字，一连叫了两三声，他似乎才听到。

虞鸢的脚踝被处理好后，谢星朝就去洗澡了。他洗完澡擦着湿头发来到客厅，此时虞鸢正坐在沙发上看课本。她抬起头，羞愧地道："星朝。"

他马上走近，问："伤口疼？"

"不疼。"虞鸢小声问，"星朝，能不能抱我——"

她想去睡觉了，可是膝盖和脚踝都刚上过药，她也没拐杖，没法走路，只能让谢星朝抱她去卧室。

话还没说完，她就已经被抱了个满怀。

他的模样真的生得很漂亮，近看也唇红齿白，毫无瑕疵。

现在，他垂着长睫，把头埋在她的肩窝里，满是依恋地蹭了蹭，惯常地撒着娇，手却把她的腰搂得很紧，丝毫不让她离开。

他力气很大，虞鸢的腰肢被他紧紧搂住，她动弹不得。

男人和女人力量的差别在这一刻赤裸裸地暴露了出来。

虞鸢只觉得这样的他令她格外陌生。他太不对劲了，他的话语、表情、动作，一切都令她感到陌生。

"谢星朝。"她的声音有些发抖。

虞鸢很少这么连名带姓地称呼他。

"鸢鸢，我没骗你。"谢星朝声音很轻。她看不到他的神情，只捕捉到了他话里带着孩子气的倔强之意。他说，"无论是什么，只要是你说的，我都愿意做。"

他抬眼看着她。明明他的眼还是那双令她熟悉的、漂亮的眼，可在那一瞬间，看着那双眼，她竟然产生了被某种危险的野兽盯上了的错觉。

他从小孤独一人，变成哑巴后，更是常年只有她一人为伴。小时候他就喜欢缠着她，即使他们经过了几年的分离，他的这份执拗也没有改变。

"星朝，你应该多出去走走，去交往和见识更多的人。"她轻声说。

这也是她对他一直以来的期望。

只有这样，他才不会继续沉溺在过往的回忆里，对她倾注太多不必要的关注。

谢星朝没有回答。

虞鸢发现自己居然还坐在他的腿上，而且保持着一种极其越界的姿势。

"星朝，能不能抱我去卧室？"虞鸢的耳尖红了，她本能地觉得不对劲，但此刻也只能求助于他，"我没法走路，现在太晚了，我想睡觉了。"

明天并不是休息日，虞鸢的作息一向规律。

谢星朝沉默了，动作也没变。

过了不知多久，他抱着她站起身，温顺地道："好。"

谢星朝抱着她打开门，把她放在床上。

虞鸢："晚安。"

这是下逐客令了，她说得有些快，说完后，便有些后悔了。

谢星朝沉默了一会儿，最后还是退出了房间："鸢鸢，晚安。"

虞鸢轻轻呼了口气，拿起被子拉开盖在了自己身上，这才终于有了几分安全感。

门口忽然传来钥匙打开门锁的声音，虞鸢的心瞬间提了起来。

谢星朝修长的影子落在了地板上。

她的神情可能带了某种伤人的情绪，他抿了抿唇，什么也没说，只是站在门口。

"这是消炎药，"他说，"睡觉前记得吃。"

他手里拿着一杯水和一盒药片。

虞鸢愣了。

他没有立刻离开，而是垂着眼，声音沙哑地道："从小我一直一个人住，不会处理人际关系，没有朋友，很长时间也不会说话。和你在一起的那几年，是我过得最快乐的几年。如果鸢鸢觉得我对你造成了困扰，让你觉得恶心、讨厌了，你都可以告诉我，我都会改。"

他说得平静，面色苍白，虞鸢的脸也失了血色。

说完这番话，他轻轻带上门，退了出去。

虞鸢拿起杯子，摸了一下，水还是温热的。她长长吐出一口气，为自己刚才的猜想暗自羞愧。

其实，在这个世界上，除了父母，她最信任的就是谢星朝了。从孩提时代开始，他们朝夕相处了几千个日夜，她是最了解他的人。

谢星朝从来不会做出任何伤害她的事情。

那时他还不能说话，不知道从什么时候开始，虞鸢就越来越信任他，会对他说出很多她甚至都不曾告诉父母的事情。

"小团子"睁着大大的眼睛，从来不会不耐烦，温顺乖巧地听着，是她最好的听众。无论她走去哪里，回来得多迟，她知道总会有人固执地留在原地等着她。

她想起谢星朝受伤的神情，心里忽然酸痛了一下。

两人重逢以来，这段时间待在一起的时间越来越多。谢星朝偶尔会提起他们小时候的事情，提得都很自然，说起来的回忆也很细碎。他把那些事都记得清清楚楚。他像是一个倔强的、在沙滩上捡拾海螺的孩子，把他们的回忆一件件都珍藏了起来。

她有什么不信任他的理由呢？

他只不过是个孤独、倔强、孩子气的大男孩,而且在她面前又那么温顺乖巧,事事为她着想。

第二天一大早,虞鸢起来时,谢星朝已经在客厅了。

他早把早餐准备好了,只是看上去比平时要沉默很多,就连吃饭时,他拿汤勺的手不小心碰到了她,他都会急忙避开,似乎是在刻意和她保持距离。

饭后,虞鸢的腿还需要换药。她现在自己走路还很吃力,谢星朝终于还是看不下去了。

"可以吗?"他想给她换药,拿着绷带,轻声问。

"对不起。"虞鸢内疚地说,"星朝,我……我昨天不该对你那样。"

谢星朝的神情一下明亮了起来。

他欢喜地说:"鸢鸢。"他把她抱起来,动作温柔,却一点不加收敛。

她发现自己竟然已经很熟悉他的味道和拥抱了。

虞鸢虽然感到别扭,但也只能努力克服羞怯。她想,或许只是她还不适应现在的他。只要不多想,她迟早也会慢慢习惯的吧?

虞鸢回到宿舍后,所有人都震惊了。

余柠:"姐姐,你这是怎么搞的?怎么把自己搞成这样了?"

虞鸢:"昨晚走夜路,不小心摔了一跤。"

申知楠起来搀她:"现在能走路吗?你怎么都没告诉我们一声啊?"

虞鸢说:"勉强可以,但可能得要人扶一下。"

"去医院了吗?我带你去校医院?"

"昨晚星朝带我去过了。"提起这个名字,虞鸢略微有些不自在,"也是他送我回来的。"

"之后你上课怎么办?"

京大校园实在太大,学生上不同的课经常要跑不同的教学楼,虞鸢的腿现在这个样子,这几天她一个人走路估计是不行的,而且她们几个人的课表也不是完全一样的。

虞鸢小声说:"星朝说,如果我去太远的教学楼上课,这几天他就来接我。"

大一的学生课不多,虞鸢原本不同意谢星朝这么做,但是看了他的课表,发现她上那几节路程太远的课时,他确实都没课。

余柠说:"靠谱弟弟。"

"真靠谱。唉,我也想有个这样的弟弟。"申知楠说。

谢星朝经常过来接虞鸢上课,但凡虞鸢要去离宿舍远一些的地方,他都会专门过来接她,一点都不嫌麻烦。虞鸢倒是越发地愧疚,怕自己耽误他的课程。

她平时要去数学楼和杨之舒讨论论文,数学楼离宿舍很远,都是谢星朝接送她的。

盛昀有时也会来。他看到她的腿受伤后,眉头紧锁。

知道她是在那天晚上走夜路时摔伤的腿后,他说:"那天是我走得太早了,不然我肯定会送你回去。你那天晚上干吗去了,让一个女生那么晚回宿舍?"

他质问杨之舒。

杨之舒当时是真的算数入了迷,完全没觉得大晚上让女生一个人回宿舍会有什么问题。

"那天也没有很晚。"虞鸢忙说,"是我自己太鲁莽了,没看清路。"

盛昀说:"那这几天你上课怎么办?不然我……"

他话还没说完,便看到了楼下骑着车在等候虞鸢的谢星朝。

"鸢鸢!"谢星朝叫她的名字。

盛昀的眉头皱得更深了。

盛昀对谢星朝记忆犹新。在他的印象里,谢星朝年龄不大,性格很不讨喜,仗着自己年龄小,又长着一副纯良的模样,在虞鸢面前惯常装乖卖蠢。

谢星朝却像没看见他一样,神情很正常,似乎完全忘了他这个人,以及他们之前不愉快的往事。

"那我先回去了。"虞鸢说,"改天见。"

盯着他们俩的背影,杨之舒愣愣的。他说:"兄弟,我是不是给你把事搞砸了?"

"没事。"盛昀说,"反正之后还能在寒假联系。"

盛昀眯了眯眼。他就不信,谢星朝还能装一辈子。

527号宿舍的床位经常空着一张。

唐光远对此很满意,这样他们的空间就比别人宿舍的空间大了不少。

谢星朝很少回来，大部分时间是在外头住的，除去上课，他们这几个舍友见他的机会很少。

这天，唐光远原本仰着坐在椅子上，把双腿搁在桌子上听音乐，见谢星朝忽然进来，被吓了一跳。他忙关了音乐，去看自己的桌子。

他东西太多，又不收拾，自己的桌子已经堆不下了。因为谢星朝不回宿舍，他们的床位又挨着，所以他就把杂物全放到谢星朝那儿去了。

谢星朝也看到了。他淡淡地看了唐光远一眼，唐光远忙拿下耳机，把自己堆在他椅子上的杂物都拿开了。

"力学实验的成绩下来了。"郁哲正在查分数。

说完后，他看了一眼刚进来的谢星朝。

谢星朝神情散漫地坐下，对成绩显然没半点兴趣。

唐光远也忙打开了群文件，迅速看了一遍，然后说道："谢哥，你分数考得老高了，九十八分。"

他其实平时不怎么和谢星朝说话，可能觉得刚才有些理亏。

谢星朝并没有他想象中那么高兴。谢星朝大部分时间没什么表情，让人看不出他的心思。

谢星朝眯了眯眼睛，转而看向了徐小鸥。

"我……我给你交了原来那份。"徐小鸥结结巴巴地说，"我觉得你之前那份写得更好。"

徐小鸥真的不理解，为什么会有人愿意交一份明显更差的作业。

"下次别多管闲事了。"谢星朝倒也没生气，神情很寡淡。

谢星朝是回宿舍拿东西的，显然也不准备待多久。

他背上包："晚上不回了。"然后他头也不回地离开了。

一室安静。

郁哲心不在焉地说："你说他天天都上哪儿去了？"

"在外面各种玩呗。"唐光远说，"人家是有钱人家的少爷，又长那么帅，估计会玩得很。"

"别乱说。"徐小鸥听不下去了，"他有女朋友的，两人感情很好的。"

虞师姐温柔漂亮，和谢星朝很配。在一开始的震惊后，徐小鸥竟然慢慢接受了这个事实，并且由衷地觉得他们很般配。

"谁啊？"

徐小鸥摇头。他当然不能说出去。谢星朝是出于信任才告诉他的，他不可以随便乱说。

他们对他说的话半信半疑，郁哲说："不过他姐姐真的漂亮，性格也和他完全不一样。"

徐小鸥说："他们不是没血缘关系吗？"

唐光远说："管他们有没有呢。师姐总不会喜欢他这种人吧？你们不觉得他这个人很可怕吗？"

郁哲："可怕不至于吧？就是孤僻了点。"

"不是，这人就很假，"唐光远说，"什么都很假。你看我们在一个宿舍也住了三个月了，知道他啥事？他做事也一样，搞得人摸不着头脑。"

谢星朝像是散漫飘浮着的云，你根本不知道他到底想要什么，他似乎对一切都无所谓。

虞鸢的腿慢慢恢复了，她现在走路已经正常了。

转眼间，京州也入冬了。

室内早已经开始供暖了，虞鸢已经将论文写出了雏形，期末周眼看着也一天比一天近了。

虞鸢惦记着给谢星朝补习高等数学的事情。

他这段时间一直接送她，浪费了时间，她很担心因此影响了他的学习，毕竟大一的绩点真的很重要。

虞鸢给他发了消息，然后提前预约了图书馆的小隔间。

京大图书馆三楼被刻意划分成了小隔间，双人、多人的房间都有，可以关门，隔音效果好。

她给谢星朝发消息说了时间、地点。

"下雪了。"余柠从楼下回来，带着一身寒气，兴高采烈地说。

虞鸢没想到，今年京州的初雪会来得这么早。

她拿了一把伞，围上围巾、穿上大衣后才出了宿舍。

"星朝，你现在在哪儿？下雪了，出门记得拿伞。"她低头，给谢星朝发了消息。

在她腿好了后，她坚持不要他再接送，而且这段时间她事情多，因此她和谢星朝已经快两周没见面了。他乖巧懂事，在她真的很忙时，也不会胡搅蛮缠地非要跟她见面。

虞鸢正在出神，忽然听到耳畔有人叫她。

谢星朝正站在雪松下。

"鸢鸢。"他叫她的名字。

他的黑发和睫毛上都沾了雪，鼻尖冻得微红，唇也格外红润。他似乎又高挑了一些，模样简直漂亮得不像话。

"你到了怎么不说？"虞鸢说着，撑开了伞，问他，"等多久了？"

"没多久。"他淘气地说。

虞鸢的双颊忽然一凉，他修长冰凉的手指居然就这么捧住了她的脸。

他低着头，两人几乎鼻尖对鼻尖。隔得这么近，虞鸢能看到他干净漂亮的眼睛和里面映照出的两个小小的她。

两个人呼出的气体都变成了淡淡的白气。

可能是真的已经开始习惯了他无止境的亲昵行为，也可能是因为跟他这么久没见了，虞鸢格外纵容他一些，竟然没有第一时间推开他。

于是他愈加欢喜："凉吗？"

虞鸢："当然凉，你又不戴手套。"

随后，她被一把抱住，被拥进了一个格外温暖的怀抱。

"我身上是不是很暖？"神情乖巧甜蜜得不像话，他说，"我给你抱。"

他的气息铺天盖地地涌来，语气中带着委屈之意："你都忘了我了。"

雪越下越大。

他怀里确实很温暖。虞鸢知道他现在还会经常犯孩子气，又从小喜欢撒娇，便没挣脱他。

最后还是他依依不舍地松开了她。

"星朝，你带伞了吗？"她问。

他眨了眨眼："没带。"

虞鸢目测了一下他们的身高差："那你来打吧。"

谢星朝撑着伞，把他们都罩了进去。虞鸢的伞是一把典型的女生用的小伞，这么罩着两人，显得空间很是拥挤。谢星朝毫不在意，不动声色地将自己的大半个身子露在了伞外，只护着她，不让她身上沾到一点雪。

两人走了一段路。

"鸢鸢，你手冷吗？"他问。

"不冷。"

"……"

又过了一会儿,他空着的左手还是悄悄地缠了上来。

虞鸢看他。

他转过脸,乖乖地说:"鸢鸢,你的手好暖,我可以握着吗?我好冷。"

他漆黑干净的眼低垂着看向她,像是琉璃珠一样,干净剔透。

他的手果然是冰凉的。虞鸢在心里叹了口气,还是默许了他的这种行为。

谢星朝以前身体弱,现在她即使知道他已经长大了,也习惯了照顾他。

谢星朝终于满足了,就这么拉着她,一路往前走。

图书馆很快就到了。

虞鸢把自己大一的高等数学课本和笔记带了过来:"星朝,你带课本了吗?"

"都带了。"他说。

现在离期末周只有两个星期了,虞鸢不知道谢星朝的高等数学现在到底是什么水平,心里没底。

"我这段时间有点忙,"虞鸢有些不好意思,"结果拖到了现在。其实我本来准备再早一点给你讲高等数学的。"

"我知道。"他飞快地说,"你和那个人在一起写论文。"

他一点也不掩盖自己吃醋的模样。

虞鸢:"……"

她决定小心避开,不再和谢星朝讨论这个话题。

他从小就这样,只要是自己在意的,无论是人还是物,独占欲都强得过分。他不喜欢任何和她过于亲密的人,不喜欢看她温柔地对待除他以外的人,也不允许任何可能会插足他们关系的人接近。

她拿起了谢星朝的高等数学课本:"开始吧,我先帮你梳理下知识结构。"

好在谢星朝也没再和她纠结那个话题。

"现在你们学的高等数学以微积分为主,高中的时候你们应该都学过一点吧?"虞鸢问,"这是你们学导数的时候老师应该会讲的拓展知识。"

谢星朝也是理科生。

"讲了。"他老老实实地说,"我没听懂。"

他说这话一点也不搪塞，非常直爽。

两人隔得近，他眼尾往下的弧度给他的眼睛增添了纯良温顺的感觉，非常惹人疼爱。

他像个漂亮的小傻子。虞鸢叹气，在他的额头上敲了敲。

他红润的嘴唇微微弯起来，唇线很好看。显然，他很享受她这种亲昵的小动作。

明明知道他已经成年了，可是看他这表现，她忍不住又把他当小孩对待。

他性格执拗又重感情，以后万一被人骗了可怎么办？她想。

"星朝，你高考数学多少分？"讲了一会儿后，她忽然想到这个问题。

他们重逢之后，她就一直尽力避免提及关于两人分离那几年的事，所以，关于谢星朝高中的经历，他后来又是怎么考上京大的，她都没问过。

不过，他既然能考上京大，那分数肯定不低。

他眨巴眨巴眼，飞快地说："我忘了。"

虞鸢："……"

"鸢鸢，高考完都半年了。"他委屈巴巴地说，"我又不擅长记数字。"

他又说："高考的数学题目很简单，而且高考完的暑假，我一个字都没看过了。高考前看书都快看吐了。"

说实话，她其实很诧异，可是也不知道该怎么开口询问。

他看出了她想问什么。

"因为我想来京大找你。"他轻声说。

对他而言，从很小的时候开始，他考多少分都是完全无所谓的，因为不论是考一百分还是考零分，他得到的对待都没有差别。

没有任何人在意他，即使是现在，他们在意的也不过是他谢家独子的这个身份。

在这个世界上，可以让他心甘情愿为之改变的人，只有一个。

虞鸢抿着唇。每当他露出这种神情时，她其实本能地有些害怕。

她刻意忽视着他那种几乎要刺伤人的灼热情感，不想把话题再往这个方向引导。

"我只会做题。"他说，"难的我真的学不会。"

虞鸢拿笔杆敲了敲他的脑袋，叹道："行吧，刷刷题也够了。"

她看了几张他们系往年期末考试的试卷，他们系的卷子比数学系的卷子还是简单一点的,想不挂科,靠刷题肯定够了。

她给谢星朝讲了几道题,他的反应其实不算慢,看得出来他是在努力跟上她的思路。

虞鸢也不忍心他太辛苦:"休息十分钟吧。"

"好。"

他扔下笔,看着她:"鸢鸢,期末周过后,是不是就快过年了?"

"是的。"

"过年你回陵城吗?"

虞鸢:"应该会直接回去。"

毕竟寒假短,严知行也没给她安排什么事情做。

"那我买票,我们一起回陵城!"

"你想过来,随时可以过来。"虞鸢轻声说,"你的房间我们还留着,没别人住。"

他的眼睛亮晶晶的:"好!"

"不过,你期末得好好考。"她补充说,"不然……"

他立马拿起笔:"好好考?"

虞鸢想了下:"平均成绩八十五分以上?"

谢星朝:"……"

"不行就算啦。"虞鸢抿唇笑。

他没作声,露出一副可怜巴巴的模样,看得她心里软成一团,但她还是没有改口。

其实她就是想给他树立一个目标,他做不到也没关系,她还是会满足他这个小小的愿望。

补习仍在继续。

虞鸢也没教谢星朝多少,谢星朝很乖巧,虞鸢给他安排了学习计划后,他就照着做,只是偶尔会问她几个问题。他说:"鸢鸢,我做题的时候,你可以做你自己的事情。"

虞鸢和他相处时很是惬意,这和他们童年时代相处的模式相差无几。

"鸢鸢,这个到这一步,是不是就可以用洛必达法则求极限了?"他问。

虞鸢一看,见他在草稿纸上写得完全正确,便点头说:"对。"

谢星朝握着笔,露出一副求表扬的小模样,特别可爱。

虞鸢夸他时,她能感觉到,他是真的高兴,和小孩子一样,很容易满足。

两人出了图书馆,外头风有些凉,谢星朝去给她买了一杯热咖啡。

"晚上我得回去改个模型。"虞鸢双手捧着咖啡说。

她还在准备托福考试,这几天也在做题。

"鸢鸢,你太辛苦了。"他说。

"其实还好。"

他抿了抿唇,忽然说:"我喜欢的人……我一定不会让她再辛苦。"

他郑重地说:"她喜欢做什么都可以,我都支持她,她可以放心去追求自己的理想。家里的事情我都会给她安排好,不让她操半点心。"

虞鸢笑了。她没想过谢星朝会想那么多、那么远。

"以后能当你女朋友的人肯定很幸福。"她说。

她确实是这么想的。对他喜欢的人,他一直是温柔且细心的。

他用漂亮的黑眼睛看着她,半响才说:"嗯。"

外头雪下大了。

宿舍楼就在眼前,谢星朝忽然从书包里掏出了一个小盒子,盒子是深红色的,外面系着柔软的绿色格纹绸缎带,带子被绕成了一个漂亮的蝴蝶结。

虞鸢愣住了。

"圣诞节礼物。"他轻快地说,"前几天知道你忙,所以没有打扰你。"

"我……"

虞鸢很惭愧。平时学习忙,她完全忘记还有这个节日了,所以自然也没有给谢星朝准备什么礼物。

"没事,我什么都不用。"他毫不在意,满是期待地说,"鸢鸢,你不打开看看吗?"

虞鸢拆开盒子,里面是一条非常漂亮的银色手链,手链闪着细碎的光,上面点缀着深红色的小樱桃和圣诞枝,两者相互缠绕。

"鸢鸢,戴上试试吗?"看她拿出这条手链,他忍不住问。

虞鸢手腕纤细,皮肤白皙,腕骨微微凸出了一些。她戴上手链后,手腕被这银白色的手链衬托得分外好看。

他几乎看得入了迷。

良久后,他沙哑地开口:"鸢鸢,你会一直戴着吗?"

像是动物在圈占领地一般，他一步步试探着，想一点点在她身上留下自己的痕迹。

虞鸢心里内疚，觉得他一直都在记着她，和小时候一样，有什么好的东西，第一个想到的都是她，而她记得他的时候似乎太少了。

其实她本来没什么戴手链的习惯，眼下却完全说不出任何拒绝的话。

她轻轻点了点头，想着要给他送个什么作为回礼。

他的眼睛一下亮了。

如果不是她不允许，她甚至怀疑他又会像那天那样扑上来，在她的面颊上亲一口。

幸亏他没有。

虞鸢的脸红了，她不知道自己为什么又会想起那荒唐的一幕。

临近年底，这几天京州很冷。

许遇冬最近一直和路和在外面玩。两人都擅长交际，又是出手阔绰的人，这么半年下来，他们在京州也结识了一大堆会玩的朋友。

见京州竟然下雪了，他们俩又心痒痒，想去找谢星朝，叫他出来玩，让他和他们那些朋友认识认识。

谢星朝并不抗拒和他们一起玩，只是他对任何事情都不上心，和人交际也是如此。因为他性格冷淡，让人觉得难以接近，所以大部分时间里，即使是在外面一起玩时，他也不怎么合群。

不过，谢星朝最近这段时间和他们出去得很少，他们都不知道他在忙什么。

许遇冬打电话叫他出来玩："阿朝，这几天有空吗？出来遛遛弯儿？"

"没空。"

"真不考虑？"

"这几天都不要叫我了。"谢星朝的声音很冷淡。

"怎么了？"

谢星朝懒洋洋地在沙发上躺下，将长腿伸开："我要看书，快考试了。"

路和说："你不是考试前只用看几天书就可以的吗？"

关于谢星朝为什么可以考上京大，还比许遇冬和路和的高考成绩高出几百分一事，他们俩认真探讨了下，最后得出结论，是因为遗传。他们俩的爸妈只是做生意发家的，而谢星朝的爸妈，不，是他们谢家全家，都是学霸，他只是遗传了他们的智商。

"许遇冬，你哥们不来了？"旁边有个人问。

挂了电话，许遇冬说："不来了，他'从良'了。"

许遇冬他们两人老早领教过谢星朝的臭脾气，被治得服服帖帖的，不会在他不想被打扰的时候非要去凑个没趣。

"你那哥们是个什么人啊？"那人很好奇，"带来给我们看看？"

路和在玩牌，顺口道："是个脾气很臭的人。"

这么说来，倒也没错，于是许遇冬也说："对，薄情寡义。"

夜色深了，外头的天气不知道什么时候变成了小雨夹雪。

手机忽然振动了下，谢星朝厌烦地拿起手机。

有人发来短信：过年回家吃团圆饭。我今年准备带你阿姨回家。

删除短信后，他顺手把这个号码也拉黑了。

整个屋子里都是黑漆漆的，黑暗像是要把人吞没。虞鸢曾住过的那个卧室，窗帘拉得紧，一切陈设都没变。

在漆黑的房间里，他忽然就回想起了那双白皙柔软的小手，还有那手腕上缠绕着的银色手链。

等到过年的时候，他可以和她一起回家。

他的计划进行得很好，她对他已经逐渐放下了防备，甚至开始慢慢习惯了他对她的亲近，并不抵触和厌恶，这一切都让他很愉悦。

如果是这样……更亲近的行为，她也是可以慢慢容忍的吧？他想。

晚上，虞鸢回了宿舍。大家都在，叶期栩第一个注意到了她手上的手链，觉得很稀奇，便叫她伸出手："鸢鸢，你平时不是都不戴这些的吗？"

虞鸢犹豫了下："是别人送的圣诞礼物。"

因为最近谢星朝在她们宿舍被提起的频率有点高，虞鸢犹豫再三，还是打算隐瞒下来，想尽量少对她们提起谢星朝的事情。

"是男的送的吧？"余柠也凑过来看，"那他还挺有品位的，这手链很适合你啊。"

"是个'闷骚男'。"叶期栩评价。

虞鸢："……"

"闷骚"这个网络流行词,和谢星朝怎么也搭不上边吧?虞鸢想。

虞鸢在想,作为回礼,她要给谢星朝送一个什么礼物。

说来奇怪,她在脑海里理了一下思路,发现自己甚至都不知道谢星朝到底喜欢什么。

她们宿舍现在只有叶期栩有男朋友,平时也是她的异性朋友最多,虞鸢琢磨再三,还是问叶期栩:"期栩,你知道男生都喜欢些什么礼物吗?"

看到叶期栩好奇的神情,虞鸢忙补充:"是小男孩,不是男朋友。"

"小男孩?"叶期栩说,"送玩具?"

"……"

她赶紧解释:"也没那么小,成年了。"

叶期栩:"哦。"

好在她们也没往谢星朝身上联想,虞鸢松了口气。

"耳机、机械键盘,或者他喜欢玩游戏吗?"叶期栩一边卸妆一边说,"这个年龄的男生最难搞定了。"

虞鸢这下倒是不知道该怎么回答了。

虽然他们小时候朝夕相处过那么多天,但是她真的不知道谢星朝到底喜欢什么。

虞鸢想,她也不擅长什么,难道要去给他做一顿饭表示感谢,或者给他写个错题集?

她有些走神。

不过,她也不是很急。她准备等期末周先过去,到时候再准备好东西,把它当成新年礼物送给他。

寒假即将到来,她们宿舍的传统是,在寒暑假大家各自回家前,出去聚餐一次。

虞鸢进了一家服装店,看到模特身上系的围巾,忽然就想到了谢星朝。

不然,给他选一条围巾?谢星朝冬天总是穿得很单薄,手也是冰凉的。

"鸢鸢,你在这儿?"余柠几人跟了上来,"店里的围巾还蛮漂亮的。"

导购小姐笑眯眯地走近,问虞鸢:"是给男朋友选的吗?"

"不是,给我弟弟买的。"

余柠:"谢星朝?"

虞鸢连忙摇头："是给虞竹的。"

虞鸢又慌忙地补充道："虞竹是我堂弟，今年念高三。"

申知楠："我知道，这不都姓虞嘛。"

虞鸢舒了口气。

"现在这款情侣围巾在打折，两条一起拿下的话有六折优惠哦。"导购小姐指着一旁女模特身上的围巾说。

余柠说："这么好，女款的也好看啊。"

这款围巾是短围巾，男款的是深红色的，女款的是墨绿色的，织法很特别，围起来很显气质。

"鸢鸢，要是你不买女款围巾的话，我买？"余柠说，"我和你凑着一起买呗，别浪费了这优惠。"

虞鸢："但这个是情侣款的。"

余柠大大咧咧地说："反正我和你堂弟也根本见不到，无所谓了。"

"我还差条围巾。"虞鸢的耳尖有点红，她因为不习惯撒谎，所以说话声音很小，"柠柠，我可能会两条一起买。"

"好，那我去看看别的。"余柠也没太在意。

虞鸢叹了口气，握着那条围巾，柔软蓬松的织物握在手里触感非常好。

如果真的让余柠买了这条女款围巾，到时候她再把这条男款的送给谢星朝，也太尴尬了。

就当自己多了条压箱底的围巾吧，反正也不可能戴出去。她想。

谢星朝还剩一门课程没考，所以他们买的是第二天的机票。

看期末周结束了，沈琴就打电话来问虞鸢什么时候回家。

虞鸢说了下自己的大致安排，然后说："妈，我应该会和星朝一起回来，我们买了同一班的机票。"

沈琴很高兴："那太好了，我们也放心。到时候你问问他，看他愿不愿意来家里一起吃个饭。"

沈琴对谢星朝的印象一直很好，因为温韵的关系，她对谢星朝一直极为关怀，几乎是把他当成了自己的亲生儿子看待。

虞楚生正好也在家，沈琴挂了电话后，和他说起了这件事："星朝过年可能和鸢鸢一起过来。"

虞楚生这学期在带高三的班，在家的时间少，很疲惫。他应道："嗯。"

"又没考好？"沈琴见他在看班里学生的成绩单，于是说。

"不太行。"虞楚生说，"给他们拿去年高考的数学卷子全真模拟了一次，最高的才考一百三十分。"

"可能是题目难吧？现在复习也还没结束。"沈琴开始叠衣服。

"是。"虞楚生说，他忽然笑了下，"我刚才才知道，去年陵城高考数学单科考最高分的是谁。你猜是谁？"

沈琴："谁？我认识？"

"谢星朝。去年就他一个人考了一百四十八分。"虞楚生说，"可惜了，他大学专业没选好，浪费天赋了。"

虞鸢和室友们逛完街后，去送资料给严知行，出来时，外头又下雪了，雪落在地上，松松软软的。

她去买了两杯热饮，然后听到教学楼的铃声响起。有许多学生从教学楼里鱼贯而出，他们应该是大一新生，都在考最后一门高等数学。

她远远就见到了谢星朝。

"鸢鸢！"谢星朝显然也看到了她。

他依旧穿得单薄，只穿着卫衣、短外套和牛仔裤，看起来好像完全不冷。

"师姐好。"徐小鸥背着书包，从教学楼里出来。他也看到了虞鸢。

现在，接受虞鸢和谢星朝的关系后，他面对虞鸢也不再那么拘谨了。

见谢星朝很快跑出来，想起他前几天一直在复习，她踮起脚，轻轻揉了揉他的头发："辛苦啦。"

徐小鸥站在一旁，有些手足无措，怕自己打扰了他们。

虞鸢转过身，对徐小鸥笑着说："你要喝杯热饮吗？"

第一杯热饮，她给了徐小鸥。徐小鸥接过热饮，转眼就看到了谢星朝直直地盯着自己，尤其是盯着自己手里的杯子。徐小鸥捧着杯子的手哆嗦了一下。

第二杯热饮她给了谢星朝。

徐小鸥忙向他们道别，不再碍眼，急急忙忙地走了。

"明天就回去了。"

她今天穿的是一件高领白毛衣，宽大的袖子下露出一截白皙如玉的手腕，手腕上戴着那条手链，手链上面偶尔闪烁的银色光芒格外好看。

她问谢星朝:"考得怎么样?"

"一般吧,但应该不会挂科。"他轻快地说,"鸢鸢,你都给我补课了,我主要得感谢你。"

他忽然停住了脚步,可怜巴巴地问:"不过……我要是没考到八十五分怎么办?"

他刚喝的是热牛奶,红润的唇边沾了一点牛奶。见虞鸢盯着他的脸看,他困惑地舔了下唇,轻轻舔去了那点牛奶。他本来就生得漂亮,这种天真里带着些懵懂的神态最适合他。

虞鸢的心忽然跳快了一拍,她耳尖微红,移开了视线:"反正还没出成绩,没有就没有吧。"

"鸢鸢!"他不知道她怎么忽然这么说,委屈地跟了上来,又不好再问,只能就这么跟在她后面。

走了一段路后,两人和盛昀碰上了。

"虞鸢?"盛昀叫她的名字。

虞鸢也顿住了脚步,和他打招呼。

盛昀看他们一前一后这么走着,像是吵架了,于是扬眉看了谢星朝一眼,和虞鸢寒暄了几句。

盛昀暧昧地说:"虞鸢,那件事你还记得吧?寒假联系。"

他说的是数学建模竞赛的事情,虞鸢不知道他为什么说得那么含糊,但还是点头说:"好。"

"要是线上说不清楚的话,我就过去找你。"他笑着说,"我记得你是陵城人?我还没去过陵城,不过早听说你们那儿风景好,东西好吃。我一直挺想去旅游的。"

虞鸢还没回答。

"可以,学长要来的话,到时候我陪鸢鸢一起去接你。"谢星朝笑起来乖巧漂亮,"反正我们就住在一起,也不麻烦。"

因为之前那一瞬间的事,虞鸢有些心烦意乱,和盛昀也聊得心不在焉,就没多想,"嗯"了一声。

这是代表她同意自己去住了?就算自己的平均成绩没有八十五分?谢星朝这么想着,漆黑漂亮的眼睛弯了弯,里面盛满了愉悦之意。

虞鸢瞬间反应了过来。不过,她看着谢星朝这乖巧的小模样,倒是忽然觉得自己刚才简直是莫名其妙。

心一时又软了下来,她由着他站在她身边轻轻钩了钩她的手指,那是他们孩提时代惯常会做的小动作。谢星朝那时不会说话,闹别扭后,可怜巴巴地过来找她求和时,都会这样做。

如果不是盛昀在,他肯定又会来牵她的手,或者干脆亲密地抱过来。

手机忽然响了,虞鸢看到是严知行打来的电话,便对盛昀抱歉地道:"我接个电话。"

盛昀也不好再跟上,倒是一旁的谢星朝,将双手插在兜里,慢下了步子。

"学长,因为我考得太差了,鸢鸢在生我的气呢。"他轻声说,"不好意思啊。不过呢,和不喜欢的人聊天,她敷衍一点也很正常。"

在虞鸢看不到的角度,他漂亮的唇微微弯了起来。他对着盛昀,黑眸里盛满了冷冰冰的嘲弄之意。

盛昀简直要气死了。盛昀好想揭开他装乖的面具,让虞鸢看清楚他到底是个什么样的家伙。

飞机从云层里穿过。

虞鸢就要回到暌违半年的陵城了,但这一次不同的是,她是和谢星朝一起回来的。

两人出了机场,按道理他们应该要分开,各回各家了。

跟谢星朝说了再见后,虞鸢拖着自己的箱子,往西边走去,身后却传来了脚步声。

谢星朝跟在她后面。

她终于回头,他忙止住了脚步。

"我爸不在家,"他垂着长长的睫毛,又局促又可怜地说,"家里的阿姨也已经走了。我去上大学之后,家里就没有一个人了,我也没有提前说我会回来。"

虞鸢一直沉默着。

"对不起,我走了。"他有些失落,准备转身向东走。

他的背影既凄楚又可怜,像是一只被主人遗弃了的无家可归的小狗。

虞鸢没办法:"跟我去我家吧。"

他迅速转身,黑眸发亮:"鸢鸢,我帮你拿东西。"

一路上,谢星朝情绪一直很好,虞鸢却沉默着。她想着已经对爸妈说过了,现在把他带回去,倒是也不算什么。

两人到家后,谢星朝帮虞鸢提着箱子,虞鸢按响了门铃。或许早知道是虞鸢回来了,所以沈琴和虞楚生是一起来开的门。

谢星朝嘴很甜:"叔叔好,阿姨好。"

他模样既俊俏又乖巧,这么一笑起来,真的很惹人喜欢。

沈琴很开心:"星朝,又长高了啊,长得和你妈妈好像。"

她看着谢星朝漂亮的脸,一下想起了温韵。

谢星朝漂亮的眼睛弯了起来:"那太好了,我就不想和我爸爸长得像。"

这是很孩子气的话,沈琴和虞鸢都听笑了。

"爸。"虞鸢叫虞楚生。

虞楚生看着神情有些疲惫,面色也不太好。

"是带毕业班辛苦成这样的。"沈琴说,"小竹过几天也要过来。"

虞鸢忙去看谢星朝的脸,好在他什么也没说,像是没听到这话一样。

她松了口气。怎么说,他和虞竹的矛盾也是在小时候发生的,现在过去了这么久,他们也都大了,不至于再怎么样。

"幸亏你提前说了,我们准备了星朝的晚饭。"沈琴带他们进去。

"星朝以前住的屋子,我也收拾好了。随时可以住。"沈琴说。

沈琴打开谢星朝以前住的那间卧室,里面没有丁点灰尘,陈设和以前相比,也没有变化。

"就是床可能有点小了。"沈琴抱歉地说。

谢星朝毫不介意:"没事,谢谢阿姨。"

"鸢鸢,你们家对我真好。"他真的很容易满足,也没有少爷的娇惯脾气。把自己的东西放在地板上后,他一下扑上了床,把脸埋在了枕头里,姿态和小时候一模一样,就是已经长高了太多。

其实自从谢星朝忽然离开后,虞鸢就很少进这个房间了,现在看到这一幕,心里感慨良多。

第二天中午是沈琴和虞鸢一起下的厨,谢星朝也帮了忙。可能因为在京州时,他经常会帮虞鸢打下手,现在做起来也像模像样的。

不像虞楚生,这一辈子,他基本不进厨房,是十指不沾阳春水的典型。

其实要算起家境,谢星朝才是货真价实的小少爷。

沈琴都不由得感慨:"星朝这种男生,以后结了婚,媳妇肯定能享福。"

119

"是吗？我帮鸢鸢做习惯了。"他轻快地看着虞鸢，笑着说。

虞鸢的耳尖红了下。其实谢星朝在京州有房子，她还过去住过的事情，她都没和家里人说过。

好在沈琴没多想，以为谢星朝指的是小时候的事。

几人吃完一顿迟来的午饭后都快下午三点了，谢星朝接了个电话。

"是高中的学弟，他想找我要当年的理科复习资料。"他对虞鸢说，"鸢鸢，我可能要先回家一趟，拿学习资料。"

只要他不是去见他之前交的那群朋友，虞鸢自然放心，道："去吧。"

沈琴准备做个大餐，于是叫虞鸢去趟菜市场。

虞鸢去买完菜后，发现这地方离谢星朝家不远。

她干脆把菜先存了。最主要的是，谢星朝的手机忘记拿了，她想，不如干脆去一趟他家给他把手机送过去。

估计见她去了，他又会眼睛发亮地黏过来。

谢家院子非常大，门居然是虚掩着的，没关。虞鸢其实没怎么来过这里，对这里不是很熟悉。

不过很快，她听到了院子里有说话声，那是她很熟悉的声音。

她看到了谢星朝的背影，以及三个陌生的年轻人，看着都来者不善。

虞鸢的心差点跳出胸口。她怕那些人对谢星朝怎么样，于是把手机都掏出来了，准备报警。

"受了伤，现在还没好全。谢星朝，你到底还想怎么样？"为首那人的话让她顿住了脚步。

"是吗？"谢星朝的声音完全让人听不出有任何惊讶之意，甚至还含着一丝笑意，声音的尾调还懒洋洋的，"那你得到的教训还不够啊。"

"你到底和我们有什么仇？"那人脸色铁青。

虞鸢看到那人的正面，呼吸都差点停止了。那人不像是学生，头发剃得很短，能看到青色的头皮。

"没什么仇。"谢星朝唇边挂着笑，"就像你们以前欺负我一样，刘铁胜。"

他指的是他们把他当痴傻小哑巴的时候，以为他什么都不懂，就任意欺负他。

那个叫刘铁胜的人脸色一阵青一阵白。

谢星朝目标很明确,就是想报刘铁胜之前欺负过自己的仇。

今时不同往日,现在刘铁胜拿谢星朝完全没办法了。

谢星朝去外地读大学了,刘铁胜本来以为这事就算结束了,没想到谢星朝就算不在陵城了,他们还是不好过。

"说完了就走吧。"谢星朝懒洋洋地说,"我以为有什么好事。"

在他精致的脸上,旁人读不出任何情绪。

"谢哥。"刘铁胜忍气吞声地道,"当年是我们不对,这些事情都过去那么久了,大家也都别计较了。你什么时候有空,我们招待你,之后这事情就算了结了,行吗?"

…………

虞鸢的脑子里乱纷纷的,她已经不想再听下去了。

这一幕唤醒了她久远的回忆,她想起了那个噩梦般的雨夜。

雨里,熟悉又陌生的谢星朝眉目间明明还带着稚气,却正在为难一个人,脸上带着残忍而充满戾气的表情。

那是她根本不认识的谢星朝。

他不过是为自己讨回公道而已,那时候他也是孩子,不懂事。

虞鸢曾经不断地这样告诉自己。

她没再听下去,浑浑噩噩地离开了。

面对刘铁胜的示好,谢星朝只是懒洋洋地说:"走吧,别再出现了。"

今年他要和虞鸢一起过年,不想让这些人的出现败了他的兴致。

"那谢哥,这事就算完了吗?"刘铁胜连忙跟上。

这么久了,刘铁胜也知道谢星朝的脾气了——阴晴不定,让人琢磨不透,他们谁都不想惹他。

谢星朝没说话,看向了远处的篱笆后面,那一堆草似乎有被踩乱了的痕迹。他顿住了脚步。

吃晚饭的时候,虞鸢听到了谢星朝回来的声音。他和平时毫无差别,似乎真的只是出去送了一份学习资料而已。她想,他应该是先去见了学弟,随后才遇到了那些上门来找麻烦的人。

她应该担心的是谢星朝才对,担心他会被那些人伤害。

"鸢鸢?"或许是注意到了她在走神,谢星朝很自然地给她舀了一碗汤,推到她眼前。

沈琴笑着说:"现在都不叫姐姐了?"

谢星朝没回答,似乎在思索。

沉默了一会儿后,他忽然说:"这么叫,出去时别人都以为鸢鸢真是我姐姐呢,而且,我和鸢鸢现在看起来差不多大。"

他这话说得既小声又快,很孩子气,却也很认真。

"是长大了。"

沈琴笑到不行,就连一向严肃的虞楚生脸上都浮现出了笑容。

虞鸢却什么也没说,低头喝了一口汤,只当完全没有听到这句话。

谢星朝就坐在她身旁。似是条件反射一般,她回避了和他手指的接触。

这下连沈琴都注意到了她的不对劲,沈琴问道:"怎么了,不舒服?"

"没有。"虞鸢面色有些苍白,勉强地笑了起来,"是坐飞机太累了。"

"那今晚早点睡。"沈琴也没多想。

谢星朝安静地看着虞鸢,什么也没说。

今晚他们一家人都睡得很早,外头飘起了小雨。

虞鸢的卧室和谢星朝的卧室是挨着的,两个房间之间有一个相连的阳台,和虞家夫妇的卧室隔得很远。小时候,谢星朝晚上害怕了,会经常通过阳台偷偷到她的房间里来求抚慰,轻车熟路的,家里的大人根本不会发现。

虞鸢或许是真的累了,几乎是一沾床就睡着了,睡得很沉。

似乎是有人在说话,黑暗里出现的声音极轻。

"是在害怕我吗?"

"讨厌我吗?"

虞鸢感觉自己浑身无力,怎么也醒不过来,甚至根本分不清这到底是梦还是现实。

睡梦中,似乎有人在吻她。

她似乎是习惯了这种亲密行为,梦境和现实的边界就这样被混淆了。

"为什么不喜欢我?"声音很轻,"我做得不好,让你不舒服了吗?"

"你想让我怎么改呢?"

那个声音在她耳畔呢喃,低而干净。

梦里的迷雾渐渐散去,她看到了一张熟悉的、漂亮无瑕的脸。

虞鸢猛然惊醒,额头上尽是汗水。

屋子里一片漆黑，格外安静，她只听到外头小雨的滴答声。

虞鸢小时候经常会梦魇，她爷爷是个老中医，给她配过不少药方。小时候，虞鸢是伴随着袅袅的药香长大的，就连"鸢"这个字，也是来自一味中药材。

年龄稍长之后，她慢慢就开始不再梦魇了——只有在精神疲惫、压力过大的时候，会经常陷在似是而非的梦里，醒不过来。

是因为自己白天撞见了谢星朝的事情，脑子里又一直想着，所以晚上才会做这种梦？她想。

她只穿着一条睡裙，脸上满是汗水，雪白的锁骨和平直细瘦的肩都露在了被子外，黑发披散下来，如水中荇。

虞鸢打开了一盏床头小灯，在昏黄的灯光下，一切都显得那么正常。

室内的陈设都没动，每一件都在原位上，暗示着这里什么也没发生过。

她半直起身子，喉咙干涩，半句话也说不出来。

外头传来雨水打到窗户上的声音，梦里的声音和触感似乎是真实的，虞鸢微微地颤抖了起来，用双臂抱着自己。

不知道过了多久，太阳慢慢升了起来，外头亮了，一夜就这么过去了，昨晚小雨的痕迹也在一点点消失。

虞鸢只觉得浑身无力，根本无法起床。

直到快上午九点的时候，她的门口传来了一阵敲门声，紧接着谢星朝的声音传了过来："鸢鸢？"

听到那熟悉的声音，虞鸢面色苍白，昨晚睡梦中的那一幕宛如真实发生过，再度浮上她的心头。

谢星朝没有进来。他很有分寸，温柔地问："鸢鸢？已经快九点了，不吃早餐对身体不好，想睡的话，先起来吃个早餐？"

现在的他和梦里的他差距实在太大，不如说，这才是他正常的模样——乖巧又体贴。这是谢星朝该有的模样。

"又做噩梦了吗？"隔着门，他轻声问，声音听起来有些模糊不清。

虞鸢心很乱："嗯。我马上起来了。"

她的声音有些哑。

她洗漱好，换了衣服，镜子里映出她清秀的面容，脸上少了几分血色。

如果这真的是梦的话，为什么梦里出现的是谢星朝？是因为在宿舍时，自己听申知楠她们说谢星朝太多次了？她想。

太阳穴疼了一下，她什么话也说不出来，只觉得满身疲惫，或许只是因为这段时间她过于劳累了。

可是她忽然又想起昨天下午的见闻。谢星朝和那几个人到底是什么关系？为什么他们都对他那么畏惧？

种种问题，她都理不清楚。

"鸢鸢？"沈琴叫了她好几次，她都没听到。

沈琴说："没睡够呢？"

虞鸢回过神："没有，妈妈，你刚在说什么？"

"在说小竹的事呢。"沈琴嗔怪道，"小竹今年不是读高三了嘛，马上要高考了，他们家里那环境你也不是不知道。所以我和你爸商量了下，准备过几天等他放假了，接他过来过年。正好你和星朝都是高才生，可以给小竹传授下经验。"

虞鸢下意识就看了一旁的谢星朝一眼，因为他小时候就和虞竹极其不对付。

他有种可怕的独占欲，她当时只是觉得他孩子气，现在回想起昨天晚上的那个梦……

虞鸢的唇微微颤抖了一下。

晚餐时，谢星朝正准备吃自己面前的煎蛋——蛋被煎得双面微黄，很是漂亮。煎蛋是沈琴最拿手的，她在晚餐时给虞鸢和谢星朝一人准备了一份煎蛋。

谢星朝面色没有任何异常。注意到虞鸢的视线后，他放下叉子，看了看自己的煎蛋，又看了看她，乖巧地说："鸢鸢，你要吃这个吗？我的还没动过呢。"

他说起话时乖巧温顺，和昨晚她梦里的那个人……

"不，不用了。"虞鸢移开视线，嗓子发涩，"谢谢。"

沈琴也察觉出异常了，问她："你到底怎么了？你这孩子，对星朝那么客气干吗？从没见过你们这么客气。"

虞鸢不敢去看他的神情。她心乱如麻，一顿晚餐食之无味。

之后，她就有意地回避他，在自己的房间里闭门不出。

"鸢鸢，你要出门？"见虞鸢换了衣服，谢星朝随她到了门口，却犹豫着，没再靠近她。

他显然不知道自己为什么忽然就被她这么排斥了，可见她这模样，却不敢多问,也不敢再跟上去,怕惹她讨厌。

"嗯。"虞鸢在换鞋。

他注意到了她的冷淡态度,便没再问自己可不可以跟她一起出去。

"星朝,你爸爸什么时候回来?"虞鸢心一横,索性问了出来。

谢星朝显然愣住了。

她在此情此景下说出这句话,几乎等于在下一个不留情面的逐客令。

两人都沉默了,虞鸢不敢去看他的模样,因为她知道自己只要一看,肯定又会心软。

"他在国外,和那个阿姨在一起,"他的声音终于响起,里头带着浅浅的鼻音,"不会回这边了。我不想去和他们待在一起,那个阿姨也讨厌我。"

他声音沙哑地道:"没事,鸢鸢,我不会打扰你们很久的,我可以回去,在自己家一个人过年。"

虞鸢忽然想到了他被允许和她一起回来过年时兴高采烈的模样。

而现在,她不敢再去看他的眼睛。

他是真的很乖,体贴入微,凡事都为她着想、为她考虑。只要是她说的,他都会认真去做,从不违拗她。他只不过是希望可以在她这里索求到一些爱与温柔罢了。

虞鸢心乱如麻。

有时候,他会行事偏激是很正常的,见证过他小时候那段日子的虞鸢,非常理解他。

他妈妈去世了,爸爸有了新的对象,未出生的弟弟是所有人关注的焦点,而他一下被整个世界都抛弃了,被绑架后还骤然变成了哑巴……

虽然谢星朝一直没说过,但她经常能想起她第一次见到谢星朝时他苍白又孱弱、对所有人都那么警惕的样子,和他第一次轻轻地试探着把小手放在她手里时的模样和表情。

"今天我想去找夺夏,"虞鸢轻声说,"不方便带你一起去。过年的事情,再说吧。"

他对情绪很敏感,察觉出她语气里微妙的变化后,眼睛一下亮了。

"鸢鸢。"这声音里透着终于被抚慰后的委屈和欢喜劲,他明显忍不住又想蹭上来抱抱她了,但见她这模样,只能忍住。

"天晚了,这么晚出去干什么?"虞楚生显然听到了玄关处的动静,走过来说。冬天天黑得早，他还看了一眼外头的天气。

"爸爸，我和夺夏约好了的。"虞鸢说。每年基本都是这样，虞鸢寒暑假回来后，都会和许夺夏聚会。

"不行，这时间了，你一个女孩，不能一个人出去。"虞楚生说，"我有事要去学校，没时间接送你，你们改个时间再聚吧。"

虞鸢咬了咬唇，什么也没说。

谢星朝立马说："叔叔，我可以去送鸢鸢，到时候再去接她回来。"

虞鸢几乎下意识就要拒绝。

沈琴正好也听到了，笑着说："不错，星朝大了，可以照顾姐姐了。"

见虞楚生也没什么意见，谢星朝忙换了鞋。

虞鸢沉默不语。

第六章

去抢人

两个人上了出租车，一路上，谢星朝没有做出任何过激的行为，虞鸢看着窗外，沉默着一句话都没说。

他们很快就到许夺夏家了。

她们约好的，在许家小区外的一家咖啡馆里见面。

虞鸢的手一直很冷，外头的天气也冷，谢星朝坚持要去给她买杯热饮。虞鸢站在咖啡馆外头，看着夜幕出神。

她提前到了，此时离两人约好的时间还差十分钟，于是她拿出手机，准备问问许夺夏到哪儿了。

她的手机忽然振动起来，是许夺夏发来了消息：哇！我和你说，你还记得去年暑假我和你说的那个小帅哥吗？

许夺夏：我居然又看到了！他就在我家楼下的那个咖啡馆里。你现在到哪儿了啊？赶紧一起来看，等下小帅哥走了就看不到了。

虞鸢心里生出一种不祥的预感。

许夺夏：呜呜呜，我偷拍到了一张照片，他真的长得好好看啊！

虞鸢点开了那张图片，忽然就很头疼。

"鸢鸢。"谢星朝从咖啡馆里出来，把买好的饮料递给她，"手冷吗？"

他模样乖巧温顺，一双漂亮的眼睛里满是她，仰慕之意完全不加掩饰。

许夺夏偷偷摸摸地从咖啡馆里出来，看到的正好是这一幕。

等谢星朝离开后，许夺夏赶紧走了过去。

"你在家藏了个帅哥，居然一直不告诉我？"许夺夏咬牙切齿地说，"有小帅哥给你鞍前马后地服务，看他对你那样子，你是不是很享受啊？"

"不是,他是我……"

"弟弟"两个字,虞鸢现在怎么也说不出口。她想到了昨天晚上那个奇特的梦。

虞鸢真的很心累。

谢星朝长得太惹眼了,几乎走到哪里都是人群视线的焦点。然而他在她面前从来没有任何架子,也丝毫不以帅哥自居,撒娇卖萌都手到擒来,几乎是不要什么形象的。

现在谢星朝长大了,已经比她高了一头。不说的话,外人根本看不出他们这三岁的年龄差,还觉得他们非常登对。

他们俩的关系被误会的概率越来越大。

她认真地和许夺夏解释了一遍:"我们小时候认识,他在我家住过一段时间,所以我俩熟悉一点,别的什么关系都没了。"

"行,知道了。"许夺夏懒洋洋地说,"不过你们真的很熟吗?我看你对他很冷淡啊,是他单方面在讨好你。"

对他很冷淡?讨好?虞鸢愣住了。

似乎一直以来,周围的人都能看到谢星朝对她的好,而她被说对他冷淡也不是第一次了。

她心里忽然有些不是滋味。

"因为小时候的事情,"她轻声说,"他确实黏人,又缺乏安全感。"

他有时候表现出来的对她过分的独占欲和依恋情绪,应该也都是因为他童年缺乏关怀造成的。

"要是有这么个小帅哥缠着我,我真的求之不得。"许夺夏说。

许夺夏注意到了她的心事重重。

虞鸢想了很多。那个梦被她抛在了脑后,她想起这件事情的起因是她不小心听到了谢星朝和那几个陌生男人的对话。

两人分开了这么些年,虞鸢对他的人际关系丝毫不了解。

虞鸢咬着唇,问:"夺夏,你弟弟现在在家吗?"

她在京州时遇到过许遇冬,知道许遇冬和谢星朝是认识的,关系还不错。

"不在,不知道跑哪儿玩去了。"许夺夏说,"问他干吗?"

许夺夏也回忆起来了:"对哦,我弟弟和小帅哥好像是认识的。"

她想起之前第一次见到谢星朝时,就是因为他来找许遇冬打球。

"嗯。"虞鸢轻声说，"我想找遇冬问点事情，等他回家了，你可以告诉我吗？"

"行，你想问啥？"

虞鸢想起那三个她不认识的男人，也不知道谢星朝跟他们是什么关系。

她想，不知道许遇冬会不会认识那几个人，会不会知道谢星朝到底和他们有过什么恩怨。

这件事算是有了点眉目。

昨晚那件似梦非梦的事，她不打算告诉任何人。

如果那真的是梦，她居然梦到自己被谢星朝那么对待……

她明明一直只是将他当弟弟疼爱的。

可是在梦里，她甚至都没有想过要抗拒，就这么接受了他的一切，醒来后，又迁怒于他。

她的脸一点点红了，一种令她难以接受的、异样的羞耻感涌上心头。

许夺夏给她端了一杯饮料："你脸怎么那么红？

"小帅哥交女朋友了吗？"

许夺夏问。

虞鸢："没有。"

其实谢星朝在交女朋友这方面一直都表现得非常冷淡，更多的时候表现得天真纯粹，尤其在她面前，孩子气还很浓，怎么也不像是能做出梦里那么狎昵举止的人。

他们只是长着相同的模样，根本就是完全不同的人。

她的心一点点定了下来。

虞鸢喝了口饮料，双手握着杯子，还有些出神。

"不过呢，你要是不想让他太缠着你，"许夺夏说，"就给他找个女朋友呗。以他现在这个年龄，他有了女朋友，肯定就缠着女朋友不放了，然后就会忘了你咯。"

虞鸢抱着抱枕，把下巴埋进去，开始仔细地琢磨这个计划的可行性。

她觉得这个计划是有可取之处的。

不过，她再想了一下，发现自己认识的女生大部分是和自己差不多年龄的，她没有和谢星朝差不多岁数的女生可以给他介绍。

她和许夺夏说了这件事。

"你年龄还卡得挺严啊。"许夺夏说,"说不准人家就是喜欢比自己大一些的呢?"

她条件反射地道:"不行。"

看到许夺夏投来的目光,她抿了抿唇,雪白的面颊上泛起了红意。

她脸皮很薄,稍微有点情绪就会脸红。

虞鸢慢慢移开视线,小声说:"他……他不喜欢比他大的。"

许夺夏:"他说的?"

虞鸢有些僵硬地点点头。

许夺夏道:"那行吧,那我之后给你留意下,看有没有什么合适的女孩。他喜欢什么样的啊?"

半晌,虞鸢才讷讷地道:"我之后去问问他。"

虞鸢是真的不知道谢星朝喜欢什么样的女生。

"那你下次去打听。"

许夺夏低头看了一眼手机:"鸢宝,你下周有空吗?二十五号。"

虞鸢想了想:"应该没什么事。"

"周一峰他们说要搞个高中同学聚会。"许夺夏说,"你去吗?"

"都有谁呀?"

"周一峰、徐璐、丁蕴玉……就以前冲刺班里的那些人,十个左右,人也不多。"许夺夏知道她不喜欢人太多的场合,如果是几十个人的同学聚会,她铁定不会过去。

徐璐和丁蕴玉,虞鸢都很熟,以前她们的关系很不错。

"那你要能去,我等下就把你拉进群里。"许夺夏说,"对了,你还记得周一峰吧?他现在在陵大学计算机。上次见面,他还和我们说过,说以前对你有好感呢。"

许夺夏见她一脸茫然的样子,笑了:"你真不记得了?那些偷偷喜欢你的男的也太惨了。"

虞鸢很茫然,小声说:"我真不知道。"

她和周一峰似乎都没说过几句话,她都想不起他长什么样子了。

"那你现在知道了,你觉得他怎么样?"

虞鸢努力回想了下周一峰到底是谁,然后摇了摇头。

许夺夏咬了一块薯片。她的思维跳跃性很大,她接着又说:"晚上去看电影吗?"

"现在还能订到座位?"虞鸢问。

许夺夏说:"金悦有,就是贵了点,去不去?"

虞鸢对看电影挺感兴趣的,只是虞家家教很严,平时是禁止她晚归的,而她们选的电影要晚上十点才结束。

"不行。"她摇了摇头,说,"金悦离我家太远了,我不好意思叫谢星朝再跑去那里接我。"

"那不然叫他一起去?"许夺夏说,"给弟弟买张票呗。"

虞鸢心里藏着事,因此现在并不想见到谢星朝,更不用说和他一起去看电影了。

她思忖了半天,不自在地道:"还是不麻烦他了,他不会喜欢看这个的。等看完了,我们先回你家。看时间应该还赶得及,我们可以在我和星朝约定的时间前回去。"

一场电影结束,两人从金悦出来,边走边讨论剧情。许夺夏视力好,一把拉住虞鸢说:"哇,这不是那谁?周一峰。真的是说曹操曹操到啊,他怎么还带着个女的,那是他女朋友?"

周一峰与高中时相比变化不小,烫了头发,穿的也都是潮牌衣服。虞鸢看了好几眼,才慢慢想起他来。

"许夺夏?"周一峰也看到了许夺夏,"这是……虞鸢?"

"是啊。"许夺夏说,"刚才我们还在说你呢,晚上就碰到了。"

"你比以前更漂亮了。"周一峰的视线在虞鸢身上扫过,他由衷地夸赞道。

高中时就有人说虞鸢是全年级最美的女生,之前男生背地里评选过一次理科尖子班美女学霸榜,虞鸢高居榜首。但有人说就算去掉学霸的名头,只评颜值,她也一样可以毫无压力地进榜。

虞鸢不太习惯这种直接的夸奖,有些害羞,只是笑了笑,什么也没说。

现在看起来,虞鸢比以前更加成熟、更有气质了。

总而言之,虞鸢是"女神",是不可亵渎的,这是当时很多男生在心里对她的评价。

"这是你女朋友?"许夺夏问。

小姑娘去扔饮料杯子了,蹦蹦跳跳地刚回来。

"不是，这是我妹。"周一峰说，"堂妹，周旭旭。"

四人正好顺路，便一起回去了。周一峰说："我们旭旭很出色的，是艺术生，什么时候聚会唱歌，我带她唱歌给你们听听。"

"下周不就可以聚了嘛，你带旭旭过来啊。"许夺夏说。

"那不好吧？同学聚会呢。"周一峰居然还认真地考虑起来了。

四人这么走着，偶尔叙叙旧，周一峰一直将她们送到了许夺夏家的小区门口。

虞鸢看了一眼时间——正好是她和谢星朝约定的时间。

周一峰还没走，和许夺夏在商量关于同学聚会的事情。

"姐姐，我有空了就去京大玩。"周旭旭走路都是一蹦一跳的。

虞鸢这才忽然想到，对于外人而言，"京大"这个名字自带光环，平时自己在里面待久了，反而不觉得有什么特别的。

"好呀。"她笑了笑，笑容很柔和。

不知道从什么时候起，外头又飘起了小雪。

黑发上落了些雪，她忍不住拿手微微拂了拂。她仰脸看了一眼天空，长长翘翘的睫毛上挂着化开的雪，模样柔和清丽得不像话。

虞鸢兜里的手机忽然振动起来，她拿出手机来，看到手机屏幕上的那个名字后，心忽然跳快了一拍。随后她便看到了不远处路灯下站着的谢星朝。

他安静地站在那里，没打伞，外套上落了层薄薄的雪。路灯的光晕落下，在他身上铺了一层清寒的光。

看清是他后，虞鸢僵在了原地。

周旭旭也随着她看了过去，然后一下子就被路灯下的谢星朝勾住了视线。

他太惹眼了，气质尤其特别。他只是安静地站在那里，似乎就和别人完全不同，出奇地好看。

那边周一峰和许夺夏已经说完话了，周一峰叫道："旭旭。"

周旭旭忍不住继续看着谢星朝，嘴里应着："哦。"

周一峰走近，拉上她，对虞鸢笑着说："那我们先走了。今天夺夏和你说了我之前的事吧？"他看着居然怪腼腆的，"反正都过去了，哈哈，你也不用放在心上。旭旭，走了。"

见周旭旭还盯着那边看，周一峰觉得有些莫名其妙，但还是拉上她，和许夺夏和虞鸢道别："同学会上再见。"

虞鸢只觉得如芒在背。她看不清楚谢星朝的表情，也不觉得自己做错了什么，但就是有一种说不出的不自在感。

许夺夏也看到了谢星朝："他来得这么早。"

"把虞鸢还你啦。"她们走到谢星朝面前，许夺夏笑嘻嘻地道。

谢星朝没回话。

走近后，许夺夏才觉得，这个人仔细看起来，其实很不好接近。

这和当时她第一眼看见他的感觉一样。

虞鸢和许夺夏道了别。

"走吧。"虞鸢低声对他说。

她不再笑了，也不再说话，刻意和他保持着距离。

两人一前一后，就这么走着，直到谢星朝安静地给她打起伞，隔开了雪花，她才发现，谢星朝居然是带着伞的。

他只穿了一件薄薄的黑色连帽外套，甚至都没给自己戴上帽子。

出租车很快就到了，回家的路上，两人一直沉默着。

两人到家的时候，客厅里还留着一盏昏黄的小灯。

虞鸢忽然觉得和谢星朝待在一个空间里有些许不自在。

她先去洗了澡，换了衣服，出来后却见他还在客厅里。他的背影清瘦笔挺，有种说不出的孤独感。

他小时候经常这样，随便找个角落，可以待上一整天。

虞鸢拿起放在茶几上的手机，居然看到了周旭旭的消息。

她欢天喜地地问虞鸢：姐姐，之前来接你的那个男生，我问夏夏姐了，她说那是你弟弟，你可以把他的微信号给我吗？如果可以，我还想让他给我补习英语呢。

周旭旭以前谈过两个男朋友，可是她第一次见到谢星朝，就感觉被"击中"了，她满心喜欢，有种和以前完全不一样的感觉。

他优秀又好看，她听许夺夏说，虞鸢正想给他找一个女朋友，她不想就这么错过他。

虞鸢暂时没回她消息。

"就给他找个女朋友呗。"

或许是因为这个夜晚太安静，许夺夏的话又出现在了虞鸢的脑海里。

133

"星朝。"虞鸢叫他的名字。

这是她这个晚上第一次主动叫他。

她在刻意疏远他,许夺夏都可以感觉到她对他的冷淡。

他把外套脱了,就穿着一件薄薄的灰色T恤衫和一条黑色长裤,这是很宽松很休闲的打扮。

虞鸢怕他冷,但是此刻也不好再说什么。她刻意没坐得离他很近,跟他保持了些距离。

"刚才那个女生,是我同学的堂妹,"虞鸢斟酌着措辞道,"她是不是很可爱?"

谢星朝刚显出的一分愉悦之色就这样凝固在了脸上。

虞鸢第一次做这种事情,有些尴尬:"她是京艺大的,会唱歌,舞也跳得很好,你们都上大一。她说她英语不太好,怕下学期过不了英语四级考试,想找个京大的同学帮忙补习,所以想让你……"

虞鸢没把话说完。她发现谢星朝只是这么定定地看着她。

虞鸢越说越勉强,声音越来越小。

他从沙发上站了起来,虞鸢一下由平视他变成了仰视他。他那么高,肩膀比以前宽阔了很多,腿长腰窄——他已经是个成年男性了。这一刻,虞鸢嗓子有些发干。她已经开始后悔在这个时间贸然和他说起这件事情了。

"所以呢?"他面无表情地轻声问,"鸢鸢想让我做什么?让我去她家?给她补习?和她约会?最后再去当她男朋友?"

虞鸢完全没想到他会这么直接。

她白皙的双手因为紧张而轻轻地收紧,指甲掐进了掌心里。她嗓子发干:"我不是这个意思,只是觉得,你可以试着多和同龄人交往一下……"

她觉得谢星朝现在对她的眷恋比小时候毫不减退,甚至还有愈演愈烈的趋势。她认为这只是因为他所接触的同龄女生太少,所以他才会把她当成唯一的情感出口。

"鸢鸢,原来你是因为这件事在疏远我吗?"他没有克制音量,"你因为嫌我太烦,所以想把我推给别人?"

他一步步走近,虞鸢的背撞到了冰冷的墙,她发现自己已经退无可退。

虞鸢被他的模样吓到了。

客厅距离虞楚生和沈琴的卧室不远,如果在这个时候,虞楚生或者沈琴走出卧室，进了客厅，那一切就都完蛋了。

虞鸢一句话都说不出口，心跳得非常剧烈，几乎要从嗓子眼里蹦出来。

"别的都可以，什么要求都可以，"谢星朝的声音近乎嘶哑，"只要别让我去找别人，好吗？"

她真的被吓到了。她完全没想到，谢星朝对这件事情的反应会这么激烈。

她艰难地找回自己的声音，颤抖着叫他："星朝。"

"我要是变成那样，还不如去死。"

谢星朝的这句话令虞鸢脑子一嗡，她忽然想起，很早之前，谢星朝和她说过这句话。那时他的语气中带着愤恨，那是她从没在他那里听到过的语气。

谢岗和祝希禾的绯闻给那时还年幼的他带来的心理阴影，她一直是知道的。

是她的错，他根本还没到考虑这种事情的时候，她却自作主张，想给他安排这种事情。

两人似乎都慢慢找回了几分理智。

谢星朝的脸色依旧苍白，暗淡的灯光下，他的嘴唇失去了血色，皮肤也显得没什么颜色。

她摸着他柔软的头发，喃喃地道："对不起。"

不知道什么时候，他已经靠近了她，将她紧紧抱住，把头埋在了她的怀里。

虞鸢不敢动。

"鸢鸢，你不要这么对我，好吗？"他眼眶微微红了，"我好难受。"

她这么冷着他，让已经习惯了被温柔对待的他无法忍受。

他清秀且显得无辜的面庞就这么埋在虞鸢的胸前，他软软地哀求着，眼睛漆黑发亮，眼眶还红着。虞鸢浑身都没了力气，想把他拉下来，却无能为力。

客厅的壁灯发出昏黄的光，虞楚生和沈琴的卧室里静悄悄的。

虞鸢没办法从他怀里挣脱，只能在心里祈祷，爸妈这个时候不会出来，听不到外头的声音。

谢星朝哼哼唧唧的，一副可怜巴巴的样子。他的脸埋在她的胸前，鼻梁高挺，红润的嘴唇微微抿着，显得既单纯又委屈——这是他被冷落了这么久还被下逐客令后骤然爆发的情绪。

虞鸢见不得他这种可怜的模样，僵着手指，轻轻揉了揉他的头。

灯光下，她的眉眼温柔似水，一头柔软的黑发披散下来，散发着淡淡的栀

135

子花香。

这种感觉实在太好,他浑身燥热。只要她一碰他,每碰一下,他就会发出难以抑制的细碎声音——像被抚摸着的小狗一样。他的声音很好听,本来是很干净清亮的少年音,如今染上这种说不出的味道,响在她耳畔,像是滚着一团火。

虞鸢也不知道自己怎么了,浑身上下似乎都被他搅和得不对了。

"星朝?"她一出口,差点被自己过分软的声音吓到了。

谢星朝含含糊糊地"嗯"了一声。

他把她抱得那么紧,刚才那双湿漉漉的眼睛似乎还在她眼前,她实在没办法再做出甩开他的举动,只能暂时由他这么抱着。

她平复了一下情绪,柔声对谢星朝说:"今天晚上的事情,我不是想让你和谁谈恋爱,只是希望你可以多一些交际,和大家多沟通,多交一些朋友,男生女生都可以。"

"嗯。"他声音闷闷的,但是到底没有再拒绝。

"但是鸢鸢,你为什么忽然就不理我了?"他终于抬起脸,露出的还是一副受尽了委屈的样子。

他不说还好,一说,虞鸢又想起了那个奇怪的梦,于是脸噌的一下就红了。

她从沙发上站了起来,这下,他没法再继续赖着她了。

"但是,交朋友也需要谨慎,不要和一些不学无术的人一起玩。"她没有回答他的问题。

言罢,她又想起了那天在谢家院子里看到的三个人。她怕那些人带坏了谢星朝。

她必须弄清楚那些人到底是谁。

没法再继续赖着她了,但是看她反复变化的神情,谢星朝也懂得见好就收的道理,于是暂时不敢再继续缠着她了。

"我不会的。"他乖巧地说。

"鸢鸢,无论发生了什么,"黑暗里,他的眼睛亮晶晶的,"你都不会讨厌我,是吗?"

虞鸢不知道他为什么忽然这么说。

她笃定地说:"你又不会做什么坏事。"她的语气又温柔了起来。

他从小就是个好孩子,性格敏感又乖巧。

第二天，虞鸢起来时，浑身疲惫，但是还记得昨晚那场谈话。

她还得给周旭旭回复。

她再度把周旭旭发来的微信消息看了一遍，周旭旭说，是许夺夏说的，说她想给谢星朝找一个女朋友。

其实就算她隐隐有这个意思，但如果许夺夏不说，她是绝对不可能对周旭旭这么说的。她最多就是给他们牵桥搭线，让两人认识，然后看他们自由发展，至于成不成，她不可能去干涉。

许夺夏和她性子不同，什么都直来直往惯了，不了解谢星朝，更不可能想到要去照顾他的心情。

虞鸢想，自己还是得给周旭旭道个歉。

她编辑了一下信息，很诚恳地跟对方道了歉，说是之前没沟通好，自己表达不清楚，所以给许夺夏传达了错误的信息。

虞鸢说：等开学后，我再给你介绍别的同学补习英语可以吗？

周旭旭：哦，那谢谢姐姐。

周旭旭回复得很快，显然有些失望。

周旭旭又回：但是姐姐，你能把你弟弟的微信给我吗？也不是那个意思啦，就是多个朋友也好，嘿嘿，我还不认识京大的同学呢。

虞鸢咬了下嘴唇。其实正常的交际是完全没问题的，只是昨天谢星朝反应这么大，这让她现在对这个事情都有些害怕了。

于是她回复：等过几天我再去问一问他好吗？对不起，他这几天心情不太好，在闹情绪。

她想等这件事情的余波过去了，再去问问谢星朝愿不愿意。

周旭旭同意了，还表现得很通情达理，这倒是让虞鸢的愧疚感更加重了。

可能是周旭旭联系了许夺夏，下午的时候，许夺夏也打电话过来了。虞鸢刚接通电话，那边就传来了许夺夏的叹气声，许夺夏说："旭旭都和我说了，我不该和她说那么早的。"

许夺夏又问："不过，你弟到底怎么了？加个微信都不同意吗？"

看来周旭旭把这件事情都完整地告诉许夺夏了。

虞鸢有些尴尬，小声说："他就是比较内向。"

她四处看了看，见谢星朝不在附近，这才放下心来，继续和许夺夏说下去。她省略了很多细节,只是模糊地说了下,说谢星朝不愿意她给他介绍女生,而且非常敏感地觉得是她嫌他烦,不想理他了,才会这样做。

"他对你的态度也太不正常了吧?"许夺夏说。

"我以为,弟弟都会黏姐姐一点。"

"胡说。"许夺夏说,"许遇冬只要和我待在一起一天以上,我就想揍他了,他看到我就跑。假设我要给他介绍这种漂亮女生,他能开心得上天,还会拒绝就有鬼了。"

许夺夏说:"你们这种就不正常。而且,关键是,他根本不是你弟啊!"

虞鸢抿了下嘴唇。

许夺夏不知道谢星朝的过往,他自然不可能和许遇冬一模一样。

"他性格内向,朋友很少。"虞鸢说,"他小时候发生过很多事情,和遇冬不一样的。"

"好吧,我也不了解。"许夺夏说,"不过,你还是多注意一下吧。他吧,可能,没看起来那么……"

说到一半,许夺夏卡住了。她也不知道该用什么词描述了。

许夺夏是个直觉很准的人。虽然她和谢星朝才见过两面,但从他的神态和眼神里,从他不在虞鸢面前时流露出的细微表情里,她觉得,他根本不是虞鸢嘴里的那个乖小孩。

而且他和许遇冬认识。许夺夏还记得第一次看到他时的模样,那时他的模样和在虞鸢面前时的模样差别实在是太大了。

但是虞鸢和他感情非常好,许夺夏也不好多说什么了。

虞鸢性格软软的,非常容易相信人,这可能也是那个谢星朝会那么依赖、喜欢她的原因吧?许夺夏想。

虞鸢沉默了。她想起了那天在谢家院子里见到的事情。

她慢慢地把这件事告诉了许夺夏。

"过几天许遇冬生日,他肯定会回家的。"许夺夏说,"我到时候叫你过来,我来问他。"

虞鸢有些担心,怕许遇冬会把这件事情告诉谢星朝。

"没事,许遇冬就是个蠢货,我当然不会直接说是你问的。"许夺夏说,"你弟的事情,反正这几天我先帮你随便套套许遇冬的话。"

虞鸢抿唇笑了。

随后，话题没再在谢星朝身上停留，她们聊了几句同学聚会的事情，虞鸢挂了电话。

谢星朝一直住在虞鸢家。好在这几天虞鸢没再做那种梦，谢星朝表现得也很正常，她的心慢慢放松了下去。

这天下午，沈琴在厨房里忙活了很久，虞鸢见她买了很多菜，忍不住问："妈，这些我们吃得完吗？"

他们家只有谢星朝食量大一点，剩下的三个人都不太能吃。

沈琴拿围裙擦了擦手："小竹要过来了，我没告诉你？"

"虞竹？"她真的忘了这件事了。

"你刚在书房写论文呢。"沈琴说，"本来我是想叫你和你爸爸一起去接小竹的，星朝说你在忙论文，就代替你去了。"

沈琴由衷地赞扬道："那孩子真的很体贴。"

虞鸢的头皮轻微地紧了一下。

虞鸢知道谢星朝和虞竹有多么地不对付，忍不住说："妈，你怎么能叫星朝去接他？"

沈琴纳闷地道："怎么不行了？他们不是玩得很好吗？本来就是差不多大的男孩。"

虞鸢也不知道该怎么和沈琴解释，便急了。她怕谢星朝当着虞楚生的面闹出什么事情来。她拿起手机，正想给谢星朝打电话时，玄关处传来了响动。

先进来的是虞楚生："来，换鞋。"

他很高兴，虞鸢听不出他的声音有什么不对。

随后，虞竹进来了。

虞鸢差不多有一年没见过虞竹了，他长高了不少。他长相随虞家，生得白净清秀，是个"瘦高个"，眉眼没谢星朝那么漂亮，但是很有书卷气。

虞竹换了鞋，看到虞鸢，眼睛一下亮了："姐姐。"

"小竹。"虞鸢仔细地端详了下他的脸，"你怎么瘦了这么多？"

"因为高三学习压力大。"虞竹不在意地道。

他也仔细地端详了下虞鸢："你也瘦了。"

虞竹在外头很文静稳重，在家人面前时倒是不再压抑自己了。他和虞鸢都是独生子女，两家往来又多，姐弟感情很好。

沈琴从厨房出来,看到这一幕,直笑道:"你们一个个的都瘦了,怪我们伙食没弄好。"

虞竹轻快地说:"姐姐本来就瘦,吃不胖的。"

小时候他和谢星朝一样,白白嫩嫩的,都奶声奶气地叫她姐姐。可是现在,谢星朝早不愿意这么叫她了。

再度见到虞竹,虞鸢忽然对这个称呼很怀念。

谢星朝不知道什么时候已经进来了。他站在最后,看着虞竹和虞鸢,什么也没说。

虞鸢的心忽然就提了一下。

虞竹回头看了谢星朝一眼,脸上没什么好脸色。

从小他们就互相讨厌,都觉得是对方抢了自己的姐姐。对于虞竹来说,谢星朝就是一个从天而降的虞鸢的跟屁虫,不但缠得她死死的,还想独占她。

之后谢星朝忽然从虞家消失了,虞竹真的觉得大快人心,只是没想到他现在又回来了。

好在他现在似乎正常了很多,虞竹也就大度地决定不和他计较了。

"开饭了,"沈琴说,"知道小竹要来,我特意多做了点菜。你们还在长身体,多吃点。"

饭桌上,虞竹和谢星朝恰巧一个坐在虞鸢的左边,一个坐在虞鸢的右边。

沈琴厨艺很好,虞鸢的厨艺大部分是从她那儿学来的。虞竹明显很喜欢吃沈琴做的可乐鸡翅。

"嗯?"虞竹吃完自己碗里的最后一块鸡翅后,发现盘子里居然没鸡翅了。他没说什么,但是明显还没吃够。

虞鸢想把自己的那块鸡翅给虞竹:"我这儿还有一块。"

虞竹兴高采烈,都拿碗准备接了:"谢谢姐。"

虞鸢还没夹鸡翅,忽然对上了旁边谢星朝的视线。

谢星朝平时对吃食从没表现出什么特别的偏好,很随便,基本上虞鸢做什么他都吃。

但是现在……他垂着长睫,看着虞鸢,又看了看自己的空碗,微抿着唇,什么都没说。

他并没有阻止她把鸡翅夹给虞竹,可是他那神情却让人怎么都无法忽视。

虞鸢的动作顿时僵住了。她只有这么一块鸡翅了,给了这个,那个就没了。

见虞鸢忽然就不给自己夹鸡翅了，虞竹神情茫然，直到看到一旁的谢星朝——他顿时什么都明白了，心里直冒火。

虞鸢如芒在背，怎么也没法在谢星朝的那种视线下再去给虞竹夹鸡翅，于是硬撑着把那块可乐鸡翅吃了。

虞竹气得要死。

虞楚生和沈琴根本没注意这边三个人的事情。

虞楚生下午还有事："鸢鸢，我和你妈下午要去一个朋友家，你下午晚点的时候带小竹和星朝去超市买点菜。"

这……他们真的要把自己、谢星朝和虞竹三个人留在家？虞鸢不敢想。

等虞楚生他们一走，见谢星朝洗碗去了，虞竹飞快地拉过虞鸢。

"姐。"虞竹问，"那个人怎么又来我们家了？"

虞竹又开始了。虞鸢头疼地和他解释："星朝会在我家过年。"

"不会吧？"虞竹痛苦不堪，小声说，"姐，你知道他的那些传闻吗——很可怕的，我怕他害你。"

虞竹和谢星朝互相讨厌了那么多年，他觉得，小时候谢星朝就有那么多心机和伎俩，虞鸢根本玩不过谢星朝。

谢星朝从厨房里出来了。

虞鸢还没来得及说什么，好在谢星朝似乎也没听到什么。

"鸢鸢，你要去午睡吗？"谢星朝问，"等下起来了再去超市。"

他乖巧地说着，像是完全没看到虞竹一样："我帮你开了空调了。你昨天不是说冷嘛，今天我给你换了床厚被子。"

他可以自由地进出她的卧室，比起虞竹，倒更像是这个家的主人，说话做事都透着自然而然的熟稔之感。

"谢谢。"虞鸢说。

"没事。"谢星朝不在意地道。他搂过她，用修长微凉的手指在她的太阳穴上轻轻揉了揉："鸢鸢，你头现在还疼吗？"

虞鸢昨晚看论文看得太晚，早上说过头有些疼。

或许是这些天对谢星朝的撒娇习惯了，她已经对他的亲昵态度很熟悉了，眼下一时居然没觉得有什么不对。

141

当着虞竹的面，他竟然也完全不加收敛，反而比平时更加磨人一些。

虞鸢渐渐地有几分不好意思了，便轻轻推开了他："星朝，我要去睡觉了。"

他也没再继续缠人，乖巧地松了手。

"姐……"看完了这一幕的虞竹声音都颤抖了。

虞竹震惊极了。谢星朝是个异性啊，姐姐怎么可以让他这么亲近？是不是太缺乏防备意识了？

虞鸢去睡午觉了。

门关上后，虞竹僵硬地坐在沙发上。

"你想搞什么鬼？"他质问谢星朝。

谢星朝坐在沙发上，伸着长腿，懒洋洋的，一句话都懒得和虞竹说，惹得虞竹直冒火。

谢星朝之前那乖顺的模样消失得无影无踪了。

"你离我姐远一点。"虞竹说，"你别以为我不知道你那些混账事。"

"该离她远点的是你。"谢星朝的声音冷冰冰的，他眼珠很黑，这么看人时，显得很凉薄，"不过是个堂弟，一口一个'姐姐'，不知道的，还以为你们多亲呢。"

这称呼让他听得很不爽，他都很久没那么叫过虞鸢了。

"那也比你亲。"虞竹气得要死，"你是谁？你算老几？凭什么来教我怎么做？"

"凭什么？"谢星朝笑得很恶劣，"凭我是你未来的堂姐夫？"

虞竹被这句话震得瞠目结舌，清秀的脸涨得通红。他半晌才从牙关里蹦出一句话："我告诉你，你就是在做梦！我姐……我姐根本不可能喜欢你这样的！"

虞竹想，谢星朝果然对姐姐存了这种龌龊的念头。

"不喜欢我这样的？"谢星朝轻笑了一声，"那她喜欢什么样的？你这样的？"

虞竹感觉自己被嘲讽了，气得要死。

"不过，她不喜欢我也没关系，"谢星朝又说，"我会努力讨她喜欢的。"

"努力"这两个字从他红润的唇里说出来，不知怎么，似乎就染上了一种别样的暧昧意味。

姐姐怎么可能喜欢他这种……他这种脾气乖戾、不学无术的人？他成天惹是生非，性格又恶劣，除去一张脸外，什么都没有。虞竹想。

"我警告你，你……你别想招惹我姐。"虞竹气急败坏地说。

"我明天就要去告诉我叔叔婶婶，叫他们把你赶出去。"虞竹想到了一个主意，心神一振，自以为拿住了他的七寸。

谢星朝不为所动："去吧，提前谢你帮我表白了。"

"本来因为害羞，我一直都还没对鸢鸢说呢，就差捅破这层窗户纸了。"

他那样子怎么看也不像是会害羞的，虞竹气得七窍生烟，可是拿他一点办法没有——这人软硬不吃，也不害臊，两副面孔随意切换，说话又能气死人。

虞竹根本不敢去对虞鸢说，更不可能去和叔叔婶婶说。

虞竹担心如果虞鸢真的喜欢谢星朝的话，他怕是真的要促成这件事了——仔细想想，叔叔婶婶似乎对他也很满意。

谢星朝要是真的成了虞鸢的男朋友，虞竹想象了一下那个场景，觉得太可怕了。

在这种情况下，如果虞竹去说了，岂不是正好遂了谢星朝的意？

于是虞竹不再理谢星朝了。他决定至少在他在的这段时间里，一定要对谢星朝严加看管，谢星朝都不要想再近他姐的身。他仔细琢磨着，该怎么在虞鸢面前戳穿谢星朝的伪装。

他和谢星朝同龄，就差了一级，他在学校时听过很多有关谢星朝的传闻。

那时听到那些传闻，他一点也不惊讶，因为他从小就觉得谢星朝是那种人，只不过是虞鸢一直看不透而已。

虞鸢终于午睡起来了。

一想到谢星朝和虞竹被单独留在了客厅，她的心就又悬了起来。

打开门，她发现两人都在客厅里，客厅里静悄悄的。

虞竹在写寒假作业，谢星朝抱着电脑，戴着耳机，不知道在做什么。两个人一个坐在沙发上，一个坐在茶几旁，这么看着，倒还是挺和谐的，安安静静。

"鸢鸢，你起来了？"等她走进客厅时，谢星朝已经取下了耳机。他的眼睛亮亮的。

"嗯。"虞鸢说完，注意到虞竹的表情似乎有些僵硬。

这次，没等谢星朝过来，虞竹已经扔下了笔，飞快地挤了过来，挡在虞鸢面前。他说："姐姐，什么时候去超市啊？我肚子饿了，刚才做了几道数学题，有几处搞不懂，姐，你等下能帮我看看吗？"

他连珠炮般地发问，并且把谢星朝平时所站的位置占了。

谢星朝却并没有生气，只是安静地看着虞鸢，默默地让开了道。

他居然就这么忍让了，果然是长大了。虞鸢想着，竟然有些欣慰。

但看着他孤零零地站在原地，就这么看着他们姐弟说话，虞鸢心里也不太舒服。于是，走过他身边时，她悄悄地轻轻拉了拉他的手，示意他不要和虞竹计较。

他弯了弯漂亮的黑眸，回拉了她一下，显然很受用。

沈琴给虞鸢开了一张采购清单，虞鸢要采购不少东西。想把东西买全，她需要去离家比较远的一家大型超市，坐公交车去不方便。

"我开车去吧，我有驾照！"谢星朝说。他眼睛亮晶晶的，似是不经意地补充了一句，"鸢鸢，我是成年人了。"

虞竹真的要气死了，因为他感觉自己又被谢星朝讽刺了。

虞鸢松了口气："那太好了，我去拿家里的车钥匙。"

"姐，我不坐他开的车。"虞竹说。

"哦。"谢星朝似乎是在和他商量，温和地建议道，"那你走着去？"

虞鸢夹在这两个人中间，越发觉得头疼。

到了超市，谢星朝随在虞鸢身后，帮她拎东西。偶尔虞鸢会比较下两样菜的价格和新鲜程度，谢星朝就耐心地等在她身边。以前在京州时，他和她出去过好几次，基本上都是这样。

两人就像一起来超市采购的情侣一样。

"姐，我帮你拿。"虞竹忙奋力挤过去。

后来他就发现，那些东西也太重了！为什么那些东西被谢星朝拎着，就像没重量一样？

虞竹愤恨得不行，立志等高考完后，一定要去健身，勤加锻炼。

三人回到家后，虞楚生和沈琴居然还没有回来。

虞鸢接到沈琴的电话，沈琴在电话里说："鸢鸢，我今天临时有点事，你爸又喝醉了，我们今天不会回来了，要明天晚上才能回。你在家带好小竹和星朝，出去吃饭或者自己做饭都行。"

"妈,小竹住哪儿呀?"虞鸢忽然意识到一个严重的问题。

虞家有四间卧室,虞楚生和沈琴住一间,虞鸢住一间,谢星朝住一间,还有一间最近已经被改成了杂物间,里面堆满了杂物,虞鸢不知道要怎么收拾。

"你让小竹先去和星朝挤一下吧。"沈琴说,"我们明天回来收拾。

"还有个事。"

沈琴犹豫了下,说:"星朝在你旁边吗?"

虞鸢走远了一些,说:"他洗澡去了。"

"嗯。"沈琴说,"今天我们接到他爸爸的电话了。"

"谢叔叔?"

"他说过几天他会回陵城,要来接星朝回去。"

虞鸢沉默不语。

"虽然他是这个意思,"沈琴说,"但我还是看星朝的意愿。他要是坚决不想回去,可以继续住在我们家。"

虞鸢松了口气,语气都轻松了:"谢谢妈。"

她知道,谢星朝是肯定不愿意回去的。他想和她一起过年。

刚挂了电话,虞鸢就听到了外头虞竹的声音。

谢星朝刚洗完澡从浴室里出来。

"把衣服穿好。"虞竹骂他。

虞鸢本来都回卧室了,听到外头虞竹的叫嚷声,又提心吊胆起来。怕他们闹出什么事情来,她忙赶过去看,结果一进客厅,就撞见了赤着上身的谢星朝。

他身材很好。他虽然说自己不常锻炼,但是有明显的腹肌,腰腹线条格外好看。

他穿着衣服时,腰身显得修长柔韧,有几分清瘦。但是当他脱了衣服后,虞鸢才发现,他腹肌、腰肌都不缺,而且恰到好处。他就是穿衣显瘦、脱衣有肉的典型,腰窄腿长,比例非常好。

虞鸢的脸瞬间就红了。

虞竹大叫了一声,想挡在虞鸢面前,不让她看。虞鸢本来有些尴尬害羞,但是被虞竹这么一折腾,反而不紧张了。

"怎么了?"她平缓了下心情,问谢星朝。

"找不到吹风机了。"他乖乖地说。

虞鸢顺手拿了条干毛巾,帮他擦了擦湿头发:"你先把头发擦擦,穿上衣服,别感冒了,我去帮你找吹风机。"

"嗯。"他在她面前乖得不行。

虞竹真的要吐血了。

等把一切都收拾好后,他们终于可以就寝了。虞鸢把沈琴让虞竹和谢星朝晚上睡一间卧房的事和两人说了,虞竹特别不乐意,谢星朝倒是没多说什么。

晚上,虞鸢换了衣服,爬上床准备睡了,门口忽然传来了一阵敲门声。

"鸢鸢,你睡了吗?"谢星朝垂着眼,似乎不知道自己该不该进去。

虞鸢听出是他的声音,便披了件衣服,从床上下来。

室内开了暖空调,外头冷飕飕的,他只穿着一件单薄的T恤衫,看着就很冷。虞鸢说:"你先进来吧。"

"虞竹不让我睡在那儿。"他关上门,没怎么往里走,只是站在靠近门的地方,垂着长长的睫毛。他穿得单薄,也不知道就这么站在外头多久了,虞鸢看他的鼻尖都有些发红了。

"他一直都不喜欢我,"谢星朝说,"觉得我不是你们家的人,不该住在你们家。"

谢星朝不是虞家的人,以前虞竹年龄小、不懂事时,拿这个事情说过他不少回,说他和虞家根本没关系,就是个外人,叫他赶紧回自己家去。

这话虞竹当着虞鸢的面都说过不少次,背地里肯定只会说得更多。

"我去找小竹。"她抿了抿唇。

她必须得和虞竹说清楚。她不想虞竹再对谢星朝说这种话。

"没关系,我不在意的。"谢星朝说,"他年龄小,不懂事。"

谢星朝明明也就比虞竹大了不到一岁,刻意努力地做出这副老成懂事的模样时,真的既乖巧又可爱,惹人怜爱极了。

虞鸢忽然想起,虞楚生有张小折叠床。

客厅太大了,暖空调效果不行,厚被子也不够,陵城的冬天非常湿冷,谢星朝在客厅睡的话,绝对会感冒。

"那你在我这里凑合一下吧。"她叹气,"你现在还能睡在那张折叠床上吗?"

她房间里有空调,虞楚生的那张折叠床也勉强可以搁在这里,而且两人虽然睡在同一个屋子里,但不是睡在同一张床上,虞鸢的心理负担不会那么重。

只是谢星朝现在长高太多了,她不知道他还能不能睡在那张床上。

"能的。"他立马说。

谢星朝去搬了折叠床来。虞鸢给他理了理折叠床上的枕头和被子,想尽量让他睡得舒服一点。

"鸢鸢,你对我真好。"他感动得不行。

虞鸢心里酸酸的。她真的也没替他做什么。

她想到了过几天谢家会来人接他的事,还不知道他到底是会留下,还是会被强行带回去。

谢星朝睡相很好,除去浅浅的呼吸声,他没有发出任何动静。虞鸢觉得,现在几乎就和她平时一个人睡时一模一样。

虞鸢一开始还有些紧张,后来很快就习惯了,不久,她也进入了睡眠状态。

第二天,虞鸢轻手轻脚地起床,去隔壁卧室换了衣服,洗漱好,回来时就看到谢星朝也已经起来了,他似乎正在迷迷糊糊地四处找她。

"鸢鸢。"他从折叠床上下来了。昨天睡得很晚,他显然还没怎么睡醒。似乎直到见到了她,他才放心。

"我想再躺一会儿。"他胡乱地一躺,居然在她的床上躺下了。他迷糊地说着话,声音中有几分鼻音,像是在撒娇:"鸢鸢,冷。"

他个子高,那张狭窄的折叠床估计让他睡得很难受,而且那被子又薄。

虞鸢心软了,轻声说:"你睡吧。"

她在床边坐下,想给他扯好被子。他一脸幸福模样,因为困意,双眼还微微眯着,清晨的光线下,越发显得他唇红齿白的,好看得不行。

"有股香味。"他含糊地说。他似乎还没清醒,幸福地把脸埋在了枕头里。

这是她天天睡的被子和床,上面满是她的味道,他很喜欢。

虞鸢的耳尖红了,她虽然知道他可能并没有别的意思,但是听着还是觉得很害羞。

"姐,你在吗?"门口忽然传来了一阵敲门声,是虞竹找过来了。

虞竹刚起来,看到客厅里没有谢星朝,心里咯噔一下,第一反应就是跑来虞鸢的卧室敲门。

谢星朝脾气乖张,还有洁癖,小时候就阴沉沉的,根本不愿让人近身。

虞竹从没想过他们可以和谐共处在一个屋子里，所以昨天谢星朝面无表情地说他要去客厅睡沙发时，虞竹还觉得他终于自觉了一回。

直到今天早上，虞竹醒来后，才越想越觉得不对。

"姐，你看到谢星朝了吗？"虞竹推门而进，视线从她的房间里扫过，又从她身上扫过。

虞鸢心都提起来了，只希望谢星朝不要出声。

"鸢鸢，怎么了？"谢星朝声音含糊，里头还有些晨起后的鼻音，显然他还没完全清醒。

被子下面的人动了动，紧接着谢星朝略带凌乱的黑发露了出来，随后他那张干净漂亮的脸也露了出来。

他熟练地蹭到了虞鸢身旁，搂住了她的腰，一脸满足的神态。

脑子轰的一声，虞鸢忽然意识到现在的场景似乎有些引人误会。她呆呆的，不知道该怎么和虞竹解释这个情景。

偏偏谢星朝还在迷迷糊糊地说话，嘀嘀咕咕的，像在撒娇："鸢鸢，我腰好酸。"

虞竹像被雷劈了，整个人都不好了。

虞竹的手指在颤抖，他简直恨不得冲上去打谢星朝一顿。他一遍遍检讨自己，责怪自己昨天没保护好姐姐，没有看破谢星朝的龌龊心思。

虞鸢平息了下尴尬的心情，小声解释道："小竹，昨天晚上……"

虞竹："姐！"

这一声"姐"震耳欲聋，他叫得很委屈。

他一点都不想听她解释。

她这才意识到，她的腰还被谢星朝搂着。谢星朝似乎完全没在意在门口咆哮发怒的虞竹，依旧轻轻地搂着她的腰，闭上了眼，似乎又睡着了，完全没有注意到他们两人之间尴尬的氛围。

虞鸢知道，因为折叠床，他昨晚肯定没睡好。

那张床连虞楚生睡着都不舒服，更别说比他高了差不多十厘米的谢星朝了。

可是谢星朝一点都没有表现出来，也没有打扰她休息——难为他了。

虞鸢轻轻舒了口气。谢星朝这么搂住她，黑发有些凌乱，看着毛茸茸的，模样似乎比平时更加惹人怜爱了。

"你继续睡一会儿吧。"她轻声说。

谢星朝恋恋不舍，但是还是听话地松了手："嗯。"

虞鸢揉了揉他的头发，以示表扬。

其实虞竹现在起来了，按道理说，谢星朝可以回自己的房间去睡了，但是虞鸢了解谢星朝，他小时候就很不喜欢别人碰他的东西，尤其是贴身的，衣服、床单、毛巾……皆是如此。估计等他再回自己的房间，他得把床单被罩都换了才能继续睡。

稀奇的是，他只对她不一样。

她看着在她床上睡得香甜的谢星朝，心想，反正虞楚生他们得晚上才回来，她就再纵容他这一回吧。

她关上了门，和虞竹走进客厅。虞竹真的快气死了。

"姐，他不是个好东西。"他一张白净的脸都涨红了，"他……他对你有歪念头。"

虞鸢尴尬极了，对虞竹说："昨天星朝睡的是那张折叠床，你想到哪里去了？"

"那也不行啊。"虞竹说，"他是个男的，和我们家也没亲戚关系，凭什么能在这里这么嚣张？"

"小竹，你以后不要再对他说那种话了。"虞鸢少见地没了笑意，"不是每个人都有我们这种和和美美的家庭，我爸妈也是把星朝当成我们家的孩子看待的。你和他吵架也好，闹矛盾也好，就事论事，不要拿家庭的事情攻击别人。"

虞竹可委屈了："姐，根本不是这个问题。"

那些话是他以前不懂事的时候说的，他也不信谢星朝有那么脆弱，会被他这话伤害到。

他急了，不知道该怎么和虞鸢解释，也不知道该怎么揭露谢星朝的真面目。

"小竹！"她犹豫了下，终于还是说出来了，"你不要欺负星朝。"

虞竹快疯了。他？欺负谢星朝？谢星朝是他能欺负得了的？虞鸢这是什么都听不进去了，被猪油蒙了心了。

虞鸢在准备午饭，虞竹则情绪一直很低落。

直到一切都准备得差不多了，虞鸢才去自己的卧室看了看。谢星朝居然还在睡。

谢星朝昨晚似乎是真的没睡好，这一觉睡到了上午十一点。

他太高了，睡着虞鸢的床略微有些拥挤，腿有点伸不开，因此微微蜷着。他卷着她的被子，面庞半陷在枕头里，鼻梁高挺，睫毛长长的。

他的肤色原本呈一种瓷一样冰冷的白色，现在他可能是因为睡熟了，脸上比平时多了几分血色，看着更加鲜活漂亮。

这睡颜，他简直就是个小天使。虞鸢的脑子里不知为何冒出了这种想法。

她在床边轻轻坐下，一时没有舍得打扰他。就这么看了一会儿后，她轻声叫他："星朝？"

"鸢鸢。"他半睁开了眼，迷迷糊糊地叫了声她的名字。

"对不起，我是不是害虞竹和你闹别扭了？"他问。

他刚起，声音中还带着鼻音，就这么歪过头看着她。

"我说过他了。"虞鸢没详细地说下去。

"好些了吗？腰还疼吗？"她问。

"好像……还有点难受。"他说。

他握着她的手轻轻往自己的腰上带，冲她撒娇说："鸢鸢，你帮我揉揉。"

他的T恤衫被睡得卷起来了一些，一截白皙窄瘦的腰露了出来，他自己似乎完全没注意到。虞鸢把他的衣服拉下来。隔着一层薄薄的衣物，她仍可以感觉到他皮肤的温度。

不知道怎么的，虞鸢就想起了昨天他洗完澡后赤着上身的模样，顿时血都往耳尖涌了过去。

好在谢星朝似乎完全没注意到。

她的手指轻揉他的腰，他立马哼唧了一声，不知道是舒服还是难受。

"弄疼你了吗？"虞鸢忙拿开手。

"没有。"他摇头，用亮晶晶的眼睛看着她，可怜巴巴地求着她，"鸢鸢，再多帮我揉揉可以吗？"

虞鸢说："我记得爸爸那儿有管药膏，等下如果你还不舒服，我就给你拿过来涂涂。"

"好。"他乖巧地说，"鸢鸢，你真好。"

150

虞鸢脸红了，有些不好意思。

虞竹本来在外面写作业，此刻贴在门口听到了他们的全部对话，他涨红了脸，恨不得破门而入，去把谢星朝从床上踹下来。

谢星朝居然还好意思让虞鸢给他揉腰？他真的把不害臊演绎到了极致。虞竹愤愤地想。

虞鸢下午要去参加同学会，虞楚生他们暂时没有回来，所以家里就只剩下了谢星朝和虞竹。

虞竹上午才被虞鸢训过，此刻蔫蔫的，写着自己的作业，规矩了不少。

虞鸢上午给虞竹讲了几道题，现在要出门，还剩下几道题没讲。

"鸢鸢，你去吧，这些题我会的。"谢星朝乖巧地说，"他不会可以问我。"

虞鸢想了下：谢星朝也是考上了京大的人，现在教虞竹应该也是没问题的。

虞鸢对谢星朝的表现很满意，问他："你有什么想吃的吗？我回来给你带。"

谢星朝趁机抱了抱她："你放心去玩吧，我什么都不要。"

这虽然只是个普通的拥抱，但也足以让虞竹七窍生烟了。

虞鸢离开后，虞竹冷笑着说："你教我？你会什么？"

"不会什么，"谢星朝神态懒洋洋的，"但比你会的多一点就是了。"

"我告诉你，"虞竹把一支笔捏得咔咔作响，脸一阵红一阵白，"我姐就是被你这模样吸引了而已，你们根本没有灵魂上的交流，怎么也不可能长久。"

"没关系。"谢星朝似乎还在回味刚才那个拥抱，懒洋洋地道，"鸢鸢喜欢我的模样就好了。"

虞竹真的要气死了。

虞鸢他们举办同学会的地址定在一家唱吧里。其实不是他们喜欢唱歌，只是当时不是吃饭的时候，所以他们就选在了这里。

大家都不想唱歌，就点了堆吃的喝的，喝酒、玩桌游、打牌、聊天的都有。

"你女朋友呢？怎么没带她过来？"许夺夏问周一峰。

周一峰说："这不是同学会嘛，我带她来干什么？"

"对，今天就让我们这些老同学好好聚一聚。"

大家很久未见，吵吵嚷嚷的，气氛很活跃。

虞鸢脱了围巾、大衣，露出穿在里面的素色裙子。她今天穿了靴子，越发显得腰细腿长。

她今天没扎头发，一头漂亮的黑发就这么披散着。垂眸时，她偶尔会用手将一边的头发绾到耳后。

虞鸢身上有一种若有若无的香味，坐在她身旁的男生都不由得有些心猿意马。

徐璐坐在虞鸢身旁，和她聊起了学业和前途的事情："虞鸢，你是准备继续升学吗？"

大三都过半了，现在她们也是需要考虑以后的出路了。

虞鸢说："是的，应该至少会念到硕士。"

"也是。"徐璐说，"你们这专业的人就念个本科确实是浪费了，读到博士都是可以的。"

聊完这些，大家自然就聊起了感情问题。

"真心话大冒险"被这么一轮轮玩下来，不知道怎么的，就变成了大家询问情史的游戏。轮到徐璐回答问题了，有人问："你现在有没有男朋友？"

徐璐说："有啊，蒋涛啊。"

蒋涛是他们高中的同级生，两人毕业后就在一起了，大家都知道。

有人哄笑："问这问题简直是浪费机会。"

不知道是谁问了句："虞鸢有没有在京大找男朋友啊？"

大家觉得，虞鸢现在去京大了，念的还是理科，身边的高质量男生一大堆，她怎么也不至于还单着。

虞鸢愣了下，摇摇头："没有。"

"虞鸢，你还没找男朋友呢？"徐璐笑着说。

过了这个新年，虞鸢就二十二周岁了，但她似乎还没喜欢过谁。

丁蕴玉端起茶杯，默默喝了一口茶。他是班里的学习委员，虞鸢记得，高中时他就是个少言寡语的男生，理科成绩好得出奇。

以前虞鸢和他是前后桌，两人偶尔会一起讨论数学题。

丁蕴玉高考成绩非常好，省排名最后还超了虞鸢一名，最后考进了临大。

临大也在京州，和京大距离非常近。

但是上大学后，虞鸢和丁蕴玉基本就没联系了。她其实没想到丁蕴玉也会来这个同学会。

"虞鸢？"周一峰拿着酒杯，在虞鸢身边坐下。

虞鸢忙喝了口果汁。她不想喝酒。

周一峰开玩笑道："我妹还对你弟念念不忘的，在家念叨过五百回了。我一问才知道，她连你弟的微信都没加上呢。"

许夺夏喝得醉醺醺的，靠在虞鸢的肩膀上，打着嗝说："别……别要微信了，人家眼里……就虞鸢一个。"

周一峰没怎么听明白，迷茫地"啊"了一声。

虞鸢有些尴尬。她其实对谢星朝旁敲侧击过，问他介不介意多加个微信好友，谢星朝当时一脸茫然，随后把自己的手机给她看了——他的微信里只有她、三四个同班同学、几个朋友，一共不超过十个人，而且都是他很熟悉的人。

虞鸢自然知道他这个举动意味着什么。

"夺夏喝多了。"虞鸢轻声说。

周一峰也只是过来说句话，喝了一杯酒后，很快就离开了。

丁蕴玉端起杯子，冲虞鸢举了举。虞鸢看清楚了，他手里端的是一杯清茶——他也没喝酒。

虞鸢知道他的意思，于是拿起自己装着橙汁的杯子，和他轻轻碰了碰。这明明是酒杯，他们却拿来装了橙汁和茶水。虞鸢觉得有些滑稽，忍不住笑了，结果抬眼就撞上了丁蕴玉唇角还没来得及消去的淡淡笑意。

"哎，"许夺夏忽然又清醒了，醉醺醺地说，"蕴玉也没女朋友吧？那你们以后，假如都找不到对象了，不如凑合下？"

虞鸢有些尴尬。

丁蕴玉垂着眼，用手指捏着杯子，一句话也没说。

虞鸢的手机忽然响了起来。

"鸢鸢，你什么时候回来？"虞鸢耳畔传来谢星朝的声音。

"可能还要过一会儿。"虞鸢说，"你和小竹吃饭了吗？"

"吃了，点了个外卖。"谢星朝说，"虞竹现在在做试卷，待会儿我来接你。"

"嗯。"虞鸢表示自己知道了。

谢星朝却没有挂断电话的意思。

"鸢鸢,有具体结束时间吗?我想来接你。"他委屈地说,"我教虞竹做了一下午的题,你都没回来。"

虞鸢忍不住弯着眼笑了:"辛苦你了,你在家乖一点。"

她轻声细语地哄着谢星朝,旁边几个人觑着她这边,有人小声问:"虞鸢在和谁打电话?"

她这样子不像是在和一般的朋友通话,也不像是在对弟弟妹妹说话,大家都觉得很奇怪。

"和她家里的……小男朋友。"许夺夏是真的喝多了,脑子忽然又不清醒了,打着嗝说,"小男朋友长得好,精力充沛,既热情又缠人,鸢鸢特别宠他。"

"虞鸢不是没男朋友?"有人问。

丁蕴玉搁下了茶杯,目光很沉静。

"虞鸢,你点的。"他递给虞鸢服务员刚刚端上来的一杯玄米抹茶,这是虞鸢之前为了避免喝酒而点的。

"谢谢。"虞鸢接过杯子。

"鸢鸢,你那边是谁在说话?"谢星朝问。

他听到了男人的声音,那声音似乎还离虞鸢很近。

"是高中同学。"虞鸢没太在意。

"你们那儿有很多人吗?"谢星朝声音闷闷的,情绪显然低落了下去。

"不多的,就几个熟的朋友。我也不知道什么时候结束,大概再过一个小时?如果太晚了,我到时候就给你打电话。"虞鸢以为他是在家太无聊了,轻声哄他,"过几天我带你和小竹出去玩,好吗?"

"嗯,那我过来接你。"他说,"鸢鸢,你不要喝酒,注意安全。"

虞鸢"嗯"了声,和他又说了几句,挂断了电话。

挂断电话后,谢星朝直接起身去玄关处换鞋。虞竹嚷道:"你干吗去?我试卷还没写完。"

"你没写完,关我什么事?"谢星朝头都没回,面无表情地说。

虞竹问:"你到底要去干吗?"

谢星朝冷冰冰地道:"去抢人。"

虞竹一脸疑惑,谢星朝已经关门离开了。

虞鸢小口喝完了那杯玄米抹茶。外头天色渐黑，已经有人开始离席了。

许夸夏喝得醉醺醺的，她家里有人来接她，虞鸢送她上了车，才放心回了唱吧。

外头夜色很深，寒风猎猎，似乎还有要下雨的意思。虞鸢是单独过来的，丁蕴玉也一直没走。虞鸢的手机振动起来，她低头回了消息，随后一直在看时间。

丁蕴玉问她："你要走了？"

虞鸢点头。

"回去还有些事。"她举了举手机，"我同学在建模，刚给我分配了任务，要我去先查些资料。"

她笑了起来，眼睛弯弯的。

"数学建模竞赛的题目？"没想到丁蕴玉一听便明白了。

"你也参加了吗？"虞鸢问。

丁蕴玉说："我去年做过，看了今年的题。我记得你是学数学的？"

"是的。"虞鸢说。

他眼底闪过一抹情绪。虞鸢知道他高中的时候最喜欢的科目就是数学，高考的分数明明也很高，最后却选了临大的计算机专业。

丁蕴玉站起来，穿上外套，说："我送你回去吧？"

两人穿过了长廊，虞鸢看着外头的夜色说："我当年以为你也会选数学专业。"

"没法选。"他淡淡地笑着，随后反问道，"你准备继续读到博士？"

虞鸢说："有可能，不过还是要看硕士读得顺不顺利。"

他垂着眼，让人看不清神情："继续读下去吧，你肯定会顺利的。"

虞鸢有些惊诧。她想起了什么，没再问下去了。

丁蕴玉背脊笔挺，他笑了下："我到时候直接工作，不会再升学了。"

时间还不是很晚，陵城的治安一向不错，夜生活也丰富得很，晚上尤其热闹。比起夏天，冬天陵城的街道稍微冷清了一些，街上却也有不少人。

现在还不到晚上十点，虞鸢准备自己打个出租车回去。

她给谢星朝发消息：星朝，我已经准备回来啦。路上还有很多人，你不用过来接我了。

"给你弟弟发消息？"丁蕴玉问。他的话似乎比高中时多了点。

虞鸢点点头，习惯性地解释了句："不是亲弟弟。"

"你怎么知道他？"

她后知后觉地问。

"许夺夏刚说的。"丁蕴玉看着夜色说，"我送你回去吧？我们顺路，我现在实习住的地方离你家不远。"

虞鸢知道丁蕴玉的老家并不在陵城市内，不过她并没有问过他家具体是在哪里。

在她读高二的时候，发生过一件事。

虞鸢记得那是个盛夏的午后，她是当时的数学课代表，正抱着一堆刚收上来的试卷，准备送去办公室。

办公室的门没关，虞鸢推门进去。办公室里静悄悄的，她能听到外头隐约的蝉鸣声。虞鸢忽然听到一个熟悉的声音，是他们的班主任在说话，他对面站着穿着白色短袖校服、背影清瘦修长的丁蕴玉。

他们在说助学金的事情。

班主任在教他写申请书，说要他把自己不是陵城人、从农村千里迢迢来这里上学、家庭如何困难的事，都作为他好学上进的经历添加进去。

时间过去太久了，具体的话虞鸢已经忘记了，但她知道那不是别人愿意让她听到的内容。她没发出半点声音，放下卷子后悄悄地退了出去，轻手轻脚地给他们带上了门。

当时她没看到，丁蕴玉站得笔挺，耳尖已经通红了。他一直站在那里，垂着眼，一句话也没说。

谢星朝一直没有回复虞鸢的消息。

她告诉丁蕴玉不用刻意送她，丁蕴玉说："我现在就住在北地园，你家如果还在以前的地方，你到时候叫司机停车就好了。"

他们确实是非常顺路，不是他客气。虞鸢便也没再多想，想去路边拦出租车。

马路对面恰巧停下了一辆车，门被打开了，下来的是谢星朝。

"鸢鸢。"他叫她。

"星朝？"虞鸢惊讶地道。

"鸢鸢，你怎么不早叫我？"谢星朝从马路对面跑了过来。他跑得太快了，声音有些微地喘，鼻尖被风吹得有些红，眼睛却亮晶晶的。

"因为我觉得还不太晚……"虞鸢有些不好意思，又问，"我给你发了微信消息，你有没有看到？"

"没有。"谢星朝说。

他穿着黑色连帽短外套，看似普普通通，却透着遮不住的活力。晚上黑漆漆的，她看不清他的模样，只看得清一个轮廓，即使这样，他也已经相当好看了。

"虞竹还在家写试卷，叔叔阿姨都回来了。"谢星朝极自然地拉上她的手，"你的手好冷呀。"

或许是被他牵多了，虞鸢竟然一时也没注意到有什么不合适。

"今天我在家好无聊，"他嘀咕道，"教虞竹做了一下午的题。鸢鸢，你说要带我出去玩，是什么时候？"

虞鸢想了想："那要再过几天。"

丁蕴玉一直没说话，只是安静地看着他们说话。虞鸢想和丁蕴玉道个别。

谢星朝注意到了，于是拉紧了她的手，把她的思绪又拉了回来，让自己占据她全部的注意力。

"不带虞竹行吗？"他满是稚气地说，"不然虞竹又要和我吵架，不让我和你在一起了。"

丁蕴玉站在不远处，看着虞鸢温声细语地哄着谢星朝。

"我是开我叔叔的车过来的。"谢星朝说，"你要送送他吗？"

他的视线越过虞鸢，看的是站在她身后的丁蕴玉。

虞鸢也看向丁蕴玉，北地园离她家不远，大概只有五分钟的车程，他们顺路回去确实是可以的。

丁蕴玉却摇了摇头，说："不用了。"

他很安静。路过的车的车灯亮了起来，他看清了谢星朝的脸，那张脸生得比他见过的所有人的脸都好看，是很讨女孩喜欢的。

两人视线相接，丁蕴玉的神情波动了一瞬。谢星朝什么都没说，眼底似乎闪过一抹意味不明的神色。

"数学建模竞赛你如果有需要帮忙的，可以联系我。"丁蕴玉对虞鸢说完，然后报了一串数字，"加上我姓名的缩写，是我的微信号。"

虞鸢坐上了车。平时虞楚生开车的话，都是沈琴坐副驾驶座，她坐后排。但是，是谢星朝开车的话，他喜欢让她坐副驾驶座，在旁边陪着他。

他车开得很平稳，虞鸢没想过他的车技竟然这么不错，毕竟他拿到驾照也没多久。

他问："刚才那个是你同学？他就是之前在电话里说话的那个人吗？"

虞鸢说："对。"

"是不是高考去了临大的那个？"

虞鸢很惊讶，疑惑地问："你怎么知道？我以前在家说过他吗？"

谢星朝抿了抿薄薄的嘴唇，脸上马上重新恢复了笑容："我可能在哪个新闻报道上看到过吧？"

他没再继续说这个话题。

虞鸢觉得有些奇怪，但她没有凡事刨根问底的习惯，就没再问了。

两人回到家后，虞楚生和沈琴果然已经回来了。见到谢星朝成功地把虞鸢接了回来，沈琴夸赞道："星朝越来越靠谱了。"

虞竹翻了个白眼。

"下午是星朝教小竹学习的。"虞鸢取下围巾，笑着说。

"星朝？"沈琴觉得很新鲜，转头问虞竹，"他教得如何？"

"还行吧。"虞竹不情愿地说。

他不得不承认，谢星朝教得确实还行，只是讲题的态度太恶劣了。

他不知道的、听不懂的题，谢星朝都讲给他听，并不骂他，但是那种像在和傻瓜说话的懒洋洋的神情，能把他活活气死。

虞鸢笑了笑，走进自己的卧室，脱下外套，拿发圈扎起了头发。

谢星朝跟她进来，目光一直追随着她。

虞鸢见他看着她，漆黑的眼睛一眨不眨的，很是明亮，雪白的脸颊上不禁泛起了一丝红晕。她检查了一下自己，问道："我有哪里很奇怪吗？"

"没有。"他摇头，甜甜地说，"鸢鸢，你出门是散着头发的。"

虞鸢在家的时候，为了方便看书学习，大部分时间是扎起头发的。

"无论你是散着头发还是扎着头发，我都喜欢看。"他露出了很纯真好看笑容。

他确实都喜欢。她散着头发时，那股他喜欢的香味更加明显，他想把头埋进她的头发里去深深闻一闻；她把头发扎起来后，会露出一截白皙的后颈，耳后的皮肤也一样的雪白细腻，发丝茸茸的，在灯光下会透出淡淡的茶色。

她皮肤白，红起来时，像是雪地染了颜色，让他心神迷醉，她曾无数回出现在他的梦里。

他漫不经心地想，他已经记不清第一次梦到她是在什么时候了。

"让你给小竹补课，辛苦你了。"虞鸢耳根微红，换了个话题。

"不辛苦。"他乖巧地说，"反正我学得也不好，之前高等数学我不是还差点挂科了吗？还是鸢鸢给我补习的。

他忽然想到了这件事，眼睛亮亮的："今天我们考试出成绩了。鸢鸢，你要看吗？"

他没有挂科，公选课分数考得低了一点，力学等几门专业课的成绩竟然有些亮眼，高等数学竟然也考了八十分。

"鸢鸢。"他叫她的名字，像是在摇着尾巴等表扬的小狗。

对上那双几乎燃烧着熊熊火焰的漂亮眼睛，虞鸢一瞬间有些愣住了。

"你打算继续念这个专业吗？"虞鸢错开眼神，慌忙地岔开话题。

虽然地球物理是冷门专业，但是在京大，这个专业也是顶级的，谢家也不需要为钱发愁，只要他喜欢，想继续读下去也是完全可以的。

"我无所谓的。"他轻快地说。

"我没有什么远大的目标。"他说，"只要我在意的人可以开心、顺心、快乐，我就满足了。"

他说这话时语气是认真的。

虞鸢了解他，他确实从小就是这样的。

小时候，因为不能说话，他和外界基本都是靠纸和笔沟通的。

他只愿意和虞鸢说话。她买给他的九岁生日礼物，是个封面画着玉桂狗的蓝白色小本子。本子是她按当时女孩的审美买的，他收下时却很欢喜，格外珍惜那个本子，谁都不让碰，只用来和她沟通，一直到上面全部写满字为止。

"那鸢鸢希望我去做什么？"谢星朝不知道什么时候又黏了上来，"我听鸢鸢的。"

他靠得很近，下巴搁在她的肩上，头发茸茸的。虞鸢被他从身后整个抱住，条件反射地有些抗拒，可是他的拥抱没什么侵略性，只是松松的，她便没有挣脱。

"只要你希望。"他这一声很轻，像风一般掠过，只让人觉得是错觉。

他爱极了这种两个人独处的感觉，万物安静，像是世界上只余下他们两个人。

谢星朝出去后，虞鸢坐在了床上。

她记数字的能力很强，仍记得丁蕴玉说的那串数字。她输入数字，然后输入丁蕴玉姓名的缩写——"DYY"，果然搜到了人。

她给丁蕴玉发去了一个好友申请，好友申请很快就被通过了。

她看时间已经很晚了，就准备关灯睡觉，这时她的手机忽然振动了一下，是丁蕴玉发来了消息：虞鸢？

他只发了这几个字。

虞鸢：是的。

丁蕴玉：我就是确定一下是不是你。

虞鸢觉得有些奇怪——她明明在好友申请的备注里写了自己的名字。

丁蕴玉并没有再多说话，这很符合他的性格。

离过年越来越近了。

这一天，虞鸢接到了许夺夏的电话。许夺夏说："我弟不是要过生日了嘛，这几天我就趁机逮住他问了一下，他说他和谢星朝根本不熟，之前没听说过这个人，两人是高考完才熟起来的。"

虞鸢皱着眉。这和许遇冬之前说的是一样的。

"但我当然不信了。"许夺夏说，"那家伙一撒谎就手抖，他还以为我看不出来。我就去查了下。"

许夺夏顿了顿。

虞鸢是有心理准备的。她知道谢星朝离开了虞家后，那段时间一度过得很混乱，他自己也承认过。

"他们是一个初中的，"许夺夏说，"以前经常在一起胡作非为。我弟就算了，你弟居然也能干得出来这种事情？"

许夺夏被震惊了，才知道谢星朝以前竟然是出了名的。她也才知道，原来谢星朝是谢岗的独子，怪不得他在陵城可以过得那么潇洒，完全有恃无恐。

说实话，许夺夏见过他在虞鸢面前的模样，完全无法把他和传闻里那个阴晴不定的人联系起来。

"许遇冬那个小浑蛋,"许夺夏说,"嘴里没一句真话,就该被好好打一顿才能老实。"

"谢谢,费心了。"虞鸢说。

"你不惊讶?"

虞鸢苦笑道:"没什么可觉得惊讶的。"

她老早已经遭受过这么一次冲击了,现在也没有什么值得她再惊讶一次的了。

谢宅,人声鼎沸。

"阿朝。"路和叫谢星朝。

"谢少回来了?"有熟悉的面孔和谢星朝打招呼,谢星朝记不清那是谁了。

他垂着眼,把玩着手里的车钥匙,深红色的车钥匙衬得他的手指越发白皙修长。

他靠门站着,惯常地穿着一身黑色衣服,看着很不显眼。但是他生得肩宽腿长,姿态挺拔,即使是安静地这么一站,也由不得人们注意不到。

"今天许遇冬不是过生日嘛,"一个叫高秀屿的男生说,"我们都去他家祝贺祝贺。"

"阿朝不是开车过来了,我们坐他的车一起过去呗?"

"算了吧。"有人说,"他开来的那辆车谁敢坐?"

"而且谢少开的车是人能坐的?"另一个叫安世阳的男生说,"我上次坐他的车,差点吓得尿裤子了。"

谢星朝收起钥匙,直起身,冷淡地道:"那带着你的湿裤子回家吧。"

周围人哄堂大笑。

"晚上去遇冬家?"路和问。

谢星朝点点头。

这天是许遇冬的十九岁生日,许遇冬蛮开心的,说中午会和家里人一起吃饭庆祝,晚上再和朋友们聚,第二天再回老家,看看爷爷奶奶。

谢星朝回想起了自己的十八岁生日。他那天干了些什么?

当时离高考已经不到两个月了,他似乎是写了一晚上的试卷,写到睡着了。

这倒也没什么不好。他天生性格很寡淡,不觉得有一堆人围着自己庆祝会让他觉得愉快。

许宅。一堆少年拥了进去。

许家很大，许遇冬父母都出去了，家里布置得很有生日氛围，餐厅的餐桌上搁着一个大而精致的蛋糕。

谢星朝走在最后。他提不起什么兴致，懒洋洋的，也没怎么作声。

"姐姐。"安世阳叫道。

"夺夏姐也在家？"路和忙关上门。他和许遇冬是老相识了，许夺夏也认识他。

许遇冬哭丧着脸从餐厅里走了出来，头上还戴着生日帽。许夺夏大力拍着他的肩，笑眯眯地说："谢谢你们来给遇冬过生日啊。"

路和咽了下口水，忽然觉得不太妙，有种不祥的预感。

而且，许遇冬那左脸上，怎么看着还有个类似五指印的痕迹？他那是被扇了一巴掌吧？怎么看都是被扇了一巴掌！路和忍不住想。

安世阳却根本没注意那么多。他眼睛发光，看着从厨房里走出来的另一个人，说道："那个也是许遇冬姐姐？他那福气也太好了吧！"

"生日快乐。"随后，虞鸢柔和的声音响起。

谢星朝原本在客厅里坐着——他不合群，即使来了，很多时候也是神游在外的——此刻，听到这个声音，不由得抬头往那边看去。

路和看清了那女生的脸后，手颤抖了下。

谢星朝："鸢鸢？"

虞鸢上一次见到许遇冬还是在京州。那时她在酒吧门口遇到了他，然后看到了谢星朝。不过当时许遇冬说他们原来不熟，是高考后才逐渐熟络起来的。

今天虞鸢会来许遇冬家这件事，她并没有告诉谢星朝。

听到谢星朝叫她，她没答话，比平时沉默了很多，似乎对谢星朝会出现在这里也完全不感到惊讶。

谢星朝抿着唇，脸上原本慵懒的神情被他隐藏了起来。

高秀屿和安世阳却摸不着头脑了。

"鸢鸢。"谢星朝走近，小声叫了虞鸢的名字，想从她手里接过她端着的餐具。

虞鸢没抬眼，绕过他，把那些碟子在桌上一一摆放好。她当着所有人的面，让他碰了个钉子。

安世阳他们都震惊了。他们以前哪里见过谁给谢星朝脸色看啊？

谢星朝念初中时，几乎整个初中部的人都认识他，他各种惹是生非，谁都管不了他。

至少从安世阳他们认识他开始，一直到现在，他们还是第一次看到敢这么甩脸子给他看的人。

安世阳悄悄问路和："谢少和这个姐姐，是怎么回事啊？"

路和不知道该怎么描述。虞鸢是知道谢星朝和许遇冬认识的，和谢星朝在这里遇到了，也没什么。他只是不太懂为什么气氛会那么奇怪。

阿朝是不是又背地里做了什么坏事被抓包了？他想。

许夺夏笑眯眯地打了个圆场："都站着干吗？吃蛋糕啊。谢谢你们过来给许遇冬过生日啊。"

安世阳忙说："那应该的，都是朋友嘛。"

他们嘻嘻哈哈地说着，希望能把之前的尴尬气氛给覆盖掉。

虞鸢没作声。她拿起蛋糕刀，精准地把桌上的提拉米苏蛋糕分成了六份。

可是在场有七个人——许家姐弟、路和、安世阳、高秀屿、虞鸢和谢星朝。

路和几人面面相觑。

"那我不要了。"路和忍不住去看了看谢星朝的脸色。

不知道为何，他总觉得那少掉的一份，就是谢星朝的。

"我也不要了吧？"安世阳说，"我不喜欢吃甜的。"

高秀屿："我——"

没等高秀屿说完，虞鸢便在围裙上擦了擦手，语气淡淡地道："我晚饭吃撑了，不吃了，你们吃吧。"

许遇冬哭丧着脸。虞鸢知道他和谢星朝认识，所以他觉得，邀请谢星朝来自己的生日宴也没关系，许夺夏也并没说虞鸢会来他的生日宴。

只是让他没想到的是，许夺夏会去把他那么久以前胡作非为的老底都翻个遍，甚至还把谢星朝扯进来。他被许夺夏狠狠地修理了一顿，理由是他对姐姐撒谎了。

从小到大许遇冬也习惯了被许夺夏这样对待，只是……这次他把谢星朝扯进来了。

他真的蒙了——假设因为这个事情导致虞鸢和谢星朝出了什么问题,他要怎么办啊?!

谢星朝站在离虞鸢两步远的地方。

她从小就是这样,即使心里有情绪,很多时候也并不会直接发作出来,有时候气得越厉害,表面看着反而越平静。

谢星朝记得,她上一次真的生气,还是在他读小学时——有人当着她的面嘲笑他是小哑巴,她气得小脸通红,眼泪都被气出来了。

而他从小就乖,很少惹她生气。

"鸢鸢。"他跟着她,小声叫着她的名字,可她没理他。

他不介意她这样的态度。

安世阳大跌眼镜。他什么时候见过这样的谢星朝?现在的谢星朝简直像是个做错了事、做小低伏的小媳妇一样。

虞鸢其实也没多大的怒气,只是想不通谢星朝为什么要骗她。

她记得那天在酒吧遇到谢星朝,他说是因为朋友失恋才过去陪朋友喝酒的,现在她不由得对这话也产生了怀疑。

"鸢鸢。"他小声叫她,"你是不是在生我的气?"

虞鸢的睫毛稍微颤动了下。

"你给朋友过生日,没什么不对的。"她说,"我为什么要生气?"

她的语气不热情也不冷淡。

"你留在这里玩吧,玩得开心点。我今晚还有些事。"虞鸢拿起自己的包,对许夺夏说,"夏夏,我就先走了。"

"哦,是去弄那个什么数学建模竞赛?"许夺夏也没留她,只是说,"我听蕴玉说,你在做这个。你是和他组队了?"

"不是。"虞鸢轻轻笑了声,说,"不是同一所学校的没法组队,我只是找他问了几个问题。"

外头的月光落在她的脸上,将她的一张小脸映衬得半明半暗,上面似乎真的没有任何情绪。说完,她转身走了。

谢星朝站在门口,忽然从兜里掏出钥匙,向路和一扔。路和双手接住钥匙,一脸疑惑。

"给我开回去。"话还没说完,他就已经下楼了。

他人高腿长,跑得快,很快就赶上了虞鸢。

没几天就要过年了,路上游人很多,街上张灯结彩,一片红色,已经很有新年的氛围了。

虞鸢在前头走着,听到后面传来的脚步声后,没作声,就这么一直走着。

她的手忽然被拉住了。谢星朝用修长漂亮的手,轻轻地、讨好一样地拉住了她的手,动作很轻。

她甩开了他的手。现在她不想和他太过亲近。

她越走越快,准备叫个车回家。

他拦在了她面前,她看到了他黑漆漆的眼睛。这个瞬间,她再度意识到了他们之间的身高差距。

他薄薄的唇紧抿着,脸上的笑容消失了:"鸢鸢,你赶着走,就是为了去见那个男的?"

虞鸢愣了,半晌才反应过来,他说的应该是丁蕴玉。

他从小就这样,对接近她的所有人,都怀着强烈的敌意。有时候他会隐藏一点自己的敌意,有时候会干脆地不加掩饰。他们重逢之后,她一度以为他已经成熟了,可是近来的种种事情表明,他的这种情况不但没消失,反而还有愈演愈烈的趋势。

"和他没关系。"她说。

这是她和谢星朝之间的事情。

"是不是?"他执拗地问。

虞鸢顿住了脚步。

两个人就这么僵持着,她看到他的眼圈有点红。月色下,他那张漂亮的脸将他衬得那么可怜且脆弱,但他却拦在她面前,没有半分要动弹的意思。

虞鸢知道他性格其实很偏,偏执起来时,根本没法控制。

就在此时,她兜里的手机响了。

"鸢鸢,你和星朝在一起吗?"这是沈琴打来的电话,她说,"他爸爸来我们家了,你们要是在一起,就赶紧回来吧。"

虞竹一个人在房间里写作业,支着耳朵,听着外头的响动。

家门口停着的车他认识。司机在楼下等着,上来的是一个叔叔。听大人们寒暄,似乎那叔叔也姓谢,估计他就是谢星朝那家伙的爸爸。

虞竹愤愤地想，他们要是能把谢星朝给弄回去，那是再好不过了，最好好好收拾谢星朝一顿，叫他再也不要出现在虞家了。

不过，虞竹也是第一次见到谢星朝的家人。小时候，因为从没见过谢星朝的爸妈，他就造谣过，说谢家根本不要谢星朝了。谢星朝却没和他吵架，只是眼圈就这么红了，睫毛湿漉漉的，虞竹都呆了，紧接着就看到了站在他们身后的虞鸢。

后来他被虞鸢狠狠训了一顿。

沈琴端了茶过来："我打电话给鸢鸢了，她说马上就和星朝一起回来。"

"他们在一起？"谢岗问。

"这俩孩子关系不错，"沈琴说，"经常一起玩。"

谢岗轻轻喝了口茶，说："我知道他们感情好，承蒙你们家照顾阿朝那么多年了。阿朝没有兄弟姐妹，鸢鸢就像阿朝的姐姐一样。

"我这次来，是想和你们谈一谈关于阿朝的事情。"

啜了几口茶后，谢岗终于切入了正题："阿朝虽然已经是成年人了，但还处在叛逆期。今年过年，我们都想让他回家，我们准备一家三口一起过，然后再去南城，看一看他爷爷。"

"这安排不错。"虞楚生说，"挺好。"

"问题是，阿朝不听话。家里没人管得住他。

"我们以前可能是对他太忽视了，所以等他长大后，难免又溺爱他了一点。他也没有再任性的时间了。"

谢岗叹了口气，说："我就他一个孩子，以后他需要学习的地方太多了。"

谢岗轻轻放下茶杯，神情真挚地说："阿朝听不进去我们的话，只能再麻烦你们一次，帮我劝劝阿朝。"

门正巧在这时被打开了。

虞鸢走在前面，谢星朝站在她身后。一路上她绷着脸，没理他，一进门就看到了围坐在客厅里的一堆大人。

"谢叔叔。"虞鸢礼貌地打招呼。

"鸢鸢也长这么大了。"谢岗打量着她，眉目间带了笑，"上次看到你时，你还是个小丫头。"

谢星朝神情阴沉，已经上前挡住了谢岗的视线。谢岗习惯了他这模样，倒也没有太惊讶。

"鸢鸢，你去休息吧。"沈琴对虞鸢说，"我们再和谢叔叔聊聊。"

虞鸢回了自己的卧室。

外头寒风凛冽，虞鸢冻得手脚有些发凉。她去洗了个热水澡，拿毛巾拧着头发，从浴室里走出来。

发梢还滴着水，她换了睡衣，拿毛巾有一下没一下地擦着头发。

桌上的手机振动起来，是丁蕴玉发来了消息，他回答了一个她之前问过的问题。数学建模竞赛讨论组里也在往外蹦着消息。

按道理说，她现在应该马上积极地加入讨论，但不知为何，她总是定不下心来。她的心情少有这样沉郁的时候。

她隐约可以听到外头说话的声音，谢岗还没走。

她想，谢岗今天来是想做什么？无非是想把星朝带回去，星朝也差不多是时候该回去了。

说来好笑，小时候，她一度很害怕这件事情。她知道谢星朝不是自家人，所以很怕有一天回家，家里的"小团子"突然消失了。她没和任何人说起过自己的这个想法，当然后来谢星朝也的确是消失了。

她是真的把他当成了弟弟疼爱。

但那时她早已经长大了，不会再有以前想象过的那种天塌下来的感觉，只是和今天一样，有种挥之不去的沉郁感。

虞鸢忽然注意到紧闭的窗帘在晃动，她拿着毛巾的手僵住了。

随后，她意识到了什么，站起来想去关窗，但已经迟了。窗帘被分开，谢星朝从窗户上一跃而下，动作既灵活又轻盈。

她脸色转白，轻声说："谢星朝，你翻墙爬窗的本事，都是什么时候练出来的？"

"对不起。"他说。

"你赶紧走。"

下一秒，她的背脊已经被他重重抵在了门上，随即一声沉闷的碰撞声响起。隔着薄薄一扇门，外面就是还在客厅里谈话的大人。

她又羞又气，可是谢星朝却丝毫不管，甚至越发地放肆。

谢星朝拿起她的手，把自己的面颊贴上了她的掌心蹭了蹭，贪婪地感受着她的温度。

"鸢鸢,你打我吧。"他哀求,"想怎么打我都行,不要赶我走。"

他生得唇红齿白,肤色似乎比平时还要苍白,毫无瑕疵的一张脸上还残余着几分少年的天真神态。他就这么看着她,毫无尊严地哀求着她。

他比她高了一头,红着眼,就这么抵着她时,她完全敌不过他。

两人皮肤接触,虞鸢能感觉到他的面颊在发烫。她浑身颤抖,感到了一种出于本能的畏惧感。

他的眼神让她感觉很陌生,她从没怕过他——无论他在别人嘴里是什么样子。可是现在,她切切实实地感觉到了一种害怕的情绪。

"鸢鸢。"他叫着她的名字,嗅着她头发上的味道。她只觉得他像只小狗,哼哼唧唧的,急躁地贴在主人身上想寻求抚慰。

"谢星朝。"她想把他推开,羞恼地叫了他的全名。

听到她这么叫他的名字,他反而更加兴奋了,还把面颊往她的掌心里送了送,轻轻蹭着,声音软软地叫道:"鸢鸢。"

暗淡的灯光下,她修长白皙的脖颈上爬上了红意。

"鸢鸢,你再这样叫我一声。"他求着。

他的眼角红红的,语调又轻又软。如果不是他此刻用滚烫的面颊反复地在她的掌心里蹭着,急躁地寻求着和她亲近,以及将她抵在门上——用上她根本无法撼动的力气——她甚至会觉得他依旧是和平时一样在撒娇。

虞鸢的脑子里乱纷纷的,如若眼前换成任何一个别的男人,她绝对已经一巴掌扇下去了。

就在这时,搁在她桌上的手机忽然振动了起来。

有人在打她的电话,来电显示电话是丁蕴玉打来的。

房间里很安静,手机来电话的提示音响得很突兀,且不间断。谢星朝回头——他也看到了。

虞鸢的心提了起来。

"鸢鸢,有人找你。"谢星朝说。比起平时清亮的声音,此时他的声音里多了丝说不出的味道。

虞鸢还没来得及说什么,谢星朝就已经拿起了桌上的手机,按了接通键。

他打开了手机免提功能。

"虞鸢?"电话那边传来丁蕴玉的声音。

虞鸢想拿回自己的手机,但是谢星朝比她高了很多,她够不到手机。

见虞鸢久久不出声，丁蕴玉停顿了下，问道："听得到吗？"

"听得到。"虞鸢开了口。

"我是不是打扰你了？"

"没有。"她勉强维持着正常的语调，尽力抚平情绪，不让声音有什么异样，"我正准备睡觉。"

"抱歉，这么晚给你打电话，我最近可能还会在陵城待挺久。"丁蕴玉顿了一下，说，"上次听你说你们在建模，我写了点代码，不知道你们能不能用得上。"

虞鸢没想到他居然真的会做到这份上，一时呆了。

"如果你感兴趣，"丁蕴玉不徐不疾地说，"不如我们出来一起吃个饭，详细聊聊？"

虞鸢下意识地就去看谢星朝的神情。

他举着手机，没什么表情，长长的眼睫垂着，她只看得到他一个漂亮的侧面。

"有空。"他忽然说。

虞鸢脑子嗡的一声。

丁蕴玉显然没想到，都这个时间了，虞鸢身边竟然还会有个男生。

谢星朝修长的手轻轻缠上了她的腰，他把她往自己的方向拉了拉："那多谢你帮忙了，你什么时候方便？"

她脸皮薄，不可能真的在这种情况下和他吵架。他完全吃准了她的性格。

"年前这几天有空。"

"可以。"他说，"不过，下次你打电话可以早一点，鸢鸢快要睡觉了。"

丁蕴玉"嗯"了声，随后便沉默了下去。

"谢星朝。"虞鸢踮起脚，想拿回手机，脸都气红了。

"没别的事了，那就挂了。"

直到他结束了那通电话，她才拿回自己的手机。

"你什么意思？"今晚这一连串的事情，真的把她气得够呛。

先是他对她撒谎，被她发现；随后他大晚上莫名其妙地强行跑进她的卧室；再然后，他又擅自接了她的电话。

他由着她发火，抿了下唇："鸢鸢，是因为我替你说错了，你不想去见他？"

169

虞鸢心里还有气："我为什么不去？"

他沙哑着嗓子问："那是因为你怕他知道我的存在，然后误会你？"

虞鸢愣住了。她都不知道谢星朝在说些什么胡话。

他脸上的红意已经散了，脸色变得苍白。虞鸢尽力控制自己不去看他的眼神，怕一旦看了，又会心软。

"我嫉妒他。"他嗓音有些涩，"为什么他可以，我不可以？"

令他没想到的是，隔了这么久，丁蕴玉居然会再次出现在她的生活里。

血液似乎都往脸上涌了，虞鸢第一次怀疑起了自己的理解能力。他到底在说什么？

"鸢鸢。"他简直像着魔了一样，轻声叫着她的名字，"你不要他了好不好？你对我好，我什么都可以做得比他好。"

只要她愿意给他一个机会。他想。

只有当他乖巧地扮演一个"好弟弟"时，才能和她短暂地亲近。

他不觉得自己哪里比别人差。他等了那么久，已经有些等不及了。他有太多想说的话、想做的事，想和她一起度过余下的时间。

"鸢鸢，你多喜欢我一点，好不好？"那双平时漂亮的黑眸，此刻很迷离，他一点点逼近，逼得她无处可退。

他红润的唇一张一合地说着，她看着、听着，只觉得头晕目眩，只想把那些话都堵回去。

她脸涨得通红："谢星朝，你最好去冷静一下！"

他根本就是已经昏了头。

现在，他之前撒谎什么的都已经不算什么了，她脑子里乱纷纷的，不知道该怎么处理这种情况。

她想，她就不该放他进来。大晚上的，他在她卧室，她还衣冠不整。

他还没说话，门口传来了一阵敲门声，紧接着传来沈琴的声音："鸢鸢？"

两人的一切动作都停住了。一波未平，一波又起。

谢星朝这么晚出现在她的房间里，两人还是这副模样，如果让沈琴看到了，虞鸢真的没法说清了。

"回去。"她稳住情绪，用口型对他说。

"别的事情之后再说。"她小声说，"你现在要是不走，以后就再也不要来见我了。"

沈琴进来时，卧室的窗户半开着，窗纱正翻卷着。

"这大冷天的，你还开着窗户，也不怕感冒。"沈琴给她关了窗户，在她床边坐下。

见虞鸢躺在床上，面朝里，沈琴说："你去劝一劝星朝。"

沈琴叹了口气，接着说："他就听你的，你叫他不要再和他家里对着干了，让他好好和他爸爸聊一聊。"

谢岗和谢星朝一贯不亲。

谢星朝最难挨的那段时间是在虞家度过的，谢岗除去给谢星朝钱外，基本上对谢星朝不闻不问，就连过年，谢星朝也都是跟着虞家人一起过的。

而在他能说话之后，谢岗便迅速地接他回了家。沈琴从没说过什么，但要说心里一点都不多想，也是不可能的。

虞鸢的脑子里乱纷纷的。

"怎么了？"沈琴意识到了虞鸢的不对劲。

虞鸢的发丝有些乱，脸颊上也有不正常的红晕。

虞鸢勉强维持住笑意，转过脸说："妈，我知道了。"

沈琴点头。她轻轻抚过女儿柔软丰厚的头发，又说："你和星朝都是独生子女，也没亲兄弟姐妹，等以后都结婚了，有了孩子，也可以互相照拂照拂。你们从小感情好，也不要因为他家里的事情生分了。"

沈琴虽然对谢岗生不出什么好感，但对谢星朝还是喜欢的。

说到这里，她又笑着说："虽然星朝年龄还小，不过如果有合适的女生，他也可以考虑谈个女朋友了。"

她对虞鸢说："你也是。你上大学这么久了，也没个动静。"

虞鸢的看法和沈琴的看法一模一样，她和谢星朝最多就是姐弟，别的所有事情，都不可能。

虞鸢深呼吸了一下，说："妈，我会和星朝说的。"

沈琴终于离开了。虞鸢第一件事就是去把窗户关上。

她去洗手间洗了把脸。镜子里她面上的潮红还未退去，她看到了自己睡裙外露出的锁骨和大片的肌肤。

她脱下衣服，看到自己手腕和后腰上浅浅的痕迹时，耳尖瞬间红透了。

当天晚上，谢星朝和谢岗一起离开了。

得知谢星朝要回自己家去过年的消息后，虞竹就变成了一只快乐的小鸟，在家里终日飘飘然。

他真的高兴死了，巴不得谢星朝再也不出现了。

可是，虞莺的神情有些怏怏的。虞竹心里嘀咕着，莫非是因为谢星朝走了，她还想念起他来了？

虞竹问她："姐，你怎么了？哪里不舒服吗？"

"没有。"虞莺勉强地笑道，"小竹，你今天有什么不会的问题，早点一起问我，我晚上要早些睡。"

"哦。"虞竹翻看着自己的作业，看到虞莺青黑的眼圈时，忍不住多嘴，"姐，你是因为谢星朝走了才这么不高兴的？"

毕竟，他姐可宠那个家伙了。

虞竹从小嫉妒谢星朝，很大原因也就是这个。谢星朝在虞莺心里占了那么大的一块地位，她自己可能不知道，但是虞竹看得清楚。

虞莺的面色由白转红，很快再度转白。

"和他没关系。"她淡淡地道，"他也不是第一次走了，又不是一直住在我家。"

之前他一走那么多年，杳无音信，不是也过得很好？她只要一回想起那天晚上的事，就抑制不住地羞恼。

陵城又下雪了，新年越来越近。

虞莺从外头回来，看着从天幕深处飞旋而下的雪花。

这几天，谢星朝的电话和消息她全都没有回复，甚至后来她狠下心来，连看都不看那些东西了。

她觉得他需要冷静一段时间，恢复正常。

她想让他们之间的关系，再回到之前那样。

南城。

谢家的宅邸位于南城郊区。因谢老爷子年龄大了，只想图个清净，不愿意再住在市内，于是，逢年过节，谢家的聚会便都移到了这座宅邸里。

整座小山上只有他们这一座庄园，平时极清静，只有在逢年过节的时候，庄园门口才会灯火通明，亮如白昼。

谢星朝独自一人站在阳台上，背后的大厅内觥筹交错，眼前和背后像被隔成了两个世界。

近段时间，他的情绪一直走低，维持在了一个极低气压的状态，所以赶着来触他霉头的人越来越少了。

夜风萧瑟，小阳台上分外安静，那扇玻璃门似乎把一切嘈杂声都隔开了。

离新年只剩下三天了。

虞鸢和丁蕴玉吃饭的地点在他实习公司的大厦旁。那是一家西餐厅，价位适中，属于虞鸢以前和舍友聚餐时会选择的地点，是她刻意挑选的。

虞鸢和丁蕴玉都不是话很多的人，相处时也是这样，处于一种平淡自然的状态里。

他们本来也不是为了吃饭而来的。

两人聊的话题大部分还是围绕着虞鸢数学建模竞赛的题目打转。

话题告一段落时，饭局也差不多进行到了尾声。

丁蕴玉放下刀叉，少见地踌躇了一下。虞鸢的脑子里还是刚才她和他讨论的内容，她在心里默默地顺着逻辑，没有注意到他的异样。

"那天接电话的，是你弟弟？"丁蕴玉问。

虞鸢愣了一下，很快就意识到了他在说什么，接着她的手指收紧了一下："嗯。"

丁蕴玉："快过年了，他留在你家一起过年吗？"

这话问得便有些僭越了，他显然也知道，所以说得很轻，只是用闲聊的语气问了出来。

"不在。"虞鸢垂着眼说。她并不想过多提及谢星朝的事情，于是抿了抿唇，说："他回家了。"

现在只要一想起来那天晚上的事情，她心里便隐隐觉得难受，不知道到底是为了什么难受。

丁蕴玉注意到了她的神情，随即把话题岔开，很快又聊回了数学建模竞赛上。

两人吃完饭，丁蕴玉想去结账，却被虞鸢拦下了。她态度很坚决地道："这次是我找你请教问题，当然是我请客。"

她已经围上了围巾，一双眼瞳中呈现出明媚温柔的茶色。很早之前，在那些令他难挨的冬天,她每次这样看着他笑时,他心里都会涌出一种说不出的满足感。

他盯着虞鸢看了许久,直到虞鸢结完账回来,他意识到自己的失态,方才移开视线。

"等回了京州,"他说,"我请回来。"

虞鸢没太在意,只当他是在客套,便笑着说,"嗯,这次多谢你帮忙。"

两人站在马路边,丁蕴玉说:"我送你回去吧?"

"谢谢,不用啦。"虞鸢笑了笑,"我已经叫了车,就几分钟的路。"

丁蕴玉也没有强求:"你回到家后,给我发个消息。"

"好。"

"那就提前一点祝你新年快乐了。"她说,"万事如意,明年见。"

雪花落下,新年也很快到了。

虞竹的家人都不在陵城,他们跟虞竹说过年不用回去了,等年后虞楚生带着他们回去走亲戚时,直接把虞竹带回去就好了。

所以这个年,虞鸢家过得比往年热闹了一些。只是少了个人,家里没有谢星朝。

虞鸢原本以为,他们可以再度一起跨年,她给他的新年礼物都已经早早准备好了。他收到礼物时肯定会很高兴,虞鸢想象过他那时的神情。

可是现在,那条她挑选好的围巾一直被收在柜子里,她每天打开衣柜,都可以看到那个盒子——那本该是新年夜可以被送出去的礼物。

如果不发生那件事情就好了。她想。

她有些迷茫。那么多年过去了,他们一直相处得很好,可是,他忽然半途离开了虞家。几年后他再回来,她原以为他们可以恢复小时候的相处模式,他却……她是不是真的了解他?或者她其实完全不了解他?

她在男女相处方面一向没有经验,和仅有的一些异性朋友相处也会维持在双方都觉得舒服的安全范围内。眼下,她真的不知道该怎么处理她和谢星朝的这种情况。

"理工科女生。"余柠以前说过她,"鸢鸢,你就是我认识的女的里面,最不解风情的一个。"

她和别的小女生不太一样,书柜里没有过言情小说,都是各种科普书籍、手工书籍、经典名著，她也不怎么爱追剧，年轻女孩都有过的粉色幻想，她似乎也都没有过。

一直到现在，男生在她眼里无非是分为相处起来舒服和不舒服这两种类型。

谢星朝当然毫无疑问是前一类，但这只是以前的事。

那天晚上的事情虞鸢不想回想。

虞家人并不知道他们之间发生了什么事情。等过完年，虞鸢把数学建模竞赛的作品提交了，再去老家走了亲戚，这个寒假似乎就过去了。

虞竹很快就要高考了。他悄悄对虞鸢说："姐，你等我半年，我就也考去京州了。"

虞鸢："加油。"她其实也是真的很疼爱虞竹，他也是她从小看到大的孩子。

"那个谁你就别管了。"虞竹说，"管他呢，他让你不舒服了，你就不要理他了。姐姐，等我到时候去京州了，你有什么事情就来找我。"

虞鸢终于被他逗笑了。

虞竹高高瘦瘦的，清秀的面容上还带着稚气，说话时一脸认真。

虞鸢："不用你帮忙，你好好读书，有什么问题叫我。"

虞竹说："姐，那我走了。"

他步伐轻快，虞鸢送他到门口，他上了车，冲她招招手，便走了。

她控制不住地多想——假如刚才和她分别的是谢星朝，他不可能那么快离开，至少会在门口磨蹭十分钟，甚至半个小时。他会缠着她，要抱一抱，即使人走了，也会立马给她发消息。

虞竹走后，虞鸢也准备返校。沈琴开车带她去高铁站。

原本虞鸢从家里去京州都是乘坐飞机的，但是这一次，她不知道是为了回避什么，改成了坐高铁。

进了站后，沈琴似乎一直在找什么人，左顾右盼的，虞鸢有些疑惑，直到看到了站在大厅里的谢星朝。然后，她的表情一下僵住了。

"星朝。"沈琴很高兴，冲他挥手。

"我早就说了，你们返校时间一样，一起走。"沈琴说，"这样路上也有个照应,我就放心多了。"

当着沈琴的面,虞鸢不好说什么。自从那个晚上之后,她和谢星朝这段时间还没见过面。

久别之后再见,虞鸢只觉得他似乎又高了,面庞也清瘦了些,头发还长了一点。他穿着黑色毛衣和同色大衣,虞鸢很少见他这么穿,比起以往,他似乎成熟了几分。他摘下了耳机,显然也看到了她们。

"路上注意安全,一路顺风。"沈琴很放心谢星朝,见他们走在了一起,便站在检票口冲他们挥手。

两人进了检票口。

虞鸢心里涌出一股说不出的情绪,谢星朝一直没有说话,她也不知道该说什么,索性什么都不说。

虞鸢很久没坐过高铁了。她带着一个行李箱,进了车厢后,需要把箱子放在两侧的行李架上。虞鸢力气不大,把箱子放上去有点艰难。

"你别站在这儿堵着路啊。"虞鸢身后站着的一个女人不满了,"你还走不走啊?"

虞鸢的脸唰地红了,她忙说:"对不起。"

她真的很怕在公共场合给别人添麻烦。她咬紧牙抬箱子,这时,她手腕一酸,眼看那箱子就要脱手,砸上她的脑袋,一双修长的手及时出现,从她的手里接过了那个箱子,箱子就这么被轻而易举地放了上去。箱子拿在他的手里,像是没什么重量一样。

"帅哥。"看清谢星朝的模样后,虞鸢身后的那个女人眼睛瞬间亮了,她指着自己旁边的玫红色的大行李箱,娇媚地道:"能帮我也放一下吗?"

谢星朝淡淡地看了那女人一眼,目光冷冰冰的。他什么也没说,戴上耳机,回了自己的座位。

他和虞鸢的座位并不挨着,隔了半个车厢。

那女人的脸青一阵白一阵。她的座位在虞鸢座位的后面,她的朋友不久后也到了,虞鸢听到她们在叽叽喳喳地说话。那女人的声音很刺耳,不大,但她明显是故意说给虞鸢听的:"就装呗,做那柔弱的样子给人看呗,装什么装!"

虞鸢也戴上了耳机。她耳根通红。她平时在象牙塔待久了,与她长期打交道的也是自己的同学,骤然遇上这种人,她根本没法说理。

高铁到站了,她有行李箱和书包要拿。下车时,她正准备踮起脚去够自己的箱子,谢星朝却已经帮她把箱子拿了下来。他行李少得很,只有一个单肩包。

虞鸢轻轻咬了下嘴唇。

下车后,他拿着虞鸢的行李,和她保持着不远不近的距离。虞鸢几次想伸手把行李拿回来,但对上他的视线,一想到那晚上的事情,就又觉得尴尬。她组织了一路的语言,最后还是什么都没说出来。

眼下正值春运返城的时候,京州高铁站的人更是多得可怕。

虞鸢是真的后悔了。她为什么非要任性地不坐飞机?

她终于出了高铁站,此时已经是日暮时分了。

看到地铁站进站口排着的长龙,虞鸢只觉得自己浑身难受。

"我叫了车。"谢星朝说。

"嗯,谢谢你一路的照顾。"虞鸢垂着眼,从他手里拿回箱子,朝地铁站的方向走去。她想,自己早点过去排队,还能早点回到学校。

箱子被拖住了。

她对上了他的一双漆黑的眼睛,她的心已经提起来了。手握着箱子的拉杆,她什么话也说不出来。

京大校园的路灯一盏盏亮了起来,返校的学生很多。看到熟悉的景色,虞鸢终于缓缓放松了下来,只觉得经过今天一整天的奔波,再也压抑不住身体里的疲惫感了。

两人一路沉默。

谢星朝终于止住了脚步。

京大校园种了很多北方的泡桐树、银杏、雪松,冬春时节的夜里,这些树黑压压的一片,与夜色连在一起,遮天蔽日。

"对不起。"他说,"那天晚上,是我错了。"

他的声音比往常沉了一些,尾音微微有些沙哑。

虞鸢止住了脚步,细白的手指紧紧握着行李箱的拉杆,指关节发白。

她终于回头。

他身姿修长,站在离她一米远的地方。他垂着眼,额前黑色的碎发落下,遮住了他的神情。

虞鸢走近了一些。她不知道该说什么。

她想，换成以往的谢星朝，他的眼眶一定已经红了。小时候她叫过他"小哭包"，因为他受了委屈从来不在外人面前表现出来，只会在她面前露出脆弱的模样，默默地寻求她的安抚。

她忽然有些恍然。不知道从什么时候开始，谢星朝变了，她却变成了那个害他难过的人。

疏远他并不会让她自己好受，这个新年，她经常想起他。她是想让他留下的，像以前那样。

现在见他这模样，她心里更是涌起了陌生的情绪。

"不要说了。"她轻声说。她心想，就当什么都没发生过吧。

"你还愿意接我的电话吗？"他沙哑着嗓子问。

虞鸢点了点头。

他接过她的箱子，一路随着她，一直走到她的宿舍楼下。

"最近，我都会住在学校。"他说。

不知道为何，经过那晚的事情后，谢星朝的态度正常了很多，正常得她都觉得有些奇怪了。

夜色里，虞鸢发觉，自己似乎很久没有这么打量他了。

虞鸢这才注意到，他不笑的时候，唇角很少含着笑意，下颌清瘦，这副模样其实相当冷淡。

虞鸢的朋友里，有不少人觉得他不好亲近。以往虞鸢只觉得好笑，虽然他已经这么大了，但大部分时间，在她心里，他还是个可怜、可爱的大孩子。别说不好亲近了，他每天都恨不得蹭在她的身上，一声声叫着她的名字，撒娇个几百回，和"不好亲近"无论如何也联系不上。

"那我回宿舍了，有什么事情可以发微信消息给我。"说完，他忽然笑了下，改口说，"不然还是打电话吧？你是不是已经把我拉进黑名单了？"

她并没有把他拉进黑名单。她收到了他发的那些消息，只是没有回复而已。

她想，她是不是做得太过分了？她当时是怎么能狠得下心来的？

过了这个冬天，他真的瘦了不少，面部轮廓变得更加清秀明晰了，那丝天真感似乎也消失了。隔得近了，虞鸢才发现，他的眼眶确实已经红了。他低垂着眼睫，随后，抬头再看她时，唇已经微微弯起了。他对她露出了一个很浅的笑。

如今，没有她的允许，他不会再接近她，就只是这么安静地看着她。

虞鸢大三下学期的课程比上学期的课程要少，她没了那么重的课业压力，绩点也稳定下来了。她每天上两节课，随后就是随着严知行做科研，写写代码。

已经到了四月，料峭的春寒退去，夜风里已经开始带了暖意。虞鸢在食堂吃了饭，回到宿舍，刚拿钥匙打开门，就听到了叶期栩的大嗓门："臭男人！"

虞鸢被吓了一跳。

"什么人啊，"叶期栩暴躁地吼着，"觉得是异国恋就坚持不了了？还想出轨？让他去死吧。"

叶期栩的男朋友比她们高一级，已经读大四了，基本决定要出国了，最近顺利地拿到了国外某大学的录取通知。本来叶期栩和他出去吃饭，她们都以为那是庆功宴，没想到她回来后却怏怏的，眼圈都红着。

"怎么了？"见叶期栩脸色苍白，虞鸢轻声细语地说，"我给你泡点喝的。"

"我和男朋友分手了。"叶期栩有气无力地说，"本来我打算去庆祝他顺利升学的，结果庆功宴最后变成了分手宴。他有别人了，而且今年我们一直是异地恋，感情本来就淡了很多了，我也有预感，你们也不用安慰我了。"

大家面面相觑。

宿舍里的人和叶期栩的男朋友见过几次面，对他的印象本来还很不错。现在，见叶期栩受了委屈，余柠和申知楠把她的男朋友大骂了一通。

虞鸢在这方面向来没有发言权，只能默默地准备给叶期栩泡杯奶茶。

"反正男人就是不靠谱的。"余柠说，"你们看，之前一直来找鸢鸢的那个帅气弟弟，最近不是也不怎么出现了吗？"

"是哦。"申知楠说，"他是不是有什么事情要忙，还是找到女朋友了？"

谢星朝以前有多黏虞鸢，她们都是知道的，现在他居然可以憋这么久不找她。

虞鸢没想到这话题也能扯到谢星朝身上去。她默默拿过叶期栩的杯子，撕开奶茶包装，倒了热水冲开奶茶，鲜香的奶茶味道迅速在室内扩散开来。

"他真交女朋友了？"叶期栩接过奶茶，也问了一句。

叶期栩能看出来，谢星朝就是喜欢虞鸢的。他怎么舍得就这么移情别恋？

虞鸢摇头，过了半响才说："过年的时候，我们闹了点不愉快。"

"你们还会闹不愉快？"

虞鸢觉得难以启齿。她和她们说不明白这不愉快到底是什么。

余柠猜道："你们吵架了？"

申知楠："怎么可能吵架？我和你们说，他俩根本不可能吵得起来。"

"没什么事情。"虞鸢说，"他最近学习忙，要在上面多花些时间。"

"那你后天出去吃饭，不是和谢星朝一起？"申知楠忽然想起了什么，说，"我以为肯定是他呢。"

虞鸢从书包里往外掏平板电脑的动作僵了僵，她说："不是，是和丁蕴玉。"

"丁蕴玉？"余柠皱眉。她没听过这个名字。

"丁蕴玉又是谁啊？这一个寒假没见，我到底漏了多少消息？"

虞鸢只好说："他是我的高中同学，现在在临大。"

"那不是'门当户对'啊。"余柠说，"他学什么的啊？"

"计算机。"

"潜力股。"余柠评价道，"学好了，估计他一毕业就很能赚钱吧？"

最近数学建模竞赛出了结果，虞鸢他们组得了M奖。丁蕴玉帮她出了很多力，但是数学建模竞赛不允许跨校组队，他们也没法把丁蕴玉的名字加进去。

所以，结果出来后，虞鸢将消息转发给了丁蕴玉，向他道谢。

丁蕴玉回复：请你吃顿饭庆祝一下吧？这次我请。

虞鸢说：不用了。

他心平气和地回复：没事。一顿饭我还是请得起的，不然上次白吃你一顿了。

虞鸢想起了高中时的那件事情。她不想因为这种事情伤他的自尊，左思右想，还是答应了下来。

申知楠慢吞吞地道："那也行吧，你喜欢他也行。"

叶期栩意识到不对："嗯，怎么回事？知楠，你见过这个丁蕴玉？"

她现在倒是从和男朋友分手的阴影里完全走出来了，开始追问虞鸢的事情。

申知楠说:"算是见过一次吧,见他给鸢鸢送过资料。"

余柠忙问:"长得咋样?"

"还挺好看的,蛮秀气。"申知楠说,"当然咯,没鸢鸢的弟弟好看。"

丁蕴玉和谢星朝是完全不同类型的人。

说实话,丁蕴玉其实很符合虞鸢对未来男朋友的想象——清秀文雅,不会过于醒目。她对异性的外貌并不挑剔,只要看着合眼缘、舒服便好。

不过,虞鸢自己从没想过要把丁蕴玉和谢星朝放在一起比较,更加没有想过他们谁更好看这件事情。

"但我觉得吧,虽然丁蕴玉看着蛮适合你的,但是……

"但我觉得你们属于那种,两人认识,到了该谈恋爱或者该结婚时候,知道对方单身,然后就觉得对方是个不错的选择,最后就和对方在一起的人。"

"那不就是凑合过日子的意思吗?"余柠吐槽道,她拖长了声音,"我觉得鸢鸢需要个热情的。"

虞鸢就是标准的外热内冷型的人。想要融化冰山,让她也尝到心动的感觉,尝到爱情的滋味,只有炽热如火的人才能做到,那种细水长流的温柔型男生是肯定无法做到的。

"但她弟弟长得这么好看,还这么热情,她都不动心啊。"申知楠说。

虞鸢抿了抿唇:"星朝没那个意思。"

宿舍里的人安静了一瞬。

虞鸢说:"他只是和人沟通得太少了,又处在这个年龄。"

叶期栩缓缓说:"那假设他对你有这个意思,你怎么办?"

虞鸢沉默了。她站起身,没有直接回答这个问题,而是说:"我去洗澡。"

她无法接受。

这么久以来,和谢星朝相处时,她没有过杂念。他比她小了三岁,她从小疼爱他,把他当成了自己的弟弟,纵然中间他们分开了那么久,她依旧无法用看待男人的眼光来看待他。

何况,假如她和谢星朝真的有什么,她周围的人又该怎么接受?沈琴和虞楚生会怎么想?谢家人又会怎么想?

等他再长大一些,见过了更多更好的人,自然就不会再沉溺于过去。

虞鸢的生活一贯简单,和解数学题一样,一是一,二是二;也和写程序一样,程序只要被设定好了,没有故障,就可以按照预定的轨迹运行下去。

可是谢星朝不一样,他热情又鲜活,是一个不可控的变数,虞鸢只能选择逃避。

开学这一个多月以来,她见到谢星朝的次数比之前少了不少。

她有意回避他,他看出了她的回避,也不再像之前那般每日出现在她面前。

虞鸢这时才意识到他以前有多黏她。每天的微信消息、电话、见面等,都如潮水一般退去,一切都回归于空白,她这才发现,在她过往的生活里,不知不觉已经全是他的痕迹。

那条她要送给谢星朝的围巾,随着天气的回暖,也就这么一直被尘封在了柜子里。

他们的关系逐渐回温,保持在了安全界限之内。

谢星朝的舍友徐小鸥这学期选修了严知行的一门课,严知行叫虞鸢帮自己做了不少事,一来二去,虞鸢见徐小鸥的次数倒是不少。

这天下课后,虞鸢去给徐小鸥他们分发测试卷。

徐小鸥和她打招呼:"师姐好。"

"考得不错。"虞鸢把他的卷子给他。

"谢谢。"徐小鸥双手接过卷子,放进书包。

这时,门口蹿过来一个黑皮肤的男生,他嚷嚷道:"徐小鸥,你快点,不然赶不上食堂饭点了,我们还要给谢哥带一份呢。"

"哦,好。"徐小鸥加快了动作,"马上。"

"赶紧的,我怕赶不上,回宿舍他又走了。我怕他饿死在路上。"

虞鸢抱着一摞试卷。

她认出了这个男生,他是谢星朝的另一个舍友唐光远。

虞鸢垂下眼,见他们就要离开了,终于还是问了:"星朝……现在经常不回宿舍吗?"

"啊?"徐小鸥显然没想到虞鸢会这么问他,毕竟,谢星朝向来什么事都和她说,知无不言。

想了下她的问题,徐小鸥后知后觉地意识到,她可能误会了什么。

"他在宿舍的时候不多,但是他出去是去上课的,要不就是在实验室或者图书馆。"徐小鸥忙说,"师姐,他没去什么乱七八糟的地方。"

这学期唐光远对谢星朝有很大的改观。以前他其实看不大惯谢星朝,只觉得谢星朝是公子哥习性,高傲且看不起人,现在他发现,是他想岔了。

谢星朝其实没他们想象的那么高傲,也没多少少爷脾气,只是和他们说话时懒得过多计较,习惯了直来直去,因此有时候才会被误会。

唐光远发现了他的很多优点,比如率直、聪明、大方,而且他认真起来,做出的课业成绩比他们的都要好得多。

"这么忙?"见徐小鸥这么说,虞鸢忍不住多问了一句。

谢星朝并没有跟她提及这些事。

"他周末还在修金融学的课,"徐小鸥点点头,神情很是佩服,"从早上忙到晚上。"

听到这里,虞鸢心里五味杂陈。虞鸢记得他说过,他最开始报的是金融专业,可是被调剂到了地球物理专业。

她很愧疚。这么久过去了,她甚至都没找谢星朝谈过这个话题。她并没有她想象中的那么关心他。

她想了很多,包括这个新年发生的一切。她闭了闭眼,心里很难受。

徐小鸥和唐光远和她告别后,朝着一食堂的方向走去了。

晚上虞鸢没课。她安静地站在指路牌旁,站了一会儿后,也朝一食堂的方向走去。

暮色里,微风拂动了树影。

谢星朝骑车经过。他穿着白衬衫,单肩背着包,黑发白肤,额前的碎发被风吹乱了,露出一双凛如星子的眼睛。

"鸢鸢?"他在食堂门口停下车时,虞鸢已经躲避不及了,两人撞了个正着。

因为离宿舍近,虞鸢以前经常来一食堂吃饭,但是后来为了避免遇到他,就换了地方吃饭。

再后来,她想开了一点,再去一食堂吃饭时,却再没遇到过谢星朝了。于是她也就慢慢恢复了以前的习惯。

现在两人既然遇都遇到了,她也不至于矫情到扭头就走。

唐光远和徐小鸥已经在食堂了,徐小鸥朝谢星朝招手:"星朝,这里。"

四人坐在了一张桌子上。谢星朝饭打得很少,那是她平时都能吃下的二两米饭。他只打了一些白菜和一碗清淡的海带排骨汤,再没别的了。

而且虞鸢知道他不会吃那些排骨。他从小就喜欢喝排骨汤,却从不吃里面的排骨。

"星朝,"虞鸢放下了筷子,"你不再多吃点?"

时隔这么久,她再度用那双温柔的眼瞳这么看着他,眼神里满是担忧。

她穿着浅米色的针织毛衣,袖下露出了一截雪白纤细的手腕。她的头发长长了不少,被她绾在耳侧,乌黑柔顺的发丝透着一股淡淡的蜜色光泽。

她身上的色调似乎都是暖色调的,只是,她永远对他那么冷。

"不怎么吃得下。"谢星朝对她笑了笑,"我最近胃口不太好。"

上次见面时,虞鸢就觉得他瘦了。他模样依旧很漂亮,只是那种孩子气已经被他小心地敛去了。

他的神情比以前沉静了很多,不知道这是因为他瘦了后在外貌上显出了不同,还是因为他的心态遽然改变了。

虞鸢心里有一种说不出的难受。

唐光远和徐小鸥聊着,谢星朝不怎么说话,吃完饭菜,背上书包,去放盘子了。

她食之无味,根本没吃多少,一直在想着他的事。

第七章

我就让你这么讨厌？

虞鸢离开食堂，外头的夜色沉了下去，她听到身后有自行车轮胎滚过地面压出的细微沙沙声。

她回头。在离她不远不近的地方，谢星朝推着车走着，不知道就这么跟了多久。

见她回头看他，他缓缓垂下眼，像做错事被抓包了一样，抿了下唇，跨上车准备离开。

她却拦住了他。

沉默了很久后，她说："星朝，你是不是有什么想说的？"

他推着车，虞鸢走在他身侧。

春日的时候，雪白的梨花是京大校园的主角，如雪般晶莹。

虞鸢偏过头看他。明明这是那么令她熟悉的侧脸，此刻却让她觉得有些陌生。他衬衫最上面的扣子没系好，她依稀可以看到他微微凹陷下去的锁骨线条。他身上那股子蓬勃的少年气，如梨花一般，青涩地盛开在树梢，待人采撷——待那个在他心底的人采撷。

只可惜，那个人对这一切视而不见。

"下周，我有训练赛。"他说，"社团的。"

虞鸢记得，他刚入学的时候，还是她强行要他去参加社团活动的。现在她没再强求他了，徐小鸥又说他那么忙，虞鸢以为他早就不参加社团活动了。

"篮球我会一点，棒球我也会一点。"他垂着长睫说，"会有人来看我打球。"

"什么人？"虞鸢问。

"哥们，爱打球的，女……"说到这里，他把声音放低了点，把后半截话咽了回去，"没什么。"

虞鸢心里有种说不出的难受感。

他朋友少，家人从不会陪伴他，从小到大，他的生活、成就等都没人关心，一切家人本该给予他的温情，他都没有得到过。

他说："我知道，你很忙。"

他的声音有些哑，里头带着淡淡的鼻音。

他想，他只是她生活里微不足道的一部分，他在她心里又能占多少位置呢？

虽然无论如何她都不会爱他，但他还是爱她，疯了一样地爱她。

夜幕里，他的侧脸有些模糊，他刻意隐去了自己的神情。

虞鸢对他何其熟悉？她见不得他这副模样，心里一软，实在没办法再坚持下去。她想，就当他还是个孩子吧，一个需要陪伴和鼓励的孩子。

"星朝。"她侧过脸，面庞如白玉一般，她轻声说，"我去看你打球，可以吗？"

谢星朝的比赛在周三。见她要去看，他只叫她随便去瞧一瞧就好了，不用看全程比赛。

虞鸢周三只有一节课，下课之后，就往他们平时训练的那块场地走去。她忽然想起，不说现在，就是他们没吵架时，除去那偶尔的一次，她似乎也很少去看他训练。

虞鸢刻意迟去了几分钟，等她来时，棒球比赛已经开始了，观众人数比她想象的要多不少。

她看了一会儿之后才明白，原来这是京大和临大的训练赛，怪不得会有这么多观众。

第一局投球的是临大，京大派出的击球手虞鸢依稀有印象，是去年大家聚餐时一起玩"狼人杀"的一个男生。她没看几分钟，京大的第一棒就被三振出局了。

棒球的规则很复杂，虞鸢只在去年了解过一点，现在也就马马虎虎能看个大概。

轮到谢星朝上场了，他似乎没注意到她。现在比赛局面对京大不怎么有利,一、二棒都没上垒,轮到谢星朝时,他的压力其实蛮大的。

"这是生面孔,谁啊?"旁边有人问。

"是今年新来的师弟,就是不知道社里怎么就派他上场了。"

虞鸢远远地看着他。阳光下,棒球帽遮去了他的神情,他整个人都显得俊秀且修长。

临大的那个投球手很厉害,虞鸢看着都有些害怕,手指不由自主地收紧。她怕他受伤。

谢星朝直接面对那种高速球,似乎完全没有害怕。

第一个是坏球,他没出棒。

他真的认真地做一件事情时,其实相当心无旁骛,只是她很少见到他的这种状态。

投球手投出第二个球,谢星朝击中了,力气完全不输给对面的投球手,随后,他开始跑垒。

"安打!京大今天的第一支安打!"

"那个男生是谁啊?"旁边有女生注意到了他,激动地问,"长得也太好看了吧!"

"据说是今年新来的师弟。"

"好帅啊!"那个女生说,"身材也好好啊,爆发力好足。"

虞鸢的视线追着他的身影,她心绪复杂,忽然就回想起了很多往事。

小时候的谢星朝身体虚弱,经常需要吃药,又喜静不喜动,所以个子一直不高。加上他模样精致,又不会说话,虞鸢带他出去时,经常有人将他误认为她的妹妹。

似乎是谢星朝来虞家的第二年,虞家长辈带他出门玩,他掉进了水坑,衣服被弄湿了,车上暂时只能找到一件她的替换衣服,那是条小裙子。谢星朝身体不好,沈琴不敢让他穿湿衣服,没办法,只能叫他穿那条裙子暂时凑合一下。

裙子居然意外地适合他。

他那时头发半长不长的,他们在旅馆等去买衣服的虞楚生时,虞鸢拿着梳子叫他过去。他很听她的话,也不多问,乖乖地靠在她的怀里,由着她摆弄他的头发。

他的发色很黑,和她略微带着蜜色的头发不一样。她将他的头发梳好后,他柔软的黑发散在肩头，衬得他皮肤更白，唇更红润了，漂亮得不像话。他靠在她的怀里，既安静又乖巧，这令她想起了童话书里的白雪公主，沈琴还给他们抓拍下了这一幕。

虞鸢刚上初中时，就已经快一米六了，还在上小学的谢星朝比她矮了半个头。

虞鸢一点也不介意，倒是谢星朝——有一天他从学校回来后，闷闷不乐的。虞鸢看出来了，去找他，他在她送给他的本子上写字，问她：我以后是不是长不高了？

虞鸢并不在意他到底多高，但还是安慰他道："不会的，男孩子长得迟，谢叔叔那么高，你以后肯定也不会矮。"

他抽了抽鼻子，似乎信了，写道：那我要到什么时候才会长高？

虞鸢就说："等你也上了初中。"

他认真地点了点头，又写道：我想再快一点。

虞鸢不知道他为什么忽然这么急切地想长高。

他写道：想快点长高，这样就可以保护姐姐。

他一笔一画地写着，笔迹稚嫩。他仰着脸看着她，黑漆漆的大眼睛又明亮又干净。

虞鸢一直记得她那时的感觉——她像被什么击中了一样，心软得不像话。

她想，她不需要他保护，他那么可爱那么可怜，她想保护他一辈子。

谢星朝十三岁时，个子开始疯长，两人的身高很快就持平了。

再然后，他就离开了。

他们分开了那么些年，再见面时，她需要仰着脸和他说话了。

周围人都在叫："全垒打！"

她回过神，抬头时，看到谢星朝在场地上掠过的身影——矫健利落。

回忆和现实交叠，这一瞬间，她心情复杂。

中场休息。

"要喝水吗？"后勤人员问谢星朝。

谢星朝终于摘了帽子。因为激烈运动，他大量地出汗，黑发已经被汗水浸湿了，面色也有些潮红。

以前他每次出现在她面前时，都会把自己收拾得干干净净，这还是他第一次这样不收拾，以大汗淋漓的模样出现在她面前。

谢星朝一眼就看到了她，然后不假思索地朝她的方向跑来。

虞鸢默默给他递过水。

"我练习过投球。"他忽然说，"其实我当投手也可以的。"

在他小时候，谢岗最开始教他的就是投球，但最后他还是找左奥南要了击球手的位置。

虞鸢眸光复杂地说："你表现得很好。"

他垂着眼，重新把棒球帽戴上了。虞鸢从背包里拿出了一袋湿巾，他安静地看着她，似乎在等着什么。

虞鸢踌躇着，最后还是把那包湿巾放在了桌上："你要擦擦吗？"

"不用了。"他哑着嗓子说。

这一场比赛很快就过去了，他表现得很好。虞鸢有些明白了，为什么左奥南当时那么看重他，说他立马可以上场了。

他完全融入了赛场，不比任何一个人差，甚至非常耀眼，和小时候完全不一样了。

她有些恍惚。不知道从什么时候开始，他已经变化那么大了。

虞鸢因为要去看谢星朝的比赛，所以和丁蕴玉改了吃饭的时间。她有些不好意思，丁蕴玉倒是完全不介意。

他们将吃饭的地方定在了悦百堂的一家日料店，那里离两人的学校都近。

这次开学之后，两个人重新联系上了。丁蕴玉偶尔会给她发微信消息，也去过京大两次，不过都是给她送资料。

虞鸢和他相处得舒服。他们虽然都是这种内敛的性格，话都不多，但是也不缺共同话题。

丁蕴玉偶尔会给虞鸢讲自己实习的事，虞鸢则会给他讲自己最近在做的课题。

虞鸢说自己打算去考托福。两人一路上说说笑笑。

"啧，这说说笑笑的。"不远处，路和偷偷端详了下旁边谢星朝的眼神，忙住了口。

许遇冬认识这个男的。过完年之后，他就对谢星朝一直满怀愧疚，觉得是他搞砸了谢星朝和虞鸢的事情。他找谢星朝道歉，说要不要他去找虞鸢解释解释。

"和你没关系。"谢星朝面无表情地说。

"我回去问过我姐，"许遇冬舔了下嘴唇，有些紧张，"她说，丁蕴玉和虞鸢，高中时关系就好，有不少人说他们……"许遇冬显然不怎么愿意说。

许夺夏说的是，丁蕴玉就是虞鸢很容易喜欢上的那种人，两个人高考也都考得这么好，很是相配。当时还有人说，他们肯定会报同一个地方的大学，就是为了上大学后能在一起。在他们分别被京大和临大录取后，这个谣言就更像是得到了证实。

谢星朝垂着眼，什么也没说，只是默默地看着不远处言笑晏晏的两人。

路和惊讶地道："难道他是她的前男友吗？阿朝，你什么意思啊？都这样了，你还不出手吗？你怎么能让这男的这么嚣张？"

不知道虞鸢和丁蕴玉又说了什么，两人再一次笑起来。他们其实并没有什么逾矩的亲密行为，只是相处的画面让人看着便觉得很舒服。

吃过饭，丁蕴玉说要去京大找个师兄，师兄是从临大考去京大念博士的，于是丁蕴玉提出顺路送她回去。

五月的天不冷不热，夜风吹得人心头舒爽，他们并肩走在马路上。

丁蕴玉说："我记得，高中的时候，我们好像也这么走过一次。"

虞鸢："嗯？"

她思索了下，还是想不起来。

"不过，现在我们已经变了很多了。"他没把话说下去。

"明年毕业后，我会留在京州工作。"丁蕴玉说，"你们学校很漂亮，到时候，我还能来逛一逛吗？"

晚风温柔，他专注地看着她。这氛围有些奇妙，但也让人说不出到底是哪里奇妙。

丁蕴玉是单眼皮的男生，模样清秀，虞鸢控制不住地想起了谢星朝，他们的眼睛长得很不一样，眼神却有些相似。

虞鸢点点头："想来随时都可以。"

晚上，虞鸢回了宿舍。

"约会回来了？怎么样啊？"申知楠问。

虞鸢哭笑不得地道："不是约会，就是吃顿饭。"

"来来来，说说你们都聊什么了？"余柠说着，搬了把凳子坐过来。

虞鸢说："没什么特别的，就是闲聊。"

余柠似乎有些失望:"没点特别的?比如你们分开前,难道他也什么都没说?"

虞鸢耐不住她们缠着她,只能把他们分别前的话都复述了一遍。

直到虞鸢说到最后他们分开时,丁蕴玉说的那句话。

"他说我们学校漂亮,以后能不能再来这里逛?"

"嗯。"虞鸢并不在意。

京大确实漂亮,这是客观事实。学校也不是她开的,他想来逛,她自然也没什么好干涉的。

"宝贝啊,你听说过'醉翁之意不在酒'没有?"余柠问。

虞鸢倒茶的手顿了下:"什么?"

"你真的白长这么一副古典模样了,不解风情。"余柠说,"他这不是有告白的意思吗?你听他这话,他知道你要升学,还会在京大读书,他告诉你他会在京州工作,意思就是,你们不会处在异地。我们学校也没啥好逛的吧?他毕业前都不怎么来逛,毕业后为什么要来,还要问你的意见?这不是醉翁之意不在酒嘛。"

虞鸢有些蒙。说实话,那也就是一句话的事情,她真没想那么多。

"我觉得,他不一定有这个意思吧?"她艰难地说。

"那他要是有这个意思,你怎么办?"申知楠问。

"宝贝,你大学都要毕业了,不如试着谈个恋爱?反正不留遗憾嘛。"余柠说,"知楠给我看了他的照片,他还挺好看的,反正你不喜欢谢星朝吧,和这个谈了也不亏。"

其实,虞鸢认真考虑了下,综合各个方面,她觉得,按照她的偏好,丁蕴玉应该是她未来可能会喜欢的异性。

他们有共同话题,年龄相当,阅历相当,爱好也差不多,甚至连性格都差不多,都温和安稳。

不过,丁蕴玉也没向她告白,她也并不急着谈恋爱,所以没必要多想这些。

"你弟最近咋样了?"申知楠问,"你们真就这么断了?"

虞鸢的表情发生了微妙的变化。

她怕谢星朝不好好吃饭,这些天,其实一直在偷偷问徐小鸥谢星朝的情况。

徐小鸥说，谢星朝最近比之前好一点了，但是食欲还是不好，而且回来得越来越迟，一回宿舍，基本就累得睡着了。

她很难受，不知道该拿他怎么办才好。

她给他发过微信消息，要他好好吃饭，他说"知道了"。可是，她再去问徐小鸥，徐小鸥却说他似乎还是没什么变化。

六月就这么到了，转眼就到了期末周。

虞鸢这学期课业比之前少，因此期末周不怎么狼狈。

申知楠痛苦不堪地说："我都大三升大四了，暑假还得上山下乡，做社会实践？"

虞鸢也苦笑。没办法，她们的社会实践分少了。她们明年就要毕业了，大三再不做完社会实践，没实践学分，毕业都难。

"我从小到大都没下过乡。"申知楠有气无力地道，"我还不知道要和谁一组。"

社会实践是分组的，年级、专业都得打乱，四个人一组。从原则上说，谁和谁都可能被分到一组，不过学校为了学生考虑，还是会尽量把做社会实践的地点安排在离学生生源地近的地方。

所以，学生碰到老乡的概率会比较大，但也是随机的。

"先考完试吧。"虞鸢安慰她，"等考完试社会实践的名单就出来了。"

"呜呜呜，"申知楠说，"我好怕挂科。我明年就可以摆脱数学了，求了，不要让我再挂科。"

说到挂科，虞鸢忽然想到，上学期谢星朝要她给他补习高等数学，说怕挂科的事。

晚上，回了宿舍，她终于还是给谢星朝发了条微信消息：星朝，期末周复习得还好吗？

他很快回复了：还好。

虞鸢：高等数学还有问题吗？

谢星朝：这学期我努力学了。

虞鸢也不知道该发些什么了。

她才注意到，谢星朝的头像似乎换了，不再是之前那个很像北极狐的可爱小狗了。他的新头像黑漆漆的，看不出来那到底是一团什么。

消息框显示"对方正在输入"。

随后他发消息过来：但还有点不懂。

自那次棒球比赛之后，虞鸢就没怎么见过谢星朝了。

两人这次约好在图书馆见面，但是，虞鸢一下宿舍楼便看到了他。

他很醒目。他低头看着手机屏幕，不远处走过的女生有不少在偷偷看他。虞鸢看到一个胆子大的女生正在和他说话，似乎是在跟他要微信号。

应该是没要到他的微信号，女孩一脸失望地走了，随后看到了虞鸢。两人打了个照面，虞鸢居然认识那个女生，那个女生跟她是同级生，就住在同一层宿舍。

虞鸢撞见了这一幕，有些说不出的尴尬。

"星朝。"

他今天穿得简单——宽宽大大的黑T恤衫、短裤、球鞋，这是夏天最普通的打扮，但耐不住他人长得好看，怎么穿都好看。

两人并肩走着。

虞鸢想说些什么缓解这种气氛，还没张口，侧过脸看他时，却直接撞上了他的视线。

他一直在看着她，那双眼睛一如既往地漂亮。

以前给他补习的时候，虞鸢在图书馆预订的是双人的自习室小隔间，里面只有他们俩，安静方便；现在，她由不得会多想一点，于是把补习地点换到了图书馆对面的咖啡厅里。

她把这个决定告诉谢星朝时，他没多说什么，就这么接受了。

咖啡厅里人很多，放着舒缓的音乐，不少人在低声交谈着，这也算是一个不大不小的公共场合。

两人就座后，虞鸢还是和之前一样，想看看他的小测试试卷和平时写的习题。

谢星朝拿试卷时，她随口问了一句："星朝，你这学期的高等数学课的老师是谁？"

"张洪志。"

当她看清那张小测试试卷的卷面分数时，她怔住了——卷面分数是九十五分。

虞鸢知道谢星朝的高等数学任课老师，也知道那个老师平时出题有多刁

193

钻，判卷还严格，要在他手上拿到九十五分，简直比在别的老师手里拿满分还难。

谢星朝可以自己学到这个程度，还会需要补课？

她不知道该说些什么了。

咖啡厅里人来人往，淡淡的灯影下，谢星朝的皮肤如冷玉一般，近看依旧没什么瑕疵，甚至比之前还要漂亮。

他问："现在开始补习？我有几个不懂的题。"

虞鸢立马说："好。"她像是松了一口气。

她想，来咖啡厅果然还是明智的。

他确实学得很好。作为数学专业的学生，虞鸢由衷地夸赞道："星朝，你比之前进步了很多。"

她很惜才，也有些明白，为什么谢星朝可以在那么短的时间内提高那么多分数来到京大了。

"嗯。"他在解一道题，垂着眼说。

两人很久没有这么面对面相处过了。见他在解题，虞鸢轻手轻脚地起身，去前台给他点了一份冰摩卡和一份松饼。这里的松饼很好吃，不那么甜，口感是微焦且松软的，她觉得他应该会喜欢这种口味。

松饼被端上来后，她把盘子往他的方向推了推："星朝，休息一下？"

"多少吃一点吧？"

她看着他，心里很难受。他并没有恢复成以前的样子，下颌越发清瘦了，眼睑下也有淡淡的黑色。

他放下了笔，听话地拿起了叉子。

他还是很听她的话，从小到大，都是如此。

见他吃东西了，虞鸢心里轻松下来。她很久没这么打量谢星朝了。

吃完一块松饼，他忽然问："是不是只要我努力学习了，你就会高兴？"

他想，她喜欢丁蕴玉那样的，他也可以做到。

他没看她，睫毛垂下，阴影落在眼睑处。他的睫毛比大部分女生的睫毛还要纤长。

虞鸢觉得他这话说得有些莫名其妙。她怔了一下，轻轻摇头："也不是。我更希望你可以找到自己想做的事情。"

人只有一辈子，虞鸢就希望他能过得幸福、快乐、不迷茫，能走自己喜欢的道路，有一个可以为之努力的目标。

所以她才会希望他和之前那些带他走偏路的朋友断了来往，希望他可以多从自己的世界里走出来。

他睫毛的影子颤了颤。

她永远那么清雅明媚，而他像是生长在阴暗里的植株，向着她的光而行，她一直是指引他前进的方向。

他能成为如今的样子，全是因为她。他想成为更好的自己，能名正言顺地站在她身边。

他的理想和目标，只有一个。可是她知道吗？她能给他想要的吗？

期末周很快就结束了。

大三这一年过得很快，过完这个暑假，虞鸢就要升到大四了，大学生活只剩下一年，她也即将毕业。

虞鸢和杨之舒合作发了两篇论文，有一篇她是第一作者，这两篇论文还都发表在了不错的期刊上。对于本科生而言，这已经算是相当亮眼的科研成绩了。加上她全系第一的绩点，她被保送研究生基本已经是板上钉钉的事了。

虞鸢预备继续升学，导师顺理成章就是严知行，彼此也都不需要再磨合了。

期末周结束时，沈琴问她什么时候回来。

虞鸢说："可能要迟十天到家了，因为要去调研。"

沈琴倒是理解，叫她先忙。

上次放假的时候，谢星朝是和虞鸢一起回家的，这次虞鸢犹豫了很久。因为自己要去调研，所以她还是给谢星朝发了消息，说她可能不能和他一起回家了。

他回了个"好"字。

丁蕴玉也给她打了一个电话，问她："我家里有点事情，暑假要回去一趟，一起走吗？"

虞鸢知道丁蕴玉的老家并不在陵城市内，似乎是在陵城下辖的某个地方，只是她从没仔细问过。

"我这学期要去调研，要和组内的队友一起走。"虞鸢抱歉地道。

"那开学再见。"他并没有强求。

期末周结束的第二天，虞鸢拿到了调研分配结果。

她被分去了贡临县，具体调研地点是雨淅村，这个地方虽然属于陵城市下辖，但是离市区很远。虞鸢虽然是陵城本地人，但从没去过这里，甚至都没怎么听说过这个地方。

随后她看到了分组名单，四人一组，她看完名单直接呆了。

虞鸢怎么也没有想到，她居然和谢星朝分到了一组，谢星朝没和她提起过他也报了名。

但是，他们的生源地是一样的，而且学校倾向于把不同年级、不同专业的学生组合在一起，所以从概率上来看，他们被分到一组也很正常。

虞鸢苦笑，也只能接受这个安排。

他们组里还有一个英语系的大二女生、一个生物系的大三男生，是个两男两女的组合。

这次调研，他们就是去下乡做社会调查，这没什么技术含量，只是会非常累，还需要和当地有关部门沟通，填写调查问卷，也算是磨炼人的沟通能力了。

分组名单出来后，虞鸢一直纠结着要不要和谢星朝联系。她打开微信，看到有人申请加她为好友。

虞鸢看了看，是那个叫徐越平的生物系男生加的她。她同意了他的好友申请后，他把她拉到了一个讨论组里，组里已经有那个英语系的女生了。

徐越平发消息说：还剩一个师弟。不知道怎么回事，我加不上他。

虞鸢轻轻叹了口气。谢星朝性子孤僻，社交软件里很少添加人。最后，还是她把谢星朝拉了进去。

他们四人的期末考试都已经结束了，徐越平提议立马出发：明天见个面吧？当面讨论下怎么走。

第二天，除谢星朝外的三个人先见了面。徐越平见到虞鸢时，明显眼睛一亮，比昨天在微信上聊天时态度热情了很多。

"我是陵城的。"徐越平说，"不过是陵城市内的，你是哪里的？"

虞鸢说："我也是陵城市内的。"

那个大二的女生叫李秋容，她说："我是贡临县的。"

"哦，那你很方便。就差那师弟了。"徐越平说，"他怎么还不来？"

他觉得那师弟有些孤僻不听话。

徐越平隐隐有拿自己当这个团队的头领的意思，在他看来，李秋容和虞鸢都是女生，剩下的那个师弟才上完大一，太嫩，那自然只有他可以当这个团队的头领。

谢星朝到的时候，虞鸢正在看手机。见他来了，她放下了手机，什么都没说。

李秋容对谢星朝很热情，这和她对徐越平的态度形成了鲜明的对比。其实对谢星朝热情的女生一直很多，他模样生得那么好看，气质又特别，走到哪里都是人群中的焦点。

徐越平个子不高，戴着一副眼镜，很瘦，其貌不扬。从谢星朝出现后，他对谢星朝明显就不怎么喜欢，明里暗里地挑刺，想在虞鸢面前表现自己。

谢星朝根本懒得理徐越平，由着他说。见状，徐越平倒是高兴了点，觉得这师弟还算听话。

"我现在在学生会，我们这不是快保送研究生了嘛，在学生会工作可以加分。"徐越平说，"小虞参加学生会了吗？你们系我认识一个同学……"他说得滔滔不绝，离题万里。

虞鸢有些难以招架。

谢星朝低头看着手机，冷冰冰地说："不是在说买票的事？"

李秋容附和道："是啊，赶紧把票买了吧，再迟就赶不上了。"

"行，那我看火车票了。"徐越平说。

做调研的交通费用学校可以报销，但是学校说是要培养学生艰苦奋斗的精神，所以飞机票和高铁票都不给报销，学生只能坐火车或者汽车到目的地。

虞鸢还算能吃苦，坐什么交通工具都无所谓。可是从京州到陵城，坐普通火车需要二十个小时，还得在火车上过夜。

她是无所谓，只是如果她没记错的话，谢星朝应该是从没坐过火车的，甚至连公交车都没怎么坐过。

虞鸢小声说："星朝，不然你先过去，在那儿等我们？"

"我和你们一起。"他面无表情地说。

火车票买好了，一行人坐上了火车。不知道该说是运气好还是什么，虞鸢和谢星朝居然在一个车厢，而且都是下铺，两个人正对着。

虞鸢看着他。她知道他认床，而且有轻微的洁癖，对环境要求很高，要在这睡一晚，真的是太勉强他了，她很担心他。

可是，让她意外的是，他并没表现出什么不适。

随意地解决了晚饭后，天色晚了，他就干净利落地去洗漱了。

虞鸢上铺是个三十多岁的男人，不知道他是干什么的，身上有一股浓得刺鼻的香水味。那个男人总是有事没事地找她说话："你还是大学生？"

虞鸢："嗯。"

虞鸢有些害怕。她不想和他说话。

那男人又说："我就说呢，这么漂亮又清纯。妹妹在哪里上学啊？有机会哥哥来找你玩。"

他这话加上他看她的眼神，透着股猥琐之意，虞鸢心里很不适。她往后坐了一点，翻出了一本书，不再理他。

谢星朝正好洗漱回来，听到了这话。那男人一抬眼，就对上了正站在车厢口、神色阴沉得可怕的谢星朝。

中年男人在心里犯嘀咕。对方毕竟是个年轻男生，生得高高大大的，似乎和这个女生还是认识的，他只能悻悻地结束了话题，起身出去上厕所了。

他从厕所里出来时，哼着歌，还在想刚才的女生是真的漂亮。

忽然，他感到一阵天旋地转，脑子一昏，人就已经被重重地揉到了洗手池边。谢星朝手劲很大，他挣脱不开，谢星朝打开水龙头对着他冲，水流将他冲得睁不开眼。

谢星朝冷冷地说："给你洗洗嘴巴。"

"这……这是在火车上。"中年男人咳嗽不止，狠狠地道，"你要是敢对我做什么，小心我叫乘务员。"

"你在哪儿下车？我和你一起下去。"谢星朝轻轻笑了声，语气中透着股阴寒之意。

晚上，那男人出去洗漱了，不知道怎么就没回来。

虞鸢松了口气，感觉舒服了很多。

现在她的上铺、中铺都没人了——中铺有个阿姨，之前已经下车了。

谢星朝推开门进来。见到他，虞鸢轻轻舒了口气。

狭小的火车车厢里，床铺挨得格外紧，冷气安静地吹着。到了晚上，乘务员过来查了一次票，不久车内就熄灯了。

虞鸢怕他睡得不好，半夜时，她醒了，侧过脸看着他。

他睡着了，不知道什么时候，转成了侧过脸对着她的姿势。

最近虞鸢很少见到他的睡颜，他是真的比之前瘦了——身上的短袖被压皱了，领口下露出的锁骨比之前凹陷下去了一些，月光隔着窗户照进来，她能看到他如美玉般无瑕的皮肤。

他的睡颜很可爱，红润的嘴唇微微抿着，既整齐又浓密的睫毛覆盖下来，显得很乖。

她想起他小时候睡着的模样，那时他喜欢枕着她的膝盖睡，还要抱着她的手，黏人得不行。

她轻轻打量着那张既熟悉又陌生的面庞，似乎已经很久没有这么看过他了。

他轻轻地呼吸着，长睫微微颤动。看到他身上的被子滑下来了一点，虞鸢怕他吹空调着凉，就轻手轻脚地给他拉了拉被子。

他吐出一声模糊的梦呓："鸢鸢。"

虞鸢怔住了。

他很久没和她亲近了，以他以往黏人的性格，他定然是要每天都见她、和她打电话、说很多话的，一天没有，他都会撒娇。

这一学期下来，虞鸢还以为他已经适应了他们现在的距离。

当她听清楚那两个字时，耳尖一下红了，心里开始发乱。

也许他叫她的名字也没什么别的含义，在梦里问她题目也是有可能的。

虞鸢不敢再吵他，只当没听到，回到了自己的床位上。

想了半天，迷迷糊糊的，不知道过了多久，她才终于睡着。

夜色中，谢星朝睁开了眼，眸中一片清明。

他们到了陵城，下火车后，换车到了贲临县。天色晚了，他们要在这里先住一晚上，第二天再去雨浙村。

于是，他们又因分配房间的事闹出了问题。

虞鸢和李秋容自然是住一间房，随后，徐越平就想把自己和谢星朝安排到一间房里。

"我住单间。"谢星朝说。

他现在想去洗澡，身上的味道让他很不舒服。

"不行。"徐越平嚷嚷着,"你要是不和我一个房间,多出来的房价,你自己出,我报销不了。"

调研工作至少要持续一周,一周的住宿费对于一个普通学生而言也不算少了。

"随你。"谢星朝彻底失去耐心了,便冷冷地站起身离开了。

徐越平对虞鸢说:"年龄小就是任性,给家里省点钱不好吗?"

其实从谢星朝的模样、气质,徐越平也看得出,他家里不缺钱。但徐越平嘴硬,觉得他可能就是装出来撑门面的。

谢星朝洗了澡,换了衣服,听到门口传来了敲门声,然后是虞鸢柔软的声音:"星朝,你好了吗?好了出来一起开个会。"

他擦了擦湿头发,随便套了件衣服,给她开了门。

虞鸢站在门口,没进来,耐心地等着他。

"觉得难受吗?"她担心地问。

"没事。"擦头发的动作缓了一缓,他说,"不难受。"

她这才终于放心了点。

"我们明天一早就走。"开会时,徐越平说,"我们还得换车,去镇里,最后去村里。"

"我可以叫到车。"李秋容忙说,"县里我还熟一点,雨淅村我就不熟了。"

他们要去的那个村子交通闭塞,地形很复杂。

七月酷热的阳光,晒得人眼前发昏。

虞鸢体力不好,走得头昏脑涨,但还是咬着牙坚持着,什么都没说。

徐越平看样子也不是个运动健将,走一步喘两下,只有谢星朝状况最好。

他们停下来休息了一会儿,谢星朝消失了几分钟。

他们三个都没什么力气了,都坐在路旁的凳子上歇着。

谢星朝回来,将一瓶冰水放在了虞鸢手边。

"给我的?"虞鸢问。

他点头。

"你自己不喝吗?"她的嗓音都有些哑了。

"已经喝了。"他说。

"谢谢。"她感觉自己有些中暑了。她拿起那个瓶子,手指发软,怎么也拧不开瓶盖。

她目光迷蒙,显然已经被晒晕了,白皙的皮肤都有些红了。

谢星朝安静地看着她,拿过那瓶水,把瓶盖拧开。

虞鸢还没反应过来,他就已经扶住了她,让她半靠在了自己的怀里。

李秋容一直看着这边,已经呆了。一路上,谢星朝一直都是冷冷淡淡的,可是现在,当着她和徐越平的面,他居然毫不收敛。

虞鸢整个人都被他圈在了怀里,他让她靠着自己,把那瓶水送到了她的唇边,轻声说:"喝吧。"

虞鸢后知后觉地发现自己可能是真的中暑了——头晕,盗汗,四肢无力。

"我自己来吧。"她声音微弱,挣扎着想从他的怀里起来。

她不想和谢星朝过于亲密,但没能挣脱。

他轻轻地问:"我就让你这么讨厌?"

她都这样了,首先惦记的,还是要远离他。

虞鸢的视线有些模糊,她对上他的眼睛。她从他的眼睛里读不出情绪,他只是这么直直地看着她。

虞鸢手脚都没什么力气,头一阵阵发晕。

她听不得他这么说话,心里难受,想说"不是",唇刚张开,清凉的水就流了进来。她在这种极度缺水的状态下,身体已经违背了意志,于是她就这么就着他的手,不由自主地一连咽下了好几口水。

虞鸢印象里的谢星朝,应该是很不会照顾人的,应该是被照顾的角色,可是现在,他动作轻柔,没有半点不耐烦。

旁边的两人已经看呆了。

虞鸢就这么小口小口地喝完了半瓶水。他也不焦躁,搂着她,轻轻让她靠在自己的怀里,见她喝得差不多了,说:"前面有个诊所,我带你去找药。"

"谢谢。"喝完水后,她舒服了不少,力气似乎也一点点被找回来了。她从他怀里直起身,用白皙的手指捏着水瓶。

刚才,她虽然浑身乏力,脑子却是清醒的。

她想到那一幕,雪白的面颊泛起了浅浅的红晕,说不上是因为晒的,还是因为别的。

"那去坐坐、去坐坐。"徐越平推了推眼镜,说,"我也得去买瓶水喝。

你那水是在哪儿买的?"

虞鸢站起身,腿软了一下。

谢星朝直接将她打横抱起,朝着马路对面走去。

"走啊。"徐越平忙叫李秋容跟上。

当着这么多人的面,虞鸢噌的一下红了脸,央求他放她下来:"星朝,我能自己走。"

他不为所动,像是没听到一样,直到抱着她走到了对面的诊所门口,才把她放下。

她确实是中暑了,大夫给她喝了药,叫她在这里休息一下,等傍晚日头过了再继续走。

"大夫,我们今天还得去雨淅村啊。"徐越平说,"这里就一班车到那儿,要是太晚了,我们是不是就赶不上车了?"

"对不起,"虞鸢躺在诊所的病床上,轻声说,"是我拖大家的后腿了。你们先去吧,等我能走了,我再自己过去找你们。"

她面色苍白,冲他们轻轻笑了下。

徐越平觉得有些尴尬:"那你好好休息,对不起啊,但是我怕这一周内做不完调研。"

虞鸢并不怪他,轻轻摇了摇头。

他转身招呼谢星朝和李秋容一起走:"那我们还是按计划……"

谢星朝头都没抬,冷冰冰地道:"我不去,我在这儿陪她。"

李秋容看着他俊美的侧脸,脸红了一下,扭捏地道:"我也不去了。师兄,我们是个团队,还是不要分开行动吧?这里偏僻,明天师姐一个人走,路上遇到什么危险了怎么办?"

徐越平哪里想到会是这个情况?他脸青一阵白一阵地说道:"那就晚上走,还是一起走。"

虞鸢身上实在难受,不知不觉中就这么睡了过去。

她迷迷糊糊地醒来时,感觉身上很凉爽。

这个狭窄简陋的诊所内,只有唯一一盏风扇。风扇早就被搬了过来,正对着她的方向嘎吱嘎吱地吹着,送过来一阵阵凉风。

随后,她看到了谢星朝。他在一旁的椅子上坐着,闭着眼,似乎是睡着了,额前的头发被汗湿了一点,依旧唇红齿白的。只是他即便是在梦里,眉头也微微皱着。

他给她买的药和水被放在了一旁的小脚凳上,她只要一伸手就可以够到。

诊所里光线昏暗,混着各种药的味道,那把椅子很狭窄,竹制的扶手看着也有些脏兮兮的,谢星朝就坐在那里。

虞鸢的心轻轻抽动了一下,她不知道心里到底是什么滋味。

她把风扇转向他的方向,轻轻下了床。

到了晚上,虞鸢的身体已经基本恢复了。这地方的海拔比陵城的海拔要高,晚上温度比白天低了不少,晚风一丝丝拂过,让人觉得很是凉爽。

他们在外头吃了顿便饭后,正好赶上了去陵尾镇的末班车。他们的目的地其实是雨渐村,但是村子里没有旅馆,他们没地方落脚,因此只能先到镇上,然后明天白天去雨渐村,晚上再回镇上。

陵尾镇被群山环抱,进山路陡峭,外头都是郁郁葱葱的山林。虞鸢从小在城市长大,没见过这种景色,便把车窗打开了一些。清凉的晚风吹进来,拂动了她的黑发。

思及白天的事情,她红了红脸,小声对谢星朝说:"谢谢。"

"不用谢。"他没再多说什么,似是并不乐意听她这声道谢。他摘了棒球帽拿在手里把玩着,垂着眼,不知道在想些什么。

虞鸢很少见他露出这么沉静的神色,他安静下来时,眉眼里便敛着一股若有若无的冷意,让人觉得十分不好亲近。

车还算开得平稳,约莫晚上八点的时候,他们进了山。

他们到了提前预订好的旅馆里,虞鸢和李秋容住一间房,谢星朝和徐越平各自住一间房。

虞鸢洗完澡,感觉有说不出的累。她刚在床上坐下,李秋容就问她:"师姐,你和谢师弟之前认识吗?"

虞鸢擦头发的手顿了顿:"嗯。"

"我说呢,他好紧张你啊。"李秋容说,"你们是什么关系啊?"

虞鸢轻轻摇了摇头,说:"没什么特别的关系。"

她不想再过多地和别人聊她和谢星朝的事情,尤其是现在——她已经累得什么都不想做了,只想睡觉。

可是,徐越平却来敲门了,叫她们出去开会。

203

"明天要进山呢。"徐越平说,"我们得先去找人问问情况。"

虞鸢累得不行,但还是从床上爬起来,换了衣服。

旅馆老板是个三十多岁、有着古铜色皮肤的国字脸汉子,他上下打量着他们,说:"你们要去哪儿啊?你们还是学生吧?"

他们都有着一身浓重的学生味,又都长得白白净净、斯斯文文的,在这个地方很罕见。

他们三人在和老板说话,谢星朝独自坐在不远处,没参与讨论。这家旅馆很简陋,大厅里也没什么陈设,只有一台老旧的电视机,里面不知道在放什么节目。

他靠窗户站着,心不在焉地看着窗外,竟然有几分长身玉立的味道,给那昏暗的一角增添了亮色。

得知他们要去的地方是雨淅村后,老板说:"那地方外头的人很难进去的,那里有的人还不会说汉语。你们要是没认识的人,可要费一番劲咯。"

"老板,你有熟人可以介绍吗?"徐越平忙问。

老板想了一下,说:"我认识个已经去了外头读书的小孩,他老家是那边的。蛮早以前他给人当过导游,能带人进去,就是不知道他现在还做不做。"

徐越平还是问到了那个小孩的电话号码和住址,那人叫白月,和他们岁数差不多。

谢星朝一直站在窗边,直到看到虞鸢准备回楼上了,才关了旅馆那破旧的大门,往二楼走去。

"看他这态度,我们之后的问卷怎么做得完?"徐越平嘀咕着。

徐越平转眼就看到虞鸢在看着他,她似乎听到了。

长得好看就是厉害哦,把队里的两个妹子都迷得晕头转向。他酸酸地想。

第二天,按照计划,他们得先找到那个白月。

电话打不通,他们准备去他家碰碰运气。

白月家在小镇尽头,从外头看着,那个小院落很是破败,院里草木长得很高,也无人修剪。他们分头找,虞鸢绕着屋子走了几圈,踮起脚往里头看了看,怎么也不觉得这里面会有人住。

太阳慢慢升起来了,虞鸢眯着眼,用手遮了下阳光。这时,院子侧面忽然打开了一扇小门,里面出来了个人,虞鸢差点和他撞上。

"对、对不起。"虞鸢连忙道歉。

那人扶了她一把，似乎是个年轻男生。

看清那人的脸后，虞鸢惊讶极了："你……你怎么会在这儿？"

她惊得说话都磕巴了。

"虞鸢？"丁蕴玉显然也很惊讶。

不过，他很快敛好了神情，反应过来："你是来这儿……做调研的？"

他接着说："我老家就在这里，我是本地人。"

虞鸢说话还有些磕巴："嗯，我们是来这边找人的，你认识白月吗？我们之前问旅馆老板，他说白月可以给我们带路……"

她把事情给丁蕴玉说了一遍。

"我就是白月。"他似乎没什么惊讶之意。

虞鸢惊呆了。

可能是见她这模样太呆了，丁蕴玉笑了下，神情温柔："白月是我的本名，我后来去了陵城市，随了舅舅家的姓，改了名。

"以前年龄小的时候，我是给人带过路。有段时间，这边不知道被哪里报道了，来旅游的人特别多，那些游客在这里语言不通，也不认识路，那时候带路生意还不错。"

"你会说那里的话？"虞鸢惊讶。

"嗯。"他笑了，温和地说，"我的事情已经差不多处理完了，你们如果要进村子，我可以带你们过去。"

现在这种情况，虞鸢怎么也无法说出拒绝的话。

她联系了他们。

谢星朝从屋前绕了过来，看到丁蕴玉后只是安静地站在远处，远远看着。

等大家都到齐了，虞鸢给他们简单地讲了下事情的来龙去脉。

徐越平也没想到会有这么巧合的事情，很是高兴。

谢星朝什么也没说。近段时间他话越来越少，似乎越发有了小时候的样子。

会在这里看到谢星朝，丁蕴玉显然很意外。他想和谢星朝打招呼，但谢星朝神情很冷漠，看着他时，眼神里像带了刺，他也无从开口。

虞鸢有些不安，小声叫谢星朝："星朝，你一起去吗？"

她还是怕谢星朝适应不了这里的条件。

"为什么不去?"他微微勾了勾唇,看着不远处的丁蕴玉,眸子黑漆漆的,"你想和他独处?"

虞鸢咬了下唇。他最近说话越来越奇怪,她索性不再回答,只是说:"星朝,你身体不舒服的话,一定要告诉我。"

他什么也没说,随手扣上了那顶棒球帽。

丁蕴玉带着他们进了雨浙村。他果然对山路很熟悉,而且当地话讲得很好,和村里人很熟悉。第一天他们愉快地度过了,这超乎了他们所有人的想象,徐越平高兴得嘴巴都合不拢了,李秋容也是大大松了一口气。

晚上,他们回了镇上。

吃饭时,丁蕴玉问虞鸢:"虞鸢,晚上我有点事想找你,能占用你一点时间吗?"

虞鸢不知道他要说什么,但撞上他恳切的视线,还是点了点头。

晚上,夜风微凉,丁蕴玉家的院子里摆着一张桌子,屋里只亮着一盏灯,竟然没有一个人在。

虞鸢站在院子里,问他:"你家人都出去了?"

"他们都走了。"

"对不起。"虞鸢半天才意识到"走了"是什么意思。

"没事,都是很久以前的事了。"丁蕴玉看着远处的天空,神情没什么波动。

那是他上小学时的事情了,后来他就一直辗转流离,被寄养在这家一段日子、那家一段日子,最后被舅舅带了回去,开始了在陵城的生活。好在他成绩一直不错,最后凭自己的本事考上了临大。

虞鸢心软。以前这些事情,丁蕴玉从来没有对任何人说起过,他看起来也并不像处境这么凄惨的孩子。

丁蕴玉从屋内出来,拿了一个小盒子:"我有东西想给你看。"

虞鸢很迷茫。他打开了盒子,里面的东西显然有些年头了,边缘有些泛黄,虞鸢认出来那是什么东西后,愣了。

那是一叠粉红色的餐券,上面印着陵城市第一中学的钢戳,学生可以凭票吃早饭、午饭。

几年前,他们刚毕业的时候,这餐券便被废除了,发行期就那么几年。

被虞鸢那双明澈的眸子注视着,他心跳得很快:"你不记得了吗?"

虞鸢惊讶地抬眸看着他。

他从盒子里拿出一张餐券，轻轻笑了："这是我抽屉里忽然多出来的。"

尘封已久的记忆被慢慢揭开，虞鸢自己都差点忘记了。

因为虞楚生是陵城市第一中学的老师，所以学校给他发了不少餐券。但为了保证家里的孩子吃得有营养，沈琴都在家里做饭，所以虞楚生的餐券也就都没了用处。

虞鸢记得，那次她在办公室遇到丁蕴玉后，便留意了下他，发现他每次吃饭都吃得很少，甚至就只吃一个馒头。那时男孩正是长身体的时候，他吃这么一点，怎么可能够？于是虞鸢便想到了虞楚生那些多出来的餐券。

为了照顾他的自尊心，她是偷偷把这些餐券放在他的抽屉里的，对谁都没说，也没让任何人看到。

这件事也就过去了，虞鸢再也没记起过了。

"你怎么知道是我放的？"虞鸢问。

他脸红了，没回答。其实，随着饭票一起被放入他抽屉里的，还有一份浅粉色的便笺，他没好意思拿给她看。

当时，他根本不敢想象她会给他写信。而现在，他和她竟然重逢了，她和他记忆里的她没什么不同，依旧那么温柔。现在他的工作也已经基本敲定了，以后他只会越来越好。

院落里只有他们两个人，他们站在树下说着话。

"对不起，当年我没法给你回信，不知道你现在还愿不愿意再要一份迟来的回信。"他声音很低，垂眼温柔地看着他。

他想，在他的家里，他们能再遇到，也是上天降下的缘分。

月光下，虞鸢发现他的眸子是浅褐色的，里面盛满了温柔。

她忽然想起了另一双漆黑如墨的眼睛。

气氛不知道什么时候变了，纵然虞鸢再迟钝，也感觉到了些许不对。

之前，她想过，如果自己真的要谈恋爱，丁蕴玉或许会是她的理想对象。可是现在，她忽然意识到，现实和预期很有可能是完全不同的。

人的感情是那么简单又那么复杂。

茫然间，她隐约意识到，她和丁蕴玉之间很可能是有什么误会。

院门外传来了脚步声，随后是木门被拉开的声音。

谢星朝站在月光下，手还搁在门上。他安静地站在那里，看着树下的两个人。

丁蕴玉首先看到了他。

虞鸢也抬起头:"星朝?"

虞鸢和谢星朝走在回旅馆的路上,一路无言。

回到旅馆后,虞鸢想回自己的房间,手腕却被扣住了。谢星朝拉着她,在黑暗里走过。

他力气很大,虞鸢根本没法反抗。

"星朝!"

他根本没停,直到她被拉进了他的房间,门被扣上,他才松开了手。虞鸢抿着唇,还没平稳呼吸,心里七上八下,乱成一团。

"你已经选好了?选他了?"他语气很冷。

破旧的旅馆里,灯光昏暗,朦朦胧胧地映照出谢星朝漂亮的脸部轮廓。

虞鸢的脑子里乱纷纷的,她问:"你在说什么?"

他语气里的情绪让人听不懂,他似乎只是在陈述:"我和他,你选了他。"

虞鸢难以置信地问:"选什么?"

他什么也没说,扣住了她的手腕。他的手指修长有力,指尖却冰冷得可怕。

从他和她告白、被疏远,再到现在,已经过了半年,没人知道这半年他是怎么熬过来的。

而她和那个人一如既往地交往,甚至越走越近,她的选择,他似乎已经知道了。

他比她高了那么多,此刻握着她的手腕,一分分将她拉近。

"你还太小,没长大,经历得太少……"虞鸢脑子发空。

"还小?弟弟?"他似乎轻轻地笑了笑,"我已经十九岁了,当了你十多年的弟弟。"

十年了,他在她面前从没卸下过伪装,他当她的乖弟弟当了那么久。

"如果你还觉得我是小孩,那你把他叫过来,那个丁蕴玉,你看他愿不愿意被你这样当成小孩对待。"

虞鸢从没有一刻比现在更加清晰地认识到,他是个已经成年的男人,男人和女人之间力气的差距在这一刻显现得淋漓尽致。

虞鸢脑子里一下是之前谢星朝的模样，一下又是现在谢星朝的模样。

她头晕目眩，不知道到底该怎么办。

这不是谢星朝。谢星朝是乖巧、无害、懂事、听话的，而不是她眼前这个陌生的、胡乱吐露着可怕话语的危险男人。

"谢星朝！"她声音颤抖着，脸一阵红一阵白，想制止他继续往下说。

"你明明知道，我离开了你，根本没法活。只是你不在乎，是不是？"谢星朝的声音一声比一声高，她的腰已经被他紧紧搂住了，这一下的力气很大。

可是，他埋首在她的肩窝里，像是一只终于找到了归途的受伤小兽。

虞鸢终于察觉到了他的异样，当他抬头看着她时，昏暗的灯光下，她看到那双漂亮的眼睛里竟然已经盛满了泪水，眼睫濡湿了一片。

自从他长大之后，她已经记不清有多少年没见过他这般模样了。

"我可以不要名分，"他哑着嗓子说，"只要你让我留在你身边。我会做得很好。"

他模样那么好看，一双漂亮的眼睛湿漉漉的，唇十分红，肩膀在轻轻地颤动着。在这半年像噩梦一样的日子里，他瘦了那么多，此刻，他剥去了所有的外壳，哭得无法自已。

这一切都已经超出了她的想象，谢星朝的每一句话，都比之前的话更加离谱，甚至她都怀疑起了她现在是不是在梦里。

可是，旅馆昏暗的灯一直亮着，谢星朝脸上的泪痕还没干，眼眶红着。

他搂着她，强行让她继续待在他的怀里，将头埋在她的肩窝里不愿起来，声音中带着浓重的鼻音。他说："鸢鸢，这半年，我好好学习了。我可以给你看成绩单，我的绩点排在了全系第一。

"我没再和之前那堆人一起混了。

"我修了双学位。

"我和舍友好好相处。

"社团我也一直坚持去。

"你如果希望我早点出去工作，我也正在实习。我可以提前修满学分，早些毕业，只要你愿意等我，我绝对可以养得起你。"

她一直那么优秀，聪敏上进，温柔美丽，走到哪里，都是人群里最夺目的那个。而他活得像浮萍飘絮，如果没有她，他一辈子可能也就这样了，无非醉生梦死，就这么过一辈子。

可是，有了她，他开始有了目标和理想，她是他前进的方向，是他长夜里永远亮着的明灯。

以前，她是最疼爱他的，他做好了，她会表扬他，他做差了，她会对他失望，永远只有她会在意他。

"你想和那个人在一起，我不会干涉。"他抽了抽鼻子，哑着嗓子说，"你不喜欢我也没关系，只要你不再赶我走。"

谢星朝抱着她不肯撒手，像是想把这段时间的缺憾一下子弥补回来。

不要赶他走？想起他之前疯狂的模样，虞鸢不敢再刺激他。她面红耳赤，下意识地反驳："我没赶你走。"

就算是这半年，她其实也并没有说要完全不和他见面。她只是想让他们的关系一直保持在合理的范围内。

这一刻很奇怪，他明明是强势的一方，她根本敌不过他，被他狠狠地困在怀里，无法脱身，但在感情上，他却完完全全是弱势的一方。

"但是我喜欢你，非常喜欢。"他在她的肩窝里蹭了蹭，沙哑着嗓子说。

虞鸢傻眼了。灯光下，她雪白的面颊上瞬间爬上了潮红。

"我以后也不会喜欢别人。"他说，"我知道你喜欢那个人，但我不会喜欢别人。"

他长长的睫毛还湿着。

"你只要多对我笑笑，多陪陪我，也不用花多少时间。你们想在一起就在一起吧，我知道你对我没感觉，我不奢求更多。"

他一下要发疯，一下又这么可怜，把自己的心意直接摆在她面前，她避无可避。

尽管他之前说的那些胡话让她根本无法接受，但她一时间也无法对他说出什么狠话，甚至都无法做出把他推开的举动。

"我没和丁蕴玉谈恋爱，我们之间什么事都没有。"她的声音都在发颤。

他到底在想什么？她不愿看到他这么作践自己的样子，这会让她心尖发疼。

似乎这就是今天晚上会发生这一切的缘由——他看到了她和丁蕴玉在一起。其实她现在都还不确定丁蕴玉到底在指什么，话里说的回信又是什么。

但这些可能已经被谢星朝完全误解了。

他一点也不掩饰自己对丁蕴玉的嫉妒。

"等我到他这个年龄的时候,我肯定可以比他做得更好。"他说。

他可以变成她喜欢的样子。

虞鸢无法回答。

她以往几乎从来没把他摆在异性的位置上想过,她问自己,如果谢星朝真的是一个和她同龄的男生,她会喜欢他吗?她会对他心动吗?

和他在一起时,她很开心,她并不知道这份感情到底属于哪一类,但是,毋庸置疑,他在她心里占的地位很重,他和任何人都不一样。

可是和他接吻,甚至……她根本没法想下去。

"我们都冷静冷静好吗?"直到出声,她才发现自己的声音已经完全哑了。

理智慢慢被拉回,她想起了他之前疯狂的模样,不敢再刺激他。尽管她自己心里已经乱成了一团,也只能尽力表现得温和。她性格本就柔婉,此刻她尽量没去计较他之前说的那些疯狂的话。

"嗯。"他软软地答了一声。

他本来也没有指望她可以立马答应下来,眼下已经是他可以谋求到的最好的结局了。

"你要去哪儿?"见她要起身,他没放开她,手臂用力,怎么也不愿意将她松开。

"我去打盆水。"

她打来水,将毛巾浸湿了,轻轻地给他把面颊上的泪痕擦干。

她想起他小时候默默蹲在墙角流泪,把自己哭成小花猫脸的模样。她没想到,这么多年过去了,她还能再见到他这副模样。

他显然受用极了,声音软软地叫她的名字:"鸢鸢。"

他看着她,眸子明亮,眼睑周围都湿漉漉的,眸底灼热的倾慕之意半点也不再掩盖。

以往也就算了,可是经历过刚才的事情,此刻再见他这样,她便止住了动作。耳尖红了的她只能把毛巾递给他,说:"你自己擦擦。"

脸上开心的神情隐没了下去,他默默地接过毛巾。

"过了今晚,你又会像之前那样对我吗?"他问。

"因为我对你表白了,所以这半年你一直都躲着我,冷着我,和我划清界限。"

她现在知道他的感情了，也深深察觉出了自己的迟钝和愚蠢。

原来过年前的那一晚，他就是在对她表白，至少在他看来是如此，她却依旧觉得他只是在开玩笑或者只是一时冲动。她这半年冷淡的态度该将他伤害得有多深？她后悔极了。

她沙哑着嗓子，终于开口道："星朝，对不起，我不想耽误你。"

她认为，他值得拥有最好的女孩。对于他这份灼热真挚的感情，现在的她根本承担不起，也无法回应。

她没法以这种不负责任的心态去和他谈恋爱。

"嗯。"他并不觉得意外，也没有再露出那种让她心尖发疼的神情，"只要你让我留在你身边，不要再那样冷淡地对我就行了。"

她尽力克制着自己，不让自己去看他的眼神。

闹了这么一出后，虞鸢简直都不知道自己是怎么度过这混乱一晚的了。一直到了凌晨，李秋容发短信问她去哪里了，她才想起他们明天还有正事要办。

第二天，她甚至还需要继续去和丁蕴玉见面。她没搞明白丁蕴玉说的回信是什么。见到谢星朝来了，他们自然不可能再谈下去，那场对话也就尴尬地结束了。

调研工作还没结束，按照目前的进度，他们至少还要在这里待三天。

之后，他们还要去贲临县，找人填一份调查问卷，里面有些关于人口和财政的数据，网上是找不到的。

这天晚上，虞鸢做了一晚上乱七八糟的梦。

第二天，早上八点。

洗漱时，李秋容端详了下虞鸢，随口问道："师姐，你昨晚是不是没睡好？"

虞鸢怎么可能睡得好？

镜子里，虞鸢的面容清秀苍白，虽然她没有黑眼圈，但是神情有些憔悴。

她迷茫地想，谢星朝到底喜欢她什么？她有什么值得他喜欢的地方？

虞鸢没谈过恋爱，习惯了直来直去的思维方式，因此，她怎么也无法看破，他对她的这份感情到底是从何而来。

"师姐？"李秋容见她看着镜子发呆，继续叫她，"师姐？"

李秋容一连叫了她三声，她才回过神，脸一下红了。

"没事，师姐那么漂亮，"李秋容开玩笑说，"多照照镜子也正常。"

漂亮吗？虞鸢想。她其实对自己的长相也没多少概念。

她不怎么化妆，在偶尔需要化妆的场合，最多也就是化个淡妆。去见谢星朝时，她一直都是素面朝天的，他似乎也一点都不在意。如果单说长相，谢星朝要比她更漂亮……所以，他到底喜欢她什么？

虞鸢默默地扎起了头发。

谢星朝和徐越平已经在大厅了。他们这几天都在一起吃饭——就在镇上的早餐店。

"今天还是找你同学带路吧？"徐越平忽然吞吞吐吐的，"我听说，你同学之前做导游都是要收费的，这费用学校好像没法报销。"

这种认识路而且懂当地话的导游，要价肯定不低。

虞鸢愣了一下。她没想过让丁蕴玉白带路，尤其是在知道他的家庭情况后。

"我们都没提前问个价。"徐越平嘀嘀咕咕的。

他担心事后再开价，丁蕴玉会狮子大张口，或者伙同虞鸢一起坑他。

"那分开走。"谢星朝掰开一双筷子，冷淡地说。

"昨天的钱就懒得收你的了，之后你爱找谁当导游就自己去找。"谢星朝抬眼，看着徐越平，眸底没什么情绪。

之前他一直很少说话，基本不作声，一副冷冷淡淡的模样，徐越平也没把他放在心上，陡然被他这么一戗，徐越平的脸顿时红了。

李秋容忙打圆场："报酬当然是要给的，学校不报销也没事，我们就均摊吧。"

徐越平找了梯子下，终于不再说话了。谢星朝也懒得理他，表情很冷淡，气氛一时有些尴尬。

"星朝。"虞鸢轻轻叫了谢星朝一声。

她想，也没必要太为难徐越平了。

她的座位和谢星朝的座位挨着，谢星朝听到她叫他，左手就这么伸了出来。他试探性地轻轻握住了她垂落的右手。

虞鸢愣了，想到他昨天说的那番话，还是心软了，没有把手抽回去。

谢星朝漂亮的眼睛弯了弯，他满足地再握了握她的手，直到感觉她已经到了忍耐的边界，才恋恋不舍地收回手。

好在其他人似乎都没看到他的动作,虞鸢的耳尖红了。

他似乎一直是这么个什么都不在乎的人,一点也不害羞,说话做事都大胆得可怕。

再见到丁蕴玉时,虞鸢踌躇着,想和他把昨天的话说完。

她不知道丁蕴玉说的回信是什么。

虞鸢仔细地回想了自己的高中时代,从认识丁蕴玉开始,一直到毕业,她可以确定,她没有给丁蕴玉写过任何信。

丁蕴玉和平时没什么区别,似乎昨晚那件事情没发生过一般,他还是和昨天一样,耐心地给他们带路。

吃饭时,虞鸢去放碗,和他打了个照面。虞鸢犹豫着,想和他继续昨天的那场谈话。

丁蕴玉温和地听她说完话,然后低声说:"关于那件事情,等开学后我们再说,好吗?"

谢星朝和虞鸢形影不离,一直在背后看着他们。丁蕴玉知道虞鸢的性格,在这种情况下,他也没法好好和她说清楚。

昨天谢星朝闹了那么一出后,虞鸢再见到丁蕴玉时,就下意识地和丁蕴玉保持了距离,心态也有了微妙的变化。

"嗯。"她说,"谢谢你这几天给我们带路。"

那天晚上之后,原本她和丁蕴玉之间滋生的所有暧昧氛围全都消失了,不知道是什么原因。

谢星朝果然在看他们。他很敏感,不会注意不到他们之间微妙的变化,他的唇微微弯起了弧度。

第八章

我现在在追你

虞鸢回来后,谢星朝还在吃饭,吃得很慢。他明显清瘦了很多,神情很是落寞。

她犹豫了一会儿,跟他说:"我们没说什么特别的。"

她把她和丁蕴玉之间的对话和他简单地说了下,说完后,顿时就觉得不对劲了。她为什么要去和谢星朝交代这个?

"没事,我不在意。"他轻声说,他可怜巴巴的,手又轻轻伸了过来,"鸢鸢。"

他很好满足,只要她对他稍微好一点就可以了。

虞鸢真的拿他没有任何办法。她怕被人看到了,不敢再过多挣扎,只能由着他握着她的手。她现在知道了他的心思,耳尖都红透了。

下午,太阳很大。

虞鸢有些累,坐着休息时,谢星朝买了水回来,并且在她的脑袋上扣上了什么东西——是他的棒球帽。

"先遮一遮。"他给她拧开瓶盖,将瓶子递到她的唇边。

"后天我们就回去了。"虞鸢说。

"鸢鸢,你热吗?解暑药我也带了。"他殷切地问。

其实她完全不用那么辛苦,他能帮她把这些都做好,她只要坐在旅馆里就行了。

只不过,他知道虞鸢肯定不会接受。

她对自己要求高,要求自己勤勉、克制、自省,对他人却是温柔宽容的。

"谢谢。"虞鸢接过水,冲他笑了笑。

"给你戴吧。"她想摘下帽子。她怕谢星朝也中暑。

"我没事。"谢星朝制止了她,语气轻快地说,"我以前在学校打球,也经常在大太阳底下晒。"

他看着是真的没什么事,面色如常,体力也没消耗太多,就是出了点汗。

虞鸢怔怔地想,或许她是对他操心过度了,他早和以前不一样了。

虞鸢还在发呆,回神后见他一直在盯着她看。

他第一次见她戴帽子的模样,那顶棒球帽倒是意外地适合她。

"鸢鸢,你真好看。"两人视线相撞,谢星朝漆黑漂亮的眼睛弯了弯,笑容很可爱。

他真的好喜欢她。

他的视线灼热又直接,没从她的脸上移开。

虞鸢的脸一下红了,她也不知道到底是因为晒的,还是因为别的。

那晚之后,他这种类似的举止便越来越多。他不再收敛和压抑自己,每时每刻都想和她待在一起。只不过因为几个人是一起行动的,虞鸢和李秋容还住在一起,他和虞鸢也没什么独处的时间。

他知道虞鸢脸皮很薄,也不敢做得太过了,只能循序渐进地来。

调研工作终于结束了。

丁蕴玉在京州还有实习工作,票早已经订好了,虞鸢和他分别之前,想把报酬给他。

但是,令她纠结的是,她去给报酬的话,丁蕴玉百分之百不会收下。

"我去吧。"谢星朝说。

虞鸢不太愿意让他去,但是没办法,李秋容和丁蕴玉不熟,徐越平又一直心不甘情不愿的。

"我不会说什么出格的话的。"他看出了虞鸢的顾虑,说道。

虽然他是这么说了,但虞鸢还是有些提心吊胆的。

他去了没多久便回来了,神色如常。

虞鸢问:"他收下了吗?"

"收下了。"

这种事情,谢星朝不至于撒谎骗她,她心里终于稍微放松了一点。

"我没和他吵架。我知道你不想我那么做。"他说,"我虽然很嫉妒他,但是不想惹你生气。"

他红润的嘴唇微微抿了起来,显然他有些不情愿提到丁蕴玉。随后,他眼睛亮亮地看着她,像是在等她的夸奖。

他这模样太惹人怜爱了,虞鸢的心跳快了一拍,脸上有些发烫。

他离她越来越近,视线灼热。他叫着她的名字:"鸢鸢。"

这几天他们好不容易和好了,他只想着和她多亲近一下,恨不得时时刻刻都待在她身边,只可惜他们完全没有独处的空间。

"师姐!"李秋容跑了过来,说道,"回镇上了,车来了。"

虞鸢如梦初醒,红着脸站起身。

这场漫长的调研活动终于结束了,虞鸢轻轻舒了一口气。

四个人一起从旅馆里出来后,虞鸢正准备叫车去车站,却见大门口停着一辆黑色的豪车,车上下来了一个陌生的男人。

"星朝,跟我一起回谢宅吧?"

谢星朝双手插兜,态度不冷不热的。他对与谢家有关的所有人都是这样,成书早就习惯了。

这应该是谢家的人,虞鸢为人有礼貌,和成书打了招呼。

徐越平和李秋容都还没离开,徐越平正准备去汽车站买票,回头看到这一幕,完全惊呆了。

成书笑容满面,上下打量着虞鸢,问:"你是虞家的孩子?"

"是的。"虞鸢没见过成书,可是他显然认得她,对她的态度非常好。

成书是谢家的司机,见虞鸢竟然愿意理成书,谢星朝感觉自己受了冷落,便一心只想把她的注意力拉回到自己身上。

"鸢鸢,我们一起回家,好吗?"他拉过她的手,轻轻摇了摇,"去你家。你如果想坐汽车,我们就自己去买票。我想和你待在一起,就我们两个。"

憋了半年,他现在就想这样缠着她,恨不得二十四小时都和她待在一起。

他说话的语气都是甜蜜蜜的。

见他当着成书的面这样,虞鸢耳尖发烫,总觉得哪里不对。她只想抽回自己的手。

谢星朝对虞鸢撒娇时,是从来不在意场合的,想做就自然做了,但是虞鸢面子薄，尤其当她知道谢星朝的心思后，就怎么也没法再对他听之任之了。

"星朝。"她想叫他收敛一点，她的脸已红得不成样子了。

他现在不用再掩饰自己的心情了，听她这么叫他，不但不像之前那样怕她生气，反而应了声。他眸子漆黑，还是那副甜蜜幸福的模样。

她的脸更红了。

"你先回家。"看甩不掉他了，虞鸢只能用商量的语气，小声对他说，"等我回去了，我再去找你，好吗？"

"我要和你一起。"谢星朝想都不想，拆穿了她的敷衍之词，说，"不然，等回家了，你肯定就不理我了。"

他的声音里带了几分微不可察的委屈之意，他像在控诉她的罪行："你会不回我消息、不接我电话，也不肯见我。"

虞鸢有些许心虚。

成书笑眯眯地看着眼前的一对年轻人，什么也没说。

"我去买票，我们一起坐车回去。"谢星朝向来是行动派，刚决定，立马就要走。

"等等。"虞鸢真是败给他了。她拉住他，把他叫了回来，两人上了成书的车。

贡临县离陵城市区有两个多小时的车程。

谢星朝和虞鸢坐在后排。估计是前几天累了，上车没多久，他居然就这么迷迷糊糊地睡着了。他靠在虞鸢的肩上，睡得很香甜，毫无防备，很放松。

虞鸢心软，想到那天晚上他那模样，也就由他靠着了。

他睡着时的模样非常好看，脸蛋白皙，浓黑的长睫随着呼吸轻轻颤抖着。这根本无法让人将他此时的模样与那天晚上红着眼睛的疯狂模样联系起来。

她想到谢星朝那晚都说了些什么后，脸红透了。那些怎么可能是他会讲出来的话？

谢星朝无知无觉地睡着，睡得很是香甜。虞鸢轻轻地动了动，他就在梦里轻轻哼唧了一声，把面颊贴向她的肩，和小时候黏着她睡觉时的模样似乎没什么区别。

他小时候刚到虞家时，睡觉经常做噩梦。有天晚上，虞鸢睡得正香，半夜里忽然感到有什么不对，等她醒来时，发现旁边不知道什么时候多了一个"小团子"。

他睡在毛毯外,蜷在她身边,缩成了一小团,小小的身子微颤。她轻轻探了探他,在他的面颊上摸到了一片水渍——他在梦里哭了。

虞鸢后来问过谢星朝当时到底做了什么噩梦,那时候他已经很依赖她了,乖乖地在本子写字,告诉她:梦到他们不要我了。

梦里,是他被绑架时所处的那个废弃工厂,外头盘旋着乌鸦,终日鸣叫着,这是他被绑在里面时能看得到的唯一风景。

绑架者绑架他自然是为了要钱。绑匪对他的态度很恶劣。

谢星朝从小性格就倔,再怎么被折磨,也只是咬牙不说话。后来他不声不响地高烧到了快四十度,他们怕他死了就从谢家拿不到钱了,这才匆忙地去找药。

那时,虞鸢抱着他,一遍遍告诉他,她不会不要他的。

她帮他擦干眼泪,柔声细语地哄他。

那是属于两个孩子之间的秘密。他来她家大约一年之后,做噩梦的次数越来越少,也终于不再在梦里哭了。

他喜欢黏在她身边的习惯,似乎就是从那时开始形成的。

而现在,他已经十九岁了。

经历了半年被她冷淡地对待后,现在他才终于可以安心地休息了。

虞鸢心里发软,忍不住抬起手,轻轻揉了揉他柔软的黑发。

成书一直在尽力降低自己的存在感。他从后视镜里看到了这一幕,暗自惊讶着。

成书为谢家服务很久了,最早的时候,他是在谢家老爷子手下做事,后来就来了陵城。他以前短暂地当过谢岗的私人秘书,当年和谢星朝打交道的时候也不少——尤其是谢星朝从虞鸢家回来后的那几年。

成书对他乖张难驯的性格很了解,也因为他这性格吃过数不清的亏,这还是成书破天荒地见到他有这么温顺的时候。

傍晚的时候,车缓缓驶入了陵城市区。

"星朝。"虞鸢轻轻叫他的名字。

谢星朝睡眼惺忪,嗓音有些哑:"就到了吗?"

"到了。"虞鸢说。

不远处就是谢家精致的庭院,那里显然已经被人收拾过了,院子里的草木都得到了修剪,枝叶扶疏,环境很是静谧优雅。这宅邸位置很好,挨着湖,从三楼眺望,可以看到波光粼粼的湖水。

虞茑很少来这里,因为谢星朝基本不愿意回这儿。从小到大,他们在一起的时候,都是他待在虞家。

谢星朝清醒了。看清这里是哪里后,他没说什么,只是看向虞茑。他刚醒来没多久,唇红齿白的,眼睛里还有几分水意,他这么无声地看着她,似乎在控诉着什么,虞茑心虚地别过头。

"明天还有安排。"成书咳嗽,提醒了一声。

谢家在陵城的交际圈很大,谢星朝也这么大了,以往他不愿意接触这些事情,但是现在,如果以后他真的要接手家里的产业,这些事他也要从现在开始做起了。

谢星朝现在学的专业是地球物理,谢岗其实很不愿意让他继续学下去,觉得这对他以后没什么帮助,想让他直接转专业。

谢星朝没理会谢岗。他把自己的课表排满了,要把这专业继续学下去。

这么一来,他的时间就更加紧张了,暑假他也有不少要做的事情。

虞茑柔声说:"星朝,你先把正事办完,之后想来我家玩,随时可以来。"

"你会接我的电话吗?"他垂着眼说,"茑茑,你把我拉黑了,我找不到你。"

虞茑:"我没有把你拉黑!"

她虽然确实有意冷落他,但是也不至于把他拉黑。

他摇头,显然完全不信。

虞茑叹气,拿出自己的手机,解锁,给谢星朝看通讯录。

她手机里的联系人不多,主要是现在打电话的人也不多了,大部分是通过微信联系的。

不过,因为字母排序的问题,在虞茑的手机里,丁蕴玉的名字在通讯录靠前的位置,而谢星朝的名字在通讯录靠后的位置。

他面无表情地看着,忽然动手在他的名字前加了一个"A",这下,他的名字一下就到了通讯录的最前面。

虞茑:"星朝!"

他委屈地看着她，说："你平时根本不记得我，一点也想不起来。现在这样，鸢鸢就能够多看到我一点了。"

他想让她的心一点点地被他占满。

虞鸢心软了。她看不得他这种神情，于是都由着他了。她温声细语地解释："我没有不记得你。"

他一下高兴起来，虞鸢还没回过神就已经被他抱住了。虞鸢觉得他的怀抱很暖，随后便感觉有什么软软的东西触上了她的脸颊。

他眼睛亮晶晶的，似乎还意犹未尽："鸢鸢，我会马上来找你的。"

虞鸢愣愣地在原地站着，反应过来后，脸一下红透了。他居然又这样，不经她的允许，偷亲她的面颊。

虞鸢记得，以前在京州，他就有过这么一次。那次她还被蒙在鼓里，以为那只是他表达开心的一种方式。

暑假只剩大概一个月的时间了。

虞鸢回到家，打开门，沈琴和虞楚生都不在家，家里安安静静的。

她去卧室放行李，忽然就想起半年前发生在她卧室里的那件事情。那是她对谢星朝"冷战"的开始。

她的脸不由得一红。

晚上，沈琴和虞楚生回来了。一家人一起吃饭时，两人问虞鸢调研的情况。虞鸢边回忆边说，说到谢星朝的部分时，她犹豫了下，还是没有略去，没有隐瞒谢星朝和她分到了一个调研组的事。

"这么巧的吗？"沈琴惊讶地道。

听完虞鸢的叙述，她感慨道："你们做这调研工作还真的挺辛苦的，你也是，多亏有星朝照顾你，不然，就你这身体肯定撑不住，半路就倒下了。"

虞鸢一愣，但是仔细一想，确实如此。她一路上是受了谢星朝的很多照顾，中暑时，走不动路时，迷路时……他似乎什么事情都给她考虑好了，全心全意地把她放在心里的第一位。

她默默吃饭，耳根又红了。

"不过你们这做调研也挺费时间的。"虞楚生说，"现在高考成绩都出来了，小竹也差不多要填志愿了，过几天他会来我们家，你帮他参考一下，看看他报哪儿好。"

前几天忙，虞鸢都差点忘了，虞竹今年高考。

她忙问："小竹考得怎么样？"

虞楚生喝了点酒，笑着说："考了六百五十分，比你当年考得差，但是也还不错。我们虞家的孩子，读书都是不错的。他说他也想报京州的大学，到时候你们姐弟俩还可以互相照顾。"

前几天出高考成绩的时候，虞竹开心坏了。

虞家的孩子念书都很好，其中又以虞鸢为翘楚。她从小就是那种"别人家的孩子"，聪明，努力，上进。

虞竹从小也是很喜欢这个姐姐的。小时候，虞鸢还给他辅导过不少功课。

虞竹考出了高中三年中最好的一次成绩，虽然他的分数够不上京大的分数线，但是去他理想的学校，已经是绰绰有余了。

过几天就要报志愿了，虞竹哼着歌，收拾行囊，准备去叔叔家住几天。

他一想到他姐现在已经不理谢星朝了，谢星朝再也不会出现了，他就更加飘飘然。

谢星朝还想当他堂姐夫，下辈子吧。

这几天，谢星朝果然和他说的一样，有空便会给虞鸢发消息、打电话。

虞鸢做事一般很有目的性，没有没事找人闲聊的习惯。她收到谢星朝的信息时，就委婉地问他有什么事情。

他回得很理直气壮：我就是想你，一想你，就想给你发消息。

谢星朝：你不回也没事。

谢星朝：我知道你不想我，但我好想你，想见你，做梦都想。

谢星朝：鸢鸢，等过几天我就回来找你了。

这话灼热又滚烫，他恨不得把自己的一腔心意全都捧到她面前。

虞鸢根本招架不住，只能丢盔弃甲，再也不问了。

这天，虞楚生和沈琴去朋友家了，虞鸢一个人在家看论文，门口忽然响起了门铃声。

虞鸢以为来人是邻居。她还在想自己刚才推导到一半的公式，心不在焉地打开了门。

等看清门外的人后，她一下呆住了。

谢星朝穿着宽大的白T恤衫，瘦瘦高高的，比起上次她跟他见面时精神似乎好了不少。他一见她便笑了。他眉眼生得漂亮,这么笑起来时,更加好看得夺目。

虞鸢没想到他说过几天来找她,居然真的就是"过几天"。

"我刚从外地回来,"他说,"坐了五个小时的车。"

"累吗?"谢星朝进了门,虞鸢给他倒茶,叫他坐下。

"累。"他答得很顺溜,"我现在浑身难受。"

她原本还在担心他,看了他的表情后,反应过来,他估计又是在撒娇。

"之前走一天山路都不累,"她故意绷着脸说,"现在坐几个小时的车就累了。谢星朝,你身体变差得有点快啊。"

他嗷了一声,终于忍不住,想上去抱她:"鸢鸢,我不累,我身体一点都不差的,你相信我。"

虞鸢面红耳赤,一下甩开他的手。

她一个人在家,穿得很随便,裙子只到膝盖处。因为开了空调,长发她也没扎,垂在耳后,雪白细腻的肌肤露了出来,更衬得她唇红齿白。她因为羞恼,唇微微抿起,看上去嫣红柔软得不像话。

他直直地看着她,视线滚烫。

"鸢鸢,我什么时候可以吻你?"他目光灼热地盯着她。

虞鸢脑子一乱,拿着水壶的手颤了颤。

"我现在在追你。"他追过去,从身后搂住了她,埋首在她的肩窝,心满意足地闻着她发间的馨香。

他气息清冽,那双漆黑的眼睛里都是她。两人几天没见,他的感情丝毫没有消减,比之前还要浓郁。

"鸢鸢喜不喜欢我?"他贴在她的耳侧,撒娇一样地问。

他这么大胆又热情,家里没人,他说话就更没顾忌了。虞鸢被他逼到了沙发角,退无可退。

他身上很热,虞鸢想推开他,但发现自己的双手已经完全失去了力气。她只能由他抱着。他在她身上蹭来蹭去,一脸的满足和愉悦。

"谢星朝!"她只能红着脸叫他的名字,"我……我还没同意。"

他乖乖地说:"我知道鸢鸢不喜欢我。

"我想努力改。"

抱着她的手臂收紧了一点,他找了个更舒服的姿势黏着她。他抬眸看着她,眼睛干净漂亮:"鸢鸢喜欢什么样的男人?"

丁蕴玉那样的吗?他一想起来,就嫉妒得不能自已。好在她现在就在他的身边,他感受着她的气息和体温,心一点点被填满,那股子酸味也就被自动稀释掉了。

他想,虽然她的第一次心动不属于他,但是之后,她身边只会有他。

虞鸢真的拿他毫无办法。她以前为什么没发现,他的脸皮这么厚,他这么缠人,缠得她一点办法也没有。

之前他和她表白的时候,她只是稍微对他冷淡了点,他就消沉了半年。为什么这一次他们彻底说开后,他却一点也不加掩饰了?

其实,对他这种程度的亲昵行为,如果不是心理上过不去那一关,她似乎也没有那么排斥。

是因为他们太熟悉了吗?虞鸢自己都迷茫了。

就在这时,客厅门口忽然传来了动静。

虞竹今天过来。他提前打电话给虞楚生,结果他们不在家。他又打电话给虞鸢,虞鸢没接。于是,虞楚生叫他去学校办公室拿备用钥匙。

虞鸢没接电话这种事很少见,虞竹以为她也不在家,和同学出去玩了。

到了家门口,他拿出钥匙,打开门,一眼就看到了沙发上的那一幕。

虞竹拎着的行李包轰然落地。他目瞪口呆,随后目眦尽裂。

"你在干什么?!"虞竹气疯了,直接就冲了上去。

他不理解,姓谢的不是已经和他姐闹翻了吗?不是被赶走了再也不会出现了吗?怎么现在又出现了?这小子要对他姐做什么?

"小竹?"虞鸢看清来人后,脑子轰的一下,蒙了。

整个屋子里,现在最淡定的,就是还赖在她身上的谢星朝。

虞竹眼都气红了:"姐,你别怕他,我保护你。"

虞竹现在只想把谢星朝打一顿,让他死心,再也没法纠缠他姐。

可是虞竹平时疏于锻炼,虽然也不矮,但体格瘦弱。两人年龄相差不到一岁,谢星朝看着也是清瘦颀长的身形,但实际上根本不是虞竹能比的。两人要是真的打起架来,虞竹根本占不到便宜。

虞鸢的脸一阵白一阵红,她冲着虞竹说:"别打!"

她羞愧得恨不得钻到地下去。

"星朝。"她没多想,脑子里第一个冒出来的念头就是叫他的名字,她想去拉开他。

谢星朝本来也没想和虞竹打架,虞莺叫他,他就听话地松了手。虞竹脑子都气蒙了,没想到谢星朝居然不还手了。他没收住手,那挥出去的一拳直接打在了谢星朝的脸上。

虞竹傻眼了。

虞莺也没想到事情会这么发展,也傻眼了。

客厅里悄无声息的。

虞莺沉默地去冰箱拿了冰块,兑了冰水,拿了毛巾。她敲了敲谢星朝卧室的门。

门没关,只是虚掩着,虞莺推门进去。

"星朝,给我看看你的脸。"她说。

他听话地转过脸来。刚才虞竹那一拳打在了他的眼角处,那里已经有一点点青了,像是美玉上的瑕疵,显然虞竹用力并不轻。他半眯着眼,揉了揉眼角,反而安慰她:"没事的。"

"星朝,对不起。"虞莺拿着毛巾,手指都有些颤。

其实她知道虞竹打不过谢星朝,自然而然地叫出他的名字,并不是真的就更加维护虞竹。现在想来,她很羞愧。

"没关系。"他说,"虞竹是你的弟弟,我什么也不是。"

他想,她更偏向虞竹,也是正常的。

虞莺心里很难受。

"疼吗?"她拿着毛巾,轻声问。

"疼。"他说。

虞莺说不出话,愧疚感越积越浓。

他坐着,她站着,离他很近。他的目光越来越灼热。他真的受不了她这样对他。

"这么疼吗?"

虞莺见他眼角发红,于是轻轻捧住了他的面颊,更加近地看了下他的伤处。

他是真的生得很好,近看也没什么瑕疵,高鼻梁,唇红润且薄,每一处该有的颜色都很纯粹。对比之下,他眼角那块浅浅的青肿痕迹就更加醒目,提醒着她她刚才的过错。

她离他那么近,他有些意乱情迷。

"鸢鸢,你吻一下我,我就不疼了。"他央求她。

虞鸢呆住了。

他垂下了眼睫,失望的神情掩盖不住,但他也没有再强求她。

她实在太过愧疚了,眼看冰水的温度合适了,冷敷效果也差不多了,便飞快地在他的面颊上轻轻碰了下。

他一路酥到了尾椎骨。

鸢鸢居然真的主动亲他了,这是从来都没有过的事情。他想。

这一下像是引爆了核弹,她被他一下抱在了怀里。他力气很大,弄疼了她的腰。他的一腔热情她根本抵挡不住,既滚烫又热烈。他一遍遍喃喃地告诉她:"我好喜欢你。"

虞鸢手里的毛巾都差点脱手了。她脸红得不成样子,叫道:"谢星朝!"

他明明说他很疼,是不是又在骗她?

客厅。

见虞鸢端着水进了谢星朝的房间,虞竹心烦意乱。刚才虞鸢跟他解释了一通,他也觉得自己有些理亏。

虞竹没精打采地待在客厅,脑子里还是刚才那一幕。虞鸢把他说了一顿,叫他不要什么事情都用武力解决,随后去照顾谢星朝了。

就在这时,门被打开了,虞鸢端着水出来了。

她的头发和衣服都没怎么乱,只是脸有些红。虞竹的眼睛跟雷达似的,他上下打量着她,四处寻找着她的不对之处。

"我去一趟楼下的药店。"虞鸢对他说,"你和星朝好好相处,不要再闹了。"

虞竹一下又蔫了,也不敢说"不"。

虞竹是独生子,从小到大,基本是把虞鸢当成了自己的亲姐姐,她说什么,他很少违拗。

不久,谢星朝从房间里出来了。他给自己倒了杯水,准备回房间继续做自己的事,权当没看到坐在沙发上的虞竹。

倒是虞竹对他怒目而视:"你刚才是不是故意的?"

226

"你很喜欢挨打？"谢星朝没看虞竹，冷冷地道。

虞竹气急败坏地说："我告诉你，你再卖惨，我姐都不会喜欢你这样的。"

谢星朝忽然扯了个很恶劣的笑："那你说，鸢鸢喜欢什么样的？"

虞竹不说话了。他现在对谢星朝说的每一句话都格外警惕。他不知道谢星朝又想干什么。

"我一直在想，怎么可以让鸢鸢更喜欢我呢？"谢星朝生了这副模样，如果虞竹不是知道他性格有多坏，估计也会被他这天使一般的样子蒙蔽，也怪不得虞鸢一直看不透他。他接着说："如果可以让她喜欢我，我什么都可以做。"

虞竹恨不得捂住耳朵不听完这话。

"你想都不要想！"虞竹怒吼道，"我也要去京州读大学了，之后，你什么小花招都别想使。"

他在心里想，他一定会把虞鸢保护得好好的，看得紧紧的。

"你考那么一点分，够去哪里？"谢星朝懒洋洋地说着，唇角露出了讥讽的笑容。

谢星朝喝完了水，准备回房间了，懒得再理会虞竹。

虞竹气得脸色发红，冲谢星朝修长的背影咆哮："京大就了不起啊？"

虞鸢买完了药，推门进来，正好就听到了虞竹说的这句话。

虞竹慌乱地道："姐，我没有说你学校不好的意思，不是，你听我说，是他……"

虞鸢叹气，他们两个可能命中注定不对付吧？

谢星朝这次没有在她家待很久，只是等晚上虞楚生和沈琴回来了，和他们一起吃了顿饭。

他竟然给虞楚生和沈琴都带了礼物，说是承蒙关照，去年他有事没来拜年，所以这次补上新年礼物。

"鸢鸢的礼物，等我回学校了再给你。"吃饭前，他对虞鸢说了这话。

虞鸢是真觉得自己不好意思收他的礼物。她去年给谢星朝买的礼物，到现在都还没送出去。她和他说不用送礼物给她了，他没有回答，也不知道到底有没有听进去。

沈琴一向很喜欢谢星朝，问他在大学里的近况，谢星朝有问必答。

沈琴知道他上学期的绩点后，笑容满面地说："我就说，星朝人聪明，小时候，我教他读书写字，他什么都记得。"

他乖巧地说："我很傻的，鸢鸢才是真的聪明。"

只有这点，虞鸢知道谢星朝不是在骗她。他就是觉得，她是世界上最聪明漂亮的人，很小的时候就这样觉得了。

虞竹沉默不语地扒饭，心想，谢星朝句句话不离虞鸢，简直是司马昭之心路人皆知，他叔叔婶婶居然还看不出来。

晚上，谢星朝要回家了。

"因为在南城还有些事情要办，"他对虞鸢说，"我这几天都不会在陵城。"

他小声问她："鸢鸢会想我吗？"

当着这么多人的面，虞鸢不可能让他再亲近，他只能暂时憋住。

虞鸢红了脸，别开脸说："你走吧。"

车已经到了，谢家司机在等着了。

她也不是不会想他，不管是哪种感情的想。

"反正，离开学那天也没多久了。"她说。

开学了，他们就又可以见到了。

虞鸢不知道谢星朝要去南城干什么，只知道和他家族内部的事情有关，他和家人的关系最近似乎有所缓和。虞鸢轻声说："你自己在那边，好好加油，照顾好自己。"

谢星朝原本以为她什么都不会和他说了，得了她这句话，一下又开心了："嗯。我努力的所有动力，都是你。"

他的心里都是她。是她把他从混沌中带出的，她是他停歇的岛屿、前行途中的明灯，是他初次心动的对象，也是他以后要厮守一生的恋人。

虞鸢终于回了家。她想着谢星朝最后滚烫灼热的眼神和那句话，心怦怦直跳。

当有人这样全心全意地爱着你，把自己的心捧在你面前时，面对这种既纯洁又炽热的感情，又有谁会不心动？

虞鸢每天都生活得很平静。某天，许夺夏打电话过来，问她和丁蕴玉怎么样了。

虞鸢觉得很奇怪，问："你为什么忽然问起他？"

"哦，李希美你还记得吧？"许夺夏问。

"记得，她是不是去了工大？"

"对。"许夺夏说，"她现在还单身着，前几天忽然找我问丁蕴玉的事，问他和你是不是还在一起。她一直喜欢丁蕴玉来着。"

虞鸢找到了她这话中的逻辑矛盾，弱弱地道："为什么是'还'？我们根本没在一起过啊。"

"以前好多人以为你们在一起过。"许夺夏说。

"夏夏，你知道我们根本没在一起过吧？"她哭笑不得。

许夺夏不在意地道："嗯，我知道啊，后来我不是问过你了嘛，你说你和他没什么，我就这么和李希美说了。结果她又问我知不知道你们最近咋样了，说你们没在一起她就要追他了。"

虞鸢无奈地说："你和她说吧，我们就没在一起过。"

许夺夏应了声，说："不过，我们都觉得你们很般配，你们现在还没谈恋爱，也是神奇。"

虞鸢忽然想起一件事情来，问许夺夏："夏夏，我问你一个事……"

她想问许夺夏关于信的事情。

可是，话说到一半，虞鸢又刹住了车。餐券的事情她对谁也没说过，即使是到了现在，她也觉得不太方便告诉许夺夏。

许夺夏还在等着她发问。

"没什么。"她苦笑了下。

还是开学后等丁蕴玉自己和她说清楚吧，毕竟这是他们之间的事情，她还不知道怎么回事就出去和人乱说，也不太好。她想。

"你现在咋样了啊？丁蕴玉不行，你家里那个小帅哥呢？他还缠着你吗？"

虞鸢脸红了。

他还在缠着自己，而且比之前缠得更紧了，但她根本没办法把这种事情告诉许夺夏。她嗳嚅了几声，就把话题扯开了。

南城，谢家。

大厅内正在举办一场晚宴，晚宴是谢岗主办的。谢岗的主场虽然不在这里，但是谢家在南城经营百年，也算是本地的名门望族，所以这次晚宴来了不少平时和谢家交好的人物,规模还是相当盛大的。

何况谢星朝也在——之前,谢星朝少有兴致在这种场合露面,谢家对外只说他年龄小,被宠坏了,不懂事。

谢星朝难得地换了正装,衣服很合适。他虽然很少在公众场合露面,但并不怯场。

郑肖然来找谢星朝喝酒,一看到他的脸,就笑了:"你的脸怎么了?"

郑肖然居然能看到他这副模样。本来长得那么漂亮的一张脸,现在不知道被谁这么伤了一下,他也不遮不掩。

谢星朝懒得理郑肖然。

郑肖然比他大了差不多十岁,但和他关系一直不错。

"我听说,最近你开始去你爸公司实习了?"郑肖然说,"怎么,和你爸和好了?我原本还准备了资金,就等你自己创业的时候投给你呢。"

谢星朝用修长的手把玩着酒杯,垂着眼,淡淡地道:"不用了。"

"啧啧,我以为你早就和你爸水火不容了。"郑肖然说。

"想到以后需要养老婆,"谢星朝面无表情地说,"我就可以多容忍他一点。"

郑肖然一脸诧异。

谢星朝其实不是很喜欢这种场合,但是也不能说不擅长交际。

按照计划,他至少还需要在南城待一个星期。他需要学习的事情还有很多。

他暂时离开了宴会大厅,出去透气了。

虞鸢还没回他的消息。明明两人才分开没多久,他就又想她了。

虞竹这几天都住在虞家,在琢磨填志愿的事情。谢星朝走了,他倒是很让人省心,平平静静的,偶尔还可以帮家里做些事。

虞鸢在帮沈琴做饭,开饭时,虞楚生拿着筷子,忽然扭头咳嗽了两声。

"感冒了吗?"虞鸢问。

"前几天吹多了空调。"虞楚生笑着说,"你晚上睡觉注意点,不要踢被子。"

"爸,你带毕业班太辛苦了,"虞鸢说,"之后好好休息吧。"

沈琴嗔怪道:"他晚上睡觉老不盖被子。而且他哪儿辛苦了?就工作而已,在家里什么事情都不做的。"

虞楚生忙岔开话题:"我不是在给鸢鸢做打算嘛。我们家就一个娇滴滴的独生女儿,现在我得给女儿多挣些嫁妆。"

虞鸢脸有些红:"爸,我年龄还小。"

"你都二十二岁了。"虞楚生笑着说,"再过几年,你可能就出嫁了。"

一家人很是和睦。

虞竹说:"姐以后结婚要找个好男人,找个可以照顾姐姐的,成熟的。"

他把"成熟的"这几个字咬得格外重。

虞鸢很不好意思。她一想到那天的那一幕被虞竹看到了,脸就通红。

虞楚生赞同道:"是,大一点的会疼人。"

沈琴说:"成熟不是看年龄的,要看人。不是年龄越大就越成熟、越会疼人的。你看你爸,他都四五十岁了,却连个碗都不会洗,家里的事情全都不做。"

她责备虞楚生:"星朝以前都会帮忙,你连个小孩都不如。"

谢星朝以前住在虞家时才不到十岁,比虞鸢还矮。虞鸢做什么事情,他都要去帮忙。虞鸢洗碗,他帮忙递碗,虞鸢晾衣服,他帮忙拿衣服,做得好不好不说,至少有这份心。

虞竹的脸一下青了,他忙说:"我马上要报志愿了。"

他赶紧又把话题拉了回来。

虞鸢的脸红得不行。

她回到卧室,果然又看到了谢星朝给她发的微信消息。

她其实对情感需求没有那么重,很少会过分依赖什么,和某人不太一样。

她一打开和谢星朝的对话框,大段文字就滚了出来——

鸢鸢,你在吗?在做什么?

午饭好难吃,我没吃几口,下午还有工作。

我想吃鸢鸢做的菜。

…………

直到最后一条,他发:喝酒了,好难受。

虞鸢吓了一跳,迅速给谢星朝回了信息:怎么又喝酒了?没有吐吧?

谢星朝正好拿着手机,一下就看到了这一条消息。

虞鸢还没反应过来,那边忽然就传来了视频邀请,她手一抖,居然直接就同意了。

虞鸢看到了他的脸。

他面色有些潮红，似乎是真的喝醉了。他眸光如水，眼睛湿漉漉的。他的领带已经被扯开了，白衬衫的扣子也松了几颗，她能看到清瘦的锁骨。

他趴在镜头面前，乖乖地看着她。

"鸢鸢。"他喃喃地叫出了她的名字。

"你是不是已经不记得我了？"他语气委屈，像在控诉，"我知道，鸢鸢，你根本不会想我。"

虞鸢："星朝，你现在在哪里？"

"嗯，不知道。"他似乎真的在说胡话。

虞鸢本来有些担心，直到看到屏幕里成书一闪而过的脸——成书看到谢星朝在和她通视频电话后，便迅速关上了门。

虞鸢有些脸红，也有些气恼。她又白操心了。

她忽然有些怀疑他是不是真的醉了。

或许是见到她的神情不太对，谢星朝眨了眨眼，委屈地垂着眼，就这么看着她。

虞鸢也没真的生气，语气还放软了一些："回去喝一点醒酒药，以后不要再喝太多酒了，很伤胃。"

她如果在他身边，还可以照顾他，现在是鞭长莫及。

"嗯！"他只要一听到她用这样的语气和他说话，就眸子发亮，忍不住地想和她亲近。

"鸢鸢，要吻我吗？"他的声音中带着鼻音。

隔着屏幕，他凑近了一点。他似乎是真的醉了，以为自己正在她面前。他唇红齿白，睫毛纤长，因为醉酒，唇显得更加红润。他目光迷离，毫无防备地把自己整张脸呈在她面前，任她采撷。

她脸色微红地说："星朝，现在我们是在通视频电话。"

她把"视频电话"这四个字咬得很重。

"那等见面了，鸢鸢就吻我？"他迷迷糊糊的，反应倒是很快。

虞鸢这段时间才发现，他死缠烂打的功夫是无人能及的。好在他们现在还没有见面，要是真的见面了，他估计真的有办法哄得她来吻他。

虞鸢叹气，心还在怦怦直跳。

暑期一天比一天热。

虞鸢在家里待着,很少出门。她有些怕热,以前许夺夏还问她,她皮肤那么白,夏天不出门是不是就是为了护肤。后来许夺夏才知道,她不是为了护肤,纯粹就是因为怕热,还特别容易中暑。

好在她不去实习,也不怎么需要出门。

严知行给虞鸢布置了任务,虞鸢在电脑上就可以完成。她功底好,而且做事细致,严知行偶尔也会把自己做的项目里的一些杂活扔给她,报酬也不少。

虞鸢的不少同学已经找了实习单位。

叶期栩就去实习了,在京州的一家投资银行做行业研究员,成天累得要死,基本每天都要晚上十点钟才能到家。

"于童在培训机构里当数学老师呢。"叶期栩在微信群里说,"你们不知道,教数学有多挣钱,他上个月就收入过万了,转正之后估计会挣得更多。"

虞鸢打算之后继续升学,也就不忙着找实习单位。

"以后你成为数学家了,美女数学家,"余柠说,"到时候,我给你写专访。"

余柠现在在一家报社实习,每天写写文章。余柠文笔很不错,颇得主编的赏识,说她不愧是从京大出来的,就是不一般。

"我弟弟马上要报志愿了。"虞鸢说。

虞竹这几天在家既激动又紧张。

"你怎么那么多弟弟?年年都有弟弟参加高考?"

她脸红了下,强调道:"这个是我伯伯家的孩子,是我堂弟,虞竹。"

谢星朝和她根本没有血缘关系,这个事情,她在宿舍是说过的。

说到谢星朝,这段时间两人一直没见过面,谢星朝似乎一直在南城,在谢家的公司。

他每天都会打电话过来,和她说自己吃了什么、做了什么,似乎想把自己所有的事情都事无巨细地和她分享。

每晚睡觉之前,他还要缠着她打电话,和她说说话再睡。

虞鸢从没谈过恋爱,也不知道别人谈恋爱时是什么样子的,男朋友是不是也像他这么黏人。

但是他们现在根本还没谈恋爱。

虞鸢被谢星朝磨了这么久,居然有些习惯了,晚上会和他打完电话再睡,但谢星朝打来的视频通话,她就没再接过了。

暑假过得很快,虞竹收到了录取通知书——是京工大的,学的是最热门的计算机专业。

虞竹自己觉得挺满意了。

他也是小孩子心性,对虞鸢说:"姐,我们班同学组织了旅游,你要和我们一起去吗?"

虞鸢哭笑不得,柔声说:"你自己去玩吧,我去了你们反而不自在。"

他们都是些十七八岁的孩子,她怎么可能和他们一起出去?

其实,除去谢星朝,虞鸢平时是真的完完全全把这个年龄的少年都当成了小孩的。

"哦。"虞竹不高兴了,又问她,"姐,你不会想和那姓谢的一起出去玩吧?"

虞鸢:"小竹!"

"我真的不喜欢他。"虞竹委屈地说,"他从小就超级有心机!姐,你知道吗?我觉得他特别可怕,以后你们真的在一起了,你会被吃得骨头都不剩。"

不过,他倒是不情不愿地承认,谢星朝确实是喜欢他姐的,至少现在是,但他自然不会跟他姐说这点。

虞鸢叹气。她没觉得谢星朝可怕过,只觉得他从小很缺爱,没安全感,需要很多关注,所以才会那么黏人。

她不想再和虞竹讨论谢星朝的事情了,就对他说:"小竹,以后你不要再在星朝面前说这种话了,你对他是有偏见。"

其实谢星朝对虞竹一直还不错,之前虞竹的数学也是谢星朝帮忙补习的。

"可是我不想让他当我姐夫!"虞竹脸涨得通红。

"他明明还没比我大一岁,凭什么和你谈恋爱?"

他以前觉得,他理想中的姐夫就该是温文尔雅、成熟、可靠的男人,这样才能配得上他知书达礼、聪慧温柔的姐姐,他怎么也接受不了谢星朝当他姐夫。

虞鸢的脸一下红了:"我们没谈恋爱。"

她接着说:"之后的事情,之后再说。小竹,你今年也要十八岁了,要成熟点。"

离开学的日子越来越近。

虞鸢还是按照习惯,准备在八月中旬提前去学校。

虞竹回他自己家了。他爸妈说要出去搞一个家庭旅行,于是他只能等开学再和虞鸢去京州见面了。

虞鸢准备买去学校的票了。

这天晚上,她洗完澡,吹干了头发,刚换好衣服,放在床头柜上的手机就振动了起来。

她已经习惯了,不用看也知道那电话是谁打来的。

"鸢鸢,你是不是快回学校了?"

虞鸢:"嗯。"

她的声音僵了一下。她刻意没对谢星朝说自己返校的日期,一是她习惯了独自往返学校,二是她知道谢星朝最近在实习,很忙,她觉得没必要因为她的日程扰乱他的步调。

"我知道你不会告诉我,因为你根本就不想我,也不想和我一起回学校。"

虞鸢忽然就有些羞愧。

其实,她也不是不想他。

"看外面。"他的语气忽然轻快起来。

虞鸢感到很疑惑。她穿上拖鞋,走到阳台上,打开窗户。

"我在你家楼下,鸢鸢!"夜风里,谢星朝身形颀长,面容隐没在夜色里,让人看不分明。

虞鸢披了件衣服,打开门下楼的时候,心怦怦直跳。

黑暗里,虞鸢被他一把搂住了。她虽然没看清楚他的脸,但是能感觉到他身上熟悉的气息。虞鸢有些恍惚。不知道从什么时候开始,她已经对谢星朝那么熟悉了。

两人大半个月没见,他很欢喜,拥抱她的力气很大,她根本没法反抗。

"鸢鸢刚洗过澡吗?"他埋首在她的颈侧,含含糊糊地问。

"好香。"他喃喃地说,"我好喜欢。"

虞鸢的耳根一下红了。他这话说得很奇怪,听着像是她为了见他刻意洗了澡、换了衣服一样。

"星朝。"她声音颤着,耳后的肌肤都红透了。

虞家在小区里面,现在是晚上十点钟,可周围路人依旧不少。虽然这边的路灯坏了一盏,四周光线很差,但是,认识她的人不少。如果被人看到她半夜在楼下和别人抱在一起,那她是真的没脸见人了。

下一秒,虞鸢差点尖叫出声——她已经被他直接打横抱了起来。

楼下有个小花亭,外头缠着藤蔓,小时候,虞鸢经常带着谢星朝在那儿玩耍。那时候,他比她还矮,生得粉雕玉琢,像个小女孩,不会说话,只会像个小跟屁虫一样,默默地黏着她。

"谢星朝。"她慌乱极了,可是丝毫没办法推开他。夜色里,他显得更加修长,腿长腰细。无论是身高还是体力,她都是根本无法和他相比的。

谢星朝在亭子里坐下,把她放在了自己的腿上,呢喃道:"鸢鸢,我好想你。"

虞鸢慌乱无措,黑发凌乱,面颊通红,一双杏眼中像漫了水。她脑子里一片混乱。

"说好了,要亲亲我。"他的声音有些哑。

"鸢鸢,鸢鸢。"没有得到回应,他一声声叫她的名字,声音里满是掩不住的渴望之意。

虞鸢只觉得越来越热,热到发烫。她坐在他的腿上,浑身酥麻,双手无力。

她的心越跳越快,乱得不成样子了。夜色弥漫,路灯昏黄的灯光落在地上,谢星朝漂亮的轮廓半隐半现。他垂眸看着她,眼睛很亮,那张红润的唇近在咫尺,似乎在等着什么。

两人几乎呼吸相闻。

时间一分一秒地过去,虞鸢的心越跳越快。对着那双眼睛,她一句话也说不出来。

谢星朝什么也没等到。

"鸢鸢,我知道,你不爱我。"他声音里的委屈之意藏不住。

他早就接受了这个事实。他想,她以前和丁蕴玉在一起的时候,肯定吻过丁蕴玉。

他神情落寞,之前明亮的眼睛也一分分暗淡了下去。

他安静地埋首在她的肩窝里,像只受了伤,慢慢在给自己舔舐伤口的小兽。

她真的没法见他这副模样。她从小就疼他,他受了伤、委屈、难过、不高兴时,她都比他更加难过。她从小心软,在他面前更是没什么底线,可以一而再、再而三地容忍他的各种行为。

她闭了闭眼,轻轻把脸凑了过去。

她告诉自己,就一下,就还是像小时候那样,在他的面颊上轻轻地亲一下。

这样应该就够了吧?他也不会再那么失落。她想。

索吻失败后,谢星朝原本只是安静地蹭蹭她的肩窝,一言不发,让自己被她的气息包围。但猝不及防地,他正好在此时抬起了头。

这一下,虞鸢的吻不偏不倚,落在了他的唇上。

很软——虞鸢脑子里一片空白,只有这个念头。长这么大,她还没有亲过任何男孩的唇,不料这第一次亲吻,却给了一个自己以前从来没有想过的对象。

一瞬间,搂着她腰肢的手明显收紧了。

谢星朝欣喜若狂地叫她:"鸢鸢!"

随后,他凌乱且灼热的吻已经落下,他吻在她的面颊上、耳尖处。他一声声叫着她的名字,热情完全抵挡不住,她的腰被他搂得生疼。

这个花亭虽然位置还算隐蔽,但是是小孩的乐园,只是因为现在太晚了,大部分小孩子已经去睡了,所以才没有人。但是,如果有人进来,看到了这一幕,她真的会羞死。

她把凌乱的黑发绾在耳后,雪白的面颊上全是红意。她瞪了他一眼,朝自家的方向走去。

谢星朝跟着她,讨好般地叫她:"鸢鸢。"

他懂得见好就收,此刻跟着她,不再有什么过分的举动了。

一分钟后,虞鸢感觉自己的手被人牵住了,他满足地把她的手收到了自己的手心。他的手比她的手大了一圈,他每次牵着她时,都喜欢这样。

他满脸幸福,小声说:"鸢鸢,这是我第一次接吻,我所有的第一次都给你留着。"

虞鸢傻眼了,原本已经平息下去的热意一下又升了起来。他居然认真地说出了这种不害臊的话。她红透了脸,一句话也说不出口。已经可以看到自己家的大门了,她把外衣裹紧了一点,脑子里一片空白,声音颤抖地说:"我……我不要。"

"我知道，但还是想给你。"他落寞地说。

借着楼道的光线，她终于可以清晰地打量谢星朝了。他似乎又长高了一点，依旧是那副唇红齿白的漂亮模样，眸子湿润明亮。

她看到他的唇，脸又红了一下，接着别开了视线。

刚才他滚烫柔软的唇凌乱地落在她面颊上的感觉，似乎又回来了。

"你要一起上去吗？"虞鸢犹豫地问。

谢星朝在她家有房间，但是，他没有提前说要来，现在已经晚上十点钟了，她忽然带着谢星朝回去，未免太过诡异。

想到这点，虞鸢心事重重。

她和谢星朝的事情，她还一点都没有跟家里人提过。虞楚生和沈琴都对谢星朝很好，但是这种好是建立在把他当她弟弟看待的基础上。

如果她以后真的和谢星朝谈恋爱了，她不敢想象他们会是什么反应。

好在谢星朝没有给她出难题。他摇了摇头，说："我还有些事情没办完，暂时要回家待几天。

"我只是想在你回学校之前再来见你一次。我太想你了，你不和我通视频电话，我都看不到你。"

说实话，今晚的事情更加坚定了她不会和他通视频电话的念头，她怕他又失控，做出什么事情来。

"你回你自己家？"虞鸢说，"这么晚了，你怎么回去？安全吗？"

"没事，成书送我来的。"谢星朝飞快地说，"谢岗现在出国去了，但家里的阿姨还在，我吃饭睡觉都没问题。"

虞鸢："嗯。"

谢星朝拿出了一个东西，塞到了虞鸢手里。虞鸢看到那是一张卡片，问："这是什么？"

"京州那套房子的门卡。"谢星朝说，"我换了锁，现在刷这个可以进去。"

从上次许遇冬跑进他的房子里之后，他就打算把锁换掉了。

"我很久没去过那儿了，刚叫人打扫过。"谢星朝恳求道，"鸢鸢，你什么时候有空？能去那儿多待一会儿吗？"

虞鸢不想拿他家的门卡："这是你的……"

京州的房价一年比一年高，按照那套房子的地理位置、面积和装修风格，把房子租出去的租金都很可观。

"我的就是你的。"他毫不犹豫地说,"只要是我有的,鸢鸢,你都可以拿走。"

他其实从小就是这样,有什么好吃的、好玩的,第一个想到的就是她,什么都愿意和她分享,甚至他自己不要,也要给她。

第二天,虞鸢乘飞机回了学校。

六月时她参加了京大和临大的保研夏令营,选的依旧是数学方向的,现在结果还没出来,但是按照她的绩点排名和科研成绩,大部分人觉得她保送研究生是板上钉钉的事情。

虞鸢自己更倾向于留在京大,继续在严知行手下读研究生,可以的话,之后还有读博士的打算。她和沈琴、虞楚生说过这件事,他们也很支持她,说她喜欢就可以继续念下去。

大家快毕业了,开学就升大四了,事情都比较多。

虞鸢回宿舍时,除去还在实习的叶期栩,余柠和申知楠也到了。

"晚上等栩栩回来了,我们一起去吃个饭?"

"得。"申知楠说,"她现在这个下班时间,吃晚饭就算了,改吃夜宵吧。"

"这么辛苦?"虞鸢轻声说,"那等周末吧?带栩栩出去好好吃一顿。"

她们宿舍的习惯是,在每年放假离开之前和每年开学人聚齐时,都一起吃个饭。

虞鸢简单地收拾了下桌子,换了床单。把行李箱里的东西都放好后,她的手机响了。

是盛昀打来了电话。那边的人声音听起来似乎很愉悦:"虞鸢,你到学校了?"

"嗯,今天刚到。"

"我参加了你们系的夏令营。"盛昀说,"严教授你是不是很熟?我之后想拜到他门下。"

"是的。"虞鸢说。

可是,她控制不住地想,盛昀不是和杨之舒很熟悉吗?杨之舒和严教授也很熟啊,为什么盛昀不直接找杨之舒,非要七拐八拐地来找她?

239

"我想多了解点严教授,你最近有空吗,我请你吃个饭,好好聊聊?"

虞鸢婉拒了。她委婉地告诉他,他可以去找杨之舒。

申知楠在吃薯片,听到他们的对话后,问虞鸢:"你怎么不去?"

虞鸢说:"不太好。"

"怎么不好了?"余柠说,"你们不都是单身吗?单身男女,吃个饭有啥不好的?"

虞鸢脸红了一下。她以前不怎么注意这方面的事情时,可能真以为盛昀就是想咨询,说不定就去了;但是现在,说来诡异,她想的却是,如果谢星朝知道了她要和一个男生出去吃饭,他肯定会不高兴的,而且他也不怎么喜欢盛昀。

申知楠凝神盯着虞鸢,忽然说:"宝贝,你最近是不是有情况了啊?"

虞鸢本来在出神,闻言吓了一跳。

女孩谈恋爱时的状态和平时的状态不太一样,也说不出是哪里不同。

虞鸢:"没有!"她一字一顿地说。

"谁啊,谁啊?是之前那个丁什么?"余柠也感兴趣,"他是长得蛮好看的。"

虞鸢才想到,她还和丁蕴玉约好了要见面,这个是她早已经答应了的。

她得和他说清楚。她现在也不确定丁蕴玉是不是对她有别的意思,有的话她想当面和他说清楚。

她轻轻摇了摇头:"我和他没什么的。"

"我就说嘛。"申知楠说,"鸢鸢这种外热内冷的,就需要一个热情的人来融化她,丁蕴玉那种,你们在一起了也会相敬如宾一辈子吧?你就要找个热情的,这叫互补。"

"楠楠,那你和你宋师兄最近咋样了?"余柠问,"他够冷吧?你够热吧?怎么的,你把他融化了没有?"

申知楠的脸一下垮下去了:"别提了。"

宋秋实那人,和虞鸢一个样,看着温温润润的很好接近,但申知楠要更进一步,就难得不行。

虞鸢的手机在这时忽然响了。

有人发来一条消息——来自丁蕴玉:虞鸢,最近有空吗?我有东西想给你看,还想说上次没说完的话。你有空的话,这周末方便出来一趟吗?

估计他是要和她说信的事情。

虞鸢一直摸不清楚丁蕴玉对她到底是什么态度。如果他是真的喜欢她，她就和他说清楚；不是的话，她也可以告诉谢星朝，叫谢星朝不要再想东想西。

上次他们去调研，丁蕴玉给他们带路，虞鸢一直觉得欠着他的人情。

毕竟，他早已经不做什么导游了，还要大热天的带着他们在山里走来走去，那并不是什么轻松的活。

虞鸢关了消息界面。她打算去见丁蕴玉，只是有些踌躇，犹豫着要不要告诉谢星朝。她抑制不住地想，如果她不说，之后谢星朝知道了，说不定要怎么闹呢，肯定又会多想。

她真的对那天晚上的他心有余悸。

还是给他提前说明一下为好。虞鸢想着，给谢星朝打电话时提了一嘴这件事："星朝，这周末我要去见一次丁蕴玉，和他说点事情。"

之前她拒绝和盛昀去吃饭，是觉得没必要，觉得他们也没什么好聊的事情。

虞鸢从小性格就很独立，她一直觉得，别说她和谢星朝现在还没在一起，就算在一起了，谈恋爱了，她其实也不太能理解他对她的过分依恋。

人还是要有自己独立的社交圈和生活圈的，虞鸢一直鼓励他出去多交朋友，好好学习，也是因为这点。

谢星朝听到丁蕴玉的名字，表情落寞了。不过，他倒是没有像她想象的那样阻止她。

他懂事地说："鸢鸢，你去吧，没关系，我知道你们有事情要聊。"

他落寞的语气还是遮掩不住。

第九章

我也能很成熟的

某天下午，太阳天。

购物街位于临大和京大搭界的地方，平时大学生就非常多，在这种周末的时候，白领也都得空出来闲逛了，因此这里更是摩肩接踵，放眼望去，哪里都是人。

谢星朝走在最前面，冷着脸。

他穿了一身黑——黑T恤衫，黑裤子，似乎浑身都散发着低气压。

"阿朝，你要吗？"许遇冬走热了，在路边顺手买了个冰激凌，颤颤巍巍地把冰激凌递给谢星朝，"消消火。"

"我没火。"谢星朝冷漠地看着远处。

这还叫没火？许遇冬很少见他露出这么恐怖的表情。

路和跑了过来："阿朝，咱姐姐和那男的从临大北门出来了，正在往我们这边过来。"

他们仨一路走着。

许遇冬："阿朝，他们进商场了。"

"这男的，一点都配不上姐姐。"路和挑剔道，"比阿朝矮，没阿朝好看，没阿朝有钱，年龄还比阿朝大。要是我是姐姐，我肯定选阿朝。"

谢星朝看着不远处，模样冷冷淡淡的，心情显然差极了。

虞鸢原本和丁蕴玉说好在临大见一面，但周围人来人往，不是什么说话的好地方。

丁蕴玉问她："吃饭了吗？"

虞鸢想到谢星朝，犹豫了下，说："我晚上可能有些事。"

"天气太热了。"丁蕴玉温和地说,"你要是晚上有事,那么我们就去附近的咖啡馆坐坐,聊一聊吧?"

本来就欠了丁蕴玉的人情,他又说得很恳切,虞鸢也不好再拒绝。

"商业街上有家咖啡馆,那里挺安静的。"丁蕴玉说。

虞鸢以前也去过那家咖啡馆,便点头同意了:"嗯。"

周末的步行街上人来人往,两人并肩走着,走了几步,丁蕴玉顿住了脚步,往后头看去。

虞鸢问:"怎么了?"

"没什么。"丁蕴玉顿了下。

他的第六感很灵,他老觉得人群里似乎有什么人一直在盯着他们。

虞鸢倒是完全没察觉。

两人到了咖啡馆,落座后,虞鸢叫了一杯摩卡。

两人对坐着,虞鸢的手机一直在振动。

"有人找你?"丁蕴玉问。

"是我宿舍的人在讨论明天去哪儿吃饭。"虞鸢小声说,"还有我弟发来的消息。"

"是上次那个弟弟?"丁蕴玉显然对谢星朝很有印象。

虞鸢忙摇头:"是我堂弟虞竹,他考上了京工大,后天开学。"

丁蕴玉说:"大一新生开学,真的有很多麻烦事。"

他感慨道:"一眨眼,我们都大四了,明年就要毕业了。大一显得离我们好遥远了。"

虞鸢忽然控制不住,怔怔地想,谢星朝今年刚上大二,还那么年轻,等他上完大学,到他们这个年龄时,不知道会发生什么变化。

"你上次说的信的事情……"咖啡被端上来了,虞鸢喝了一口,看着杯壁上凝结的水珠,踌躇地说。

"我当时是想答谢你送我餐券。"丁蕴玉嗓音温和。

虞鸢有些不好意思:"对不起,那时候是我自作主张了。"

"不。"丁蕴玉笑着说,"我当时很高兴,想着居然有人会关心我,而且我也确实用上了一部分。那盒子里剩下的餐券,是我刻意留着做纪念的。"

虞鸢双手捧着杯子,问:"是我放餐券的时候被你看到了吗?"

她一直以为自己做得很隐蔽。

丁蕴玉用温润的黑眸看着她，而后忽然移开了视线："没有。"

那他怎么知道餐券是她送的？虞鸢困惑不解。

他又说："可能是以前我有过什么误会。"

他现在想来，也是，那封信怎么可能会是她写的呢？虽然笔迹一样。

他对她的字很熟悉——端正清秀，对落款处的"虞鸢"二字尤其熟悉。他以前是学习委员，经常会在班里承担发考卷的任务，那时候，他经常会刻意把她的试卷留在最后发。

她的笔迹，他再熟悉不过。

那封信的内容很简略，却让当时的他面红耳赤，第二天一整天都不敢看她的眼睛。

高中时代，虞鸢穿着宽大的蓝白校服，将长发简单地束成马尾辫，但这遮掩不住她的秀美。她亭亭玉立，整个人似乎都镀着一层光芒，是那么聪慧、温柔、秀美。

她抱着书轻盈地从走廊上穿过时，有无数双眼睛在盯着她。

他怎么敢奢望获得她的青睐？

虞鸢迷茫地问："误会？"

"你不用放在心上。"丁蕴玉温和地说。舌尖品到了咖啡的涩味，他说："就当我没说过吧。"

虞鸢问："信的事情都是误会？"

丁蕴玉上次和她提起时，她就很是茫然，一直到现在，她都没搞懂那封信到底是什么。

"是我弄错了。"丁蕴玉轻轻笑了笑，说，"你就当没发生过吧。"

虞鸢有些不知所措。

咖啡厅里放着舒缓的音乐，丁蕴玉随之将话题移开了。

虞鸢有些不安，丁蕴玉没向她表白的意思，她如果自作多情地去拒绝，未免也太尴尬了。

"之前做调研，谢谢你帮我们带路。"虞鸢客气地说。

"没事，你们给过报酬了。"丁蕴玉苦笑，"那个师弟来给的。"

谢星朝虽然年龄不大，但是非常强势，而且对丁蕴玉抱着很深的敌意。

虞鸢问："星朝没做什么不礼貌的事情吧？"

丁蕴玉摇了摇头。

"你现在和他在谈恋爱？"丁蕴玉犹豫着，还是问出了口。

虞鸢耳尖微红，轻声说："我还在考虑。"

其实，对于她而言，话说到这份上，意思已经很明显了。

她没对别人说过，对丁蕴玉说，一方面是因为他似乎可以让人放下心防，另一方面是因为，她不知道丁蕴玉到底是怎么想的，是不是真的对她有好感。如果是的，那她提前说了在考虑谢星朝的事，也算是委婉地告诉他自己的意思了。

丁蕴玉不再说什么了，只是轻轻颔首："我知道了。"

让她松了一口气的是，他也没对这件事进行任何评价。

已经差不多是黄昏了，把这件事情说开后，虞鸢感到很轻松。

两人准备起身离开。

虞鸢刚走到街上，手机屏幕忽然又亮了，屏幕正中央跳出了一个小狗的头像，是谢星朝发来了消息——

鸢鸢，你要在外面吃饭吗？

这几天你不能喝凉的。

你酒量小，不要喝酒。

晚上不要和他待太晚了，不安全。

我可以来接你吗？

你介意他看见我吗？

这一串的消息，虞鸢看得头晕目眩。

原本她和丁蕴玉准备回学校了，谢星朝忽然又来了这么一出。

虞鸢正低头准备回复谢星朝，之后，她看到丁蕴玉顿住了脚步，视线投向身后，表情复杂。

虞鸢也随着看了过去。

谢星朝个子高，又生得出挑，在人群里很是显眼，藏都藏不住。他或许也没有想藏的意思，也不知道在那儿多久了，又不敢上来打扰他们，只是委委屈屈地跟着，甚至还穿了一身黑衣服，不知道想干吗。

虞鸢直接朝那边走了过去，把他一把捉了个正着。

谢星朝被抓了个现行，也没多少羞愧的意思。他看了一眼不远处的丁蕴玉，倒像是来抓虞鸢的现行一样。

她哭笑不得地说："低头。"

他太高了,她够不到。

他乖乖地低下了头。

她一把捏住了他的脸:"谢星朝,你在搞什么把戏?"

他的皮肤真的好,手感非常棒,脸漂漂亮亮的,既清秀又干净。

脸被捏住了,他含糊不清地说:"鸢鸢,我吃醋了。我怕他亲你,只有我才能亲你。"

虞鸢的脸一下红了。

这是在人来人往的大街上,丁蕴玉还在不远处站着,谢星朝说这话时一点声音都没收,她怀疑丁蕴玉都听到了。

谢星朝根本不在意这些,只是委屈地看着她。他还被她这么捏着脸,真的像是被她欺负了。

虞鸢脸涨得通红,不自在地说:"不知道你在说什么。"

"呜。"

看谢星朝居然真的要再说一遍刚才的话,虞鸢手下加重了力道:"谢星朝!"

她怕丁蕴玉真的听到了。她耳尖通红,把他拉近了,小声说:"我和他之间什么事都没有。"

两个人隔得太近了,他很幸福地一把抱住了她:"那鸢鸢还是喜欢我的,是吗?"

眼睛亮晶晶的,他开始当街撒娇了。

"谢星朝,你这么大了,能不能不要再像小孩一样了?"虞鸢的脸涨得通红。

他比她还高了那么多,早已经是个大男生了。

"虞鸢。"丁蕴玉的声音从她背后传来。

谢星朝的手还放在虞鸢的腰上,她甩都甩不掉。他的手修长漂亮,手劲非常大,不管她怎么暗示他,他就是不松手。

虞鸢做出一副快哭了的样子。

丁蕴玉平时很少见到虞鸢这种神态。

以前同学之间私下里流传过,说虞鸢是标准的外热内冷的人,虽然个性温和柔软,但是情绪变化很小。他认识虞鸢这么久,也是第一次见到她这么有烟火气的一面。

她是因为这个人改变的？他想。

丁蕴玉神色有些落寞，勉强地对她笑了下，说："那我就先回去了。"

"嗯，之前谢谢你。"虞鸢说，"再见。"

丁蕴玉点点头："有空再联系。"

见他终于走远了，谢星朝黏着她，哼哼唧唧地说："鸢鸢，你别联系他了。你没空。"

他想的是，除了干正事外，她别的时间都是他的，她根本没别的空闲时间再理这个男的。

这难道不是一句简单的客套话吗？虞鸢想。

"鸢鸢，我送你回学校好吗？"

见情敌被赶走了，他像是成功地维护了自己的领地一般，神情愉悦了起来。他牵住了她纤细柔软的小手，将她的手收在了自己的掌心里。

虞鸢故意板着脸说："不用了，你去办自己的事情吧。"

"鸢鸢。"谢星朝委屈地说，"我们都两天没见了，我好想你。"

"你这一身衣服怎么回事？"她忽然又注意到了他这一身黑衣。

说实话，之前他更改穿衣风格是能取悦她的，她最喜欢看他穿红色或者白色的衣服。她没和他说过，一次课间休息，她意外地见到他穿着红色球衣在球场投篮的模样，人群之中，其余人仿佛都变成了背景。

他黑发白肤，身姿修长矫健，穿着红色球衣，戴着黑色护腕。她看着他的背影，一时间居然有些看呆了。

他是那么意气风发，身具逼人的少年感与青春感。

她一直没告诉过谢星朝，当时，她意识到自己在看的是他后，脸一下红了。

她怎么能看谢星朝看到发呆呢？

谢星朝对此当然全然不知。

他小声说："穿黑色是因为我心情不好。"

一想到她要去见丁蕴玉，一想到她现在还可能和丁蕴玉再续前缘，他心里就酸得要死。

虞鸢："……"

"不过现在好了。"他甜甜地说，"鸢鸢要是亲亲我，就更好了。"

她真的被打败了，一句话也说不出来。最后，她还是由着谢星朝牵着她，和他一起回了学校。

藏在人群里有幸旁观了这一切的路和和许遇冬都看呆了。

"这脸皮是真厚啊。"路和说,"不愧是阿朝。"

"那是阿朝?那不是和他长得一样的其他人?"许遇冬看得都忘了吃手里拿的冰激凌了,此刻那冰激凌已经化了。他同样目瞪口呆。

没过两天,虞竹开学了。

虞鸢提前接到了沈琴的电话,沈琴让她第二天接虞竹报到,顺便也叫上谢星朝一起吃饭,还让她多陪陪谢星朝。

现在,一听到谢星朝的名字,虞鸢就有些不自在。

何止多陪陪……之后,假设她真的和谢星朝在一起了,他们该怎么过家里这一关还是个大问题。

她脸红了一下,不再和沈琴多说,匆忙地挂断了电话。

虞竹背着大包小包来了京州。他以前从没有来过京州,现在眸子里带着憧憬之意,满心的欢喜,看哪里都觉得很新鲜。

虞鸢先带他去了京工大。出租车上,见路过了京大校门,虞竹忙探着头往外看:"姐,你们学校好大,好好看啊!我以后要是考研究生,一定要考上你们学校。"

虞鸢揉了揉他的头发,说:"好好学习,争取考过来。"

虞竹重重地点头。

京工大的男女比例为七比三,校园里来来往往的大部分是男生,虞鸢的回头率就更加高了。她带着虞竹去报到,一路上已经遇到了两三个上来搭讪要微信的男生了。她都婉拒了。

虞竹说:"姐姐,我们学校的男生好多啊,之后我给你介绍男朋友。"

反正他不要那个家伙当他姐夫。这话他只敢在心里说。

虞鸢笑了下,温和地说:"小竹,你自己好好学习,多交朋友,不用操心我的事情。"

她没和他说她最近和谢星朝的状况,还不到时候。

虞鸢叹了口气。

报到后,虞竹把行李放在了宿舍,虞鸢准备带他去京大吃饭,顺便带他逛逛京大。

路上，虞竹问："姐，你们保送研究生的结果是不是快出来了？"

"嗯。"虞鸢点头。

其实已经八九不离十了，虞鸢大四没什么课了，严知行已经开始给她布置科研课题了，等于已经提前叫她进入了读研究生的状态。

两人进了京大，虞鸢给虞竹四处介绍。

差不多到了饭点，她带虞竹进了京大内的一家餐馆。这家餐馆离她宿舍不是很远，平时宿舍聚餐，她们经常会过来吃。

"您好，几位？"服务员带着他们进门。

"两位。"虞竹立马说。

虞鸢却说："三位。"

虞竹心里忽然就涌起了一种不祥的预感。

虞鸢发了条消息给谢星朝：星朝，你今天晚上有课吗？

虞竹坐在她旁边，凑过来看，脸一下就垮了："姐，带他干什么？"

其实，就算沈琴不说，虞鸢应该也会问谢星朝有没有空。

这段时间，谢星朝在修双学位，课表太满，她也开了个新课题，正忙着，所以两人见面的时间根本没多少。

谢星朝那么黏她，怎么忍受得了长时间不跟她见面？他每天都给她发消息、打电话，吵着要跟她见面。她怕打扰他的学习节奏，更怕他逃课来见她，所以任他怎么求，她都狠心没见他。

现在是第二周了，眼下有了这个契机，她便发消息去问了问他。

谢星朝很快回复了：没课！鸢鸢想我吗？

他发了一个摇尾巴的小狗的表情包给她，小狗楚楚可怜的，倒是和他有几分神似。

他有很多可爱的表情包，专门用来发给她"卖萌"。

虞鸢看了下自己的微信，表情包那栏空荡荡的。她平时不怎么发表情包，说话似乎都是一股子公事公办的味。

他发来的表情包很可爱，她忽然笑了，继续给他发消息。

虞鸢：嗯。

虞鸢：没事的话，晚上一起吃个饭吧？

另一边，谢星朝看着那个"嗯"字，简直难以置信。

249

这是说明，鸢鸢也想他吗？他想。

投资学课堂上，他脑子一热，已经直接站了起来，想背上书包直接走了。这堂课还剩下不到二十分钟，教授已经把内容讲完了，他没什么好听的了，想早点过去见虞鸢。

本来大家都听课听得昏昏欲睡，教室里安静得一根针掉下来都能听到声音，此刻椅子弹开的声音像是一石激起千层浪，所有人都回头看过来。

老教授也注意到了那个坐在最后一排、忽然站起来的高个子男生。他推了推眼镜，看清男生脸上的神色后，说："这位同学，上我的课让你这么喜悦？那你不如来解一下这道题。"

他指着PPT上的例题说。

已经有人开始笑起来了。

不料，谢星朝甩下书包，居然真的走上了讲台。

他很快理清了思路，把公式飞快地写完，诚恳地道："老师，您有计算器吗？您把数字代进去就可以解完了。"

"你急着去干什么？"老教授脾气好，而且很惜才，见他眸子灵动，长得清秀好看，一副很聪明的相貌，不由得好奇地问他。

"我要去和我喜欢的女生表白！"谢星朝一点也不避讳，大声说。

大家顿时哄堂大笑，有不少人起哄。

"老师，您答应吧，就让他去吧！"有胆子大的居然就这么喊了出来，气氛一下轻松了不少。

老教授并不古板："去吧去吧。你长得这么帅，肯定能成功。"

老教授忍不住也笑了，心里感慨道，年轻真好。

"谢谢老师。"

谢星朝穿着宽大的白T恤衫，背影很是高挑。他把书包甩到肩上，一转眼就已经跑到楼下了。

虞鸢怎么也没想到，谢星朝会来得这么快。

估计他是一路跑过来的，有些喘，白皙的面颊上都泛着潮红。

他生得好看，这时候便更加好看，有种别样的味道。

好在他这副样子虞鸢也见得不少了，此刻她心如止水。

"跑什么？"虞鸢拿了纸巾，嗔怪道。

"我想早点来见你！"

虞鸢的脸微微红了一下，她朝他勾了勾手指。

他很自觉地低头，把自己的脸凑了过去。她用纤细的手指掀起他额前的发，给他擦去了鼻尖和额头上的汗水。他很享受，叫了声她的名字："鸢鸢。"

虞竹一脸震惊。这是当他不存在吗？

"姐！"他咆哮道。

虞鸢才反应过来，脸一下红了，想把手抽回来，手却被谢星朝一把抓住了。谢星朝撒娇般地说："鸢鸢，我自己不好擦。"

"我来给他擦。"虞竹忍辱负重，一把揪起一沓纸巾。

虞鸢知道他和谢星朝素来不和睦，看他那架势，活像要去打仗，一心只想把谢星朝的脸给揉碎。

虞鸢自然不可能真让虞竹帮忙。她加快了速度，揉了揉谢星朝的脸，把他的脸揉得更红了。谢星朝委屈地抿着唇，虞鸢不看他，扔了纸巾，说："好了，可以点菜了，我去叫他们加餐具。"

她走后，桌边就只剩下虞竹和谢星朝了。

谢星朝懒洋洋地看了虞竹一眼，什么都没说，和虞鸢刚才在时简直判若两人。

虞竹差点咬碎一口牙齿。谢星朝还是那副贱兮兮的模样，虞竹看着都要气死了，而且谢星朝在虞鸢面前似乎更加得寸进尺了。

虞鸢回来了，见他们居然没吵起来，眉心一松，柔声问："你们要吃什么？"

"鸢鸢，你和虞竹先点吧。"谢星朝说。

对虞竹，他俨然已经有了一副当哥哥的架势，经常做出一副非常成熟懂事的样子；而对虞鸢，他就格外小心温柔，吃饭时也非常在意她，给她递碗、舀汤，各种献殷勤。虞鸢竟然也接受了，似乎他这些举动都很自然，她没什么可觉得奇怪的。

虞竹闷头扒饭，一句话也没说。

吃完饭，虞鸢和谢星朝一起送虞竹回了京工大。

返回京大校园时，谢星朝问："鸢鸢，散散步吗？你急着回去吗？"

谢星朝牵着她的手，动作是那么自然，她脸红了一下，也就由着他了。

路过篮球场时,思及往事,虞鸢忍不住往里多看了几眼。傍晚时分,有不少男生在打篮球,他们都穿得不多,空气里似乎弥漫着一股浓浓的青春气息。

他注意到了,立马说:"鸢鸢,我也会打篮球的。你要是想看,我以后打给你看。"

他酸溜溜地说着,绕到了她的左边。他个子高,一下就把她的视线都挡住了,只让她看他一个人。

虞鸢忍不住笑了。她当然知道他会打篮球。

不知道什么时候,他们绕到了湖畔,湖的两边都是垂柳,夜色已经降临了。这是京大著名的情侣路,有不少情侣在散步,缠缠绵绵的。

虞鸢有些不自在,耳朵微红。

"鸢鸢。"他忽然说,"我有东西想给你看。"

夜色弥漫,少年端正漂亮的脸隐没在夜色里。

虞鸢不知道他是从哪儿知道这些荒僻的小路的,他带着她七拐八拐,走到了湖的对岸,周围一下子安静了。

他放下书包,从里面拿出了一个瓶子,打开了瓶塞。

虞鸢屏住了呼吸。

有光芒在夜色中升起、蔓延,随后越来越盛大。

远处,微风拂过湖面,带着潮湿的水汽。

"这是你。"萤火虫星星点点的光芒在宽广的夜色里四散开来,融在微风里,像是流淌的星河在夜色里蔓延。

"那风就是我。"他嗓音清亮,"我永远追在你身后。"

她是他此生唯一追寻的目标,是他的光芒,能够照亮他的夜晚,是他前行的方向。

虞鸢一句话也说不出来。

萤火虫已经消散在了夜色里,两人坐在湖畔,周围一片寂然。少年伸着长腿,神态不知不觉显出了几分落寞,虞鸢张开了唇,想说什么。

下一秒,她已经被他抱住了。他搂住她的腰,把头埋在她的肩窝里,轻声说:"我知道,我不是鸢鸢喜欢的类型。"

他说到这里时,落在她腰上的手不自觉地用了力。她有些疼,却什么也没说。

"但这样也没关系的。"他乖巧地说。

他满心满意地喜欢着她,眼里心里全是她。只要她稍微爱他一点,他就心

252

满意足了。

这样一腔赤诚、不求回报的爱意,虞鸢从没体验过。

这样真挚、热烈到了极点的感情,谁能不心动呢?

或许是被这晚的氛围影响了,虞鸢收紧了手指。她感觉自己可能昏了头。

她轻声说:"星朝,抬头。"她捧住了他的脸,他抬起头来,眸子干净湿润。他认真地看着她,似乎在等待着什么。

是的,从他们第一次见面到如今,他们的感情不知道什么时候已经发生了变化,但是不变的是,她回首时,永远有人在等待着她。

虞鸢轻轻地吻在了他的唇上。

他的回应来得很快。

一开始,虞鸢以为这只会是一个浅浅的吻,不知道是被他的感情所感染,还是被这氛围所迷惑了,这个吻变得绵长起来。

她想,她一定是鬼迷心窍了。

她以前从没想过,自己真正的初吻会给谢星朝,还是在这种地方给他。

其实,他是完全不符合虞鸢对未来伴侣的设想的。她以前的理想伴侣是温文尔雅、成熟理智的男性,反正谢星朝哪里都不搭边。

可是实际上,她发现自己并不抗拒谢星朝。他那么年轻、热情、鲜活,从不遮掩对她的满腔渴慕,又有谁能抗拒他呢?

"鸢鸢,我好爱你。"他的声音居然有点哑。他没有再进一步动作,只是这样安静地埋首在她的肩窝处。

"我是不是在做梦?"他抬眸,轻轻问她。

星空下,他的唇红得厉害,眼睛湿漉漉的。他看上去楚楚可怜,完全没有了刚才肆意妄为的模样。

谢星朝打算回宿舍时,时间已经很晚了。

从小到大,他似乎还从来没有过心情这么愉悦的时候。他甚至不想回家,回宿舍的原因也很可笑——他想离她近一点。这样的话,第二天一早起来,他就又可以见到她了。

已经快到宿舍楼关门的时间了。

他晚上还有点事情要做,大概半个小时就可以处理好。

谢岗最近在操作一个并购业务——他之前去国外谈生意,收购了一家小公司。谢岗名下企业很多,他原本是靠实体起家的,后来资金融通了,就开始有慢慢朝金融业发展的意思。

他最近专门弄了家小证券公司,扔给谢星朝练手,还指派了几个副手给谢星朝。

证券公司的地点是在海城。

海城金融业发达,比起京州约束更少一些。谢星朝现在课很多,离不开京州,只有周末偶尔会去海城,平时大部分是远程进行决议的。

谢岗知道谢星朝最近在修双学位后,对他满意了不少。谢星朝的副手不止一次对谢岗提起过,说谢星朝很聪明,是吃这碗饭的料,对数字的敏感程度很高,嗅觉也很灵敏。

谢星朝却没多想。他的想法很简单,虞鸢以后要做科研的话,他就负责挣钱,给她提供最好的经济条件。

他就想把世界上最好的东西都给她。

他和谢岗也没什么血海深仇,无非是感情淡薄。他也想明白了,就算是亲父子,也不是每一个父亲都一定会无条件地爱自己的孩子。他只是不够幸运,没得到这份爱罢了。

不过现在,他有了虞鸢的爱,有了她家人的关心,这些已经完全足够弥补他这份缺失的父爱了。

一旦找到了目标,他便懒得再计较之前的事了,也不迷茫了,开始专心致志地朝着定好的目标走。

他今晚心情格外好,走得快了点。

"同学,你过来,这么晚了,你得登记下。"宿管大爷见谢星朝对他视若无睹,居然想直接刷卡进去,便拦住谢星朝说,"写上你的学院、学号、晚归理由。"

谢星朝停下脚步,端详了下那个本子,显然心情很不错。

三两笔写完后,他把本子推了回去。

大爷有些呆滞地看着晚归理由那一栏,几个字写得龙飞凤舞,巨大而潦草——谈恋爱。

一整晚,虞鸢都没怎么睡着。

她甚至还总能感觉到他在贴着她,在撒娇,黏着她怎么也不松开。她一身汗水地醒来，只觉得梦里残余的感觉都还没消散。

这种梦……虞鸢有些恼羞成怒。

她起了一个大早，下楼去吃早餐，不知道想避开什么。

不料，刚下楼，她就看到了楼下的谢星朝。

虞鸢僵在了原地。

谢星朝身姿修长，他在一心一意地等着她。他生得好，个子又高，站在树下格外引人注意。

他毫无困意，一大早跑回家洗了澡，换了衣服，就来这边等着她了。

终于有了名分，他在这里等着都等得理直气壮。

她看他一身清爽，再低头看着自己随意的穿着，有些咬牙切齿。她直接走了过去，对他视而不见。

"鸢鸢。"他呆了，委屈地叫她的名字。

虞鸢往早餐店的方向走去，那儿有个卖云吞的店，她经常去那儿吃早餐。谢星朝紧随在她身后。

"鸢鸢，你昨天亲了我。"他真的委屈死了。

这么看，她简直是个"渣女"，亲他之后就对他不负责任，不管了。

虞鸢僵住了，耳尖通红。

怎么办？他本来就已经够黏人了，现在真的就像一颗牛皮糖一样黏上她了，她甩不掉了。

她叹了口气："星朝，让我再想想好吗？"

他顿住了脚步，垂着眼，黑眸很干净，里头有几分委屈和不解之意。

"我不是反悔。"虞鸢诚恳地说，"只是先不要让别人知道了，可以吗？我还需要一点时间调整适应，不会很久。"

她真的一时没法转换过来。之前在所有人面前，她都是把谢星朝当成自己的弟弟看待的。

谁想到，她昨晚竟然做出了那种事。

"地下恋情吗？"他呜咽地说，"鸢鸢是怕别人看到我？我知道自己上不了台面，鸢鸢觉得和我在一起很丢人。"

他垂着睫毛，显得格外委屈："没关系，只要鸢鸢愿意要我就行了，就算不给我名分也可以。"

"谢星朝，你给我正常一点！"虞鸢哭笑不得，踮起脚，去捏他那张漂亮的脸。

她以前怎么从没注意到,他似乎还有表演型人格。

"吃早饭吗?"她近乎咬牙切齿地道。

"吃!"

一顿饭吃完后,虞鸢出了云吞店。她上午没课。

"鸢鸢,你要去哪儿?"谢星朝问。

"去图书馆。"

严知行给她开了一大堆书单,她现在还没找齐书。在她的日程表里,在下周末之前她必须读完书单上一半的书。她最近还在学编程,正在慢慢探索。

本来时间就排不开,她现在还给自己惹了这么个事情,真的太不理智了。

"我和你一起!"他说完,又甜蜜地牵上了她的手。

谢星朝明明也有自己的学业、事业,可是只要扯上她,他就这么任性。

"星朝,你去学习好不好?"虞鸢忽然停下,认真地说。

在一段健康的感情里,她觉得双方都不要过于沉溺才好,对她而言,谈恋爱永远都不可能是生活的重心。

她现在可以这么纵容谢星朝,其实和他长年累月在她心里积累下的地位有关。

她对亲情看得很重。说实话,如果谢星朝愿意的话,她一辈子都会把他看作亲人。而他们谈恋爱,做了情侣,以后就会有吵架、分手的可能。

她一直不愿意和谢星朝再进一步,其实未尝不是因为潜意识里不想失去他。

"哦。"他乖巧地说。

他把她的手收在自己的掌心里,眼睛亮晶晶,心情显然好得不能再好。

虞鸢微仰起脸,看到他的唇就脸红了,也没再甩开他的手。

他心情很好地说:"鸢鸢喜欢我吗?昨天为什么要亲我?"

"鸢鸢,我不告诉别人的话,那你还会亲我吗?"

"鸢鸢,鸢鸢。"

"............"

虞鸢近乎无奈地说:"宝贝,你赶紧去上课好吗?我记得你上午和下午都有课,你能好好学习吗?如果你的绩点不能排到全系前三,你就别想着谈什么恋爱了。"

鸢鸢叫他"宝贝"了,他美滋滋的,满脸幸福,就自动把她后面说的半截话给忽略了。

他甜蜜地说:"我会努力!但是,我们下节课就在图书馆对面的楼里上,鸢鸢,我是要送你去图书馆。"

就几分钟的路,他也非要和她黏在一起吗?虞鸢想。

"我就想和你多待在一起。"他说着,忽然低头,在她的面颊上亲了亲。

阳光明媚,图书馆前面的银杏树下,一个面容漂亮的高个子男生低着头,吻在了女生柔软白皙的面颊上,两个人如此般配,一切都美得犹如画卷。

周围有人经过,悄然回头看着他们,都没有人出声,唯恐打扰了他们。

虞鸢在图书馆看了一天书,收获颇丰。

晚上,她结束了学习,紧接着手机就振动起来。

小宝贝:鸢鸢!你学习完了吗?我下课了。我去图书馆接你!

见到那个搞笑的备注,虞鸢啼笑皆非。

她从没有给人改特殊备注的习惯,可是中午吃饭时,她回想起上午他们的对话,看到谢星朝的头像,忽然就起了一点玩心,给他改了这个备注。

天阴沉沉的,已经开始有秋天的味道了。

小宝贝如约而至。他甜蜜地拉着她说:"鸢鸢,下周你有空吗?我们出去玩好吗?"

她想了一瞬:"约会吗?"

虞鸢居然愿意使用这个词,谢星朝受宠若惊。

"广义上的约会,是指两人预约时间见面,"虞鸢板着脸,强撑着说,"不一定是指男女朋友见面。商务约会也叫约会。"

她的耳尖已经红了。

"那还有'亲亲'吗?"谢星朝低头凑了过来,既委屈又失落地说,"鸢鸢和人出去谈生意,也会亲别人?"

食髓知味,他话里话外都在暗示什么。

虞鸢傻眼了。夜色里,他眸色很暗,喉结滚动了下。借着身高优势,他已经趁机吻上了她的耳尖。感觉到耳尖上异样的触感后,虞鸢整个人都不好了,涨红了脸。

她从没想到,他会那么大胆又热情。

"鸢鸢。"他满是柔情蜜意地问,"我现在算是你男人吗?"

她脸红到不行:"谢星朝,你才多大?成天想什么乱七八糟的!"

面颊的温度一路升高,她手忙脚乱地想把他从自己身上扒拉下来,问题是他人高腿长,仗着自己力气大,就那么赖在她身上,任她怎么扒拉都不下来。

他认真地说:"鸢鸢,我不小的。"

他将声音拖得长长的,说:"我十九岁了,明年就二十岁了,再过两年,我就二十五岁了。"

"你这是什么破烂数学?"虞鸢捂脸,"谢星朝,你高等数学是怎么没挂科的?"

"因为鸢鸢教我了啊。"他哼哼唧唧的。

"我可没教你二十加二等于二十五。"

"我笨嘛。"他一点也不觉得羞耻,理直气壮地说。

虞鸢以前真的没有发现,他居然可以这么厚脸皮。

虞鸢红着脸,脸上的热度完全没有退下去。

虞鸢之前转移话题并没有成功,他还记得,便把话题绕了回去:"鸢鸢,你下周有时间吗?有时间吗?"

他可怜地说:"我特别想你。你一直说忙,视频电话不愿意接,电话也不怎么打给我,我怕吵到你看书,也不敢打太多电话。下周我们不出去的话,那我肯定有一周的时间见不到你,只能和你发发消息了。"

他是第一次谈恋爱,还是和自己心仪已久的人谈恋爱,可他似乎完全不需要过渡,已经径直把状态拉到了热恋期。他每天都想和她见面,恨不得时刻和她黏在一起。

偏偏他遇到的是虞鸢。

虞鸢很犹豫。她怕自己陷进去太多,也怕谢星朝陷进去太多。

可是,既然她已经答应了谢星朝,情侣间要做的事她又一件都不做的话,确实有些说不过去。

虞鸢想了想,自己加快一点进度,也确实可以空出一天时间来陪他。

对着那双满含期待的眼睛,她实在说不出拒绝的话语,最终轻轻点了点头:"我这几天把手头的事情做完,我们这周六出去玩。"

"一整天吗?就我们俩?"

"嗯。"

"鸢鸢！"谢星朝欣喜若狂，眸子发亮，忍不住又在她的面颊上亲了一大口，"你对我真好！"

虞鸢心里很愧疚。明明这只是一点小事，他竟能开心成这样。

"那我们早上见面，出去玩一整天，然后一起吃晚饭。"他幸福地说，"最后，我再送你回来。"

"地方我来选吧。"虞鸢点头，认可了他这个安排。

她心里有些没底，怕他把地点定在什么乱七八糟的地方。

"好。"他显然不在意到底去哪儿。

牵着她走了几步，谢星朝忽然小心翼翼地问："鸢鸢，那出去玩，应该是在离学校比较远的地方吧？外面也没什么认识我们的人，我可以亲亲你、抱抱你吗？"

虞鸢轻轻点了点头，回握住了谢星朝的手。

他明明已经那么大了，十九岁了，外貌看起来已经是个漂亮的年轻男人了，可是唯独在感情上还是那么纯真炽热，执拗又一往无前。

虞鸢没体会过爱情，更没体会过这样的爱情。

两人的宿舍楼在一个方向，校园里人来人往，初秋的晚风令人感到非常舒适。

谢星朝送她回宿舍，到了楼下，还恋恋不舍的。

宿舍楼底下有很多送女朋友回宿舍的男生，热恋期的年轻情侣有说不完的话，有的情侣甚至还会有告别吻。

就他什么也没有，他什么也不能做。

他格外委屈，模样可怜巴巴的。虞鸢看着他这副样子，心软成一团。她小声说："等周六。"

"嗯。"得了这个承诺，他终于没有那么蔫了。

两人告别了好一会儿，虞鸢才终于回了宿舍。

虞鸢因为想把事情都做完，周六可以心无旁骛地陪他一整天，所以把时间表排得很满，要把周六的事情都挪在前面做完。

她最近已经开始构思毕业论文的选题了，平时还要去严知行那儿帮忙。严知行对虞鸢的学习监督得很严，又给她布置了一大堆论文和要看的资料。

她还预约了托福的考位，准备趁着大四有空的时候把托福考了，之后读研究生和博士的时候，想出国看看。毕竟，以她学的学科，她去实力强劲的大学交流一番，是很受益的。

周五，申知楠回宿舍时，看到宿舍里只有虞鸢一个人，便放下买的一兜零食，对虞鸢说："宝贝，明天一起出去吃饭吗？咱宿舍好久没团建了。"

虞鸢敲键盘的手顿了一下。

"楠楠，我明天没空。我提前和人约好了，要出去一趟。"虞鸢小声说。

"和谁啊？"申知楠随口问。

虞鸢一声不吭，耳尖有些发红。

"不是小谢弟弟吧？"

虞鸢："不，不是。"

她语气慌乱，耳朵都红了。

"你们谈恋爱了？"申知楠两眼发直地问。

虞鸢还在尝试做最后的挣扎："不是，楠楠，我是和小竹一起出去……"

"别说了。"申知楠大手一挥，"你知不知道，你根本不会撒谎？你一撒谎耳朵就发红。"

虞鸢："楠楠，你能不能不要和别人说？"

她语气很轻。

"为什么？"申知楠觉得有些莫名其妙，"你们都成年了，上大学了，谈个恋爱怎么了？为什么不能说？"

虞鸢咬着唇说："我还没想好。而且我们双方家里人都不会同意。"

申知楠凝神盯了她许久，说："我们出去聊聊吧？"

她有些强硬地拉着虞鸢出了门。

两人走在校园里，虞鸢垂眸道："楠楠，说实话，我以前从没想过会和星朝谈恋爱。"

谢星朝从小身体弱，没有妈妈，爸爸也很少回家。他那时候还不能说话，经常生病，像个脆弱的玻璃娃娃。沈琴那时对她灌输的理念就是，她要把他当成自己的弟弟照顾。

虞鸢说："我家里人不会同意我和他在一起。"

她从小就是一个在各方面都做得完美无瑕的女儿，父母已经人到中年了，她不想再因为这种事情和家里人产生矛盾。

何况，谢家的情况她也知道一点，谢星朝的阻力不会比她的阻力少。

谢家是南城的望族，谢岗虽然平时不怎么管谢星朝，但对于独子的人生大事，也不可能真的坐视不管。

"那你自己是怎么想的？其实你是喜欢他的吧？"申知楠说，"我了解你，如果你不喜欢他，两边又有这么多阻力，你不可能同意和他在一起的。我看你很喜欢他。"

虞鸢沉默了。

"放心，我不会出去说。"申知楠拍了拍她的肩，说，"我觉得你想太多了，就先谈着试试呗。对自己要求不要太高，快乐就好。"

周六上午，七点四十五分。

虞鸢换了衣服，准备下宿舍楼。她今天醒得有点早，比约好的时间早下楼了一刻钟。她正准备给谢星朝打个电话，不料他的声音就传了过来："鸢鸢。"

谢星朝站在树下，身姿修长挺拔，非常醒目。

"你到多久了？"

"没多久。"他朝她跑过来。

他面颊微红，唇红齿白，在晨光下鲜活好看极了。

"到底到多久了？"见他这副漂亮模样，她居然又有些手痒，想去捏他的脸蛋。

"半个小时。"他小声说。

"多久？"

"我七点到的。"

她终于捏住了他的脸："到底多久？"

"呜，我六点半来的。我一直惦记着和你的约会，根本睡不着，早上很早就醒了。"他被捏得可怜巴巴的，一下就都招了。

"哦。"虞鸢说，"谢星朝，你不要仗着年轻就熬夜，熬夜长黑眼圈，长黑眼圈就不好看了。"

他拉着她的手，小声问："我不好看了，鸢鸢就不喜欢我了吗？"

他这副楚楚可怜的模样，很是惹人怜爱。

虞鸢叹气："没有不喜欢。"

她凑近了看着他的脸，那张脸近看也依旧漂亮。她说："你也没有长黑眼圈。"

他开心极了。见周围没什么人,他偷偷地凑近,飞快地低头在她的面颊上亲了一下,甜甜地说:"我也喜欢鸢鸢。"

虞鸢脸红了。

他今天似乎格外好看,虞鸢忍不住多看了他几眼。

两人一起吃完早餐后,他问:"今天去哪儿?"

虞鸢:"我带你过去,你先别问。"

"嗯。"他乖乖地说。

他准备好了钱,不管鸢鸢想去哪儿,钱应该都够。

半个小时后,他们下了出租车,一块游乐园的招牌映入眼帘。

她一直觉得谢星朝还是小朋友,小朋友就需要去游乐园玩。她绞尽脑汁想了很多,才想到这个地方。

"你喜欢吗?"虞鸢有些忐忑地问。

牵着她的谢星朝身高腿长,鼻梁很高,侧脸线条干净利落,很惹人注目。

她忽然觉得,他好像也不是很像小朋友。

"喜欢!"谢星朝似乎是真的没什么不满,眸子亮晶晶的,"小时候我一直生病,那时候家里人说过好几次要带我去游乐园,最后都没有去成。因为我身体太差,稍微刺激一点的项目都没法玩。"

他那时候躺在病床上,得知去游乐园的计划又被取消后,那副失落的模样,她一直记得。只是她不知道,在后来他们分开的那几年里,他自己有没有去过游乐园。

周六,游乐园的人不少。

虞鸢正想着要和他去玩什么项目。她胆子还算大,云霄飞车什么的她都可以玩,不过玩那个项目的人比较多,而且她不知道谢星朝能不能玩,所以准备迟一点再过去。

于是两个人先坐了船,然后玩了两个温和一些的项目。

今天天气有些热,谢星朝叫她坐着休息,自己跑去外头买了两瓶水、一个冰激凌。

"接下来玩什么?"他回来后,她问他。

"那个!云霄飞车!"

云霄飞车前面排队的人越来越少了,很快就要排到他们了。虞鸢见他在看手机，提醒他说："星朝，快到我们了。"

虞鸢说："以前我从来没想过，有一天我会带你来玩这个……"

"那鸢鸢想带我玩什么？"他乖乖地问。

"转转茶杯，"虞鸢想了想，真诚地说，"或者旋转木马？"

"……"

他眨了眨眼，小声说："鸢鸢想带我去，也不是不行。"

虞鸢忍不住笑了，笑得眼睛弯弯的："谁要带你去了？这些项目都是年龄十二岁以下的人才能玩的。"

"你年龄超出了多少？"

"十岁！"

"算数真好，"虞鸢捏着他的脸，"赞扬"道，"小宝贝。"

"鸢鸢！"

不知道是不是因为他们谈起了恋爱，她现在越看谢星朝越觉得可爱，而且完全不是用小时候看待他的心态来看待他了。

以前她只是单纯地呵护他、疼爱他，而现在，她发现自己越来越喜欢欺负他了，喜欢逗他，捏他的脸颊，也不排斥和他亲近。她在别人面前很少表露的情绪，在他面前都可以毫无顾忌地展示出来。

轮到他们坐过山车了。

虞鸢问："你以前坐过过山车吗？"

他确实没来过游乐园玩。他小时候身体很差，离开虞家后，过得极其混乱，活得肆意又叛逆。

"星朝，怕吗？怕的话等下就牵着我。"虞鸢小声说。

他们俩已经就座。

阳光下，虞鸢一双明亮的眼睛泛着浅浅的茶色。她微微抿着唇，神情灵动且促狭，和他记忆里的那个她很相似。

记忆和现实交叠，这一刻，他很满足。

他修长的手已经缠了过来，虞鸢抿着唇笑，回握住他的手。

坐完过山车，虞鸢觉得挺痛快的，见谢星朝似乎也挺开心的，又说："那里还有海盗船。"

于是，她领着谢星朝，把这游乐园里所有刺激的项目都玩了一遍。

…………

"我有点难受。"虞鸢脸色苍白地说。

"胃不舒服吗?"他担心地问。

修长温暖的手捂了过来,他给她轻轻揉了揉肚子。

"没事。"虞鸢说,"我只是头有些晕。"

她勉强地站起来,头晕目眩地说:"星朝,你还有什么想玩的项目吗?"

她做什么事情都很努力,既然今天是带他出来玩的,就不能扫他的兴致。

"我不想玩了!"他说,"鸢鸢,我只是喜欢和你在一起,做什么都行。"

不等虞鸢再说什么,他就把她打横抱了起来:"我们回去吧。"

"星朝!"虞鸢的脸一下红了。

"我叫了车,先带你去看看医生。"谢星朝不由分说地抱着她朝大门走去。

谢星朝人高腿长,手臂很有力,虞鸢靠在他的怀里,仰脸看着他。他的脸还是那么干净漂亮,只是眸子里没了笑意,唇微微抿着。他显得不再像平日里那么温柔了。

这一刻,她忽然切实地感觉到,他已经长大了。

两个人从医院走出来。

其实刚才是谢星朝太紧张了,虞鸢没什么事情,只是因为身体素质不太好,又密集地玩了太多刺激的项目才会头晕,休息一会儿就好了。

晚餐是谢星朝早已经预订好了的。

见虞鸢没事,他恢复了平日的模样。

"是我身体太差了,"虞鸢说,"扫了你的兴。"

"没有,今天玩得很高兴。"他是真的很满足,"难得鸢鸢能专门陪我出去那么久。"

虞鸢的脸微微红了。

她想,他觉得高兴就好,也不枉她花了这么多心血了。一整天和他一起度过,她比她想象的要充实、开心很多。

送虞鸢回宿舍后,谢星朝没有回宿舍,而是买了第二天的机票,准备回一趟陵城。

他回陵城是因为公司有些事情要处理。

他暂时没有把这件事情告诉虞鸢。

他先去了公司，打电话叫了郑肖然来。郑肖然比他年长、有经验，因此他找郑肖然问过不少事情。

最近这家小公司被他运营得有声有色，盈利一直在增长。

谈完正事后，郑肖然说："你爸知道你赚了这么多钱吗？之后他的家产都给你继承，估计他也能完全放心了。"

谢星朝交叠着修长的双腿，在看资料，没搭话。

…………

街上的霓虹灯已经亮了起来，他站在落地窗旁，看着城市的繁华光影。

他忽然又想虞鸢了，很想很想，只想快点到她身边去。以后，他们会有属于自己的小家，有她爱他，这就已经足够了。

秋天的时候，虞鸢保送研究生的结果出来了。

严知行叫他们几个新保送到他手下的学生一起吃饭，当是拜师饭，让他们和之前他门下的那些师兄师姐正式见个面。

严知行喝了点酒，举杯对虞鸢说："你是我这五届中带过的极为出色的学生之一。"

他说："有天赋的学生不少，不过，很多中途改学了别的学科。"

毕竟，转行做计算机和金融的收益比做数学研究的收益要高出太多。

"所以，现在的政策都改了，硕博连读，如果最后不读到博士学位的话，硕士学位证书也拿不到。"严知行问，"虞鸢，读这个项目，你有没有心理准备？"

虞鸢点头："有的。"

她对物质本来就没什么需求。她性格很温和，对平淡的生活很满意，觉得以后可以和自己爱的人在一起，一辈子做自己喜欢的研究，人生就已经无憾了。

"我很喜欢数学，"虞鸢轻声说，"如果可以一直在老师门下读下去，是我的荣幸。"

严知行举起酒杯，没再说话，一口饮下杯中的酒，喝得脸都红了。

以前他是不怎么喝酒的，虞鸢也是第一次见他这么失态，有些惊诧。

"小虞，以后硕博连读期间，你可以把你的人生大事也解决了。"严知行喝得有些醉了，忽然对虞鸢说，"我可以给你介绍对象。"

旁边的杜岩师兄说:"老师手下的青年才俊可多了。"

虞鸢有些羞赧,抿唇笑着说:"谢谢老师,暂时不用啦。"

"怎么,师妹有情况了?"

"哪个男人这么幸运?"

严知行门下男生居多,气氛一下被炒热了,虞鸢却只是抿着唇笑。

家里有了谢星朝这个缠人的小宝贝,她怎么还会让外头的人给她介绍什么对象?

今天她已经和谢星朝说好了,等吃完饭,她会去他那儿和他见一面。

被保送研究生的事情她还没告诉谢星朝,不过她知道,谢星朝知道了也会格外开心。

毕竟,她被保送读了京大的研究生,以后就可以一直陪他到他毕业,两人依旧可以朝夕相处。他那么黏人,如果她被保送去外校读研究生,他一定会很落寞。

虞鸢已经很久没去过谢星朝的家了,现在谢星朝不在家,去陵城办事了,但告诉了她他今天会回来。

虞鸢喜欢整洁,在他家也没什么事做,就把客厅随便收拾了下,把刚才在路上买的水果都洗好了,放在了盘子里。

终于,门口传来了动静。

虞鸢有些意外,去门口迎接他。

"飞机这么准点的吗?"

"晚点了。"谢星朝开门进来,说,"不过我一路上都在赶,想早点见你。"

他脱了鞋,扔了行李。

"鸢鸢。"他一下扑了过来,虞鸢整个人都差点被他压倒了。

他和虞鸢躺在客厅的沙发上。他垂眸看着她,楚楚可怜地问:"鸢鸢,你想我吗?"

虞鸢的脸微微红了一下,她移开了视线,没和那双漂亮的眼睛对视。

"今天有个事情想告诉你。"虞鸢说。

"嗯!"

"我被保送研究生了,还在京大。"虞鸢说。

"我就知道,鸢鸢真厉害!"他由衷地说,很是喜悦。

从小到大他一直这么觉得，觉得她最聪明、最漂亮，哪里都好，就是他心里完美无瑕的"女神"。

"我还可以再多陪你几年。"虞鸢说，"读研究生后，我有可能被分配过去当你们的课程助教，到时候你不要……"

她脸红了一下，想让他不要暴露他们的关系。

"那我到时候叫鸢鸢什么？师姐？"他故意这样叫她。

虞鸢："……"

这称呼本来正常得很，但被他这么一叫出来，就带了奇特的意味。

虞鸢这才注意到，他身上的正装都没来得及换下。此刻的他和平时相比，多了几分说不出的男人味。他不喜欢这种被束缚的感觉，领带很快就被他扯开了，被扔到了一旁的地上。

本来很宽大的沙发，此刻躺了两个人在上面，就显得有些逼仄了。

虞鸢的脸红透了，她叫他："谢星朝！你注意一点！"

现在她被他闹得没办法，连名带姓地叫他的次数越来越多，比之前十年加在一起的次数还多。

"可是，鸢鸢不是我女朋友吗？"他都没从她的肩窝处抬头，声音有点模糊，他撒娇道，"还是鸢鸢其实不喜欢我，所以才一直不愿意公开我们的关系？"

他缠人的功夫真的是一等一的，还间或满嘴的胡话，虞鸢被他缠得根本无法动弹。

虞鸢以前真的从没想过，他谈起恋爱来会这样。

"谢星朝！"虞鸢双手抵住他的胸口，红着脸，把他往外推，"够了。"

他依旧不松开手，还是紧紧地抱着她。

"鸢鸢，你会喜欢我，我好幸运。"他把头埋在她的肩窝里，嗅着她长发的香味，声音闷闷地说，"我以前都不敢想。"

他的优势对虞鸢而言都没什么用，她不爱财，也不会因为长相就随便喜欢上一个人。她更加看重人的性格和品质，自己也非常优秀上进。

可是，当年他把自己的生活过得一塌糊涂，把自己搞得劣迹斑斑、臭名远扬，等回过神来时，他根本不敢再出现在她面前，所以只能消失了。

那几年，他克制住了自己，和她一次面都没有见过。

他知道，他和虞鸢是完全相反的人，他和她的理想型男朋友差之万里。

"鸢鸢,你是真的喜欢我吗?"他可怜巴巴地问。

虞鸢的脸微微红了,她侧开脸,说:"你很可爱。"

对于一个男人而言,"可爱"可能不是让人听到了会很高兴的形容词,但是他很满足,哼哼唧唧的,又在她的脸颊上亲了一口。

"我现在有鸢鸢了。"他很幸福地说,"之后,我们会有自己的家。"

到时候,他赚钱养家,她可以去追求她的理想,他们每天都在一起,这是他很早以前就想象过的完美生活。

或许是因为从小的经历,他对家庭的渴望是虞鸢所不能感同身受的。

虞鸢坐在他的腿上,摸着他柔软的黑发,看着他的神情,心忽然刺痛了一下。一直到现在,她都没有给过谢星朝任何承诺。她也不知道自己和他到底可以走多远。

"鸢鸢什么时候给我名分?"眼睛垂视着,长长的睫毛影子落在眼睑上,他楚楚可怜地问,"是我哪里还做得不好吗?"

"等今年过年的时候再说,好吗?"虞鸢咬着唇。

她想先去探一探家里人的口风。

事情演变到了现在这样,虞鸢最担心的是虞楚生和沈琴的反应。他们虽然喜欢他,但是肯定不是用看待未来女婿的态度来喜欢他的。

虞鸢叹了口气,觉得或许她才是那个既自私又怯懦的角色。

可是谢星朝的眼睛亮了:"过年吗?"

过年离现在差不多只有三个月的时间了,他没想到会这么快。

虞鸢侧开了视线,红着脸,点了点头。

她靠在他的怀里,在想事情,有些心不在焉。

气氛很是温馨。

最近她很喜欢这样,他的怀抱很温暖、宽大,她靠在他的怀里很是舒服。他也喜欢这样从背后抱着她,把她完完全全收在自己的怀里。他可以把下巴放在她的肩上,低头凑在她耳边说话,随时可以亲亲她的脸颊。

虞鸢仔细地端详着他,问道:"你最近怎么又瘦了?"

"没有!我长了很多肉。"他想都不想就说。

其实最近他一直在陵城和学校间往返,事情非常多,胃口也不是很好。他从很早以前起就这样,压力大或者心情压抑的时候,食欲就会减退。只有每次和她在一起的时候,他才能稍微多吃一点。

"肉都长哪儿了？"虞鸢冷着脸说，"你说说。"

"都长身上了。"

"那你把上衣脱了，我看看肉长哪儿了。"

他用修长的手指扯住了自己的衣服，迟迟没有把衣服脱下来。

换作以前，他估计早就脱下上衣给她看了。

最近他也不知道自己到底掉了多少肉。他因为太忙，食欲又不好，确实瘦了不少，而且运动量也比之前少了。他不知道自己现在变成什么样了，腹肌还剩下多少。

他想，他要把自己最完美的样子给鸢鸢看，绝对不能破坏自己在她心中的形象。

果然如虞鸢所料。她站起身，微笑着俯视他，伸手捏住了那张漂亮的脸："谢星朝，你这谎话张口就来的毛病，什么时候能改啊？再让我听到你对我说谎话，怎么办啊？"

"呜，我错了。鸢鸢，对不起。"他抱住她的腰，说，"我再说谎，鸢鸢就让我去跪搓衣板？"

虞鸢闻言，原本还在努力绷着的脸终于绷不住了。

"过来吃夜宵。"她往餐厅的方向走，脸微微红了一下，"而且谁想看你跪搓衣板？现在哪来的搓衣板，不都是洗衣机吗？"

她简单地做了一碗面，浇头是她之前做的卤牛肉。她在面上撒了葱花，汤色非常好看。她还做了凉拌小菜作为开胃菜。

"我就知道，鸢鸢舍不得让你的小宝贝跪搓衣板。"谢星朝幸福地掰开筷子，在桌子边坐下，甜甜地说，"鸢鸢上次不是说，我是你的小宝贝？"

"谢星朝！"虞鸢提高了嗓音，耳根发红。

"你成熟一点！"

"鸢鸢喜欢成熟的男人吗？"

虞鸢点头。

"我也能很成熟的。"谢星朝小声说。

他明显有些失落，但是忽然之间，他的坐姿端正了那么一点。他似乎想尽力做出一副端庄成熟的样子。

想到手机里对他的备注，虞鸢有些心虚。

他每天都会给虞鸢发很多条信息，虞鸢看微信消息的频率比之前高了好几倍。

"小宝贝"那个备注她可能已经看顺眼了,一直都没改掉。幸亏他没发现那个备注,她把手机往身后藏了藏。

他一米八四的个头,比虞鸢高了二十多厘米,和同身高的男生相比,他的体形确实偏瘦。再加上他最近瘦了,脸也越发显得清瘦,脸蛋捏起来都没有之前那么好的手感了。

她想把他养得好一点,养得健健康康、漂漂亮亮的。

可能是因为她做的面味道确实好,又或者是因为他真的饿了,一碗面不久就被他吃得底朝天。

外头似乎飘起了雨,秋天的凉意蔓延在夜色里,餐厅里亮着暖黄色的灯光。有爱的人陪在身边,有一个属于自己的栖身之所,有一碗热腾腾的夜宵,这或许就是最简单的幸福。

她有些出神,想:或许,以后就这样和谢星朝组建一个家庭,也会很不错?

虞鸢的脸微微红了。

"我最近会多过来几次,"谢星朝洗碗的时候,虞鸢忽然说,"监督你吃饭。"

"鸢鸢!"谢星朝立马回头,眸子发亮,感动得不行。

"你先把手洗干净!"

虞鸢被他一下抱住,感觉腰都快被他搂断了。

虞鸢最近的生活似乎一帆风顺,每一桩事情都被她办得有条不紊。

甚至连托福考场,她都抢到了自己最想要的考位。考场就在京工大校内,离京大就十多分钟的路程,她还可以顺便去看看虞竹。

知道虞鸢那天要来自己的学校考托福,虞竹早早就行动起来了。他准备好了自行车,还在学校里找了好几处好吃的餐厅,打算等虞鸢考完了就去接她。

一整场考下来,虞鸢给自己估了下分,感觉应该够用了。

考完后,虞鸢收拾好书包,出了京工大的文学楼。

"鸢鸢!"谢星朝站在树下,单肩背着包,看上去既清爽又干净,很是显眼。

"星朝?"虞鸢没想到谢星朝居然会过来接她。

已经入秋很久了，外头的冷风带着凉意。他给她递过一杯热饮，眼睛亮亮的：“我想接你下考。其实我本来还想送你过来的，但怕你不让。”

虞鸢双手捧着热饮，笑了下，没说什么。

虞竹停好自行车，气喘吁吁地往文学楼跑，远远就看到了虞鸢和一旁的谢星朝。

虞竹脸色难看极了。

那边的两个人都没注意到他。

"鸢鸢，你冷吗？"谢星朝问，"是不是穿太少了？"

"还好。"虞鸢说。

"嗯。"他乖乖地答。他牵着虞鸢空出来的左手，只感觉她的小手软软的，有些凉。他把她的小手包裹在自己的掌心里，一脸满足。

"姐！"虞竹大喊。

"小竹？"

虞竹将目光停留在他们交握的双手上，满脸震惊，一副难以置信的样子。

虞鸢的脸一下红了，她却没有甩开谢星朝的手。

虞竹咬牙，冲过去说："姐姐，我订好了位子，我们去吃饭吧？"

"嗯，星朝也一起。"

他心想，谢星朝就不能自己待着吗？为什么非得缠着他们姐弟俩？

他心里不高兴，就直接对谢星朝说了："你又不是吃不起饭，干吗非得一直跟着我们？"

他只想让这人离虞鸢远一点。

"小竹！"虞鸢忍不住训他，"你对星朝态度好一点。"

"没事。"谢星朝握着她的手，小声说。他似乎并不打算和虞竹计较。

小时候他经常和虞竹闹别扭，默默地掉眼泪；现在他反而不那么介意虞竹了，还经常表现得很大度。

虞竹郁结于心，感觉一颗心挂着，不上不下。

第十章

因为想去京大见你

三人吃完饭，虞鸢和谢星朝一起散步回京大，顺便给沈琴打了个电话，说了下自己已经考完了试的事情。

沈琴说："考得好就好，家里一切都好，你不用操心。"

沈琴的语气有些疲惫，但她刻意不想表现出来。可虞鸢细致，做了她那么多年的女儿，总归能听出一些差别来。

"妈，怎么了？"虞鸢问，"你很累吗？"

"最近事情有点多。你还记得你杨叔叔吗？他最近从医院出去单干了，叫我去他的诊所帮帮忙。"

沈琴早几年已经从医院辞职了，在家当全职太太。现在她也已经到了快退休的年龄了。

虞鸢说："妈，你在家休息不好吗，为什么还要去私人诊所上班，把自己弄得那么累？"

虞鸢心里忽然很不是滋味："家里最近是不是缺钱？"

她存折里还有没用完的奖学金和稿费，那原本是她留着买书本、资料和用来支付各种考试费用的，如果家里真的缺钱，她就把这些钱都打过去。

"缺什么钱啊？是他那个地方缺人。"沈琴说，"我在家闲着也无聊，你好好读你的书，不用操心这些。"

虞鸢又问了虞楚生的情况和家里最近的状况，沈琴的回答都没什么异样。

挂了电话，虞鸢情绪还有些低落。

谢星朝安静地走在她身边，小声叫她："鸢鸢？"

"嗯。"

"我有一点存款……"

最近他那家小公司的规模翻了三倍，盈利更是可观，那也算是他挣来的第一桶金。

以后，他还会越挣越多的。他赚钱的动力就是她，他现在听到了她与家人的对话，自然就想帮她。

虞鸢抬头看他，说："不用啦。"

"鸢鸢……"

"你自己赚的自己花就好。"虞鸢温和地说着，语气却没什么商量的余地。

从小到大，谢星朝就没在意过钱。于他而言，他的一切都是她的，钱自然也不例外。

但是，对于虞鸢而言，在他们试着谈恋爱的这段时间，在钱财上，她不会占他任何便宜，甚至他给她挑选的礼物，太昂贵的她都不愿意收，反而更喜欢他送她的那些花了心思的普通小物品。久而久之，知道她不喜欢，他就不买太贵的礼物给她了。

察觉到了他的失落，虞鸢满是歉意地握住他的手："星朝，我家里确实没什么事，也不缺钱的，不需要帮忙。"

"嗯。"他长长的睫毛垂着，"鸢鸢，叔叔阿姨对我有恩，有什么事情我可以帮上忙的，你一定要告诉我。"

其实，他希望她可以多和他分享她自己的事情，试着多依赖他一些，把他真正当成可以信赖的人。

"没什么事。你也不要想太多啦！多吃点饭，好好睡觉。

"对了，我有个东西想给你。"

虞鸢自己都不太好意思了。那还是去年冬天的时候她给谢星朝选的礼物，结果那礼物在柜子里放了一年，现在才被她送出手。

围巾明显是一对的，款式差别很小，只是颜色不一样。

"你喜欢红色的还是绿色的？"虞鸢问。

那两条围巾颜色都非常好看。

"红的？"他没想到虞鸢居然会给他准备这样的礼物，眸子亮亮的，"鸢鸢想让我拿哪条？"

他记得，虞鸢喜欢看他穿红色的衣服。

"那就红的吧。"

"鸢鸢,你围那条嘛!"

"……"

"别人看不出来的。"他缠着她,哀求道,"这款式不明显。"

虞鸢终于还是被他求得松了口。

"我给你围。"他欢喜地说。

他拉她去了树下,专心致志地低头给她围好围巾。

虞鸢抬头,看到他长长的睫毛上不知道什么时候挂上了一点柔软的白色团状物。

京州今年的初雪,居然就这么猝不及防地来了,从天幕深处飞旋而下。

其实,对于虞鸢而言,除自己的亲人外,她之前没有给别的男性买过围巾、帽子、衣服这些东西。因为她觉得这些东西被人贴身穿戴,会有种暧昧的感觉。

可是现在,看到谢星朝围着她亲自挑选的围巾,她心里竟然有几分满足感。

京州比陵城更冷,好在学校已经早早开始供应暖气了。

虞鸢每天去图书馆自习。

虞鸢最近在撰写一篇论文。严知行要求很严格,隐隐有些想让她作为第一作者拿这篇论文去投《科学引文索引》的意思。她知道这有多难,但是她做事努力,也知道导师对她的期待,所以更想不负他的厚望。

不知道从什么时候开始,谢星朝每天也会和她一起去图书馆。

他乖得很,虞鸢思考时,他半点也不会打扰她,基本会把自己的存在感降到最低。

但是当虞鸢想喝水时,会发现自己的杯子里已经装满了热水。当她想看资料时,她需要用的资料也会被他找过来,整齐地堆在桌子上。

他坐在桌子对面,穿着白毛衣,面容干净漂亮。他低头在看自己的书,不时写写算算,也很专心致志。

或许是因为这样的他太过于赏心悦目了,虞鸢怔怔地看了他几秒。

他感应到她的目光,抬起头看她,乌黑的眼睛忽然弯了弯。

他忽然撕下了一页草稿纸,在上面低头写了字,把纸推了过去。

纸上写着:是不是很乖?

虞鸢看后，无声笑了，点了点头。

他眸子亮亮的，继续写：那鸢鸢回去后要亲亲我。

也不是不可以。虞鸢想。她似乎很久没和他亲近了，看他一副乖巧漂亮的模样，心尖似乎被什么挠了一下。

他写道：然后，元旦鸢鸢要陪我回家，和我一起过夜……可以吗？

他握着笔的手指因为用力，指节有些发白。漂亮修长、骨节分明的一双手，被他越握越紧，他很是紧张。

她之前也不是没有留下来过过夜，而且元旦还是特别的日子。

他继续写：鸢鸢，我想抱着你睡。

他越写越快：好想，特别想。鸢鸢，我睡觉不踢被子，不说梦话。我可以给你暖床。

虞鸢原本还迷迷糊糊的，看了这几行字，脑子一下清醒了。

他还在写：鸢鸢，你不是怕冷吗？我睡觉习惯真的很好。

得寸进尺似乎是他最擅长的。

写完那一长串文字之后，他可怜巴巴地看着她。

这是她怕冷的问题吗？是他睡觉习惯好的问题吗？虞鸢想。

虞鸢扯了扯唇角，提笔唰唰地写下：小宝贝，你十九岁了，不是九岁。

他再怎么装乖卖萌，她也不可能忘记这个事实。

见他似乎一点点蔫了，像是田地里被太阳暴晒的一棵小禾苗，虞鸢弯着眼笑了，写下"元旦陪你一起"，便不再逗他了。

随后，她的视线回到了自己的电脑屏幕上。虽然她一直刻意没看对面的人，耳垂却有些发烫。

虞鸢喝了口水，尽量集中精神做自己的正事。

都说谈恋爱会让人分心，果然是这样，尤其是和一个这样的"小黏人精"谈恋爱。

元旦姗姗来迟。

离期末周已经不远了，京大的通宵自习室每晚都爆满，好在虞鸢从来不需要赶在期末周复习。

虞鸢准备和谢星朝一起去他家，不过两人要先去一趟超市采买东西。

谢星朝不怎么会照顾自己，虞鸢以前偶尔过去，冰箱里每次都是空荡荡的。他需要她提醒好几次，才会记得去买点什么放在冰箱里。

现在虞鸢只想把他的身体养回来。

这次虞鸢难得和谢星朝一起逛了一次商场，两人路过零食区的时候，谢星朝问："鸢鸢，你吃不吃这个？"

虞鸢想说"不吃"，买太多了他们拎不回去。

"这是新口味的，鸢鸢，你试试。"他不由分说地把那袋零食扔进了购物车，"很多女生喜欢这种口味的，这好像挺流行的。"

"你怎么知道？"

"看广告！"

虞鸢忍不住笑了。

他似乎真的一心一意地想照顾她，平时也经常给她送女生会喜欢的小玩意儿，比她想象的细心很多。

虞鸢平时的生活其实有些单调，他想给她的生活添上色彩，别的女生喜欢的，他都想送给她。

元旦夜，京州格外热闹，灯火通明。

两人买这买那，不知不觉居然买了整整一大袋子东西，谢星朝全拎了过去，看着似乎也很轻松。

虞鸢舒了口气。这种时候就体现出男生的优势了。她力气小，平时一个人出去逛街，根本不敢买这么多东西，怕拎不回去。

他情绪很好，两人一路说着话往他家的方向走去。

大街上人山人海，谢星朝走在左边，护着虞鸢。天气湿冷，虞鸢怕感冒，都穿上厚衣服了。她身上毛衣、长裙的颜色都很素雅，小巧的鹅蛋脸被裹在围巾里，她整个人都显得格外清丽脱俗。

两人一起回了家。

虞鸢现在很少来这边，基本都是过来和他一起吃个饭就回学校。

他脱了外衣，换了鞋。家里的暖气早已经打开了，室内暖融融的。

能和她一起回家，谢星朝情绪明显很是舒畅。他给她拉下围巾，低头在她的面颊上亲了一口："鸢鸢。"

他想问她，今晚是不是真的会留下来陪他。

虞鸢也脱了外衣，笑眯眯地说："谢星朝，现在该做什么？你自觉一点。"

他原本甜蜜的神色一下垮了下来，但随后他还是乖乖转身，上秤。

"还可以吧。"虞鸢看了一眼数字，道。

他还真是很难喂胖的体质，变瘦容易，要长胖真的太难了。

谢星朝看终于过了这关，眸子一下亮了："我这段时间努力吃饭了的。"

他也去了棒球队那边训练，这段时间也没那么忙了，加上虞鸢经常过来，他的食欲恢复了很多。

"明年我们还有场球赛，鸢鸢，你去看吗？"

虞鸢："嗯。"

"到时候你会给我加油吗？"

"会有很多人给你加油的。"

"我只要你给我加油！"

见他这急急忙忙的样子，虞鸢忍不住就想笑，觉得他怎么这么可爱。

"鸢鸢，今年带我去你家过年吗？"他充满期待地问。

去年的时候，因为那天晚上闹出来的事情，最后谢星朝还是回谢家过年了。

"你家里人同意就行。"虞鸢的声音很小。

她是打算在过年的时候和虞楚生他们提这个事情的，想试探一下他们的口风。毕竟两个人一直这么偷偷摸摸地谈恋爱，也不是办法。

谢星朝老早就渴望能够光明正大地对所有人说她是他的女朋友了。然后，等他年龄一到，两个人就结婚，一辈子在一起。

虞鸢元旦也没什么事，便给自己放了一晚上的假，两人一起看了会儿电视台的元旦晚会。她原本是想让谢星朝多吃一点的，结果到最后，变成了他喂她。

"鸢鸢，你试试这个。"

"还有这个巧克力。"

"我昨天买的提子，很甜。"

"……"

而且他喂着喂着，还要过来索吻。

一场晚会播完，她怀疑谢星朝看电视屏幕的时间加在一起都没有十分钟，剩下的时间都用来缠她了。

虞鸢去洗了澡，出来时看到自己床上的被子居然已经拱起来了一大团。

她一看就知道是谢星朝藏在里面。

她深吸了一口气，一把把被子掀开，正好和他对上了视线。

那双眸子湿润干净，眉目既漂亮又灵动，他因为憋气，白皙的面颊上已经爬上了红潮，柔软的黑发也被捂得有些凌乱。

虞鸢的脸上忍不住有了热意。

她移开了视线，把被子扔回床上，一下把他半盖住了。

"鸢鸢，我帮你焐热了被窝。"他情意绵绵地说。

"我怕热。"虞鸢故意说。

他可怜巴巴地说："其实也没那么热。"

虞鸢忍不住笑了。她笑起来时眉目低垂，格外好看，平时那股疏离感不见了，显得既温柔又俏丽。

虞鸢在床上坐下，琢磨着该怎么把这个小宝贝赶走。

他朝她的方向蹭了蹭，把自己的衣服下摆撩起来，小声说："鸢鸢，我长肉了，你来摸摸吗？"

他搂住她的腰，凑到她的耳畔，哀求道："鸢鸢，我不做什么，你让我留下来好吗？"

"我想抱着你睡，想了好久好久。"

"我长大后，你就一直很疏远我，是不是因为不够喜欢我？"

虞鸢心软了："你乱想什么？"

他把她抱了一个满怀，仰起脸，可怜巴巴地问："那我可以留下来吗？"

京州的冬天原本很冷，但是虞鸢被人这样抱在怀里，只觉得暖烘烘的。

他身上的气味很好闻。他和她用的沐浴乳一样，但身上又混杂着一丝他自己的味道，十分清爽。

虞鸢不得不承认，她很喜欢闻这味道。

虞鸢最终还是妥协了。她僵着身子躺下了，见他确实没什么异动，开始慢慢放心了。

她生物钟很准，这么折腾下来，困意便开始不受控制地蔓延。

这一整晚，她居然意外地睡得很好，一夜无梦，一直睡到了第二天。

第二天一大早，虞鸢一醒来就看到了一张放大的、干净漂亮的脸。

虞鸢顿时清醒了。

"鸢鸢，新年快乐！"谢星朝不知道醒来多久了，就这么一直看着她。他弯了弯眼，说："我的新年愿望是，天天都可以抱着鸢鸢睡。"

虞鸢脸红了一下，转开脸去。

她大半个身子都躺在谢星朝的怀里，他有些不愿意放手。

"你头发怎么了？"虞鸢不小心摸到了他的头发，感觉有一点湿。

"没什么。"他不在意地说，"可能是昨晚没吹干？"

她记得她昨晚摸他头发的时候，手感是柔软干爽的。

她很喜欢谢星朝的头发，所以没事就会经常揉。她还喜欢捏他的脸，他也乖乖地让她捏。

他没把这个话题进行下去，语气轻快地说："鸢鸢，我们起床吃饭吧？"

接着，他情意绵绵地说："等结婚后，我们不要分床睡。"

结婚……虞鸢准备去洗脸，索性自暴自弃地说："等有孩子了，肯定不可能一起睡。"

"给保姆带。"他想都不想，说得理所当然。

虞鸢："……"

她忽然起了玩心，故意逗他说："谢星朝，有你这种不负责任的爸爸，我们的孩子好惨。"

"那我来带！"他怕她觉得他不负责。

"你会带吗？你连自己都照顾不好。"虞鸢慢悠悠地说。

他委屈得不行："鸢鸢！"

虞鸢终于忍不住笑了，眸子弯弯的，格外温柔，看得他心动不已。

"鸢鸢，你又逗我。"他撒娇道，"你老逗我。"

"不喜欢吗？"

"喜欢！"

两个人对着镜子一起刷牙，用的杯子、牙刷都是配套的——是谢星朝偷偷置办的。

原本这是独卧的洗手间，不大，现在挤进了两个人，空间一下子显得拥挤起来。

谢星朝人高腿长，虞鸢仰脸看着他，问："你是不是又长高了？"

男孩十九岁了居然还可以长个子吗？虞鸢十六岁后似乎就长了一厘米。

"不知道！"

"不要再长了,再长高,我们的身高差就太大了。"

"鸢鸢,我觉得我们的身高差正好。"

现在,她的头顶刚好到他的下巴那里,她正好可以靠在他的怀里。

小时候,很长一段时间里,他都比她矮。他因为长得漂亮,像女孩,又不会说话,所以在学校被欺负时,都是虞鸢保护他,他一直渴望能长大长高。

时过境迁,他格外满足。

元旦过后,一切似乎都被按了快进键。

期末周到来后,虞鸢去谢星朝家陪他复习了好几天,毕竟他同时修了两个学位,学的课程还是扎扎实实的专业课。

他在陵城实习的事情他没怎么和她谈过,但是似乎也挺占用时间的。

虞鸢很心疼他,好在数学方面她还可以帮上忙,平时还可以给他加点餐。

有时候,他说不看书了,叫虞鸢去睡,等虞鸢醒来,轻手轻脚地走到书房时,却发现他不知道什么时候又起来了。书房里亮着灯,她不知道他是不是又熬了一个通宵。

之前她似乎随口说过一句,他如果进不了全系前三名,就不要想谈恋爱的事情了,他居然真的听了进去。

期末周结束后,寒假终于到了。

两人在机场等虞竹,虞竹背着背包过来,远远就看到了他们。

因为谢星朝的事情,虞鸢后来说过虞竹好几次,虞竹现在也安静了很多。

虞竹走到虞鸢面前,说:"姐姐。"

虞鸢也有挺长一段时间没见过他了。

虽然京工大和京大离得很近,但是虞竹后来来京大找她的次数渐渐少了——尤其是每次都看到她和谢星朝在一起后。

虞鸢有些愧疚,觉得是自己没有处理好虞竹和谢星朝的关系。

她想等过年回去后找个时间和虞竹好好谈谈,一直这么下去也不是个办法。

三个人一起走着,见离登机的时间还早,便一起去吃了顿早餐。

趁虞鸢去洗手间的时候,虞竹咬牙切齿地说:"你不准欺负我姐。"

谢星朝原本在看手机,闻言挑眉道:"我欺负鸢鸢?"

他想,从小到大,除去上次过年那次,他和鸢鸢连一次矛盾都没闹过,虞竹竟然说他欺负鸢鸢？

虞竹一时无语，自己也觉得有些荒唐。

"你放心，不会的，我会好好照顾鸢鸢。"谢星朝居然正式回答了一遍，语气温和，像和小孩说话一样。

虞竹很受不了他用这种语气说话。他们明明是同龄人，他用以前那嚣张恶劣的态度对待虞竹，虞竹还习惯点，但现在他似乎已经完完全全把自己代入到了"虞竹姐夫"的角色中，这让虞竹浑身难受。

"你照顾什么？我姐以后有我姐夫照顾！"虞竹嘴硬，"用不着你。"

谢星朝似笑非笑地说："哦？"

虞鸢正好回来了。她问虞竹："什么用不着？"

虞竹立马不说话了。

虞鸢见他们没吵起来，稍微松了一口气。她想，哪天她真的要去找虞竹好好谈一次了，现在看来，谢星朝早已经不和虞竹计较了，只有虞竹还对他充满敌意。

飞机在陵城降落。谢星朝还有些事情要处理，要回谢家一趟。

"鸢鸢，我后天就过来。"他说。

"好，一路顺风。"

谢星朝却没有离开，只是安静地站着，垂眸看着她。

他在学校时已经习惯了和虞鸢朝夕相处，如今他们马上要分开了，虽然就两天，但他还是不舍。

虞鸢看他的神情，知道分别前按照习惯，他想和她亲热一下，再说几句甜蜜的话。可是虞竹在场，虞鸢实在不好意思。

她只能偷偷捏了捏他的手，小声说："等过年。"

她想的是，等过年时再补偿他。

"星朝后天过来？"沈琴接过他们的行李，听到虞鸢这么说，开心地问，"他最近在学校表现得怎么样？"

"很不错，他成绩好，也常参加社团活动，朋友比之前多了很多。"

"那就好。"沈琴笑眯眯地说，"他妈妈以前在大学的时候，人缘可好了，长得又漂亮，真的是'万人迷'。"

沈琴又说："星朝以后找对象要好好看看，要找对他好的。那孩子小时候吃太多苦了，又从小没妈，要找个能疼他的人。不过估计他们家早早给他安排对象了，我们到底是外人。"

虞鸢收拾行李的手顿住了，她一声不吭，心里很难受。

沈琴没注意到女儿的异样。

虞竹也没说话，只是看着虞鸢，神情复杂。他一直不想让姐姐和谢星朝在一起，无非也是希望她可以开心一点，谈一个正常又甜蜜的恋爱。

虞楚生比去年瘦了不少，面容有些憔悴。

"他是去年带毕业班给累的。"沈琴说，"五十岁的人了，每天早上六点起床，晚上十点之后回家，成天出题、批改试卷、找学生谈话，一点都不得空。我叫他不要带毕业班了，钱挣得少点就少点吧，身体重要。"

沈琴现在去诊所上班，就是想叫虞楚生能轻松一些。

"爸爸，你去医院检查一下身体吧？"饭桌上，虞鸢不放心地说。

"我什么事都没有，"虞楚生说，"去什么医院？"

沈琴努嘴："他是年龄越大越顽固，谁都说不动他。"

这天一大早，谢家的车就停在了虞家小区门口。

随后虞家门口传来很克制的敲门声——只响了一声，就没了。

虞鸢知道谢星朝今天要来，加上她心里藏着事，便一直没怎么睡着。所以一大早听到这轻轻的一声敲门声，她一下就醒了。

她打开门，来人果然是他。

"鸢鸢，我是不是吵醒你了？我想早点见到你，没注意到现在才七点半。"他有些不好意思地说。

外头不知道是不是下雪了，他从车上下来，赶着过来，连围巾都没围。他的鼻尖和面颊都有些红，衬得他原本白皙干净的皮肤、长长的睫毛和那双乌亮的眼睛尤其漂亮和鲜活。

"叔叔阿姨呢？"

"都还没起。"

"那我等会儿再过来？"他乖巧地问。

虞鸢轻轻摇了下头："进来吧。"

"鸢鸢，怎么了？"他对人的情绪很敏感，感觉到了她情绪的低落和态度的微妙变化。

原本,他是想找她分享一件喜事的,现在一下子顾不上了。

他怀疑虞鸢是不是过了两天就移情别恋了。他想,还是她又去见谁了?丁蕴玉吗?因为她回了陵城,所以两个人旧情复燃了?他现在对所有靠近她的男人都格外警惕。

尝过甜头之后,他甚至比之前从没有尝过甜头时还要患得患失。

外头冷,虞鸢见他穿得薄,又一直愣愣地站在原地,就把他拉了进来,关上了门。

"鸢鸢!"他反应过来,顾不上那么多,把她一把搂住,问她,"想不想我?"

他要证明,她没有移情别恋。

"谢星朝!"

这可是在她家门口,要是被虞楚生他们看见了该怎么办?

他没得到想要的回应,眸子一分分暗了下去。

虞鸢还没反应过来,唇忽然一痛。

冬日的早晨原本光线就不亮,玄关处没开灯,更是一片漆黑,他把虞鸢困在自己的怀里,低头吻住她,那么用力,虞鸢被他弄得生疼。

虞鸢不知道他忽然又发什么病,被吓坏了。

毕竟这是在他们家,如果现在虞楚生和沈琴醒来看到了,虞鸢简直不敢想象那个画面。

"谢星朝!"她拧他的腰。

虞鸢因为羞耻和紧张,呼吸都急促起来了,原本白皙的耳垂全被染红了。黑暗里,她看不清楚他的神态,只感觉自己呼吸急促,毫无反抗之力。

不知过了多久,他似乎总算回过一点神来。不过他还是没松开她,依旧抱着她,把下巴搁在她的肩窝里,声音有些闷闷的:"鸢鸢,对不起。"

"你快起来。"虞鸢还没说什么,忽然听到父母卧室那边传来了轻轻的开门声。她吓得当即把他从自己身上推开,像是兔子一样,一下蹦到了房子的正中间,和他隔开了一两米远的距离。

先出来的是沈琴。她准备去厨房做早饭,猝不及防看到客厅中间站着个人,吓了一跳。

"鸢宝?"她看清了那人是自己的女儿。

"妈。"虞鸢的声音都有些颤,她很不自在,脸一路红到了耳根。

"你起来了？"沈琴打开灯，"怎么不开灯啊，就站在这里？"

"我来给星朝开门。"

"星朝来了？"灯被打开了，客厅一下亮了起来，沈琴这才看到在门口站着的谢星朝。

他穿着黑色外套和白色卫衣，高高瘦瘦的，晨光里，面容显得更加干净漂亮。

"阿姨好。"他嘴很甜，"不好意思，一大早就来打扰了。"

"外头冷吗？快进来。"沈琴忙说。

不久，虞楚生和虞竹也起来了。虞楚生显然因谢星朝这么早就过来一事感到很意外，但是也没多说什么。

"你吃早饭了吗？"沈琴说，"没吃的话一起吃点？"

"没有。"他看了一眼虞鸢，小心翼翼地回话。

虞鸢围着围裙，在厨房搅拌蛋液，一言不发，也不看他。

可能是早上在玄关旁发生的事情把虞鸢惹生气了，所以一直到现在，她对他都爱搭不理的。

"鸢宝，星朝好不容易来一次，你对他那么冷淡干什么？"沈琴说。

虞竹在餐桌旁坐下，微不可察地哼了一声。

他心想，冷淡才好，冷淡才对。

虞鸢的唇现在还有些疼，手腕上也不知道有没有留下痕迹。

谢星朝发起疯时，和平时乖小孩的模样差别太大了，而且根本不分时间、地点、场合。也不知道他是哪个点被触到了，忽然就这样了。

虞鸢记得小时候的他并没有这个毛病。

"没关系的。"谢星朝说，"鸢鸢，你要热水吗？我去烧水。"

他格外殷勤，一点也不介意虞鸢的冷淡态度，跑东跑西，乖巧听话得不行。

"星朝脾气太好了。"沈琴感慨道。

他已经是个大男生模样了，高挑漂亮，沈琴没有儿子，眼下看着他，也是越发喜欢："我们家要是也有个像星朝这样的男孩就好了，以后也有人帮忙照顾鸢鸢。"

"阿姨，我以后会照顾鸢鸢的！"

虞鸢吓了一跳，心提到了嗓子眼。

虞鸢心惊肉跳，害怕沈琴和虞楚生看出来什么不对。她真的不知道要怎么把这件事情告诉爸妈。

吃过饭后，虞鸢和沈琴在卧室叠衣服。

"鸢宝，"沈琴说，"我同事有个孩子，今年去京大读研究生了，比你大一岁，品行性格都挺好，你要不要见一见？"

那男生看了虞鸢的照片，对虞鸢很是喜欢，沈琴对他也挺满意的。

她对自己之后的女婿倒是没什么太多要求，上进就行，最重要的，是要对她女儿好。

虞鸢才想到，自己二十二岁了，已经到了家长开始操心这方面的事情，并且给她介绍对象的年龄了。

"妈，我还不想谈恋爱。"虞鸢垂着眼，把一件毛衣折好，放进了柜子里。

"没事，就见见吧，多个朋友也好，我不是一定要你们谈恋爱。"

虞鸢："我下学期要忙毕业的事情，可能没时间去见。"

"行吧。"沈琴看出来她不愿意了。

"妈，如果我以后谈恋爱，找了一个比我小的……"虞鸢咬着唇，踌躇了很久，还是说了出来。

"年龄大小无所谓的，"沈琴说，"你喜欢就好。"

虞鸢心里松了一口气。

"不过，你小时候又带星朝又带小竹的，"沈琴笑着说，"之后谈恋爱，还找比你小的，不会觉得又多了个弟弟？"

虞鸢的脸红了一下，然后又白了，她没有继续说下去。

通过她这段时间的观察和试探，看来，沈琴无论如何都不会把谢星朝当成她恋爱的对象了。

她也实在是说不出口。

她更加害怕的是，如果虞楚生和沈琴坚决反对他们在一起，她孝顺，不想伤父母的心，那到时候该怎么办？

而且，如果这件事被反对了，谢星朝之后在虞家该怎么自处？

她越想心情越低落。

或许，最开始她就不该一时没把持住，答应了他。她那时候答应下来，对他来说到底是不是个错误？

虞鸢心里有事，一整天话都不多，把自己关在房间里看论文。

等她整理完资料，时间也很晚了。她作息规律，一到这个时候，就开始犯困。

这几天都是雨夹雪，虞家这幢房子有些年头了，虞鸢从小在这儿长大，觉得外头的风景似乎都是那么熟悉，都浸润着回忆。出了小区大门，不远处有许多小弄堂，还有个儿童公园，再远一点就是他们以前上的小学。

那时候，她带着谢星朝出门玩，偶尔遇到别的小朋友，谢星朝没法说话，就乖乖拉着她的手，在旁边等着。

他经常在兜里放着糖果，那是给虞鸢带的。他自己不爱吃糖，见她伤心或者难过了，就从兜里掏出一颗糖递给她。

时间过得那么快。

虞鸢洗完澡，躺在床上，怔怔地想着。

屋子里很安静，窗户忽然动了一下，虞鸢转头，忽然有种不祥的预感。

果然，窗户很快被打开了，一个人影跳了进来，动作利落又轻盈。

虞鸢半直起身，心提到了嗓子眼："谢星朝，你疯了？我爸妈还都在家呢！"

他轻车熟路地爬上了床，抱着她说："没事的，叔叔阿姨都睡了。"

虞鸢真的不知道他这爬墙爬窗的本事是从哪里学来的。

"鸢鸢，你今天一天都没理我。"他可怜巴巴地说。

其实没有到这种程度，顶多就是他俩因为一直在大家的眼皮底下，所以没法做什么亲密的举动罢了。

他在她的唇上轻轻一咬，捧着她的脸亲亲蹭蹭个没完。

虞鸢提心吊胆，耳尖通红，杏眼因为羞恼与紧张也显得水汪汪的。他越看越爱，便低头在她的耳尖上亲了一下，说："鸢鸢，年后我们早点回学校，或者过几天你和我一起去一次我家？"

谢星朝以前对自己家深恶痛绝，从没说过要回去，更别说是和她一起回去。

虞鸢惊讶极了。

他抱住她，一点点将她往自己的怀里收，乖巧地问："好吗？"

虞鸢忽然就明白了他的小心思，于是没好气地瞪了他一眼。

他委屈地说："鸢鸢，我想你，在你家太不方便了。"

他还是个年轻男孩，又是第一次谈恋爱，一腔热情无处释放，便每时每刻都想和自己喜欢的人黏在一起。但是在虞家，虞鸢不想告诉沈琴和虞楚生他们之间的关系，他不能有什么亲昵的举动，只能还像之前那样与她相处。

"好不好？"他见虞鸢不说话，把她抱得更紧了点，眼睛亮晶晶的。

他带她回去，另一方面，也是想让她进入自己的世界。曾经他们分别的那几年，他所在的地方，他想让她去看一看。

"我想和你多待一会儿，想和你多亲热一下。"谢星朝见她还没让步，委屈地说，"你又不告诉叔叔阿姨。"

他一提到这里，虞鸢就没辙了，心软了下来。

"你答应了？"谢星朝喜出望外，在她的脸颊上亲了一大口。虞鸢推了他一把："你赶紧回自己房间。"

"鸢鸢，我还想抱着你睡。"谢星朝把她抱得更紧了。

虞鸢吓了一跳，又压低了声音，飞快地说："你真的疯了？"

他在她耳畔甜蜜地说："没事，我明天早上五点钟起床，提前回我房间，保证不被人看见。"

"鸢鸢，你什么时候可以对叔叔阿姨说我们的关系？"

他睡在她身旁，把脸半陷在枕头里，侧着脸看着她。他的睫毛似乎比她的睫毛还要长一些，难怪小时候经常有人把他认成小女孩。他脸蛋漂亮，眸子波光潋滟，这么看着她时，显得很纯情。

虞鸢移开了视线，拉好了自己的被子："再……再过一阵子？"

"不然我去说吧？"他凑近了一些，用鼻尖在她的面颊上蹭了蹭，"叔叔要打我，阿姨要骂我，都没关系。"

不是谁去说的问题。她想。

虞鸢没那么懦弱，只是怕父母不能接受这件事情，那么到时等待着她和谢星朝的，就是分手。

沈琴还好一些，虞楚生肯定是反对的。虞鸢想起很早之前虞楚生说过，绝对不图谢家的钱。她心里沉甸甸的。有时候她真的希望谢星朝家也和她家一样，是普普通通的家庭，未来他们一起奋斗，像许多普通的情侣一样。

"再等等……"虞鸢话里少见地透出了几分迷茫之意。

她思维一向较理性，习惯了事事都按照计划来做，让所有事情都在自己的掌控之中，唯独这件事情，她根本不能预计未来会发生什么。

她想，等谢星朝年龄再大一些，从家里独立出去了，这件事情是不是会顺利一点呢？

"鸢鸢，我之前不是说有个喜事想告诉你嘛。"

"什么事？"

"有两个，一个是我考了满绩。"

"哪个专业的？"

"金融的。"

因为他野外实验课翘得太多了，所以地球物理专业的绩点被拉下去了一点。其实他那成绩也不错了，但是没达到虞鸢的要求，他就不说了。

虞鸢并不觉得意外，弯着眼笑了。

谢星朝以前就不爱学习，能做到现在这一步，她已经很满足了。

"还有一个，等我过生日时再告诉你。"

再过几个月的时间，他就过二十岁生日了，二十岁和十打头的岁数毕竟不一样。

他能自己挣钱了，之后还会挣得越来越多。他老早之前就想好了，他要向她求婚，早早定下来，然后再过两年，他们就可以正式领结婚证了。

他想早日成熟，独立起来，成为她的依靠。他的眼睛亮晶晶的，里面满是对未来的憧憬。

虞鸢忽然有些内疚地说："星朝，对不起。"

她知道他比谁都想公开他们的关系，不加掩饰地和她在一起，但是，她现在真的很迷茫。她自己现在也不够强大、不够成熟，不知道该怎么处理眼下这个情况，不知道怎么做才可以做到最好。

"没关系的，鸢鸢。"他看出了虞鸢情绪低落，"你不用介意，不要因为我心情不好。"

他不会逼她，等她觉得合适的时候再说也可以。

"我知道你爱我就好了。"

他最在意的就是这点，旁人的态度他其实都无所谓。

只要他确定她爱他，只爱他一个，他就满足了。

谢星朝身上暖烘烘的。南方冬天没有暖气，虞鸢每次从学校回家，都会短暂地有些不适应，但是现在被窝里多出了一个谢星朝，温度一下高了起来。

被他抱在怀里的感觉太舒适了，虞鸢白天累了，现在被这样抱着，闻着他身上好闻的味道,上下眼皮便开始打架,居然没多久就睡了过去。

第二天醒来时,虞鸢吓得心惊肉跳,好在她一摸被窝,谢星朝已经不在了。

虞鸢忙起身洗漱,换好衣服出了门。

不知道为什么,她这天醒得格外迟。虞楚生和沈琴都已经起来了,谢星朝坐在餐桌旁,端着一杯牛奶,在看手机。他一双长腿随意地伸着,皮肤白得耀眼,眼睛漆黑明亮,让人一点也看不出他是早上五点钟起来的——他神清气爽得很。

见她出来,他放下手机,叫她:"鸢鸢。"

虞竹回家了。他之前几天都格外沉默,也很少和谢星朝说话,甚至和虞鸢说话都少了。虞鸢好几次想找他好好聊聊,都被他推托了。

虞鸢原本烦心的事情已经够多了,虞竹的态度更是让她烦恼。

"鸢鸢,今天出去散散心吗?"谢星朝说。

"出去玩玩也好,不要成天待在家里。"沈琴支持道。

虞鸢提着筷子,原本想拒绝,但是看到谢星朝充满期待的眼神后,到底还是妥协了。

其实他是想带她回家一次。

谢家的院落很大,虞鸢上一次就是在这里听到谢星朝和那三个不认识的男人说话的。那些人似乎对谢星朝很畏惧,希望他不要再找他们的麻烦了。

虞鸢想到那几年听到的关于谢星朝的传言,沉默了,心里有些酸涩。

如果那时候她再多给他一些理解、一些支持,他们也不至于要等到上了大学才能重逢。

谢家的房子是独栋别墅,庭院非常大,草木没怎么修剪,都生得格外茂盛,茂盛中却透着一股子寥落之感。

虞鸢想,那些年,他一直就住在这里吗?

"那后来,你又是怎么考上京大的?"虞鸢忽然想起了这个问题。

"因为想去京大见你。"他乖巧地说。

虞鸢脸一红。不知不觉,两人已经穿过院子,来到了大门口。

"回头我把你的指纹也加进指纹锁里。"他说。

"不用。"虞鸢斩钉截铁地说。

他神情有些哀怨,看着可怜巴巴的。

虞鸢尽量不看他。

两个人进了门,室内暖融融的,完全没有外头的寥落感。入目是宽敞的大厅,大厅明亮干净,几乎一尘不染。

虞鸢知道这幢宅邸很大,却没想到居然会大到这个地步,一层就她见到的地方,不包括客厅和餐厅,至少有五个房间,

"您回来了。"张妈平时长居谢宅,长得慈眉善目的,已经快六十岁了。她原本是在南城谢家做事的,后来随着谢岗一起来了陵城。她在谢家待了半辈子,是看着谢星朝长大的。

她知道今天虞鸢会过来,早就叫做好了准备,把宅子内部都收拾了一番,午饭也早早叫人做好了。

"嗯,我们吃完午饭走。"他脱了外套。

虞鸢很礼貌地说:"您好。"

她对张妈有些印象,张妈以前去医院照顾过谢星朝。

"鸢鸢,我带你去书房看看。"谢星朝拉上了虞鸢的手。他和她说话时,语调就有了细微的变化,带着股亲昵的撒娇味道,甜蜜蜜的。

"高三那一年,我为了提高一点分数,在那儿熬了不知道多少夜。"

虞鸢第一次进谢星朝的书房。里头都是书,两面墙上都是书架。

"你家居然有这么多书!"虞鸢爱看书。她连眼睛都不眨,一行行扫过书脊,看到了好几本自己喜欢的书。她笑着回头看他,语气中带着一丝调皮之意:"所以你是博览群书的小宝贝?"

他又被叫"小宝贝"了。他从她身后搂住她,幸福地把头埋在她的肩窝里,说:"我都没看过!"

她爬上梯子,拿下一本书,敲了敲他的漂亮脑瓜子:"浪费。"

"都给鸢鸢看!不浪费!"

见虞鸢看入了迷,他步伐很轻地出去,轻轻地把门带上了。

虞鸢在书房看书,看得津津有味。

"鸢鸢,吃饭了!"门不知道什么时候被打开了,他从她背后走过,不知道什么时候又黏了上来。

"吃饭了?"

这么早?她想。

虞鸢这才把视线从书页上移开,一看挂钟,才上午十点半。

这种时候,吃什么饭?她似嗔怪地看了他一眼。估计他又是想把她的注意力拉回去。

书不知道什么时候已经被他抽走了,虞鸢站起身,嗔怪道:"把书还给我。"

"我就知道,对鸢鸢而言,书比我重要多了。"

他用修长的手指握着她刚才在看的书本。他比她高了一头,这么拿着书,她够不着,也抢不回来。

虞鸢:"……"

她不知道他和书比什么。

他们在一起之后,谢星朝似乎很少在她面前再露出这种孩子气的模样了。

她没办法,踮起脚,在他的面颊上亲了亲,柔声道:"可以把书还回来了吗?"

"再亲我一下。"

两人在书房里闹了起来,这一闹,就闹到了午饭时间。

偌大的一个餐厅里只有他们两个人坐着。厨房和餐厅隔着一段距离,虞鸢原本想过去帮忙端菜,却被谢星朝按回了座位:"鸢鸢,你坐得太远了。"

他想让她和他挨着坐。

已经开始有人来上菜了。

虞鸢根本不知道,谢家宅邸里居然还藏着这么多人,她一个都不认识。

虞鸢提起筷子,对给他们上菜的人说:"要一起吃吗?"

"我们都吃过了。"一人笑了笑,神态很拘谨。

除去他们,整个餐厅里没有别人说话的声音,甚至连人的走路声都非常轻,虞鸢只能偶尔听到餐具被放下时发出的轻轻的碰撞声。

虞鸢不太适应这种场合。以前在家时,她会帮忙做家务,吃饭也都是一家人围坐在一起吃的。

谢星朝倒是完全没表现出异样,似乎是习惯了这种情况。

每每这种时候,虞鸢才会想起他和她不一样,他出生在谢家,天生就是锦衣玉食的小少爷。

在她家时,他其实一直在迁就吧?

虞鸢垂着眼,不知不觉中,吃饭的速度就降了下来。

"不好吃吗？"他坐在她身旁，很快注意到了她的异样。

他今天叫来的厨师是郑肖然推荐的，厨艺应该是没问题的。他特意和厨房交代过她的口味，她应该不至于不喜欢吃这些菜。

"星朝，你以前都这样一个人吃饭？"她握着筷子，忽然问。

"不，我以前很少在家吃饭。"

"我都在学校吃，或者和许遇冬他们一起在外面吃。"

虞鸢咬着筷子，看着他说："当时是谁说以前和许遇冬他们都不熟的？"

"鸢鸢，我怕你介意……怕你因为这个不喜欢我。"他委屈地说着，声音越来越小。

"星朝，我很久都没见过你爸爸和那个……"虞鸢想到了那个祝希禾。

虞鸢很少见到谢岗，谢岗有什么事情也都是和虞楚生、沈琴讲，和她完全没什么沟通。至于那个祝希禾，虞鸢知道，谢星朝和祝希禾的关系一贯不好。

幸亏他们都不在家，虞鸢暗自松了口气。

"鸢鸢，"他叫她的名字，认真地问，"那个女人让你不舒服了吗？"

虞鸢摇头，轻声说："星朝，我怕你觉得难受。"

"我无所谓的。我妈妈已经去世很久了，而且我妈妈一直很喜欢你。"他握住虞鸢的手。

温韵和沈琴是闺密，虞鸢对温韵的印象已经模糊了，但是据沈琴说，除去自己和虞楚生，温韵是第一个抱虞鸢的人。

"当年你阿姨还说过，是她结婚太晚了，不然她就生一个儿子，和我们家结一个娃娃亲。"沈琴以前和她说过这句话。

可惜等温韵怀孕，已经是两年多后的事情了。

"她当年一心一意想要一个漂亮的女儿，"沈琴笑，"结果生下来是个儿子。"

这么多年过去了，虞鸢想到以前沈琴开玩笑说过的娃娃亲，脸红了一下。

谢星朝并不知道这些事情，她也没和他说起过。沈琴把那个还没达成就消失了的"娃娃亲"当成玩笑告诉她时，她已经十六七岁了。想到谢星朝，她只是一笑而过。她那时从没想过两人会是如今这种关系。

"你就当她不存在。"他认真地说。

虞鸢发现自己最近开始越来越多地考虑起他们之后的事情了。

他用有些冰凉的修长手指小心翼翼地握着她的手。

"鸢鸢，我没开玩笑。"

"嗯。"虞鸢只当他还在说孩子话，笑了笑。

新年很快就到了。

谢星朝留在了虞家过年，虞竹今年没来。

跨年夜，大家在一起吃火锅。

"星朝，多吃点。"沈琴笑容满面地道。

"谢谢阿姨。"

"鸢鸢，你尝尝这个。"谢星朝拿公筷给虞鸢夹菜。

虞楚生裹着厚衣服，面容有些苍白。他最近又感冒了，但今天是除夕夜，他的精神比平时好了不少，让人看不出什么端倪。

虞鸢蹙着眉好说歹说，劝了虞楚生很多次，终于把他说动了。他答应虞鸢，等新年假期过去了，如果身体还不好就去医院检查一下。

不过那时候虞鸢都开学了，他只能叫沈琴陪着一起去。

虞鸢在心里无声叹着气。

陵城离京州实在太远了，她家里只有她一个独生女儿，父母又上了岁数，有什么事情，她甚至都无法陪在他们身边照顾他们。

硕博连读至少还要五年，她还得在京州待至少五年。

吃过年夜饭，虞鸢独自站在阳台上，看着远处的夜空发呆。

"鸢鸢，你有什么不高兴的事情吗？"身后的门动了动，谢星朝修长的影子落在地上。

虞鸢回过神，摇了摇头。

"你什么都不和我说。"他搂住她的腰，声音有些闷。

"不是。"虞鸢轻轻拍了拍他的手。

她独立惯了，平时和谢星朝在一起，也更喜欢照顾他。这些事情，她都不想和他说。

"鸢鸢，你不相信我吗？"他安静地看着她，问，"还是你觉得我不成熟？"

"我爸妈要来了，你松开一点。"

"叔叔阿姨在看春节联欢晚会，不会来。"他含糊地说。

"今天过年，鸢鸢，我今晚可以去你那儿吗？"趁着气氛好，他柔声问。

"不行！"

两人有一句没一句地聊着。

"鸢鸢，下学期我可能要出国两周。"

"嗯？"虞鸢抬眼看他。

"我会找学校请假。"他说，"是去处理我爸公司的业务。"

虞鸢知道谢星朝现在在实习，谢岗平时一年中有大半时间在国外，谢家大部分业务也不在国内，谢星朝要出国再正常不过。

"嗯。"她示意自己知道了。

"鸢鸢，你到时候会和我通视频电话吗？"

"好。"

"每天？"

"行吧。"

他们不过是分开两周而已，但虞鸢知道他怕寂寞又黏人，便答应了他。

大四下学期，她其实没有太多事情，只剩下毕业论文的事要忙。毕业论文的选题和内容她都定好了，她只要再理顺逻辑、架构，一切就都顺理成章了。

远处不知道什么时候响起了隐约的爆竹声，烟火划破夜空。

她的唇忽然被轻轻咬了咬。

"鸢鸢，新年快乐。余生的每一天，我都想和你一起度过。"他垂眸，抵住了她的额头。

这是他一直以来的愿望，他从未改变过想法。

"鸢鸢呢？爱不爱我？"

他漂亮的眸子里似乎映着烟火，又明亮又绚烂，他直直地看着她。

虞鸢脸红了，心跳得很快。她微微别开脸，小声说："嗯。"

"只爱我吗？"他执拗地追问，"不爱别人？"

"嗯。"

"鸢鸢不会骗我。"他似乎终于心满意足了，安心地将头埋在她的肩窝里，深深地嗅着她的气息。

大四下学期，虞鸢基本已经没什么课程了。

虞鸢是最后一个回宿舍的，一回来，就被拉去聚餐，说是要搞宿舍团建。她们一整个春节没见，相处的时间就只剩下三四个月了。

她们吃的是烤肉。大家围坐着，叶期栩给虞鸢夹了一筷子肉，说："你总算还有点良心。你算算，你爽我们几次约了？"

申知楠意味深长地说："爽约就爽约吧，值。"

虞鸢默不作声，耳朵红了。

"怎么回事？什么意思？"余柠说。

申知楠答应过虞鸢要对虞鸢和谢星朝谈恋爱的事保密的。其实申知楠也不知道这有什么不能说的，但是确实是一直保密了。

"都要毕业啦，就差几个月了，还有啥不能说的？"叶期栩喝了点小酒，有些上头，"一起同吃同住四年，虞鸢，你连这点都不信我们？"

虞鸢："对不起，一直没和你们说。"

她规规矩矩地坐着，抿了下唇。

申知楠是知道情况的，所以自然没什么多余的反应。

余柠夹的肉都差点掉了，她说："你真的有情况啊？谈恋爱了？谈多久了啊？"

虞鸢小声说："大概……半年？"

其实虞鸢也不知道该从什么时候开始计算，如果是从谢星朝第一次对她表白的时候开始算的话，那已经有一年了。

叶期栩一点都不惊讶，继续给她夹肉："我就说嘛。我早看出来了。谢星朝长得那么漂亮，热情似火，对虞鸢忠心不二，穷追不舍，这谁能不心动啊？"

"为什么要瞒着我们啊？"余柠不理解。

虞鸢咬了下唇："有很多原因。"

她也不明白自己到底在担忧什么。

但是她知道的是，她确实也很喜欢他。和他在一起时，她能切切实实地体会到幸福的感觉。

第十一章

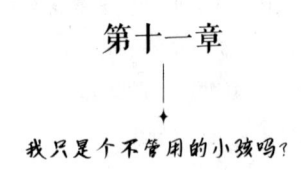

我只是个不管用的小孩吗？

这个月，谢星朝出国了，预计要离开半个月。

他和虞鸢现在有十二个小时的时差，虞鸢白天没时间，只有傍晚有空，所以打视频电话过去的时候，都是他那儿早上天还没亮的时候。

虞鸢觉得他可以多睡会儿，不用在意和她通这十几二十分钟的视频电话，他却每天都坚持早起，一定要和她打一通视频电话，然后才开始一天的实习工作。

虞鸢这边傍晚六点钟的时候，谢星朝那儿是早晨六点钟。

虞鸢吃完晚饭，拉了帘子，在宿舍里低声和他通视频电话。

前几天和舍友说开之后，虞鸢也慢慢放开了一点，和谢星朝打电话或者通视频电话时，也不再躲躲藏藏的了。

"鸢鸢，我起来了！"谢星朝的头发睡得有些翘，他刚洗完脸，乌黑柔软的额发被浸湿了一点，嘴里还叼着牙刷。

"你早饭打算吃什么？"虞鸢问。

"随便吃一点。"他正说着，身后的面包机里弹出了一片面包，他便转过镜头给她看。他随手拿了一片面包，在上面抹了点蓝莓果酱，又倒了一杯牛奶。

"午饭我再多吃点！"

虞鸢没挂视频电话，抿唇笑了下："嗯。"

两个人其实也没什么过多的交流，但只是这样，也会让他觉得很心安。

"鸢鸢，你等我，我还有十天就回去了。"出门之前，他拿笔圈出了一个日期。

谢星朝换好了衣服，虞鸢很少见他打扮得这么正式。他穿着白衬衫，甚至还系了领带，越发显得肩宽腰窄，腿长而直，身形被勾勒得格外好看。

他的脸和神态还是那么令她熟悉，他凑近了镜头，眸子漆黑清亮，唇薄而润泽，长长的睫毛微微垂着。他求着她说："鸢鸢，亲一亲。"

虞鸢的脸微微红了一下，她怕误了他的事，羞赧地凑近了一点。

如此这般，他才满意了，安心地出门去了公司。

身边少了一个无时不在的"小黏包"，虞鸢竟然感觉到了一丝冷清，对她而言，这是以前从没感受过的情绪。

虞鸢平时基本都泡在图书馆里。

有不少人说过，她是天生适合做学术的人。她坐得住，心静，欲望低，有才华，又聪敏好学，如若能一辈子待在象牙塔里，安心做学术，以后的成就绝不会低。

周末的时候，虞鸢从图书馆回来，看到不远处跑来一个人。

虞鸢正在思考问题，没怎么注意，直到那人跑近了，才注意到他。

"小竹？"虞鸢很惊讶，"你怎么来了？"

虞竹后来来京大找她的次数不多，偶尔过来，也一定会提前跟她说。他这模样，看起来似乎很急。

虞竹跑得气喘吁吁的，脸涨得通红。

"怎么了？"虞鸢心里有种不祥的预感。

"姐，你回家一趟吧。"虞竹面色发白，声音有些颤抖。

虞鸢："小竹，家里怎么了？你和我说。"

她镇定下来，看到虞竹慌乱无措的神态、躲闪的眼神，心一点点沉了下去。

"是我爸爸身体出什么问题了？还是我妈妈在诊所的工作出事了？"她说，"你别那么慌，好好说。"

虞竹垂着眼，一直看着自己的脚尖，肩膀发颤。他说："昨天叔叔在家咯血了，被救护车送去医院了。医生说，大概率是肺癌。叔叔婶婶怕影响你毕业，就暂时没告诉你，说是要等检查结果确定了再说。"

他哭出来了："姐……怎么办啊？"

虞楚生和沈琴对他而言是除爸爸妈妈外最重要的人，他也一直把虞鸢当成自己的亲姐姐看待。

他完全不能接受虞楚生生病的这个事实,从自己爸妈嘴里听到时,他只觉得叔叔婶婶瞒着虞鸢的决定完全不合理。

虞鸢不是小孩了,又一直那么冷静强大。家里现在一团乱麻,虞竹实在忍不住想来告诉虞鸢。

坐飞机回陵城的路上,飞机飞了多久,虞鸢便直挺挺地坐了多久。

虞竹还在哭。

"小竹,别哭了。"她感觉声音有些不像是自己的。

虞楚生只有虞竹的爸爸这么一个哥哥,虞鸢的爷爷奶奶已经去世了,虞竹的爸爸又一直留在老家,对陵城不熟悉,后辈就只有她和虞竹了。

虞竹眼下已经差不多崩溃了,家里估计也乱成了一团,她不能在这种时候流露出任何软弱的模样来。

她想先让虞楚生去做个彻底的检查,之后的治疗方案也需要和医生商量。

家里有积蓄,她自己也还有一笔应急的存款,只是如果虞楚生真的得了癌症……她的心沉了沉。

飞机缓缓在陵城机场降落。

"先去医院。"虞鸢说。

"嗯。"虞竹随在她身后,眼圈还红着。

"小竹,你冷静一点。"

她面色苍白,微微抿着的唇也失了血色,但她没像虞竹那么慌乱。

陵城综合医院,二楼。

虞鸢还没进门就看到了沈琴的背影。她进去后,看到虞楚生躺在病床上,穿着病号服,合着眼,比起月余前瘦了一大圈,病号服几乎都空了一半,心里一阵酸楚。

如果不是虞竹告诉她,她现在是不是还心安理得地在千里之外的地方安心地做自己的学术,谈自己的恋爱?

父母已经年迈,她从小独立,极少有依靠别人的想法,到这时候,她已经是大家的依靠了。

"鸢宝?"沈琴从床边站起来,极其惊讶。

随后,她看到了一旁的虞竹,神色一变。虞竹不敢看她,垂眸看着自己的鞋尖。

沈琴比虞鸢想象中精神状态要好一些。

虞楚生睡着了,沈琴轻手轻脚地关了病房门。三个人站在走廊里,神情复杂。

"妈,我知道你们的意思,"虞鸢轻声说,"现在重要的是爸爸的情况,别的都之后再说好吗?我不会因为回家看望生病的爸爸就毕不了业。"

"你爸爸还没完全确诊,得再做进一步的检查,明天做胸片。"沈琴说,"是你顾叔叔在负责。"

好在沈琴以前在医院工作过,还有些人脉。

"嗯。"虞鸢看到沈琴憔悴的面容和眼下浓重的黑眼圈,说,"妈,你去休息吧,后半夜我来看着,明早我陪爸说说话。"

"鸢宝。"沈琴见到女儿,精神也终于松弛了下来。

虞鸢详细地问了沈琴虞楚生的情况,等一切都聊完,已经差不多晚上十一点了。

从下飞机到现在,虞鸢终于第一次落座。她忽然想起,从早上坐上飞机开始,她的手机一直处于关机状态。

明明已经是暮春时节,她却浑身发冷。经过长时间的劳累和高度紧张,她一放松下来,整个人几乎都站立不稳了。

她打开手机,一大堆消息如潮水一般涌入,都是谢星朝发来的。

他给她拨了十几个电话,发了差不多二十条消息。

虞竹站在不远处,呆呆地看着病床上的虞楚生。

他声音沙哑地道:"姐,你手机一直在响。是谢星朝在找你?"

"姐,我们可以去找他借一点钱吗?"

虞竹对钱财根本没概念,也从没经历过什么事,一想到这个,就像是忽然抓住了救命稻草:"如果家里的钱不够治好叔叔,我们去找谢星朝借,去找他家借!"

"小竹!"这一声,虞鸢自己都有些被吓到了。

医院禁止喧哗,她深吸了一口气,强行把声音压下来:"还没到这地步。"

她家虽不算大富大贵,但也是小康之家,还有些积蓄。现在的情况还远没到需要找人借钱的地步。

"你是男孩,"虞鸢说,"遇到事情,坚强一点。"

她面容清丽,唇色比平时苍白了一些,整个人纤细如柳。虞竹红着眼,这时候他什么都做不了,只能这么等在一旁。

她的手机还在响个不停。

虞鸢看了消息。消息果然是谢星朝发来的,他的语气越到后面越急促——

"鸢鸢,怎么了?"

"是不是出什么事情了?"

"鸢鸢,你回我一个消息可以吗?就回一下。"

不知为何,她看到谢星朝那令她熟悉的话,被压抑已久的疲惫感似乎在这一刻都释放出来了。她终于再也抑制不住,眼圈发红,唇微微颤抖着。

理智最终将她即将失控的情绪拉回。

她跌坐在椅子上,身形格外单薄。她勉力打字说:没事。之后再和你联系。

入夜之后,虞鸢关上了病房门。虞竹坐在门外的椅子上,已经头靠着墙睡着了。

虞鸢找值夜班的护士借了一床毛毯,给虞竹盖上了。

明月高悬,医院外头的樟树长到了二层楼的位置,虞鸢打开窗,让还残余着一丝寒意的晚风吹了进来。

"……去找他家借!"虞竹的话还在她的脑子里嗡嗡回响。

虞鸢闭了闭眼。

翌日,虞楚生去做了专门针对肺部的CT(电子计算机断层扫描)。

检查结果出来时,虞鸢陪着沈琴一起去见医生。

顾秀德和沈琴是老相识了,说起话来也就没那么委婉:"初步诊断是肺癌……"

虞楚生是高中老师,早年现代化教学设备没推行起来时,他不知道在讲台上吃了多少粉笔灰。原本他的肺就一直不太好,他冬天受寒了就极容易咳嗽,演变成如今这种情况是她们意料之外的,可细究起来,却也早有征兆。

虞鸢扶住沈琴:"妈。"

她握住沈琴的手,一点点将温度传递了过去。

虞鸢陪着沈琴,去给虞楚生办理了住院手续。

虞家亲戚少,虞竹的父母刚请到假,现在还在赶往陵城的路上。

"妈,你先在这里陪陪爸,我回家去给爸爸收拾些东西。"虞鸢说。

"鸢宝，你请了多久的假？"沈琴握着女儿的手问。

"三天。"虞鸢简短地说，"我再延长几天。"

沈琴欲言又止，最后还是问道："你毕业的事情都忙完了吗？"

虞鸢摇了下头。

她毕业论文的截止时间在五月初，这两天严知行已经打过一次电话来问进度。

虞鸢说："这些都往后搁一搁吧，现在爸爸的身体要紧。"

"我刚和顾医生讨论过了，应该还不是晚期。"沈琴勉强地笑道，"这病也只是听着吓人，我们心态要好，把它当成普通的病看待就行。"

"嗯。"

虞鸢咬着唇，还是问了："妈，家里还有多少存款？"

沈琴说："够用的，不用你操心，你爸爸的医疗费用还可以报销一部分。"

虞鸢知道，后期化疗就是个无底洞，要不停地往里面扔钱，家里的钱就算现在还够用，又能坚持多久？

虞楚生比虞鸢想象的乐观不少，他靠着病床说："我说过，叫你妈暂时不要告诉你，至少等你把毕业的事情忙完再说。"

虞鸢是他的骄傲，他是当老师的，这辈子教出的最令他自豪的学生就是自己的女儿。

"你安心读书，"虞楚生说，"我做完手术就什么都好了。"

虞鸢能回来看他，陪在他的床边，对他来说显然已经是极大的慰藉了。

他对虞鸢说："你不能旷课太多了。我知道你在写毕业论文，别一直在家耗着。你也不是医生，在这里陪我也没用，不如早点回学校把正事办了。"

"你伯伯他们明天就到，还有你妈，照顾我的人多的是。"

虞鸢忍住眼泪。

京州离陵城实在太远，她想立马回来在父亲的病床前尽孝，都成为一件这么困难的事情。

"我和你爸的意思都是让你继续去念书，有什么事情我们叫你，你再回来。"沈琴说，"这边我暂时还能忙过来，你伯母也来了，也会帮些忙。小竹也不能再缺课了，你早些带他回京州。"

虞竹已经镇定了不少，帮着忙东忙西，做一点力所能及的事情。

大人都在病房里，虞鸢把虞竹叫了出来。

他们请的假都已经要用完了，虞竹的课表基本是满的，虞鸢的毕业论文还没写完，当时她走得匆忙，电脑和资料都还在学校里。

虞竹垂着眼，眼下的黑眼圈格外明显。

"姐，之后怎么办啊？"他小声问，"我听到我爸妈说，到时候要用很多钱，我家的存款……"

虞鸢简短地说："我可以去工作。"她揉了下他的头发。

虞竹瞪大了眼："姐，你不是要读到博士吗，怎么工作啊？"

她垂着眼，脸色苍白。

"叔叔婶婶肯定不会同意的！"虞竹说。

"要继续读下去的话，读完博士还需要五年，中间我最多只能拿一些奖学金和补贴。"虞鸢说，"要是有大一点的支出，我甚至还需要从家里拿钱。"

现在这种情况，扪心自问，她还能继续不管不顾地念自己的书吗？

随着逐渐长大，每个人都需要向现实妥协。

虞鸢闭了闭眼，说："这只是我的一个想法，我不一定会做。小竹，你不要对别人说起。"

这几天，虞竹晚上没睡过安稳觉，如今脸色煞白，唇颤着，一句话也说不出口。

"不要想太多了。"虞鸢温和地说，"假期也快结束了，你先回学校吧。"

离谢星朝原定回国的日子还有三天。

机场的洗手间里，虞鸢拿清水泼了一下自己的脸，才稍微感觉清醒了一些。镜子里的女孩面容清丽，唇却淡得几乎毫无血色，疲惫之色根本无法遮掩。

她给谢星朝发了一条消息：星朝，对不起，我毕业论文遇到瓶颈了，有点焦虑，要多花些时间解决，这几天可能没时间跟你联系了。

他很乖，以前她用这种借口时，就算他很想见她，也不会过多打扰她。可是这一次，他少见地刨根问底起来。

虞鸢对他发了脾气。

她上了飞机，疲惫地靠在椅背上，看着舷窗外瓦蓝的天空，心里非常难受。

是她对不起谢星朝。她知道自己根本就是在无理取闹，他什么都没做错，也没说错什么，她只不过是在朝他发泄这段时间积累的压力。

这几天在陵城,她的精神一直高度紧张,她不想把这件事情告诉他。

回到京州,虞鸢继续写论文,开始做找工作的准备。之前的校园招聘她基本都已经错过了,因为她原本是打算升学的,所以加的群里面也很少有人推介工作。

她背着电脑,在图书馆写了一天论文,走着熟悉的路回宿舍。

她迷茫地看着天,四月底的天空清澈得一望见底,微风轻轻刮过,校园里的樱花和梨花夹道而开,一切都是那么清新明媚。

她爱这个校园,想继续在这里学习。

但是她又觉得是她太过自私了,找不到工作什么的都是借口。

回到宿舍,她也没告诉舍友这件事,只说家里出了些问题。大家都察觉到她这几天状态不对,可是怎么问也问不出答案。

虞鸢在桌前坐下,拿起手机,预备再找招聘信息。

申知楠给她发了条消息:宝贝,我在外头吃饭,要参加一个活动,你能帮我把第一条朋友圈点个赞吗?

虞鸢抿了下唇说:"好。"

记不清自己有多久没打开过朋友圈了,虞鸢手指往下滑动,一时没找到申知楠发的那条朋友圈。

虞鸢预备退出朋友圈,再点开申知楠的头像去找,手指却忽然顿住了。

她看到了一条刚发出来的朋友圈,没看清是谁发的,内容却吸引了她的目光:深蓝公司招聘数据库工程师,限京大、临大计算机及相关专业的应届毕业生,本硕皆可。

后面是一系列要求。

虞鸢飞快地扫过内容,她基本都符合要求。她有些心动,朝左一看头像,发现发布这条招聘信息的竟然是丁蕴玉。

他在招聘信息的最后补充了一行字:有两个内推名额,感兴趣的可以联系我。

虞鸢知道他目前已经在深蓝公司就职了,是她朋友圈子里为数不多的本科毕业之后就就业的。

深蓝公司是目前国内互联网公司的顶点,因为门槛高、工作强度高和年薪高这"三高"而驰名业内。

虞鸢咬着唇，终于还是打开了和丁蕴玉的对话框，把他发的这条朋友圈内容截图过去了。

丁蕴玉回复得很快：有想给我引荐的人？

虞鸢垂着眼，打字很慢：我可以吗？

那边显示了很久的"对方正在输入中"。

他迟疑着发来一条消息：为什么忽然想工作？

虞鸢不愿意多说，回复他：想给家里减轻一些负担。

他没有再过多追问：你Java(计算机编程语言)写得怎么样？

虞鸢回答：还可以。我还会写一点其他的编程语言。

好在她本科没有忽视编程，选修过多门相关课程。京大的数学系课程编排里，原本就对这方面有涉及，学生不是纯理论学习。

丁蕴玉说：前端开发和数据库维护管理，公司这两块正好缺人，你应该能做，报酬也挺高，就是可能……有点辛苦。

虞鸢回：没关系的。

她从来都不怕辛苦。

丁蕴玉：那你给我一份你的简历。

虞鸢：好的，谢谢。

她新写了一份简历，发给了丁蕴玉。

很快，他回复：简历写得很漂亮，我帮你投出去了。

虞鸢：谢谢。

除了"谢谢"，她也不知道还能再多说什么。

丁蕴玉：没关系，不过你没有相关的实习经历，这可能是个缺点。这样，改天我们先见个面吧？我和你说说面试的事情。

虞鸢缓缓地打字：好的。作为答谢，我请你吃饭。

虞鸢现在每天都会和家里打电话。

和丁蕴玉说好之后，她终于去找了严知行，跟他说了自己想放弃攻读研究生学位的事情。

全部说完之后，虞鸢甚至都不敢看老师的眼睛。

"你再考虑几天。"严知行缓缓地说。

她能看出来，他很失望。

"老师，对不起。"虞鸢深深地低下头，声音里已经有了哭腔，眼泪被她强行憋了回去。

女孩肩膀单薄，长睫微微颤抖着，眼眶酸涩，鼻尖发红。

她知道严知行对她寄予了多少希望，也知道这几年他在栽培她这件事上付出了多少心血。

"希望你爸爸的身体能早点好起来。"严知行说。

出于这种原因想放弃学业，严知行实在没法再苛责她，只能扼腕叹息。

他最终没把那份放弃攻读研究生学位的承诺书退给她，而是说："你回去好好想一下吧，我再给你放一周的假。"

虞鸢想，不会再有什么改变了。离开严知行的办公室，虞鸢有些恍惚，想到之前的悠闲时光，想到之前可以一心一意地做研究、读书的日子，只觉得恍如隔世。

决定放弃攻读研究生学位的事情，虞鸢没有和家里人说，因为她知道沈琴和虞楚生是绝对不会同意的。

虞鸢带着电脑去了图书馆。

这几天，她加速赶完了毕业论文，把剩下的时间都花在了学编程上。

午饭时，她打开手机，看到了谢星朝的消息：鸢鸢，你可以接我的电话吗？一次就好，就一次。

他似乎并没有因为上次的事情生她的气，现在还用那么卑微的语气和她说话。

虞鸢的鼻子忽然有些酸涩。这些天，她刻意断了和他的所有联系，因为一想起他来，就觉得整个人似乎都会变软弱。

虞鸢不喜欢这种感觉。

虞鸢：星朝，上次的事情对不起，我不该对你发火。

她删删改改，最终发出的只有这么简短的一句话。

她又发：这几天我很忙，等过了下周再说好吗？

深蓝公司约了她面试，时间就在下周。

深蓝在京州和陵城都有公司，总部就在陵城，这更让虞鸢心动不已。她如果可以直接应聘或者调职到深蓝在陵城的公司工作，就可以一边工作一边照顾虞楚生了，这是再好不过的选择。

丁蕴玉给她传来了不少资料，她都需要看完。

虞鸢知道谢星朝应该回学校了。她怕遇到他,写完毕业论文后,就再也不去图书馆了,只待在宿舍恶补计算机知识,每天写代码,写到整个人都精神恍惚了。

两个人明明就在同一所学校,她却不回他的短信、不接他的电话,整天待在宿舍里,像是人间蒸发了一般。

虞鸢甚至连饭都不怎么出去吃了。这几天她吃的外卖比大学四年加在一起的还多,宿舍几个人担心她的身体,只能给她带饭。

申知楠推门进来,说:"我给你带了一份饺子。"

"谢谢。"隔着一道帘子,虞鸢的声音显得更加细小模糊。

余柠顿住了脚步,忽然说:"我在楼下看到你男朋友了。"

虞鸢敲击键盘的手顿住了。

"已经三天了,每天晚上他都在楼下等你。

"有什么事情,你可以去和他说清楚。我们这么看着都很难受。"

虞鸢胡乱裹了一件外衣,随意地梳好头发。

已经入夜了,现在是五月份,外头还有着淡淡的寒意。

虞鸢一眼就看到他站在那棵树下,那是之前他们经常碰面的地方。

"你在这里干什么?"虞鸢的脚步有些虚浮。

她拉过他,拐过一面墙,站到了没人的地方。

他面容苍白,说:"我只是想见你一面。"

他想她想到不行。两个人原本正处在热恋期,他一天都不愿意和她分开,她却忽然态度大变,演变到现在他打来的电话都不接,他连她的声音都听不到了。

虞鸢知道,这件事情是她做得不对。

她也想他,也想回到之前可以无拘无束地和他在一起的日子,可是,她能怎么办呢?

这么多天的情绪都积累在了一起,她只是看到他,眼泪就要涌上来了。

他把她轻轻拉向自己,问:"鸢鸢,你是厌烦我了吗?"

虞鸢条件反射一般地反驳道:"没有。"

"那是有什么事情吗?"

虞鸢沉默了。

"不能告诉我?我是你男朋友。"他轻声说,"任何事情,只要和你有关,无论是你的事还是你家人的事,无论是让你开心的事还是让你伤心的事、为难的事,你都可以告诉我。"

他终于把她搂进了自己的怀里。

他怀里的女孩瘦了很多。她原本就轻盈纤细,如今更是,似乎只要他稍微用力一点,就可以把她捏碎。

"我不能成为你的依靠吗?"

夜晚的寒风被遮挡住,熟悉的气息向她涌来。

两人实在是分别太久,不知不觉间,他将她越拥越紧。他嗅着她颈边淡淡的香气,力道几乎失控。他似乎想把她揉进自己的身体里。

她强忍眼泪。

谢星朝还有两年大学要读,必须留在京州。如果她要回陵城工作,他们隔这么远,他能忍受得了吗?他那么缺爱、黏人、怕寂寞,恨不得时刻都需要她的陪伴……

还有虞楚生的事情,如果他知道了……

虞竹说的那句"去找谢星朝借,去找他家借",她一直记得。

之前,所有人都不知道她和谢星朝在一起,而现在,她家里出事了,她就立马同意和他交往,所有人都只会有一种想法。

所以她不愿告诉谢星朝虞楚生的事情。这些事情她可以自己处理好,这也是她该处理好的。

"星朝。"两人一直相拥,不知道过了多久,她终于找回一些理智,说,"是我最近太累了。"

她想离开他的怀抱。

"我这段时间有些忙,所以没法再像之前那样和你见面。我什么事都没有。"她说。

他什么都没说,安安静静的,垂着漆黑的眼,就这么看着她。他那和平时有异的神色隐没在了夜色里,她只能看到他漂亮的轮廓,看不分明他的神情。

他没松开搂在她腰上的手,声音沙哑地道:"嗯。我知道了。"

虞鸢松了一口气。不管怎么样,他没有再刨根问底了。如果他继续问下去,虞鸢真的不知道该怎么说了。

之后打算放弃学业、直接工作的事情,她也不知道要如何对谢星朝讲起。这件事她只对虞竹提起过一次。

只是,对于她而言,目前也只有这条路可以走。

前几天写毕业论文的时候,她坐在那里,对着书和电脑屏幕,以往平静愉悦的心情不复存在了。她只要一想到躺在病床上的虞楚生,就静不下心,因此一个字都看不下去。

她想先把面试过了,之后的事情再说。

"星朝,我过几天有些事情。"她垂着眼,含糊地说。

"嗯。"

"所以,我可能要先回去做准备……对不起,这几天没时间再和你见面了。"她离开他的怀抱,轻声说。

他安静地看着她,最后问了一次:"有什么我可以帮上忙的吗?"

虞鸢没说话,轻轻摇了摇头。

等面试结束、一切妥当之后,她会把她的事情都告诉谢星朝。

此后的好几年,她应该都没心力再陪伴他了。

好在他们在谈恋爱的事情,一直到现在,除了虞竹,她在陵城的亲朋好友没有一个知晓。

他不会因为这件事情受到什么损害,之后可以继续过自己想过的生活。

虞鸢去深蓝公司面试的时间定在周三。丁蕴玉打电话来约她出去谈面试的事情。

虞鸢说:"不如我请你吃饭吧?可以顺便一起说了。"

"事情还没成呢,如果不成,不怕我欠你一顿饭?"丁蕴玉说。

虞鸢说:"没关系,无论这事成不成,我都要多谢你。"

如果她面试不成功,那也是她自己的问题。

丁蕴玉和之前相比没什么大的变化,只是看起来略微成熟了一些。他来餐厅时穿着衬衫长裤,已经有了些上班族的味道。

"好久不见。"落座后,他笑了下,"上次我们一起吃饭,是很久之前的事了。"

他看出虞鸢的精神状态不是很好,问道:"你怎么了?"

"没事。"她客客气气地说,没有和他聊太多。

吃饭的地点选在了一家西餐厅,他们就坐在靠着窗的二人座上,外头就是大街,敞敞亮亮的。

虞鸢说起面试的事,丁蕴玉也没再废话,说起了自己入职深蓝时的面试经验。

他问问题，虞鸢回答，他帮她完善了几处她没把握的地方。

不久，菜上来了，虞鸢没什么胃口，低头在手机备忘录里写笔记，记下刚才和他聊的面试经验。

丁蕴玉看向她，说："还记得我们上次一起吃饭，后来你弟弟找了过来。"

他说的是谢星朝跟踪他们的那次。

"不是弟弟。"她垂着眼说。

其实他心里有数，不过，或许是因为他心里对她还残存着一丝念头，所以一直对此视而不见。

"我……我有男朋友了。"忽然间，她说了一句没头没尾的话。

丁蕴玉勉强地笑了下，说："我知道，上次就知道了。"

虞鸢也从来没向他隐瞒过此事。

"是那个师弟？"

虞鸢咬着唇，没有说"是"，也没说"不是"。

这件事情过去之后，虞鸢不知道谢星朝会不会打算和她分手，现在这个关头，她也不想再把他们的事扩散出去。

她只感觉到一股深深的疲惫之意。

如果谢星朝真想和她分手，她会同意，之后的时间，她只想好好工作，对父母尽孝。

夕阳西下。

一顿便餐吃得很快，虞鸢没吃多少。两人离开了餐厅，她再度向丁蕴玉道谢："谢谢。"

丁蕴玉什么都没说，神色有些怪异。

虞鸢愣了下，顺着他的视线看了过去。

夕阳下，有个身形修长的人倚在门框边，不知道站了多久。

虞鸢呆住了。她没想到谢星朝会出现在这里。她面色苍白。

丁蕴玉走上前一步，暗暗地把她护在自己身后。在这种情况下，他怕谢星朝对她做出什么极端的事情来。

谢星朝抬眸看着他们，脸上没什么表情，眸子黑沉。他冷冰冰地说："你俩终于要再续前缘了？"

丁蕴玉没说话。

"星朝。"虞鸢反应过来，面上失去了血色。

"兜兜转转这么久，你还是觉得他比较符合你的喜好吗？他比我更值得信赖？"谢星朝安静地看着她，"所以你对他余情未了？"

什么"再续前缘""余情未了"？

虞鸢脑子一片混乱，不知道他在说什么。

丁蕴玉说："你不要吓她。"

谢星朝扯了下唇，眸子里全无笑意，声音里是浓浓的讽刺意味："吓她？你是以什么身份在维护她？"

两个男人就这么对峙着。谢星朝比丁蕴玉高，他只是这么安安静静地站着，气势上就已经完全把丁蕴玉压下去了。

他面色很冷，和以前那个喜欢抱着虞鸢在她的肩窝里蹭着撒娇的"小甜包"判若两人。

从小到大，谢星朝从来没对她凶过。

虞鸢面色惨白，脚像是被定在了原地，一步也迈不出去。

她的唇颤了一下。

一时间，她想起了很多很多事，想到了以前那些被她抛之脑后的传言。她甚至担心他会对丁蕴玉做什么。

"星朝，我们回家好好说清楚好吗？"她拉住他的一只手。

他的手很冷，冰凉冰凉的，不知道他在那里站了多久。

"好。"过了半晌，他轻声说。

出租车上，两人一路无话。

谢星朝给司机报的地址是他在京大旁的那处房子的地址，虞鸢已经很久没去过那儿了。

到地方后，他打开了室内的灯，问道："我在不恰当的时候出现，是不是打扰你了？"

"星朝……"

"所以无论我做什么，你都不会喜欢我，是吗？"他垂着眼，神态安安静静的，"你永远只会把我当小孩看，遇到了任何事情也不会和我说，是吗？"

虞鸢心里一阵发冷。她隐约感觉到他可能什么都知道了。

"对不起……"虞鸢颤着唇，只能机械地重复这几个字。

他垂着眼，淡淡地说："你和我没半点血缘关系，你只不过是个比我大三岁的青梅竹马。

"和你再见面后，我还一直这么孩子气，只不过是为了让你放松警惕，不排斥我。

"我小时候长高得迟，一直是小孩模样，我不想你一直把我当小孩看待，所以我找了个借口，回了自己家。

"我们分开那几年，我经常去你学校偷看你。"

虞鸢整个人都已经呆住了。她完全不知道这些事情。

他从前和她说，他们分开那几年，他是因为处于叛逆期，后来又因为没脸见他们，所以才会杳无音信。

她更加不知道他居然还曾经去过她的学校看她。

"丁蕴玉哪里比我好？"他问，"家里出了这种事情，你居然瞒着我，不告诉我，而去找他？"

他缓缓靠近，修长的影子铺在地上。虞鸢呼吸急促。

"因为你觉得我是个不管用的小孩？"

她一句话也说不出来。

他安静地看着她，眸子漆黑如墨。他比她高那么多，语气冷淡，眸子里没有任何情绪。

她浑身都在发抖，因为眼前的这个谢星朝是如此陌生、可怕。

"那几年我去过你们学校很多回，"他垂着眼说，"只是你不知道。我有一套你们学校的校服。"

在校园里和她擦肩而过的少年，从走廊里进来的男生……她回忆里的许多少年都有可能是他，不过是她没有认出来而已。那个年龄的他个子长得太快，人几乎一天一个样，早已不再是她记忆里的稚嫩模样。

他怎么可能放心让她离开他的视线那么久？

"不过，后来你毕业了，我就没去过了。你考上了京大，去了那么远的地方。

"后来我开始努力学习了，因为我要去京大找你，而且怕你觉得我学习不好，讨厌我。

"我撒过很多谎，性格阴沉，不讨人喜欢。你听到的那些传闻都是真的，

311

都是我做的。

"后来,我喜欢你,想讨你喜欢,所以一直想尽力做成你喜欢的样子。"

他也不知道她到底喜欢什么样的男生,如果是丁蕴玉那样的,那他完全不符合。他只能靠着本能,一点点摸索,迎合她的喜好。

虞鸢的眼眶已经红了。

这些往事,她从来都不知道。

"我和丁蕴玉根本没有在一起过。"她终于知道,为什么他会对丁蕴玉有那么大的敌意。

她不知道谢星朝是怎么产生这种误会的。

她忽然想到了丁蕴玉那天晚上古怪的模样和他提到的信。

"我没给他写过任何信件。"她沙哑着嗓子说,"我不知道你为什么会有这种误会。"

当年,他亲眼见过那封信。他对她的字迹那么熟悉。

一直到现在,他还记得那个晚上,他手里紧紧攥着那封信,在走廊上一路奔跑,心像是缺了一块,越来越冷。

"就算有那么一封信,也不可能是我写的,我只在他的抽屉里放过我爸爸用不完的餐券。"她鼻子发酸,声音有些哽咽,"以前我确实说过我喜欢他这种类型的,但是……"

理想和实际根本不一样,统计学里也会有偏差,爱情不是程序,更何况程序也会有故障。

她只知道,和他在一起的这段时间,她过得很开心,余生如果可以和他一起度过,那她肯定每天都会那么开心。

"在你之前,我从没谈过恋爱。"她说,"我不知道怎样才能叫作喜欢,但是和你在一起,我很开心。"

她的眼泪终于抑制不住地流了下来。

从知道虞楚生的病情开始,一直到现在,她一个人承受了很大的压力,一个踏实的觉都没有睡过,但她一次眼泪都没有掉过。她只能挺直腰背,做所有人的后盾。

现在,她终于彻底撑不住了,眼泪像断了线的风筝一般汹涌而出。

"我只和你在一起过。"她声音哽咽,"很多事情我也只和你一个人做过。我不想给你带来任何负担。对不起。"从小,她只想给他好的东西。

因为她的傲慢，因为她的自以为是，这些天，这些年，她对他都做了什么？

谢星朝轻轻动了。
她满脸泪痕，仰脸看着他。
他垂下眼，一点点吻去了她脸上的泪痕，既细致又温柔。他的唇薄而凉。
她被拢到了男生温暖的怀抱里，被他紧紧包裹。随后，接连不断落下的，是他炽热得像是能融化人的吻。
他一声声地重复道："我爱你。
"我只爱你。
"永远爱你。"
一阵手机铃声响起，打断了这一切。
"鸢鸢，你快来医院，来看你爸。"来电的是沈琴，她的语气很是奇怪。
"妈，怎么了？"虞鸢现在只要一看到家里打来的电话，心都会忍不住地下沉。
谢星朝抱着她，把她往自己的怀里收了收，用修长的左手将她的手完全收到了自己的掌心。
力度与热量向她传递了过来，是那么让人安心。
"你快来。"沈琴似乎不知道该怎么说了。
"我马上买机票。"
"什么机票？我们现在在京州中心医院，星朝没有告诉你？"
"走吧。"他牵着她，似乎完全不觉得意外。
虞鸢脑子里嗡嗡的。

两人到了医院，谢星朝牵着虞鸢的手，带着她一路往楼上走。
"谢先生。"护士笑眯眯地和他打招呼，显然是认识他的。
谢星朝推开门。
虞楚生靠窗坐着，沈琴坐在床边，正在和他说话。
"鸢宝，你们来了！"沈琴既激动又兴奋，"刚刚检查结果出来了，你爸爸的病有转机了。"
虞鸢惊住了。
"之前你爸没做结核检查，现在转来了这边，做了之后，医生说你爸根本就没得肺癌,只是得了肺结核。"

谢星朝牵着她的手,安安静静的,一直没有松开。

"这事多亏了星朝。"沈琴说,"他说要带你爸过来检查。"

京州中心医院是京州最好的医院,胸外科更是闻名全国。

"我们和医生商量了,接下来按肺结核的治疗方案来治疗,之后再去复查,看情况。"沈琴语气里透着喜气。

虞楚生的精神显然也大为好转,他笑呵呵的。

"你们什么时候转院的?"

沈琴说:"来了两天了,星朝说他去告诉你。

"真是多亏了星朝。"

"这是我应该做的。"他说,"以前承蒙照顾。"

虞鸢还完全没从这件事情带来的冲击里回过神。

不久后,医生来了,叫他们先出去,他要给虞楚生做常规检查。

沈琴去给虞楚生买日用品了,一副乐呵呵的样子。

虞鸢的脑子刚才还是乱的,柳暗花明的欢喜感这时才一分一分地悄然蔓延开来。

他牵着她,来到了一楼院子的拐角处。

"这些费用……"她脸涨得通红。

"在医院的开销用的都是我赚的钱。"他说,"不是老头的钱。"

"我给你打个欠条。"虞鸢轻轻咬着唇说。

意外的惊喜让她不知道该说什么好,她想说"谢谢",对着他却说不出口。

谢星朝什么也没说,从书包里拿出了一张纸,抿着唇,给她递了过来。

"那我签字了。"虞鸢一时竟然以为那是他早已经拟好的欠条。

男生漂亮的眉扬了一下,他不声不响地把那张纸递到她的眼皮底下,叫她看清楚。

这居然是那份放弃攻读研究生学位的承诺书。

他说:"家属不同意,所以撤回了你的申请。"

虞鸢:"家属?"她的第一反应是沈琴或者虞楚生不同意。

"你男朋友不同意。"

虞鸢的脸更红了。

"我早说过,以后家里赚钱的事情都由我来做。"

她那么聪明优秀，去完成她的理想就好了。

"不过，你不能再去见丁蕴玉。就算你俩什么事都没有，你也不能去。"

他性格很差，敏感、好妒，他还很黏人，喜欢吃醋，时时刻刻都需要她的关注，只允许她有他一个人。

"你是我的。"他格外用力地搂住她的腰，咬在她的唇上。

虞鸢忍不住问："你是怎么知道我家的事的？"

"因为你不对劲，回国后我就直接叫人查了查。"谢星朝说。

她曾经竟然还以为他心思单纯，又孩子气又天真。现在看来，天真的人可能只有她自己。

"因为，能让你一下子变化这么大的，只有你的父母和你最在意的数学。"他拥着她说。

"反正，我是不够格的。"他垂着眼。

这话他说得酸味十足。

虞鸢忽然抿唇笑了。

果然，他还是偶尔会闹小孩子脾气，喜欢吃醋，占有欲特别强。以前他还会遮掩伪装一下，现在却毫不遮掩了，直截了当的，就希望她只看着他一个人。

虞楚生住院也不是什么保密事项，以谢家的能力，谢星朝稍微一打听便知道了。

"你没有和我说过……"虞鸢有些不好意思。

"因为我想听你自己告诉我。"

他想让她信赖他，想让她把他当成可以依靠的对象，主动找他倾诉。

可是，她当时完全没有领会到他的这片心意。

"对不起。"虞鸢轻声说。

他安静地看着她。

"你这个样子，等我们结婚后，你是不是每天都要和我说十句'谢谢'或者'对不起'？"

他的事业已经逐渐走上了正轨。他不打算再升学了，再过两年他就可以专心搞事业了。他可以给她一辈子的幸福，成为她一辈子的依靠。

等他年龄到了，他就想和她结婚，马上跟她绑定一辈子。

虞鸢的脸唰的一下红了。

她完全没想过那么远的事情，而且现在，就连他们谈恋爱的事情，虞楚生和沈琴都不知道。

"星朝，你家里人……"她有些踌躇。

她想，是不是她也需要上门拜访他们一次？

"没人能管我。"他亲着她的耳尖说。

"因为我脾气差，之前又不学无术，"他说，"他们那时对我也没什么期待。现在我能洗心革面，回归正轨，他们高兴还来不及。我早跟他们说了，说我有这些变化都是因为你。所以，我要和你在一起，根本不可能有人反对，他们反对也没用，谢家早没什么能管束我的人了。"

他不学无术的那段时间，她正好和他错开了，几乎没见过他一面。只是，想到那个雨夜见到的他，她忽然有些后怕了。

"我不会再那样了。"他一眼就看出了她的想法。

"不过你不能走，不能离开我，不能不爱我。"

他把下巴搁在她的肩窝里，蹭了蹭她的脸，道："不然，我肯定会立马变回原形。"

他现在是彻底不伪装了，还威胁起她来了。

虞鸢忍不住弯着眼笑了。

虞鸢每天都会来医院。谢星朝陪着她，陪她来医院，送她回学校。

虞鸢意识到一个很严重的问题——她和深蓝公司约的面试她还不知道要怎么办。

"你不用去工作。"谢星朝说，"我和你导师聊了很多，他说你放弃学业太可惜了，我也这么觉得。"

"聊了很多？"虞鸢的脸唰的一下红了。

谢星朝把她放弃攻读研究生学位的承诺书拿了回来，她当然知道他肯定和严知行见过面了，可是这个"聊了很多"就完全出乎她的意料了。

"嗯。"他点头。

虞鸢："我放弃攻读研究生学位的事你又是怎么知道的？"

"问的虞竹。"

虞鸢："……"

"鸢鸢继续安心做科研，"他说，"赚钱的事情都由我来做，家里保证不需要你再操心。"

"不过，等你以后拿了奖、名利双收、享誉国际的时候，你会不会抛弃我？"

他一眨不眨地看着她，眼睛黑漆漆的。

"乱讲什么？"虞鸢忍不住笑了。

时隔这么久，她终于第一次发自心底地笑了，笑容如春风拂柳。她眉眼弯弯的，笑得很是好看。

他一直看着她，视线完全挪不开。

第十二章

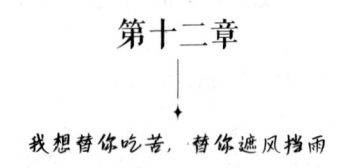

我想替你吃苦，替你遮风挡雨

生活一切都在往正轨上走。

和谢星朝说清楚的当晚，虞鸢用微信找到了丁蕴玉，说自己考虑许久，还是决定继续升学，所以不能去面试了，说这次真的给他带来了麻烦，向他诚恳地道了歉。丁蕴玉许久没回信息，最后只回了六个字：不用道歉，祝好。

得到了合理的治疗，虞楚生的身体一天天好转起来。

谢星朝依旧每天会陪她去医院，和她说话。他不让虞鸢熬夜，于是找了看护人员，虞楚生需要的所有东西，从医疗上到生活上，他都安排得格外齐全。

他从小就细致体贴，这是他与生俱来的特质。

"今天早点回去睡吧？"他说。

"嗯。"她靠在他的怀里，由他抱着。

最近，她越来越依赖他了。

有一天，谢星朝在学校上课，虞鸢提前去了医院。

"星朝这孩子最近来得越来越勤了。"沈琴说。

走廊上只有她们母女。

虞鸢心里直打鼓，一颗心越跳越快。

沈琴沉默了一会儿，说："鸢宝，这次的事情，星朝帮了我们太多。我们家不是不懂感恩的家庭，但是，你们也都这么大了，星朝也不是小孩了，就算你们以前关系再好，有些事情，妈妈还是想提醒你一下……"

虞鸢一直安静地听着。

眼眶有些红，虞鸢终于鼓足勇气说了出来："妈，对不起，我知道这会让你们很难受，但我没法和他保持距离。"

沈琴沉默了很久，问她："因为这件事？"

"在这件事情之前。"虞鸢的眼泪已经有要往下流的趋势了，"对不起，我瞒了你们那么久。"

长久压抑的情绪终于崩溃，她控住不住地哭了出来。

最近她哭的次数比之前二十多年加在一起都多。

沈琴的神情格外错愕。

其实，沈琴早隐隐地察觉到了——谢星朝来虞家那么勤，一点也不嫌腻，对虞鸢的喜欢、依赖都完全不加掩饰，而且，虞楚生生病，谢星朝对这件事又格外上心、在意。

沈琴沉默了很久，问："你们现在到哪一步了？"

虞鸢擦干眼泪，耳朵一下红了。

"星朝才上大二，你之后也要升学，妈是反对婚前性行为的。"沈琴说，"如果一定要有，记得做好措施，不要弄出什么意外。"

毕竟他们年轻，谢星朝还是二十岁上下的男生。

虞鸢红着脸说："妈，我知道，我有分寸的。"

"你考虑好。"沈琴长长地叹了一口气，"妈是过来人，他比你小了三岁，谢家和我们家的差距也在这里，以后，假如……"

不是她不信任谢星朝，但当妈的自然得为自己的女儿考虑。

他年龄小，是男生，加上谢家的门第摆在那里，如果这件事之后真的变成一场没结尾的闹剧，他可以很快缓过来，虞鸢的名声却可能会受损。

虞鸢也不是十几岁的小女孩了，现在和谁在一起，需要考虑现实问题了。

"星朝对我很好很好。"虞鸢不知道该怎么概括。

这些年，她和谢星朝之间的纠葛，发生过的事情，沈琴都不知道。

她胡乱地叙述着他为她做过什么，一桩桩一件件，似乎根本数不完，她的眼泪不住地往下掉。

"妈，就算之后我们俩没成，你们也不要怪他好不好？"虞鸢的声音还有些沙哑，"也不会是他的错。"

女儿能说出这种话来，沈琴看得出她已经陷得很深了。

"你爸那里怎么办？"良久后，沈琴问。

"等爸情况再好一点，我去说。"虞鸢说。

沈琴："不让星朝去说？"

"他已经为我做得太多了。"虞鸢垂着眼。

她可以预想到,虞楚生百分之百会反对,甚至可能会动怒。

他骨子里有股文人的刻板和清高,这次因为自己生病的事情欠了谢星朝的人情,这反而会让他更加激烈地反对他们在一起。

让他做别的事来报恩都可以,但他不可能让自己的女儿去以身相许。

虞鸢不想让谢星朝承受这些,就想着不如由她先去,让虞楚生先把怒火发泄完。

"你爸身体好了不少了。"沈琴说,"要说趁早吧。"

过了没多久,谢星朝来接她回学校。

现在他在学校里也牵着她的手,已经完全以她的男朋友自居了。

虞鸢宿舍里的人都知道了他们谈恋爱的事,谢星朝知道她们宿舍的人感情非同一般,就说等虞楚生出院后请她们吃饭,虞鸢自然没有反对。

虞鸢最近恢复了正常,大家都舒心了,也不再为她操心了,纷纷道贺。

当然她们也少不了刨根问底,虞鸢只能把他们两人之间的事情大致说了一遍。

三个人听得眼睛都发直了。

"哇,这是什么绝世痴情好男人啊?"叶期栩说。

"也就是说,他和你表白了三次,你现在才终于接受他?"

虞鸢细想起来,其实他真的是跟她表白了三次——

最开始是新年前那一次,那次后她疏远了他半年;第二次是在雨淅村里做调研,他哭了一次;第三次,在几天前。

"这种男人是真实存在的?"余柠说,"你男朋友还有兄弟吗?我想立刻预定。"

虞鸢的手机响了下,她看了一眼消息。

"谁啊?"

"星朝。"

"找你出去?"

虞鸢摇头:"他知道我在和你们聊天,说等我聊好了,再来楼下接我。"

宿舍里瞬间又炸锅了,她们纷纷称赞谢星朝除了长得漂亮、身材好、年轻,还和虞鸢是青梅竹马,对她一心一意,既痴情又体贴。

两人从医院回来后。

"今天回家吗?"谢星朝牵着她,忽然问。

虞鸢把论文写完了,最近除了去医院看虞楚生,就没什么别的事情了。

谢星朝最近更黏她了,经常让她陪他回家,目的只有一个,就是想两人独处。

虞鸢已经做好决定,明天就去和虞楚生说他俩的事。

谢星朝这么一说,她忽然想到了沈琴说的叫她做好措施的话,脸一下红了。

谢星朝开了门。他很敏感,早已经察觉到了虞鸢有心事,一副心事重重的模样。

"怎么了?"他问。

她打算明天去找虞楚生摊牌,这当然不能告诉谢星朝。

"不想告诉我吗?"他咬她的耳朵。

虞鸢怕痒,杏眼水汪汪的。她被逗得喘不过气来:"没……没有。"

"鸢鸢总是什么都不肯告诉我。"他抱起她,让她坐在自己的腿上。

男生清冽的气息萦绕在她的耳畔:"怎么才可以让鸢鸢讲实话?"

他分明是用的撒娇的语气说的,可是动作很猛烈。他最近越来越难对付了。

彻底确定自己的感情后,虞鸢只觉得他越看越可爱,觉得他哪里都漂亮,她越发地无法抵挡。

虞鸢脸红得不行,勉强地嗫嚅道:"等……等之后告诉你。"

"我猜,你是要一个人去坦白我们的关系?"

她一点都不擅长撒谎,白玉一样的面庞很快爬上了一丝红晕,她的长睫轻轻颤着,原本清丽无双的模样此刻竟罕见地有些娇媚。

他越看越喜欢,忍不住说:"你对我真好。"

"不过还是我去说吧,没关系,挨骂也没关系,我愿意挨骂。"

她是完完全全属于他的,她从来没有过别人,也再不会有别人。

他自以为的痴想、妄念、无望的单恋,在这一刻竟然得到了这样的回应。

"我想替你吃苦,替你遮风挡雨,"他胡乱且热烈地吻着她,"替你做好多好多的事情。我想把我的所有都给你。"

语言也描述不出他这一刻的浓情。

这将是她这辈子所经历的最浓烈、最纯真的一份感情。

很久之后,她所有的论文、著作、获奖致辞中,致谢的第一个人的名字,永远都是他的名字。

这是藏在一个内敛了一辈子的数学家心底的爱。

虞楚生已经转到了普通病房。

沈琴知道虞鸢今天打算单独和虞楚生聊,见谢星朝跟着虞鸢一起进来,还愣了一下。

虞鸢说什么也没用,谢星朝固执起来的时候,她拿他没有半点办法。

"阿姨好。"

谢星朝对沈琴的态度和以前没有任何变化,也没有不自在,倒是虞鸢,意识到两人的手还交握在一起之后,脸唰的一下就红了。她想松开手,谢星朝不让,依旧紧紧拉着她,虞鸢的脸更加红了。

这动作自然逃不过沈琴的眼睛。

他俩模样都漂亮,气质出挑,年龄差距也不明显,这么站在一起,倒确实非常般配。

沈琴在心里叹气。她从没想过他们两个人居然还会有这么一天。

虞楚生靠坐在床头,脸色不怎么好看。

他要面子,又清高又守旧。以前,因为温韵的关系,沈琴把谢星朝领回家这么多年,他没半点怨言,对谢星朝也算是尽了一个长辈该尽的责任,只是现在……

"爸爸。"虞鸢甚至都不敢多看他,耳朵火辣辣的。

这么多年,她一直都很优秀、听话,没有过任何出格的行为,是虞楚生一直以来的骄傲,而现在,她和谢星朝交握的手一直没松开。

虞楚生的视线停留在他们交握的手上,久久没有移开。

室内一下陷入了沉默,虞鸢心里乱作一团,昨晚被她组织好的语言似乎一下都乱掉了。当着几百上千个人的面做报告时,她都没有此刻这么紧张。

谢星朝握住她的手,力道很温柔。

"叔叔,是我喜欢鸢鸢,是我一直在追她、求她,求了很久,鸢鸢没办法,最后才和我在一起的。"他轻声说。

他站得比虞鸢稍微靠前一些,很自然地把她护在了身后。

虞鸢愣住了,想说话,嗓子却有些干涩:"星朝。"

"爸，是我……"

她艰难地想说些什么。

虞楚生的声音还有些大病初愈的嘶哑，他没看虞鸢，而是看着面前的高个子男生，缓缓地道："你比我女儿小了三岁，女孩经不起熬，你家和我家的门第差别也摆在这里。

"你图一时新鲜，我女儿就要赌上一辈子。

"漂亮话大家都会说。"

虞楚生微微咳嗽着。

"爸，我喜欢他。"不等谢星朝回答，虞鸢就感觉到自己的眼泪已经涌了出来，她抹着泪，声音沙哑地道，"爸爸，我不想再和别人在一起，如果您一定要反对，我会和他分手，但我这辈子也不会再和别人在一起了。"

室内再度安静了下去。

谢星朝让她靠在自己的怀里，拿纸巾给她擦干眼泪，动作温柔。

"叔叔，我比鸢鸢年龄小，这是没办法改变的事情。"他说。

他身材修长，已经比虞楚生还要高了。

他年轻，充满力量，在飞快地成熟。在不远的未来，他将变成一个成熟可靠的年轻男人。

"年龄没法改变，但是，除此之外，我愿意为她做任何事情。"他说，"我不是说漂亮话，您需要别的任何保证，我都会去做到。"

他眸子漆黑，神态认真，虞鸢很少能在他的脸上见到这种神态——不是面对她时的天真与孩子气的神态，也不是他以前对着别人时有些冷漠的神态。

他真的长大了。

虞鸢有些恍惚。

这段时间他一直陪着她，在她做噩梦时，总会先她一步醒来，用拥抱与亲吻来安慰她。

他说不用怕，无论发生什么，他都会陪在她身边。

她的担忧、焦虑、所有不完美的一面，都无须再避讳他。

从小到大，虞楚生和虞鸢的父女关系一直处于一种客气而疏离的状态，她很尊敬虞楚生，也很爱他，一直努力想做到他所希望的那样。

从小，她没有像别的女孩那样撒过娇，骑在爸爸的头上叫他带自己去买糖果，而是早早地成熟，学着照顾自己，学着尽力把一切都做到最好。

她从未想过,她这辈子第一次学会依赖、学会对一个男人示弱,是在谢星朝身上。

在谢星朝身边,她可以做自己,不用再做那个完美的虞鸢。

"你先出去。"虞楚生冲虞鸢点点头。

虞鸢犹豫着,谢星朝握着她的手,轻轻拉了拉。

她反手关上了病房门。

男生似乎早已经在心里想好了,只等虞鸢离开。他模样很沉静。

"叔叔,您的担忧,大部分是因为我的家人——我家人不多,我爸一直知道我的想法;而且,在我未来的婚姻上,我爸没有干涉我的可能。

"我不会再升学,会比鸢鸢早毕业,会更早开始工作。

"至于物质方面……

"您如果对我不放心,未来,我的所有财产都可以归到鸢鸢名下。"

关于他自己的规划和他们两个的未来,方方面面,他都说得那么条理清晰,逻辑缜密。

谢星朝在病房里面大约待了半个小时,虞鸢不知道他们聊了什么。

晚上,虞鸢陪谢星朝回家,终于忍不住,停在玄关处问他:"我爸爸最后怎么说?"

"当然是同意啦。"

一坐上沙发,他就习惯性地抱过她,轻轻蹭了蹭她的面颊,让她坐在自己的怀里。

虞鸢其实也猜得八九不离十。

"他没对你提什么过分的要求吧?"

"我的都是鸢鸢的!叔叔让我做什么都不算过分。"

她估计虞楚生肯定说什么了,脸白了又红,红了又白。

"叔叔没提什么过分的要求。"他舍不得再逗她。

"鸢鸢,你以后不要再哭了。"他垂眸,凑近看着她的脸。见她眼睑上还红红的,他用指腹轻轻擦过。

小时候,他因为不会说话,体弱多病,漂亮得像女孩,所以经常被人欺负。虞鸢以前从未和人红过脸,可是,为了他,她和一堆小男生差点打起来。她带着他回家,走在夕阳下,她脸上的泪痕未干,他一直记得。

他那时就想，以后，等他长高了、长大了，他要保护她，不再让她哭。

"爸爸真的同意了？"虞鸢还是不敢相信。

"因为鸢鸢说喜欢我，非我不嫁，"他甜蜜地说，"所以叔叔看鸢鸢那么喜欢我，就不忍心再说什么，直接同意了。"

虞鸢的脸噌的一下红了。不知道他怎么把她那些话总结成这个意思的。只要离开了众人的视线，他就又没个正形了，总是喜欢冲她撒娇。

"我是鸢鸢的人了。"他咬着她的耳尖。

今天，他终于得到了"官方"的认可。

虞鸢现在更加害羞了。一想到所有人都知道了他们的关系，她便更加不好意思了，脸上火烧火燎的。

以前看他时，她只觉得他生得漂亮，惹人疼，也没太多别的想法，而现在，她简直不想再多看他，感觉自己随时都会把持不住——

他眼睛那么好看，腰窄腿长，面部轮廓精致，鼻梁和眉骨都生得顶好，唇薄而红润，气味也格外好闻……

六月，虞鸢的论文被评为了优秀论文。她拿了京大"最佳毕业生"的称号，在数学系毕业晚会上作为优秀代表发言的视频不知道被谁传到了网上，还炒起了一把热度。毕竟京大本来就很有名气，何况今年数学系的最佳毕业生还是一个如此漂亮的女生。

不过，这热度还没维持几天，相关报道就都消失了。

虞鸢对此完全不知情。

虞楚生现在已经出院了。最近虞鸢都在忙毕业的事，忙着和宿舍姐妹道别，和她们约之后去毕业旅行，还得陪男朋友，每天简直忙得脚不沾地。

六月的时候，谢星朝回南城的时间多了不少。谢老爷子一直很喜欢他，越来越重视他。

见到谢岗后，谢星朝说："我回来，是想通知你一件事。"

"什么事？"

"我有未婚妻了。"

"谁？"谢岗反应有些大，"虞家那女孩？她年龄是不是比你大？"

谢星朝语气很寡淡："是通知你，不是征求你的意见。"

虞鸢她们想组织一个为期半个月的毕业旅行，就她们宿舍四个人。大家感情极好，从大一到现在，四年了，基本没红过脸，和亲姐妹差不多。眼下就要各奔东西了，大家想在最后来一个长途旅行。

"以后可能就再也见不到了。"虞鸢跟谢星朝强调，"她们都说想让我去，就在国内，又不远。"

虞鸢好说歹说，谢星朝却怎么也不肯松口。

"你出去太久了。"他搂着她的腰，从她背后抱住她，把脸埋在她的肩窝里嗅着，头也不抬地道。

"半个月算久？"她难以理解。

"当然算。"他维持着那个姿势，乖乖地说，"现在一天看不到鸢鸢，我就难受。我想和鸢鸢一起睡……"

"谢星朝！"虞鸢脸通红，恨不得捂住自己的耳朵。他吻着她的手背，亲着她的耳朵，情意绵绵的，怎么也没个够。

两人晚上这么闹了一番，最后虞鸢毕业旅行的事情还是没有定下来。

最后，两人讨价还价，将时间缩短到了十天。虞鸢终于还是给自己争取到了一个毕业旅行。

谢星朝还在念大二，到了期末，他双学位的课程满得可怕。虞鸢的毕业论文答辩已经结束了，现在她每天也就是参加各种毕业季活动。

她心疼他学习太累，于是经常去他家，想多陪陪他。

谢星朝沉进了幸福的海洋里。他干脆都不回宿舍了，天天回家住，一直缠着她。

这天，他洗完澡后在她身边坐下，说："鸢鸢在看什么？比我好看吗？"

他洗过澡后，黑发还微微湿着，他坐过来就要抱她。他身材好，生得腰窄腿长，哪里都很有看头，虞鸢脸红到不行，眼睛都不知道往哪儿看。

他的眼角和眉梢都透着一股慵懒之意，他抱着她说："鸢鸢，我有个好消息要告诉你。"

"嗯？"

"你看，怎么样？"他拿出手机，给她看照片。

照片里是一幢很精致的小洋楼，小洋楼虽然面积不大，但是装修得格外精致，一看就知道装修它的人非常上心。

虞鸢随便看了几眼，评价道："通风和采光都不错，挺宜居的。"

"鸢鸢喜欢吗？"

"喜欢。"

"这是我们的小窝。鸢鸢，等我之后赚了更多的钱，就给你换一个更大的房子。"他眸子亮亮的，专心致志地看着她。

虞鸢愣住了。

"我以后也不方便一直住在你家。"谢星朝说，"我也不想回谢岗以前的那个房子。"

他说："我一直很讨厌我爸爸，但是仔细想起来，他其实也没做错什么。"

他抱着她，把下巴搁在她的肩窝里，神态安静地说："他只是不够爱我。"

"星朝。"虞鸢轻轻握住他的手，看着他的眼睛，轻声说，"你一直都很讨人喜欢。"

她别开脸说："在我心里，爸爸妈妈，加上你，这辈子，你们是对我而言最重要的人。"她声音越来越轻，模样很羞赧。

虞鸢性格内敛沉静，从小到大，他很少听到她这样直接地表达情感。

他心里泛起波澜，紧紧地抱住她，感情浓烈到无法宣泄。

"鸢鸢要一直爱我，好吗？"他眼睛一眨不眨地看着她，里面水光潋滟，盛着满满的爱意与哀求之意。

手臂轻轻绕上他的腰，她用行动给了他回应。

"那鸢鸢可以给我一个家吗？"他顾不上自己还微湿着的头发，又过来蹭她，声音里满是憧憬之意。

他对家的渴望比她想象的还要多很多。

虞鸢心软得不行。心中对他的怜意和爱意混杂在一起，她仰脸，轻轻地亲了一下他的唇。他眸子发亮，紧接着急切地、热烈地回吻住她。

这一天是虞鸢的毕业典礼。她穿着学士服走出了礼堂。

她作为优秀毕业生接受了颁奖。此后，她将在数学的求索之路上越走越远，人生即将开始新的篇章。

天朗气清，六月的天空明媚得让人看不到一丝阴霾。

虞楚生和沈琴都来了，和女儿拍了合影。

虞鸢和舍友、朋友、同学都合了影。这是个很热闹、足以令她铭记一生的毕业典礼。

高个子男生站在道路的尽头，挺拔如松。他一直站在那里等着她。

谢星朝自然地牵住她的手，说："鸢鸢，毕业快乐。"

他看着远处的礼堂，满足地说："再过两年，就轮到我了。"

那时候他二十二岁，可以名正言顺地和她永远绑定在一起，再不分开了。

"嗯，我好像说过，"虞鸢忽然忍俊不禁，"说过会陪你参加毕业典礼。"

"以你家长的身——"

那还是谢星朝大一的时候，她陪着谢星朝来参加开学典礼，因为谢岗没来，她怕他失落，所以说以后会陪他参加毕业典礼。

"谢星朝！"她话还没说完，笑就僵在了脸上，耳尖一下红了。

他显然是个行动派，现在吻她也吻得越发熟练了。

"鸢鸢还想当我家长？"

她脸红得不行，不敢再说什么。

他低头，轻轻碰上她的唇。他们接吻，影子交叠在一起。这一天，微风徐徐，未来的每一天天空都将是这般清澈的颜色。

和你在一起的每一天，我都像是沉溺在梦里。你是我存在的意义，是我的心之所向、身之所往。无论什么时候，只要想起你，我就有了前行的勇气和想象未来的欲望。对于大多数人而言，最初喜欢的人和最后相携一生的爱人是不同的，但是对于我，从最初爱上你的第一天起，我未来的想象中，共度余生的人年复一年都是你。

看到草长莺飞的美景，我想到的是和你分享；吃到嘴里的美食，没有你一同品尝，美味便失了一半。

我想和你共享快乐，想拿走你的全部痛苦与失意。

谢星朝心里闪过这些话。他曾经也想象过，如果没有碰到虞鸢，未来他会是什么模样的——想必是一辈子浑浑噩噩，如同行尸走肉，最终变成一个不折不扣的浪荡纨绔。

斯人若彩虹，遇到方知有。

是她让他变成了更好的人。

番外一

每一天都像沉溺在梦里

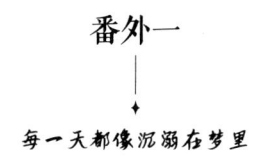

虞鸢有个日程本，本子是黑色封面的，样式很简单。现在大部分人已经换了电子日程本，虞鸢却一直还保持着用纸笔记日程的习惯。

5月25日，找杨之舒，讨论随机矩阵的相关问题。
5月26日，做本科生微积分课程的助教，改试卷，登记分数。
5月27日，修改论文中和偏微分方程相关的部分。
5月28日，聚餐，给星朝打电话。
5月29日，下午三点到数学楼听讲座，记得给星朝打电话！
5月30日，见严教授，买樱桃，哄星朝。
…………

怎么哄因为被忽视而闹别扭的小男友，是一个需要虞鸢深思的问题。

虞鸢从小性格独立，按照严知行的夸法，就是"坐得住""耐得住寂寞"，天生就适合做枯燥的研究。

可是谢星朝不像她这样。他情感需求很浓烈，性格又敏感细腻，在他们确定关系后，他就更加不加掩饰了。他想让她多在乎他，多陪他，把他放在心里。

以前他们没在一起，他被虞鸢忽视了还会装装样子，懂事地说让她去专心做研究，不用理他；而现在，他都学会闹别扭表示抗议了。

给她回信息时，他连表情包都不用了，还把她上周只给他打了寥寥无几的电话、只通了几分钟视频电话就匆匆挂断的劣迹，做成了一个表格，发了过来。

用一个词来形容他,那就是恃宠而骄。以前的他,是多么乖巧又省心。虞鸢觉得不能再姑息他这种行为了。

虞鸢读研究生二年级的时候,谢星朝读大四,即将毕业。

他早已经将课程修完了,出乎虞鸢意料的是,他写的地球物理方向的论文居然被评为了优秀论文,金融方向的论文反而写得乱七八糟。

虞鸢问他原因,他说:"我不准备升学做理论。金融市场实际操作和课本上学的根本不一样,加上我时间实在紧张,所以金融方向的论文就稍微写得简陋了一点。只要能拿到学位证就好了。"

虞鸢问:"那为什么不是两篇论文都敷衍着写写?"

结果他认认真真地说:"地球物理专业是我们爱情萌生的起点,是我们能够再续前缘的媒介,所以我想善始善终,做到完美。"

他给出的竟然是那种情窦初开的小女生才会有的理由。

虞鸢忍不住就想笑。

不过,他确实是忙,自家公司的事情很多。他到底年轻,有很多需要学习的东西,还经常需要往返好几个城市,甚至经常需要出国,所以也不再像之前那样可以大半天都黏在她身边,围着她转了。

虞鸢倒是不介意,安安静静地做学术,有时候沉浸进去了,也就忘记联系他了。就算她经常在记事本里记着要给他打电话、发消息,也还是免不了会忘。

这天,下起了小雨,虞鸢从严知行的办公室里出来。

知道谢星朝今天要回来,她预备去买一点他喜欢吃的水果,亲手做一顿饭,然后稍微哄一哄他,算是小小地表示一下歉意。

虞鸢买了一堆东西,撑着伞,东西略微有些沉。

"师姐!"湖畔的柳树下跑过来一个男生。

虞鸢抬眸看了下:"李乔?"

她这学期在做本科生微积分课程的助教,这是那门课上的一个大一的小男生。

他一看见她就脸红:"师姐,我来帮你拎。"

他想抢过虞鸢手里拎着的袋子。

"谢谢,不用了。"

想到自己的男朋友那么爱吃醋，虞鸢退后一步，略微和他拉开了距离。

李乔还在坚持，这时，虞鸢手上的重量忽然一轻。

李乔愣了下，看着这不知道从哪里冒出来的男人。对方看着比他略微大点，模样很漂亮，只是冷着脸，一副很不好惹的样子。

谢星朝果然过来接她了。

"你是谁啊？"李乔问。他不认识谢星朝，但情敌相见，分外眼红，男人好斗的意识在这一刻按捺不住了。

"这是我女朋友。"谢星朝冷冷地道。空着的另一只手已经搂住了她的细腰，他狠狠地把她往自己的怀里一拉。

李乔忍不住用怀疑的目光看向谢星朝。他怀疑对方和他一样，是在追师姐。

谢星朝扯了一下唇，冷笑了声，然后低头在虞鸢的唇上吻了一下，问："你还要看什么证明？"

李乔："……"

虞鸢："……"

两人回了家。

谢星朝放下袋子，脱了外衣。

虞鸢想在沙发上坐下，但对上他的眼神后，就知道自己是坐不下了。

她原本想稍微哄哄他，可是看他这个样子，难度可能要倍增。

虞鸢轻轻咳了一声，装作什么也没发生，忽略掉他哀怨的眼神，想去厨房洗水果给他吃。

不料，虞鸢还没走出去，整个人就已经被按住了。他单手撑着墙壁，垂眸看着她。他生得修长高挑，比虞鸢足足高了一个头，她整个人都被罩住了，没法逃，只能看着他黑漆漆的眼睛。

"谢星朝！"她有些不习惯，便伸手去掐他的腰。

他幽幽地说："是我哪里做得不好吗？"

"还是鸢鸢想抛弃我？"

"谢星朝！"她气乐了，去捏他的脸。

"你够了啊。"她义正词严地警告他，"你看你这段时间都干了什么？"

她觉得他一点都不乖了。

"鸢鸢。"他委屈地说，"你早点嫁给我，让你身边的这些男的都走开好不好?你就是我的,我一个人的。"

他满是依恋地蹭了蹭她的脸,把她整个人都往自己的怀里拥。他把头埋在她的肩窝里,闷闷不乐地说:"我才是你男人。

"鸢鸢,我忙工作是想赚钱,让你不用再烦心这些琐碎的事,是要给你提供最好的生活。

"但如果这会影响我们的感情,我就不干了。"

虞鸢忍不住笑着问:"那你打算干什么?"

"在家陪鸢鸢。"他想了想,乖巧地说,"只要鸢鸢高兴,我什么都可以做。"

虞鸢的脸略微红了一下,她别开了脸,说:"我很穷,没法给你开那么高的工资。"

他现在的收入她是知道的,他从不瞒她。他专门办了张银行卡放在她那里,说里面是他所有的财产。他还说连带他自己,都是她还有他们未来的女儿的——他不是很喜欢小孩,但是想了想,又觉得似乎也可以接受。

假设他们以后结婚,生一个和虞鸢很像的女儿,那他就是这个世界上最幸福的男人。

所以为了她,他一早就在筹划要怎么养家。

虞鸢就算把自己卖了,也开不出他一天的薪资。

"我不要钱!只要鸢鸢收留我就好。"他眨了眨眼,仰脸看着她。

他满了二十岁后,多了些男人的味道,和以前漂亮少年的样子有些不同,但是依旧非常漂亮,唇红齿白,五官精致,看上去楚楚可怜。

虞鸢脸发热,忍不住移开视线,小声说:"那你得听话。"

"鸢鸢想让我怎么做?我很听话的。"他积极配合,立马脱了外衣,扯开领带,往地板上一扔。

虞鸢:"……"

谢星朝毕业那年,两人已经定下了婚约。

谢星朝不打算升学,两人在大学里朝夕相处的日子也结束了。

这天是他们地球物理专业拍毕业照的日子,谢星朝老早就和虞鸢说了,一定要她过来,陪他度过这个值得纪念的重要时刻。

虞鸢对他那套根本没有半点抵抗力,于是早早就安排完了手上的事情,赶过来陪他。

虞鸢赶到礼堂门口时,那里已经站了一大群人。

她看了几眼,很快就找到了谢星朝。

他个子高,身材好,即使在人群中也格外醒目,让人一眼便可以看到他。

京大学士服她几年前穿过,可是现在见谢星朝穿,又是另外一种感觉。她只觉得这和他平时的气质很不一样,显得更加成熟了,多了几分清雅稳重的书卷气。

他脸生得过于漂亮了点,平时在虞鸢面前又惯常是那副黏人的模样,因此很少给人这种感觉,虞鸢觉得很新鲜,也很喜欢。

"鸢鸢。"他远远看到了她,朝她跑了过来。

他很敏感,很快就注意到了虞鸢看他的目光和平时不太一样。他低头打量了一下自己,问她:"好看吗?合适吗?鸢鸢喜欢吗?"

虞鸢脸红了一下,别开脸。

哪有人问得这么直接的?她想。

"你是男孩,在意好不好看干什么?"虞鸢故意说。

"因为我想听鸢鸢夸我。"他委屈巴巴地说。

"好看,喜欢。"她叹了口气,招手叫他走近,给他正了正衣襟。

他还是这么喜欢撒娇。

偏偏她就吃他这套,宠着他不仅能叫他开心,她自己也高兴。

于是,一整个毕业典礼上,谢星朝的心情都分外愉快。

让虞鸢意外的是,他居然被评为了系里的优秀毕业生,接受了院长的拨穗和表彰。这一切竟然和几年前发生在她毕业典礼上的那一幕一样。他追寻着她的脚步,算是给自己的大学生活留下了一个完美的句号。

毕业后不久就是谢星朝的二十二岁生日。

虞鸢暑假只有一个月的假期,还要回京大给严知行帮忙。谢星朝生日这天尤其磨人,她去他家陪他,和他一起过生日,闹得很晚,少见地睡过了头。

这幢小洋楼景观很好,平时就住着他们俩。

她还没起床,迷迷糊糊地感觉有人在耳畔叫她。

"鸢鸢,鸢鸢。"她迷迷糊糊地睁开眼,面前是一张放大的、漂亮的脸。

他轻轻吻着她的耳尖,眸子明亮。他昨天明明也熬了夜,现在看着却毫无疲色。

"现在几点了？"虞鸢哑着嗓子问。

平时谢星朝很乖，不会打扰她休息，偶尔和她一起睡时，如果那天两人没事，他能一直抱着她不松开，叫她在床上陪着他躺到中午。

"早上七点。"他飞快地回答，"鸢鸢，民政局马上就要开门了。"

谢星朝的法定结婚年龄到了。他早和她说好了，等他到了岁数，两个人就去领结婚证。

拿到结婚证时，虞鸢看着她和谢星朝的合影和两个人列在一起的名字，觉得有种像是在梦里的不真实感。

谢星朝大学刚毕业，就心甘情愿地和她结婚了。

很早以前，虞鸢看《围城》，书里说婚姻是一座围城，城外的人想进去，城里的人想出来。那时候，虞鸢从来没想过，多年后和她一起步入这座围城的人会是谢星朝。

她对他提起这个想法。

他原本还在甜蜜地看自己的结婚证，听虞鸢忽然来了这么一句，便飞快地说："反正我不想出去。鸢鸢，你也别想。"

他说："我是不会答应和你离婚的。你要是想抛弃我再找别人……"

她的唇被他狠狠咬了一口。

虞鸢："……"

虞鸢很不显年龄，书卷气很浓，身材匀称，五官很美，气质温柔，走到哪里都很引人注意，常常被人搭讪。

这由不得他不警惕，那些人在想什么，他可是太清楚了。

…………

准备婚礼的事根本都不需要虞鸢操心，一切都被谢星朝安排得妥妥帖帖。

他还安排了足足一个月的蜜月期："鸢鸢，我已经把工作都处理好了，之后的一个月都可以空出来了。"

虞鸢心虚地说："嗯，好的，我也请好了假。"

其实，她只请了十天假，随后就打算回去给严知行帮忙。为了婚礼，她还延长了休假时间，可哪里知道谢星朝居然计划了那么久？

她不敢告诉谢星朝，就没提，想着先结了婚再说。

婚礼现场来了许多谢星朝的朋友，很多是和他差不多年龄的男生，他们一口一个"姐姐"地叫虞鸢。这称呼被谢星朝听到后,虞鸢再转到那桌时,他们都改了口,规规矩矩地叫她"嫂子"了。

虞鸢红着脸。她的朋友也来了不少,虞楚生他们也都到了。虞楚生把她的手交到了谢星朝的手里。

伴郎最后让许遇冬当了,申知楠则从京州赶过来,专门当了虞鸢的伴娘。

"哇,鸢鸢,你赚大了!"她陪虞鸢站着,一直对谢星朝赞不绝口。

她第一次见到谢星朝,是好几年前的事了,这么几年过去,她没想到他出落得这么好看,简直称得上是她见过的男人里最帅的一个。

虞鸢红着脸。

可能是因为一直和他朝夕相处,她也就没看出什么差别来,只觉得他以前和现在似乎都差不多。

婚礼办得很顺利。

谢星朝酒量很不错,只不过因为知道虞鸢不喜欢酒味,所以平时在她面前会很注意,基本不喝酒。这天,她的酒几乎都被他给挡掉了。

司仪在念台词。

虞鸢和谢星朝并肩站着,他比她高出了一个头,侧脸线条很是漂亮。

她不知道他在想什么。

他尤其适合穿正装,窄腰长腿,是她很喜欢的那种修长挺拔的身材。

他忽然侧过脸,唇轻轻在她的耳后蹭过,这是他平时撒娇时经常会做的一个动作。

虞鸢愣了。

"以前,是你教我说话的。"他声音很低,长睫微垂。

他当了那么久的小哑巴,复声后说的第一句话,就是叫她。

他用修长的手指轻轻绕着她的一缕鬓发,轻声说:"今天,你嫁给我了,一辈子都不能再反悔。"

虞鸢对着那双流光溢彩的眼睛,一句话都说不出来。

他握着她的手,不由分说地把她拉入了自己的怀里,像是拥抱了整个世界。

番外二

平行世界：他冒雨藏在篱笆后

春雨连绵的时节，虞鸢收拢伞。裙子下摆被打湿了，她把伞搁在玄关处，礼貌地和迎上来的保姆打招呼。

虞鸢今年读大三，这是她接的一份家教工作——给一个大一学生补习雅思。她一周需要上门三次，对方给的价格非常高。学生家境很优渥。

这一带是有名的别墅区，位置闹中取静，环境典雅清幽，每一家都自带花园。

给学生安排好今天的练习题后，虞鸢出门倒水，路过阳台时，脚步略微一顿。她端着杯子，透过重重雨幕朝外看去。

他果然又在那里。

他没有打伞，乌黑柔软的头发被雨水浸湿了。他在隔壁花园的篱笆后，隔着重重雨幕，直直地看着她，一双漆黑漂亮的眸子被雨润得有些朦胧。

那是个漂亮的男生。

两人的视线陡然相撞。男生察觉到虞鸢也在看这边，苍白的脸上有了一缕红意。他却没有移开目光，依旧定定地看着她。

这是虞鸢第几次察觉到他偷偷躲在自家篱笆后看她了？

见她没有要离开的意思，第一次，那个男生竟然从篱笆后走了出来，朝她一点点挪了过来，像一只小动物。

虞鸢才发现，他很高，走近后她需要略微仰视他。

"你好？"虞鸢并不是擅长交际的人，半晌也想不出来该怎么和他打招呼。

男生眸子亮晶晶的，却没有回答。

虞鸢有些困惑。他指了指自己的喉咙，摇头。

"不能说话？"

男生轻轻点头。她的手心里被塞了什么，男生一步一回头地看她，回到了自己的院子里。

她的手心里是一个纸团。

虞鸢回到书房，将纸团展开一看，上面写着三个字——谢星朝，后面是一串数字。

笔迹很清秀，这很像女孩写的字。

虞鸢把字条夹进了自己的日程本里。

这天的课程结束之后，虞鸢回了学校。第二天正巧满课，等她焦头烂额地忙完，想起这件事情时，已经是两天之后了。

犹豫了半晌，她还是添加了那个联系方式。

男生的头像是一只打着伞的小狗，虞鸢又想起了那天和他见面时看到的雨幕。

好友申请几乎是立马通过的，那边的人很快发来了问候。

虞鸢心里陡然生出一些不知从何而来的歉意，便和他聊了几句。

谢星朝应该就是他的真名，他今年十八岁，比她小了三岁，如果还上学的话，应该刚上大学。

想到这点，虞鸢有些困惑。每次她去学生家时，几乎都能看到谢星朝。真的会有这么巧的事情吗？即便是大学生，应该也没有这么多自由时间吧？

不过念及他不能说话，虞鸢也能理解。

虞鸢以前去福利院做过义工，和不少孩子接触过，但遇到的都是因为耳聋而哑的孩子。那天她和谢星朝说话，显而易见，他的听力并没有问题。

虞鸢大三学业很繁重，没有多少和人聊天的时间。学生雅思考试的时间定在五月，如果他能考到满意的分数，那她这次的工作就结束了。

这座城市的春天多雨水，经常是连绵的雨天。虞鸢还是按照以前的频率去学生家里，不同的是，那次之后，她每次离开，都能看到谢星朝在自家花园门口等她。

他安安静静的，一手拿着一把大伞。

虞鸢后来就把自己的伞藏在包里，每次都和他一起走一段路。

别墅区离地铁站大约有十五分钟的路程,每次谢星朝都走得很慢,虞鸢为了配合他的速度,也放慢了脚步。

谢星朝不能说话,虞鸢也是个安静的人,两人倒是也不会觉得无聊。

春雨绵绵,路边的花草树木都被笼罩在了雨幕里,谢星朝突然停住脚步。

虞鸢接过伞,看到他从雨幕里回来把什么塞给了她。

那是一朵漂亮的雪白梨花,娇嫩的花瓣上还带着露水。

他朝她笑,最后也没有敢握住她的手,只是和她并肩而行,小心翼翼地偷偷缩短了和她之间的距离。

这天虞鸢下课时间比平时迟,天色黑了,谢星朝冲她摇头,不让她回去,又比画着,指着不远处。

虞鸢猜测他的意思:"你是说,一起去吃饭?"

男生重重地点头。

正巧雨越下越大,两人找了一家日料店,店外挂起的大红纸灯笼亮着微光,被风吹得轻轻摇晃。

"你没去上学吗?"虞鸢喝了一口饮料。虽然谢星朝成年了,但她潜意识里总觉得他像小孩,因此并没有点酒。谢星朝也不介意,跟着她一起喝饮料。

他打字:因为身体不好,大学暂时休学了。

他看起来倒是不像有什么病,虞鸢欲言又止。男生眸子弯弯地看着她,她一时忘记了之前想说的话。

被虞鸢搁在桌边的手机响了,她接起电话。

"那明天上午吧。"虞鸢说,"我在上次的那家咖啡馆里等你。"

虞鸢说话一直是这般,不亲近也不疏远,很少有情绪波动。

等她挂断电话,她方才发现,对面的男生在格外紧张地盯着她,他的情绪都写在了脸上。

小哑巴没法说话,犹豫着打了几个字,没有发出来,又删除了,头越垂越低。

原本他心情一直很好,但虞鸢接了这个电话后,他明显变得焦躁了,也不怎么吃东西,咬着下唇,眼神有些不对焦。虞鸢不知道他在想些什么。

虞鸢想起了两人第一次见面时的场景——他冒雨藏在篱笆后偷偷看她的样子,像暴雨后被淋得湿淋淋的流离失所的小狗。

一顿饭吃到一半，虞鸢悄悄离开座位，准备去结账。店家很客气，和她说账单早已结清，请她今晚随意用餐。

少年还坐在原位上，虞鸢目光复杂地看向他。

他朝她笑了笑，还是那副漂亮单纯的模样，吃相很好看。

想起他居住的地方，虞鸢轻轻笑了笑，也在原位上落座。他原本就和她不是一个世界的人。

两人吃完饭离开店，站在门口。雨下得更大了，灯笼被风吹得哗啦哗啦响。虞鸢的衣角忽然被什么轻轻拉住了，随后，她的手机屏幕一亮，接着她就看到了谢星朝发来的消息：姐姐，你有男朋友吗？

虞鸢怔住了。

他眼睛一眨不眨地看着她，手背紧紧绷着，额前的碎发被夜风吹得有些凌乱。

半晌，她摇头。

男生的眼眸一下亮了，之前那种颓唐的模样瞬间一扫而空。他没再说什么，松开了她的衣角，打字：我送你回去。

末班车从马路上开过，深夜的时候，轮胎碾过水洼的声音格外明显。

虞鸢是独生女，父母身体不好，她早已经打定主意，毕业后会回到家乡。

她性格恬淡，生活简单，未来的生活她已经基本想好了，不会有什么变数。

她给那个学生的补习在五月就结束了。秋天时她升大四，实习和毕业论文的事情压过来，她越来越忙，没有再接过家教的活。

她没有再踏足过那片别墅区。

谢星朝中途来她的学校找过她一次，站在宿舍楼下一声不响地等她。

虞鸢被舍友提醒后，头疼地下楼，最后带他去楼下吃了一碗面。他吃得外慢，最后几乎是在一根根挑来吃。他整个人都苍白缥缈得像画。

虞鸢看在眼里，别开了视线。

这年过得格外快，年后，春意逐渐蔓延，整座城市都进入了雨季，连绵的春雨又开始下起来了，虞鸢打着伞从教学楼回来，看到学校里沿途开得繁盛的梨花，顿住了脚步。

她认识他的那天，似乎也是这么一个下着细雨的春日。

她想起了他给她的那朵梨花，梨花被她做成了标本，夹在了自己的日程本里。

夏天的炎热气息逐渐蔓延，离虞鸢毕业的日子越来越近，她即将离开这个城市。

夏天的雨和春雨不同，一阵一阵的，打在路旁的香樟树叶上发出清脆的响声，偶尔伴随着沉闷的雷声。

虞鸢拖着行李箱。

机场人来人往，因为外头这突如其来的暴雨，人群上空似乎都多了几分平时不曾有的焦躁感，人人仿佛都是湿漉漉的，水汽弥漫在天地间。

她在手机上确认自己的航班时间，像是察觉到了什么一般，猛然抬头。

男生一路狂奔跑来，一身被淋得湿透。他看到她，像是难以置信，又像是后怕。她被他紧紧搂住，被按在了他的怀里，那力道大得几乎让她难以呼吸。

"不要走，好吗？"这声音含糊不清。

"不要走。"

声音越来越清晰，一声声在她的耳畔响起，他仿佛只会重复这三个字，乌黑的眼里满是祈求之意。他埋首在她的颈窝里，就连脸颊也是湿漉漉的，不知道那到底是泪水还是雨水。

虞鸢握着行李箱拉杆的手慢慢松开了。

小哑巴在这个夏夜对虞鸢说出了第一句话。

两年后。

虞鸢工作回家，从电梯里出来，掏出钥匙，正准备开门，家门却自动打开了。随后，她被人一把紧紧抱住。

"鸢鸢，我回来了。"那个撒娇的人说。

这个城市的夏天潮湿、炎热、蝉鸣不止。

她洗完澡，从冰箱里拿出一盒冰激凌，在客厅盘腿坐下，自己吃一口，再舀出一勺举起。冰激凌很快被她身旁的人一口吃下，他幸福地把她搂在自己的怀里。

春天过去，夏天来了，这是属于他们的季节。